Zu diesem Buch

In anschaulich nachvollziehbarer, teils heiterer, teils ergreifender bis humorvoller Diktion schildert die Autorin in diesem Buch neun Jahre ihres Zusammenlebens mit zwei schwer kriegsverletzten, analphabetischen Kindern aus Afghanistan. Die beiden Jungen kommen im Alter von circa zehn und elf Jahren in die Familie Trott, die sich aus humanitären Gründen bereit erklärt hat, die zwei, nachdem sie die lebenserhaltenden Operationen in Deutschland überstanden haben, gesundzupflegen, um anschließend nach drei bis sechs Monaten zu ihren leiblichen Familien in Afghanistan zurückzukehren. Dramatisch entwickelt sich der Aufenthalt der Jungen in Deutschland, der letztendlich nach Jahren des Kampfes mit und gegen die unterschiedlichen Kulturen zur Adoption führt. Aus der darob gewonnenen Sicherheit stellt sich nicht die erhoffte Zufriedenheit der Beteiligten ein. Das Buch beginnt in seiner Erzählung Ende 1992 und schließt in den Monaten nach dem 11. September 2001.

Kinder in einem Lager bei Peshawar

Petra Rebecca Trott

Wenn die Heimat stirbt

Kinder - Granaten - Endstation Deutschland

why - because

THIEM VERLAG

Thiem Verlag
Neuhaus / Wolfsburg
38448 Wolfsburg / Postfach 11 01 63

Ungekürzte Ausgabe
1. Auflage November 2002

Wenn die Heimat stirbt
Kinder - Granaten - Endstation Deutschland
why - because

Dieses Buch beschreibt neun Jahre im Leben der Autorin mit zwei schwer kriegsverletzten Kindern aus Afghanistan. Alle hierin vorkommenden Personen sind Personen des wirklichen Lebens. Um ihre Privatsphäre zu schützen, werden die meisten von ihnen unter Pseudonym vorgestellt.

Umschlaggestaltung
Werner Knuth / Thomas Marz
Gifhorn
Torsten Schrader
Gifhorn

Titelzeichnung
Dieter Schulz
Neuhaus / Wolfsburg

Printed in Germany by
Voigt Druck GmbH
Gifhorn
Gedruckt auf 100% chlorfreiem
alterungsbeständigem Papier

ISBN 3-00-009252-8

Widmung

Ich widme dieses Buch meinen leider längst verstorbenen Eltern Robert und Lore. Sie haben per Gene und durch Liebe, Erziehung und Schaffen des entsprechenden Umfeldes dafür gesorgt und entscheidend mit dazu beigetragen, dass ich so bin wie ich bin. Ich verdanke ihnen den überwiegenden Teil meiner Fähigkeiten und Begabungen sowie meine Charaktereigenschaften. Dafür bin ich ihnen zu aufrichtigem Dank verpflichtet. - Ihr fehlt mir sehr.

Danksagung

Ich möchte mich bei meinen besten fünf Freunden: Christiane, Georg, Maria, Hansi und Estella bedanken, die mich immer wieder bestärkt haben, dieses Buch endlich fertig zu schreiben und mich in all den kritischen Momenten des hier geschilderten Lebens und darüber hinaus nie im Stich gelassen haben.

Mein ganz besonderer Dank gilt allerdings meiner Cousine Susann, die mir in den letzten sechs Jahren in allen Lebenslagen mit Rat und Tat zur Seite gestanden hat. Und nun dieses Buch, in welches sie sich emotional wie redaktionell einbrachte. Unermüdlich, hochkonzentriert, kreativ, das Ganze wochenlang.

Ich danke meinem Mann, der mich in der Endphase dieses Buches mit großem Engagement unterstützt hat und hilfreich mitwirkte.

Natürlich erwähne ich an dieser Stelle auch meine Tiere: Friedrich, Philline, Max, den Schnitzel-Schnutzel-Schnatzel-Schnautz und Harry, denen ich dermaßen viel zu verdanken habe, dass es gar Stoff genug ergäbe, seitenmäßig einen Roman damit zu füllen.

Ferner gilt der Dank meinen Kindern Hadji und Rahim, die in vielerlei Hinsicht - von den Tiefen des Zusammenlebens abgesehen - mein Leben bereichert haben. Durch Momente des Vertrauens, der Freude, Harmonie und Ausgelassenheit gaben sie mir zeitweilig das Gefühl, eine richtige, kleine, heile Familie zu sein.

Nicht unerwähnt bleiben dürfen die in Pakistan gewonnenen Freunde: Ali, die Cousins und Papa Ramon, ohne deren Vertrauen und Unterstützung wir dieses gewaltige Projekt niemals so hätten abschließen können. Möge Allah sie beschützen.

Dank gebührt auch dem Team der Firma Voigt Druck GmbH, das hervorragende Arbeit geleistet hat.

Namentlich möchte ich hier aufführen: Marlies R., Traudi R., Bärbel G., Monika R., Sabine u. Olli, Walter u. Ingrun, Dolly u. Dieter, Petra J., Inge B.-S., Lisa C., Silke W., Frau E. und mein Helferleinteam: Konni & Manni als ständige Feuerwehr, Gabi Sch., Dieter J., Marion Sch., Dorothee, Torsten (Viktor), der mit seinem Einsatz und seiner Kreativität hilfreich den Endspurt unterstützt und vorangetrieben hat, Werner K. und Herr Marz, noch mal Dolly, die mir in der letzten entscheidenden Phase ganz doll-y - nomen est omen - geholfen hat, Achim wegen seiner konstruktiven Anregungen und des damit verbundenen letzten Schliffs, Jana als letzte Retterin in der Not, Thomas R., Doris S. und last not least Elaine, ohne deren Unterstützung, Engagement und Hilfsbereitschaft - mit ihrem stets ausgeglichenen feinen Wesen - dieses Buch nicht so geworden wäre, wie es hier vorliegt. Nicht zu vergessen das Verständnis ihres zehnjährigen Sohnes Michael, der diese für ihn zum Teil entbehrungsreiche Zeit anstands- und widerspruchslos hingenommen hat. Sie gaben und geben mir Vertrauen, Verständnis, Zuneigung, Zuversicht, Hoffnung und Mut. Es ist so schön, dass es euch alle in meinem Leben gibt.

Kapitel 1

Es ist Mittag; das Essen ist vorbei. Mein Mann Ingo liest Zeitung, das Radio läuft, und ich wusele noch in der Küche herum. Da spricht mein Mann mich an: „Hast du das gehört?“ „Was?“ „Das mit den Kindern”. Er hätte das auch nur halb mitbekommen. Ich hatte nur etwas von gesuchten Pflegeeltern gehört im Zusammenhang mit der Golfkrise und Babys; also rufe ich noch nachmittags beim NDR 2 an und erkundige mich nach dem Aufruf. Man gibt mir Namen und Telefonnummern einer Frau, die damit im Zusammenhang stünde und mir entsprechende Auskünfte geben könnte. Dort angerufen erfahre ich, dass zwei junge Frauen, Freundinnen, sich Gedanken gemacht haben, wie man im Falle eines Golfkrieges die Babys und Kleinkinder schützen könne. Dafür suchten sie vorübergehend Pflegeeltern, um den Kindern, sollte der Krieg ausbrechen, eine Überlebenschance in Deutschland zu geben. Nach Beendigung des Krieges würden die Kinder wieder nach Hause geschickt. Man hätte Verbindungen zu binationalen Eltern im Irak – er Iraker, sie Deutsche und umgekehrt –, die ihre Kinder gern in Sicherheit wüssten. Das Gespräch ergab, dass darüber hinaus noch nichts organisiert war und außerdem ziemlich chaotische Vorstellungen über ein solches Vorhaben bestanden.

Abends erzähle ich Ingo davon. Der sagt: „Klar nehmen wir so ein Baby, wenn du dir das zutraust.“

Ich blieb mit den Damen, die ihr Projekt "Mütter helfen Müttern" nannten, in Kontakt, bot meine Hilfe, speziell organisatorischer Art, an und begann zu telefonieren: Botschaften, Konsulate, Auswärtiges Amt, Politschiene, andere Kinderhilfsorganisationen, um Informationen zu erhalten. Was benötigt man, wie kommt man an Aus-, Ein- und Wiedereinreisevisa? Wie reagieren die Kinder – dauert der Krieg länger als ein Jahr –, wenn sie in die Heimat zurückgehen, sprich Kulturschock, Sprache etc.? „Das ist bei Babys vertretbar, die gewöhnen sich schnell wieder um", lautete die Antwort. Man erfährt Tipps, Hinweise, Warnungen, wird von einer Stelle zur anderen vermittelt, gerät an immer kompetentere Leute.

Es wird eine Anzeige in unserer Lokalzeitung geschaltet: „Frau Trott sucht Pflegeeltern für soundso, bitte melden." Das Telefon steht nicht mehr still. Innerhalb von drei Tagen habe ich 150 Familien aus dem Umkreis, mache diesen in ausführlichen Gesprächen klar, dass, wenn es so weit ist, ich sie persönlich besuchen werde, um sicherzugehen, dass hier keine versteckten Adoptionsabsichten die Hilfsbereitschaft begründen.

Parallel gründet sich zu dieser Zeit der DAF (Deutsch-Arabischer Freundschaftskreis), zu dessen erster Versammlung auch die Trotts erscheinen. Ich nutze die Gelegenheit, hier mein Problem vorzustellen, da ich denke, egal wie alt die Kinder sind, in einer arabischen Familie sind sie bestimmt am besten aufgehoben. Auch hier bleibt die Resonanz nicht aus.

Schließlich meldet sich bei mir eine gewisse Frau Irene Obermeier. Sie wohnt nur eine halbe Stunde von uns entfernt und hatte von meinen Bemühungen gehört. Sie fragt mich, ob ich auch ein krankes Kind aufnehmen würde. Wir kommen ins Gespräch, und es stellt sich heraus, dass Frau

Obermeier seit Jahren kriegsverletzte Kinder aus Afghanistan nach Deutschland holt, sie hier operieren lässt und sie zur ambulanten Nachbehandlung in Familien gibt, bis sie gesund sind und wieder nach Hause können. Kostenträger hierfür sind die Länder, Gemeinden, staatliche Krankenhäuser, große Konzerne. In unserer Region hatte die Volkswagen AG vor einem Jahr einen Jungen durchfinanziert, den Mohammad, der sei allerdings bei seiner Pflegefamilie geblieben, da während seines Deutschlandaufenthaltes seine Mutter ein weiteres Kind geboren hat und anschließend verstorben ist, und sein Vater ihm geraten hatte, in Deutschland zu bleiben, da er ihn zu Hause kaum ernähren könne. Inzwischen ist Mohammad adoptiert und heißt jetzt Siegfried Rudolff mit deutschem Namen.

Ich bekunde meine Zweifel, dass die von mir potentiell in Frage kommenden Pflegefamilien verletzte Kinder aufnehmen würden, denn sie hätten sich unter ganz anderen Umständen zur Hilfe bereit erklärt und mache Frau Obermeier klar, dass ich im Moment eine Zusammenarbeit nicht sähe, es läge hier eine völlig andere Absicht vor, und ich wolle erst einmal in meiner Sache weitermachen wie geplant.

Die Verhandlungen und Bemühungen in Sachen Irak gingen voran. Da brach der Krieg aus. Damit waren sämtliche Kontakte unterbrochen. Alles umsonst, aber löbliche Absicht, wie man uns vielerseits bestätigte. Wir konnten das Vorhaben einstampfen.

Und schwups, wer meldet sich prompt? Frau Obermeier. Ob ich denn nun bereit sei, ihre Sache zu unterstützen. Seit drei Jahren arbeite sie inzwischen mit der Organisation Humaner Aerzte (OHA) zusammen. Das sei eine Ärzteinitiative in Münster, die wiederum arbeite mit der GfA (Gesellschaft für Afghanistan) zusammen, dessen erster Vorsitzender, Dr. al Massari, hier aus der Region sei. Mit ihm und seinem Sohn Bassam, der Medizin studiere, sowie Navid Khan, dem Geschäftsführer, und Dr. Wolf Schweizer, dem ersten Vorsitzenden der OHA, sei sie befreundet. Man sei ständig auf der Suche nach neuen Kostenträgern und Pflegeeltern, damit man immer mehr Kinder hierher holen könne. Die meisten Kinder würden im Raum Münster behandelt. Dort säßen fast alle Pflegeeltern. Aber auch nach Hamburg und Garmisch-Partenkirchen hätte sie schon Kinder vermittelt. Ach, überall in Deutschland seien die Kinder verteilt und sie selbst hätte auch schon Kinder betreut. Immer, wenn man wieder Kostenträger und genügend Krankenhausbetten zusammen hätte, käme ein Schwung Kinder hierher. Je nachdem, so zwischen 20 und 40, circa alle halbe Jahre. Der Transport ginge von Kabul über Peshawar/Pakistan mit Bundeswehrflugzeugen nach Frankfurt. Im Einzelfall bekommt man auch mal einen Platz in einer Linienmaschine.

Die Kinder gehen dann für circa vier Wochen ins Krankenhaus und werden dort operiert. Günstigstenfalls hat man dann schon eine Pflegefamilie oder -mami vor Ort, die sich im Krankenhaus um das Kind kümmert, damit es Vertrauen gewinnt, wenn es zur ambulanten Nachsorge in die Familie geht. Diese ambulante Nachsorge findet so nach drei bis vier Wochen statt, um die Krankenhauskosten, die sich je nach Schweregrad der Verletzungen auf 40.000 DM bis 100.000 DM belaufen, so gering wie möglich zu halten. Dann muss man einmal im Monat mit dem Kind ins Krankenhaus zur Nachuntersuchung. Hat sich noch keine Pflegefamilie im Vorwege gefunden, regelt sich das spätestens, wenn das Kind im Krankenhaus liegt. „Die mit ihren braunen Kulleraugen sind so süß, dass da immer ein Arzt oder eine Krankenschwester Erbarmen hat und einen findet, der sich des Geschöpfes annimmt", so Frau Obermeier. Weiterhin betont sie: „Die Kinder gewöhnen sich sofort ein, lernen ganz schnell Deutsch und finden hier alles ganz toll. Geradezu verrückt sind die nach Würstchen. Man muss ihnen ja nicht sagen, was da drin ist. Nach weiteren drei Monaten gehen sie dann wieder zurück in die Heimat. Das ist jedes Mal ein großes Ereignis. Sie sind zwar ein bisschen traurig, freuen sich aber auch, gesund und stolz wieder nach Hause zu kommen. Sie gewöhnen sich schnell an die alte Umgebung, vermissen zwar das Duschen, aber ihre deutschen Eltern vergessen sie nie."

Ob ich denn nun bereit wäre, wenn mal ein solches Kind in unsere Umgebung käme, es zu betreuen. Ich frage Frau Obermeier, ob diese Kinder hier versichert seien. Die Antwort lautet zwar nein, aber für kleinere Sachen würde im hiesigen Raum Dr. al Massari unentgeltlich seine Landsleute behandeln und für größere Dinge – aber da passiert ja gar nichts in drei Monaten – hätte die OHA einen Fond.

Wenn man mit dem Kind im Auto unterwegs sei und einen Autounfall baue, was dann, lautet meine Befürchtung. Da findet man immer jemanden, außerdem ließe die OHA einen dann nicht allein. Wir würden viel verreisen, ins Ausland, für drei Monate könnten wir schon mal darauf verzichten, aber wenn es länger dauern sollte, was geschieht mit dem Kind? Überhaupt kein Problem, man bekommt Visa für die ganze Welt, die besorgt die OHA, die hätten auch die Pässe der Kinder und würden sich darum kümmern. Sie kenne eine Familie, die ständig mit ihrem Kind in Frankreich sei.

Diese ganzen Informationen strömten so gewaltig auf mich ein, dass ich gar nicht stutzig wurde, als Frau Obermeier von "ständig in Frankreich" erzählte. Wie lange war denn das Kind schon in Deutschland, hätte ich mich fragen müssen; fragte ich mich aber nicht! Ich besprach das Ganze mit Ingo.

Unsere Freunde wissen, in was für räumlichen Verhältnissen wir damals wohnten. Souterrain und Erdgeschoss bewohnen seit 14 Jahren Gerda (Ingos große Schwester) und Jürgen mit den Söhnen Stefan und Clemens. Darüber liegt Ingos ehemalige Junggesellenbude – unser gemeinsames Domizil. Ein Haus im Haus. Im ersten Stock beginnend, klitzekleiner Flur, rechts davon seit meinem Einzug 1989 ein 10 qm großes Gästezimmer (vorher Rumpelkammer) mit Schrägen, Bett, Vertiko, Glasvitrine, Omas Nachttisch, Bücher- und Schallplattenregalen und Musikanlage, Tisch und Stuhl. Kein Platz zum Bewegen. Eben Gästezimmer beziehungsweise mein Bereich, wenn ich Oldienächte mache und Ingo schon schlafen will. Links davon unser Wohnbereich: Arbeitsplatz, Esstisch, Küche, Wohnzimmer mit Flügel, alles offen über zwei Ebenen, eine Treppe zur Galerie, unserem Schlafbereich und Ingos Arbeitsecke. Ein weiteres Zimmer, ein so genanntes Schrankzimmer mit abgetrenntem Kabuff für Schuhe, Tiefkühltruhe, Staubsauger, Putzvorräte, Lebensmittel, Katzen- und Hundefressfress, also Stauraum für alles. Tolle Kombination, eigens seit meinem Einzug abgeteilt und hergerichtet, denn wir hatten keinen Keller. Der gehörte ins Nebenhaus. Ehemaliges Elternhaus von Ingo, Gerda und Oskar (großer Bruder von Ingo). Jetzt ist, nach vielen An- und Umbauten, von Resi (Schwiegermama) der erste Stock und von Oskar mit Familie das Erdgeschoss bis in den zweiten Stock bewohnt. Selbstverständlich haben wir oben bei uns ein Badezimmer und ein Gäste-/Katzen-Klo.

Also alles ist offen bei uns, bis auf das kleine Gästezimmer. Das müsste als Kinderzimmer herhalten. Wohin dann mit den Gästen? Wir haben häufig, gern und viele Gäste. Ach, das geht schon irgendwie. Zusätzlich eine Matratze zu uns in den oberen Schlafbereich oder ins Schrankzimmer oder beides. Für ein paar Monate geht das alles. Ingo ist einverstanden, wenn ich mir das zutraue. Na, noch ist es nicht so weit, vielleicht geht der Kelch an uns vorüber. Man könnte auch versuchen, diese Sache anders zu unterstützen. Das begrüßt auch Frau Obermeier, die sowieso schon angefragt hatte, ob wir mit unseren Beziehungen nicht in der Lage wären, noch ein paar Kostenträger aufzutun, und ob ich nicht aus meiner beruflichen Vergangenheit ein paar Krankenhäuser wüsste, die mitmachen würden.

Petra macht sich also mal wieder an die Arbeit mit Ingos Unterstützung: Sozialminister Niedersachsen, Landrat Thüringen, über meine beste Freundin Christiane erhalte ich Ansprechpartner bei der Bundeswehr. Das wäre doch ein toller Kostenträger, und Krankenhäuser haben die auch genügend, und Kriegsverletzungen müssten die besonders interessieren (bis heute habe ich den letzterwähnten Kontakt nicht herstellen können, weil plötzlich alles holterdiepolter kam), Verwaltungsleiter in Preetz, Bürgermeister aus Wolfsburg usw. Alle haben kein Geld oder sind nicht zuständig, und die Zuständigen, an die man dann verwiesen wird, haben wieder kein Geld.

Aber Frau Obermeier hat Erfolg! Begeistert ruft sie mich an: „Stellen Sie sich vor Frau Trott, der kleine Landkreis Gardelegen hat sich bereit erklärt, mitzumachen. Dort gibt es auch ein Krankenhaus und ein Albert-Schweitzer-Kinderkrankenhaus. Die haben gesagt, man müsse auch an die Psyche der Kinder denken. Deshalb würden sie nicht nur ein, sondern gleich zwei Kinder finanzieren! Man solle ihnen aber bitte zwei leichte Fälle schicken. Schwierige Operationen seien dort nicht durchführbar, sowohl aus technischen als auch aus Know-how-Gründen." Das kleine, arme Gardelegen, ganz ganz toll!!!

Und nun wieder die Frage an die Trotts: Die Kinder kämen im November. Gardelegen sei doch in unserer Gegend, da könne ich doch die Betreuung übernehmen.

Gardelegen, wo ist das? Nur 35 Kilometer von Wolfsburg entfernt, in den neuen Bundesländern. Und wie soll ich das bitte schön mit zwei Kindern machen? Wie soll ich bei uns zwei Kinder unterbringen? In unserer Bude? Ich habe nur ein Bett in dem kleinen Gästezimmer. Eunuchenpritsche genannt, da nur 80 x 190 cm groß. Da passen keine zwei Kinder rein. Es war doch immer nur die Rede von einem Kind. Das wäre gerade so gegangen; und nun zwei. Und auseinander reißen darf man die auch nicht, wenn Gardelegen schon so großzügig ist. Oh Mann. Na, mal sehen, was den beiden überhaupt fehlt, wie groß sie sind und dann weiter überlegen. Vielleicht fällt uns etwas ein.

Anfang November 1992 ist es dann so weit. Sonntag um 12.00 Uhr Ankunft Flughafen Frankfurt, dann weiter mit der Bundeswehr nach Gardelegen. Nachmittags sollen sie da sein. Frau Obermeier will dann mit Amin, einem 28-jährigen Mudschaheddin, dem eine Granate das untere Gesicht weggerissen hat, der seit einem Jahr bei Frau Obermeier lebt und vierteljährlich in Stuttgart operiert wird, als Dolmetscher und mir sofort vor Ort die Kinder begrüßen. Es sollen zwei Jungen sein, beide circa 1981/82 geboren, beide Beinverletzungen. Bis 23.00 Uhr tut sich jedoch nichts in Gardelegen. Also verabreden wir uns für den kommenden Morgen, 8.00 Uhr, auf halber Strecke. Gesagt, getan, bei Grafhorst steige ich in Frau Obermeiers Auto, die Amin dabei hat. Die Kinder seien gestern Nacht um 24.00 Uhr im Krankenhaus angekommen. Um kurz vor 9.00 Uhr sind wir in Gardelegen. Man fährt nämlich von uns aus gut eine Stunde. Auch wenn es nur 35 Kilometer sind. Aber diese Straßen...

Aufs Freundlichste werden wir begrüßt. Chefarzt Dr. Bär, Oberärztin Frau Weich, Ärztin Frau Schwarz, Krankenhausschwestern. Man führt uns zu den Jungen. Oh, welch ein Anblick. In dem vorderen Bett lag ein verschreckter kleiner Junge, der eigentlich nur aus Augen bestand, kurzrasierter Haarschopf, kreidebleich, obwohl Afghanen eher dunkle Hauttypen sind, daneben ein ebenso geschorener Schopf mit uraltem, faltigem Greisengesicht, aber in Kindesgestalt. Oh Gott, schießt es mir durch den Kopf, was habt ihr durchgemacht? Was müsst ihr erlebt haben? So, wie ihr ausseht! – Dabei hatten sie schon Gestalt angenommen, wie die Krankenschwestern erzählten, die sahen gestern Nacht ganz anders aus. Völlig verschmutzt, dreckig, erschöpft, die Spuren der letzten Monate deutlich erkennbar usw. Man hatte sie erst einmal in ein Desinfektionsbad gesteckt und aufgeweicht, mit Kneifzangen Finger- und Fußnägel gekürzt, um diese überhaupt säubern zu können. Aber sie seien beide süß, auch wenn keinerlei Verständigung möglich sei.

Frau Obermeier stürzt sich gleich auf beide und redet auf sie ein – sie übt seit einem Jahr mit Amin die Landessprache Dari. Außer Salam (Heil, Hallo) verstehe ich natürlich kein Wort; die Jungen allerdings auch nicht, wie sie mir Monate später berichteten. Ich halte mich im Hintergrund. Hadji und Rahim heißen die beiden. Und nun wurden sie von Amin begrüßt. Das verstehen sie. Die verschreckten Äuglein leuchten ein wenig.

Und schon kommt die Presse: „Wir brauchen Spenden", erklärt Frau Obermeier. Ich finde das am ersten Tag nicht so passend.

Anschließend schauen wir uns die Beine an. Mir dreht sich der Magen um. Bei Rahim, dessen rechtes Bein schon neu eingegipst ist und bei dem nur eine Klappe im Unterschenkel zu Versorgungszwecken geöffnet wird, quillt rot-grüner stinkender Eiter hervor. Das linke Bein von Hadji sieht wie folgt aus: Ein Unterschenkel im Durchmesser eines Fünfmarkstückes, ein etwas dickerer Oberschenkel, dafür aber ein pampelmusendickes Knie, aus dem es ebenfalls eitert. Das ganze Bein ist sichtbar kürzer als das andere. Die Ärzte sind ratlos, geben erst Antibiotika, um überhaupt etwas zu unternehmen, wollen nach Magdeburg zum Röntgen und dann weitersehen. Aber erst einmal müssen sich die Kleinen ausruhen nach allen Strapazen und ein wenig Vertrauen gewinnen. Frau Obermeier überlässt den Krankenschwestern ein Wörterbuch des Roten Kreuzes, Deutsch-Dari, damit man sich notdürftig verständigen kann. „So ein Buch brauche ich auch!“ „Okay, besorge ich.“ Wir verabschieden uns, und Amin macht den Jungen klar, dass ich, Petra, morgen wiederkommen und mich ab dann um die beiden kümmern würde.

Nachmittags fahre ich erneut los, besorge Pistazien, getrocknete Feigen und Obst. Schokolade und Gummibärchen, überhaupt unsere Süßigkeiten, mögen sie nicht, sie ekeln sich sogar davor. Abends bei einem Glas Rotwein berichte ich Ingo.

Am nächsten Morgen, ich hatte kaum geschlafen, zuckelte ich die 35 Kilometer mit meinem Mini durch nicht enden wollende Schlaglöcher über eine Stunde und 15 Minuten nach Gardelegen. Nach 40 Minuten Fahrt war ich mir nicht sicher, ob ich dort überhaupt ankommen würde. Mein Auto und die Räder rappelten und rumpelten, als würde ich jeden Moment Reifen, Radkappen, Stoßstangen und überhaupt alles abfallen spüren. Aber wir kamen an, mein kleiner grüner Mini und ich, wie wir überhaupt jedes Mal in den folgenden Wochen heil dort ankamen.

Ich begrüßte die Kinder. Auf Deutsch natürlich. Die freuten sich. Ich machte ein bisschen Quatsch, schnitt ein paar Grimassen und wiederholte immer die gleichen einfachen Sätze: „Ich bin Petra. Du bist Rahim. Du bist Hadji. Ich bin eine Frau. Du bist ein Junge. Du bist ein Junge“. Mit

Hilfe des Wörterbuches ging das ganz gut. Ständig kamen Schwestern herein und alberten mit uns herum. Ich sagte ihnen, dass die Jungen Moslems seien und bestand darauf, dass sie kein Schweinefleisch zu essen bekämen. Man hielt sich daran, kochte zum Teil extra, überhaupt waren alle Schwestern und Ärzte, selbst die Putzfrau, rührend bemüht, besorgt, verständnis- und gefühlvoll. Nette, wir nannten sie nur Nette, so hatte sie sich vorgestellt, ohne Frau und ohne Vornamen, also Nette war auch fast täglich zugegen. Sie war als Lehrerin für längerfristig stationär zu behandelnde Krankenhauskinder eingestellt und bemühte sich nun redlich im Dari-Deutsch oder Deutsch-Dari mit Hadji und Rahim. Es hatte einmal Gulasch gegeben. Die Jungen wollten das nicht essen und wollten wissen, was das war. Also versuchte Nette mit Wörterbuch und Zeichensprache zu erklären: Kuh gleich Gau, Fleisch gleich Gusht, also Gushtnigau oder Gushtnigul von Gul-asch. Die Jungen lachten sich kaputt, kapierten aber, worum es ging und – aßen!

Insgesamt waren die beiden fröhlich drauf und machten einen aufgeschlossenen Eindruck. Es gab bloß jedes Mal Dramen, wenn ich nach zwei Stunden wieder nach Hause musste. Ich erklärte ihnen mit Hilfe der Körper- und Zeichensprache, dass ich über eine Stunde nach Hause fahren müsste, denn dort wartete Max, unser kleiner Foxterrier, der müsse Beinchen heben etc. Außerdem warteten Fritz (Friedrich) und Philline, unsere Katzen, Ingo, mein Mann, und ein großer Haushalt und und und. Das verstanden die zwei natürlich nicht, die hatten mich nämlich gepachtet. Es tat mir jedes Mal weh, wenn ich wieder fort musste, aber es gingen täglich viereinhalb Stunden bei meinen Besuchen drauf – eineinviertel Stunde hin, zwei Stunden dort, eineinviertel Stunde zurück – die darüber hinaus für mich ziemlich anstrengend waren; physisch durch die Holperstrecke, psychisch weil belastend.

Abends saß ich und las über Afghanistan. Ingo hatte Bücher und Bildbände über Land und Leute besorgt. Viel gab es nicht über dieses stolze Volk, zumindest nicht in Wolfsburg, aber das, was Ingo mitgebracht hatte, vermittelte einen kleinen Einblick. Ich erhielt ein von der Organisation zusammengestelltes Rezeptheft und beschloss, für die Kids afghanisch zu kochen. Außerdem bereitete ich mich mit Hilfe des Kinderdudens auf meinen Unterricht im Krankenhaus vor. Irgendwie musste das sprachlich vorangehen.

Medizinisch tat sich nichts. Die Röntgenbilder ergaben in beiden Fällen Osteomyelitis, Knochenmarkentzündung, durch Granatsplittereinschuss. Hoffnungslose Überforderung der Ärzte. Hier könne man nur amputieren, denn diesen Kasus trauten sie sich nicht so richtig zu. In Gardelegen nicht. Aber vielleicht könne ein anderes Krankenhaus helfen. Ich bestand darauf, die Beine zu retten, denn noch seien sie dran, und sie würden auch dranbleiben! Amputieren könne man auch in Afghanistan. Dafür sind die Jungen nicht hierher gekommen!

Gardelegen erklärte sich bereit, mit anderen Häusern Kontakt aufzunehmen, nachdem die Landräte Kostenübernahme auch für ein anderes Krankenhaus zugesichert hatten. Also: Berlin, Hamburg, Bonn, alle, die die Röntgenaufnahmen betrachteten, sahen nur die Möglichkeit einer Amputation. Ich telefonierte mit Thomas Frey, Ingos bestem Freund. Der hat wiederum einen Freund namens Ingo, Orthopädie- und Chirurgiespezialist. Vielleicht ist der bereit und/oder sieht eine Chance, vor Ort gegen Bezahlung selbst zu operieren. Thomas Frey kontaktet Ingo, da kam die Rettung: die Universitätsklinik MHH (Medizinische Hochschule Hannover) wollte sich das mal näher anschauen und traute sich zu, die Beine zu erhalten. Man hätte aber kurzfristig keine Betten frei. Zwischenzeitlich geführte Untersuchungen hatten übrigens ergeben: Hadji hat Tbc.

In weiser Voraussicht auf schwere, kraftraubende zukünftige Monate hatte Ingo für uns beide Ende November, wie in jedem Jahr, eine Woche zum Auftanken auf der Nordseeinsel Langeoog gebucht. Dies galt es nun, den Jungen klarzumachen. Da kullerten die Tränchen. Wir fuhren dennoch. Die Bindung an mich war schon so stark, dass ich befürchtete, wenn ich jetzt nicht mal für eine Woche fortfahre, fressen die mich ganz auf, wie hungrige Löwen, mit Haut und Haaren. Das durfte nicht geschehen, und es war auch absehbar, dass es hier nicht mit einem vierwöchigen Krankenhausaufenthalt getan war. Im Dezember standen die großen Operationen in Hannover bevor. Das würde dauern. Dafür brauchte ich neue Kraft. Also bat ich Frau Obermeier und Amin, die Kids während meiner Abwesenheit einmal zu besuchen. Dr. al Massari und Bassam – ich hatte sie inzwischen bei Frau Obermeier kennen gelernt und fand Bassam, der durch ein perfektes, sehr gewähltes Deutsch bestiсht, sympathisch – erklärten sich ebenfalls bereit, Hadji und Rahim zu besuchen. Außerdem kümmerte sich die Putzfrau des Kinderkrankenhauses täglich in ihrer Freizeit rührend um die beiden. Somit wähnte ich sie gut versorgt.

Ingo hatte die Kids ein Wochenende nach ihrer Ankunft in Gardelegen mit besucht, wollte jedoch die Beine nicht sehen, obwohl Hadji permanent versuchte, ihn zum Ansehen seines linken Beines zu überreden. Er kokettierte damals überhaupt ständig mit seinem Bein. Heute schämt er sich dafür.

Vor unserer Abreise nach Langeoog fuhren wir noch einmal bei den Kids vorbei. Ingo kam mit. Er findet Gefallen an Rahim, dem weitaus Ruhigeren der beiden. Ich hatte Amin gebeten, uns eine Kassette mit afghanischer Musik zu überspielen. Im Krankenhaus war den beiden ein alter Kassettenrecorder zur Verfügung gestellt worden. Nun hatte ich die Musik ihrer Heimat als Trostbonbon dabei. Die haben sich vielleicht gefreut. Dennoch war der Abschied schmerzhaft.

Die Woche auf Langeoog tat gut. Auch unserem Hund, dem Max, der in den letzten zwei Wochen viel zu kurz gekommen war und sich nun endlich bei zwei- bis vierstündigen Spaziergängen am Strand austoben konnte.

Die Wiedersehensfreude war groß, und nun blieben nur noch ein paar Tage, bis die Kinder nach Hannover verlegt werden sollten. Das geschah Anfang Dezember 1992. Das Anna-Stift, ein Haus der MHH, wurde professionell geführt. Hier konnte nicht mehr mit den Kindern herumgealbert werden. Dazu gab es zu viel auf der Station zu tun. Ein PJler (Arzt im praktischen Jahr) wollte die Wunde an Rahims Bein untersuchen, als ich gerade zugegen war. Ich stellte mich vor und bat darum, bei der Untersuchung anwesend sein zu dürfen. Erstens würde es mich interessieren und zweitens glaubte ich, dass es auch für das Kind gut sei, eine vertraute Person dabeizuhaben, denn hier war wieder alles fremd und weniger herzlich. Der PJler Ulf war von meinem Verhalten ziemlich beeindruckt und stimmte zu. Erst wurde der Gips mit einer elektrischen Säge entfernt, dann eine Gewebeprobe entnommen. Rahim schrie vor Angst, obwohl es nicht wehtun konnte. Ein fürchterlicher Gestank entfaltete sich. Der Oberarzt kam hinzu und fragte entsetzt, was ich hier wolle, bei solchen Untersuchungen dürften keine Privatpersonen anwesend sein. Ulf klärte den Arzt über mich auf und meinte: „Frau Trott kann das ab, die erschüttert so leicht nichts." Der Oberarzt wirkte fassungslos, ließ aber geschehen, was nicht mehr zu verhindern war. – In diesem Moment beschloss ich, in meinem nächsten Leben Arzt zu werden.

Ich fuhr die nächsten Tage wieder täglich nach Hannover. Diesmal über die Autobahn. Seitdem weiß ich, was Spurrillen bedeuten. Die spürt man nämlich nur im

Mini. Die Fahrten wurden zu Horrortrips. Überall LKWs, auf deren breite, hohe Reifen ich blickte. Jedes Mal kam ich nach eineinhalb Stunden schweißgebadet in Hannover an und dann dieselbe Tour retour.

Dann standen die beiden großen OPs vor der Tür. Es wurde alles mit mir besprochen. Ich unterschrieb alle notwendigen Formulare, setzte jedoch bei allen Einverständniserklärungen hinzu, dass ich strikt gegen Amputation sei. Sollte es hierzu kommen, sei ich vorher sofort zu verständigen, dann würde ich einen anderen Weg suchen. Ich bereitete, so gut es ging, die Kinder vor. Man versprach mir, beide sofort hintereinander zu operieren und schon morgens um 8.00 Uhr zu beginnen. Ich bräuchte an diesem Tag nicht zu kommen, die OPs würden lange dauern, dementsprechend stark die Narkosen sein, und sie würden mich nicht erkennen.

Die Nacht vor den OPs vom Sonntag auf Montag konnte ich nicht schlafen. Dafür ertappte ich mich ständig beim Beten: „Lieber Gott, bitte bitte mach, dass alles gut geht, bitte bitte erhalte die Beinchen. Ich rufe Dich in dieser Form wirklich nicht oft an, aber diesmal weiß ich keinen anderen Rat. Du musst uns helfen, bitte bitte. Es wird alles gut werden, ja?"

Ab 12.00 Uhr mittags rief ich im Krankenhaus an. Beide Jungen waren noch im OP. Sie wurden parallel operiert. Man würde mich sofort benachrichtigen, sobald sie die OPs verließen. Es wäre alles komplizierter als geahnt, deshalb würde es auch noch etwas dauern. Um 16.00 Uhr hatte ich die Nase voll und fuhr los. Als ich ihr Zimmer betrat, wurden sie gerade hereingeschoben. Ich riss beiden die Bettdecken fort: Beide Beine waren dran. Bei allen beiden. „Danke lieber Gott, danke danke!" Und Tränen der Erleichterung und der Dankbarkeit rollten über mein Gesicht.

Da lagen sie nun, die zwei. Überall Schläuche, Kanülen, Behälter. Behälter für Blut, Behälter für Eiter, Behälter für Pipi und natürlich Tropflösungen. Ein schauderhafter Anblick. Beide kreidebleich, nur Haut und Knochen, Haut und Rippen. Die Ärzte klärten mich auf. Beide OPs hatten acht Stunden gedauert. Beide seien gut verlaufen. Bei Rahim hatte man zehn Zentimeter des rechten Schienbeines entfernen müssen, da völlig vergammelt. Um Halt in den nicht mehr vorhandenen Knochen zu bringen, hatte man einen externen Fixateur eingesetzt. Oben und unten war ein Metallstab waagerecht durchs Bein geführt und rechts und links daran zwei senkrecht verlaufende Metallschienen befestigt. Weitere Vorgehensweise müsse man abwarten, jetzt erst einmal beobachten, wie der Heilungsprozess verläuft. Bei Hadji hatte man entsprechend verfaulte Stellen im Knie entfernt. Die Kniescheibe und noch irgendwas (medizinischer Begriff, den ich vergessen habe) seien verschoben, durch den Granatsplitterdurchschuss, da könne man nichts machen, ein paar Sehnen seien auch hin, das Bein würde steif werden. Aber es ist wenigstens noch dran, dachte ich, bedankte mich bei den Ärzten und blieb noch ein wenig bei den Jungen.

Als ich am nächsten Tag ins Krankenhaus kam, bot sich mir ein erbarmungswürdiger Anblick. Abwechselnd brüllten beide vor Schmerzen und schrien Allah an. Hadji hatte eine Kanüle durch sein Knie laufen, durch die permanent Kochsalzlösung gespült wurde, die aber ständig verstopfte. Jedes Mal, wenn in der Kanüle kein Vakuum mehr war und sie wieder durchgängig gemacht werden musste, brüllte er, als würde er abgestochen. Beide müssen Höllenqualen durchgemacht haben. Ich versuchte ihnen zu erklären, dass, wenn sie sich so aufregten, die Schmerzen immer schlimmer würden. Heute seien sie noch ganz doll (mit Zeichensprache verständlich gemacht), morgen schon ein bisschen weniger, übermorgen noch ein bisschen weniger usw. Sie glaubten mir. Sie hatten Vertrauen, wenigstens zu mir. Es gibt doch tatsächlich manchmal Bereiche, wo man den Alten ob ihrer Erfahrung wirklich glauben kann. Dies hier war jetzt so ein Fall. Lange blieb ich an diesem Tag bei Hadji und Rahim, hielt abwechselnd ihre eiskalten kleinen Händchen, wechselte von Bett zu Bett, tröstete mal hier mal dort. Rahim schrie ständig nach Tabletten. Die konnte er aber nur in gewissen Zeitabständen bekommen. Für höhere Dosen war er zu schwach, und essen wollte er auch nicht. Als ich nach Stunden, die Jungen schliefen, das Zimmer verließ, fing ich an zu weinen. Sie taten mir unendlich Leid.

Wie von mir prophezeit, ging es den beiden am nächsten Tag schon ein ganz ganz kleines bisschen besser. So auch am folgenden und darauf folgenden Tag. Das Vertrauen wurde größer, die Schmerzen kleiner. Eine gute Entwicklung. Wir konnten wieder ein bisschen Schule machen. Dafür hatte ich eine richtige Schiefertafel und Kreide gekauft, denn ich wollte, dass sie nicht nur sprechen, sondern gleichzeitig ein wenig schreiben und lesen lernten. Und auf einmal waren sie schmerzfrei. Nun beschloss ich, nur noch jeden zweiten Tag nach Hannover zu fahren. Beide Kinder saßen schon im Rollstuhl und hatten einen Fernseher im Zimmer. Für Ablenkung und Abwechslung war also gesorgt. Als ich ihnen erklärte, dass ich am nächsten Tag nicht kommen würde, drohten sie mir, aus dem Fenster zu springen. Ich machte ihnen klar, dass es nicht hoch genug sei, um zu sterben, sie würden sich nur die Beine brechen, und dann ginge das wieder mit den Schmerzen los. Außerdem würde ich mich nicht erpressen lassen. So etwas wollten wir gar nicht erst anfangen. Aber ich wäre bereit, sie morgen anzurufen (es gab ein kabelloses Telefon auf der Station), um ihnen zu sagen, dass ich übermorgen wiederkäme. Telefonieren würde Spaß machen, das kannten sie noch nicht.

Ich blieb fest bei meinem Entschluss, und als ich ging, kullerten wieder die Tränchen, vornehmlich bei Rahim. Als ich das Zimmer verließ, kullerten sie bei mir, aber ich musste hart bleiben, ich brauchte jetzt ab und an mal einen Tag zum Luftholen, zum Durchatmen. Das Krankenhauspersonal verstand mein Engagement sowieso nicht. Es würde doch reichen, wenn ich ein- bis zweimal in der Woche käme. Ich sparte mir die Erklärungen hierfür und ging weiter meinen Weg. Ingos Verständnis und Unterstützung hatte ich. Das war ausschlaggebend.

Oh Wunder, eines Tages meldete sich die OHA. Ein Herr Klaun. Wie es denn so laufen würde. Ich war überwältigt, dass die überhaupt noch an Hadjis und Rahims Existenz dachten. Ich sollte mal ein bisschen Druck im Krankenhaus machen, dass die nach Hause könnten, das würde langsam alles zu teuer, wer denn das alles bezahlen sollte. „Na, Gardelegen natürlich", lautete meine Antwort. „So eine gewaltige Achtstundenoperation ist nicht mal eben in zwei Wochen ausgestanden. Jeder Blinddarm dauert ja schon eine Woche."

Die Jungen waren nun schon so fit, dass Ingo und ich mit ihnen am Wochenende im Rollstuhl um den See des Krankenhausparks kutschieren durften. Das gefiel ihnen so gut, dass ich am Dienstag (Montag hatte ich mir krankenhausfrei genommen, das mit dem Zwei-Tage-Rhythmus klappte bis auf ständige Tränen ganz gut), als ich die Station betrat, ein Riesendonnerwetter zu hören bekam. Die Jungen seien am Montag heimlich abgehauen. Keiner hatte es bemerkt. Über die Station, schwups in den Fahrstuhl (das war toll), raus in den Park, rum um den See und nach einer Stunde quietschvergnügt den selben Weg wieder zurück. Das sei lebensgefährlich und unter versicherungstechnischen Gründen unverantwortlich und überhaupt und unverschämt. Wenn ich das nicht in den Griff bekäme, würde man sie im Bett anschnallen. Ich gab das Donnerwetter weiter an Hadji und Rahim. Innerlich musste ich jedoch schmunzeln, ich fand das nämlich ganz pfiffig. Aber es ging natürlich aus verständlichen Gründen nicht. Das soll man nun mal zwei so Kindsköpfen klar machen. Es war doch überhaupt nichts passiert, im Gegenteil, es hatte Riesenspaß gemacht. Sie waren doch nicht ersoffen, Rahim allerdings einmal mit dem Rollstuhl umgekippt, und der Dussel erzählte das auch noch. Sie verstanden das nicht. Es gibt in ihrer Sprache das Wort Versicherung nicht. Das ist, wie wenn man jemandem, der noch nie Zucker probiert hat, erklären soll, wie "süß" schmeckt. Also, wer nicht hören will, muss fühlen, heißt es, wer nicht verstehen kann, muss begreifen, meine ich, also sagte ich ihnen, wenn das noch einmal passiert, komme ich nie wieder. Das saß.

Jetzt standen die Weiterbehandlungen Rahims an. Er sollte in eine Spezialklinik der MHH zur Hauttransplantation verlegt werden. Dort sollte die erste Hautschicht vom Oberschenkel auf das Loch des Schienbeines verlegt werden, damit es wenigstens von außen zu sei. Wie man innen weiter vorgehen würde, wisse man noch nicht.

Mit der Ambulanz wurden Rahim und ich zur Voruntersuchung in die Hautklinik gebracht. Bassam al Massari stellte sich ein, um Rahim zu erklären, was hier vor sich ginge. Dem graute natürlich vor einer weiteren OP. Ein sehr sympathischer Chefarzt sah sich den Jungen an, kommentierte kurz, man müsse an die Psyche des Kindes denken, der bliebe sofort hier, er würde persönlich noch am 23.12.1992 operieren. Weihnachten hin und her, das kenne er doch nicht. Also flitzte ich per Taxi zurück zum Anna-Stift, Klamotten, Zahnbürste, Kuscheltier, Fotos von Hadji und Ingo und mir holen. Hadji machte ich klar, worum es ging und versprach ihm, dafür zu sorgen, dass er irgendwie täglich mit Rahim telefonieren könne. Das bedeutete für mich, meine Besuche auf zwei Krankenhäuser zu verteilen. „Dauert nur zwei Wochen", sagte mir der Arzt.

Ingo und ich hatten beschlossen, Weihnachten in Hamburg zu verbringen. Aus irgendeinem Grund wollte er um keinen Preis in Neuhaus, dem kleinen Vorort Wolfsburgs, in dem wir leben, sein. Hadji und Rahim könnten wir auch von Hamburg aus besuchen. Wir würden am 23.12.1992 in Hamburg beim Afghanen essen gehen, dort für Hadji und Rahim kochen lassen und dieses Heimatfresschen dann den Kindern am Heiligabend zur Bescherung mit nach Hannover nehmen. Tolle Idee.

Gesagt, getan. Am 24.12. nachmittags, Bescherung bei Hadji im Anna-Stift: Walkman, Aufladegerät, afghanische Kassetten, die ersten deutschen Kinderlieder von Rolf Zuckowski, T-Shirt mit eigenem Foto und Kabeli mit Chutney und Dogh (afghanisches Hochzeitsessen). Die Strahleaugen hielten wir mit dem Fotoapparat fest. Das Geschmatze konnte nicht festgehalten werden, da wir zu diesem Zeitpunkt noch keine Videokamera hatten. Bei Klein Rahim hielt sich die Begeisterung sehr in Grenzen. Er hatte wieder enorme Schmerzen. Die Schwestern bestätigten das und erklärten uns, dass schon kleine Hautabschürfungen schmerzhafter seien, wenn man zum Beispiel auf die Knie fällt, als wenn es ein Loch gibt und gleich richtig blutet. Und hier sei ein fünf mal zehn Zentimeter großes Hautstück der ersten Schicht transplantiert worden. Das sind unvorstellbare Schmerzen. Wieder kam ich mit meiner "heute noch ganz doll, morgen schon ein klein bisschen weniger und übermorgen noch ein bisschen weniger Schmerz-Theorie." Das wirkte. Das hatte schon einmal geklappt und vor allem hat es gestimmt, was die Petra damals erzählt hat. So aufnahmefähig war der Kleine dann doch schon, dass er diese Philosophie dankbar aufnahm.

Heiligabend zwischen Ingo und mir fand nicht statt. Wir gingen mit Max an der Elbe in Övelgönne auf und ab und schauten in die Fenster derer, die den Heiligen Abend feierten. In Gedanken waren wir bei den Kids.

Rahim ging es sehr schnell sehr viel besser. Der Walkman brachte ihm viel Spaß, er hatte im Zwei-Bett-Zimmer einen sehr netten türkischen Bettnachbarn, dessen Frau Rahim mit bekochte, und telefonierte täglich mit Hadji. Ingo und ich fuhren von Hamburg weiter nach München, um dort bei meinem besten Freund Dr. Udo Ecknitz und seiner Familie Silvester zu feiern, von dort weiter nach Biberwier in Österreich zu Familie Perkthold, auf den Spuren von Ingos Vergangenheit, denn er hatte viele Jahre seiner Kindheit mit den Eltern und Geschwistern am Blindsee gezeltet. Dort wollte ich in meinen vierzigsten Geburtstag hineinfeiern und abends mit meinen besten Freunden Dr. Ecknitz und Dr. Maschmann in München essen gehen.

Am 06.01.1993 sollte bei den Perktholds ein Lämmchen zur Welt kommen (Alois Perkthold züchtet Schafe). Alois nahm mich morgens um 6.00 Uhr mit in den Stall. Ich wollte unbedingt der Geburt beiwohnen. Leider kamen wir zwei Stunden zu spät. Die Mami hatte das schon erledigt und der kleine Kerl, ein Bock, stand mähend, weißgelockt und wackelig, auf seinen krummen Beinchen. Wie der kleine Kerl denn heißen sollte, fragte ich. Der bekommt keinen Namen, denn in sechs Wochen, und Alois bedeutete mir guttural und mit Handzeichen, würde das Lamm geschlachtet. Und das mir. Oh nein, der Tag war gelaufen. Hatte ich doch just mit zweistündiger Verspätung der Geburt eines neuen Lebens beiwohnen dürfen, das nun bald mit dem Tod konfrontiert werden sollte. Traurig berichtete ich Ingo davon beim Frühstück. Der besprach das abends mit Alois, sagte ihm, dass er für mich am nächsten Tag kein Geburtstagsgeschenk hätte und ob das nicht was wäre, ob das nicht überhaupt ginge. Alois, der von meiner Tierleidenschaft wusste, fand das zwar ein bisschen verrückt, nahm mich aber ins Verhör.

Ich wäre dann Bäuerin, eingetragen im Zuchtregister, die Arbeit wolle er schon machen, und wenn sich der Bock als ein guter erweise, könne man sogar mit ihm Geld verdienen. Verkaufen wolle er ihn jetzt noch nicht, aber eine Nummer würde er bekommen, woran ich ihn immer erkennen könne, aber ich müsse wenigstens einmal im Jahr zum Almauftrieb dabei sein, um mein Interesse und meine Fürsorge zu bekunden. Das mache ich doch glatt. Ingo fand das auch gut, und so gab ich dem Lamm den Namen Purzel, weil es so einfach ohne uns aus dem Bauch seiner Mutter gepurzelt war.

Jetzt bin ich eine richtige Bäuerin und kann seitdem kein Lammfleisch mehr essen. Ingo hatte ein Geburtstagsgeschenk für mich, Alois fand das komisch, Hadji und Rahim, mit denen ich täglich telefonierte, fanden das lustig, meine Freunde in München, denen wir die Story abends erzählten, typisch.

Wieder zurück in Wolfsburg war auch hier der Winter ausgebrochen. Rahim wurde wieder zu Hadji in das Anna-Stift verlegt. Da waren die zwei froh, ich auch, denn bei jedem neuen Schneefall brauchte ich für eine Strecke nach Hannover fast drei Stunden, so dass ich jetzt manchmal schon aus diesem Grund Fahr- und Besuchspausen einlegen musste. Am 24.01.1993 verkündete mir die behandelnde Ärztin, morgen könne ich Hadji und Rahim mit nach Hause nehmen, die Behandlung sei vorerst abgeschlossen, ich müsse nur einmal wöchentlich zur Nachuntersuchung in die Ambulanz des Anna-Stifts kommen.

Das kam sehr überraschend, denn Rahim fehlte ein Stück Schienbein und aus Hadjis Knie floss ständig Eiter. Tja, dafür bräuchte er nicht mehr im Krankenhaus zu liegen, das könne ich auch zu Hause beobachten und behandeln, und über Rahim müsse man sich noch viele Gedanken machen. Da gebe es mehrere Möglichkeiten, weiter zu behandeln, das sei eine Frage der Technik und der Kosten, die mit Gardelegen abgestimmt werden müssten. Bis man sich aber darüber im Klaren sei, wie es bei ihm weiterginge, könne er auch bei uns zu Hause leben. Dann spare man zumindest die Kosten für die Krankenhausbetten, vorübergehend.

Das war einleuchtend. Bloß hatte man mir für die ambulante Nachsorge einen Zeitpunkt im März avisiert, so dass Ingo und ich noch schnell 14 Tage Skiurlaub für Ende Februar in Zermatt gebucht hatten, um unsere Akkus für die folgende Zeit mit Kids im Haus noch einmal gründlich aufzuladen. Na, da muss uns aber etwas einfallen, denn mitnehmen dürfen wir die zwei aus medizinischen Gründen nicht.

Nachmittags flitzte ich zum Einkaufen. Hausschuhe, neue Klamotten etc. Abends bauten wir das kleine Gästezimmer um. Bett, Nachttisch, Tisch und Stuhl raus. Dafür über Eck zwei Matratzen rein. Das musste reichen. Das geht. Am nächsten Morgen hole ich die Jungen ab. Ingo lieh mir dafür den Golf. Die leitende Ärztin gab mir Anweisungen: Täglich dreimal Antibiotika, mindestens über sechs Monate – wir hatten uns also auf einen längeren Aufenthalt in Deutschland einzustellen –, Rezepte dafür könne mir der Hausarzt aufschreiben, ebenso die zweieinhalb Zentimeter Schuhsohlenerhöhung für Hadji, der soll viel draußen herumtoben, viel frische Luft haben, ob Krankengymnastik müsse ich entscheiden, das Bein würde sowieso steif bleiben. Jetzt hat er 30 Grad Bewegung, das wird weniger, und die volle Streckung erreicht er nie. Rahims Fixateur muss ein- bis zweimal täglich gesäubert werden, wie, das zeige ich Ihnen. Am besten, Sie machen das abends. Wenn sich die Einstichstellen röten oder entzünden, Arzt aufsuchen, aber Sie kriegen darin Erfahrung mit der Zeit, desinfizieren, ganz wichtig, Narben eincremen, speziell, wenn es juckt, und leichte Krankengymnastik zwei- bis dreimal täglich machen, das können Sie selbst, ganz vorsichtig, ich zeige

Ihnen das. Das Bein darf auf gar keinen Fall belastet werden. Nass werden darf es auch nicht. Wenn Sie ihn duschen oder baden (geht nicht, wir haben keine Wanne), in Plastik einwickeln, es darf kein Wasser in die Einstichstellen. Hadji muss sein Bein belasten, unbedingt, ganz wichtig. Dadurch, dass er fast zwei Jahre mit dem verletzten Knie in angewinkeltem Zustand durch Afghanistan gehumpelt ist, auf einer Krücke, ist es sieben Zentimeter verkürzt, weil Sehnen und Muskulatur völlig erschlafft und verkümmert sind. Also belasten, auch wenn es wehtut! Am 08.02.1993 kommen Sie mit beiden wieder zur Ambulanz. Viel Glück.

Ich verfrachte die Jungen, die Rollstühle, alle Klamotten, Medikamente, Geschenke und Krücken in den Golf und ab geht's nach Hause. In Reislingen, zwei Kilometer vor Neuhaus, bedeutet mir Hadji, guttural von hinten, Rahim muss sich übergeben. Ich trete auf die Bremse, bringe den Wagen vorm Straßengraben zum Stehen, springe raus, reiße die hintere Tür auf, in dem Moment, Rahim kann sich in letzter Sekunde herausbeugen, erbricht er sich. Das war gerade noch einmal gut gegangen.

Wir kommen zu Hause an. Ganz ganz vorsichtig steigen wir die Treppen hoch. Beide Kinder auf Krücken. Max wartet schon, steht schwanzwedelnd hinter der Tür. Ich hatte Max einmal mit in Gardelegen, um ihn den Jungen vorzustellen und ihre Scheu abzubauen, denn Hunde und Katzen werden in Afghanistan nicht als Haustiere gehalten. Sie fanden ihn lustig und Hadji hat gleich das Zurück-Zurück-Sitz-Catch-Spiel mit ihm gespielt. Also: Die Tür geht auf, Rahim tritt als Erster ein, Max freut sich dermaßen – der war schon immer verrückt nach Kindern –, dass da endlich jemand zum Spielen kommt, weiß seiner Freude keinen Einhalt zu gebieten und springt an Rahim hoch. Der stürzt. Die Krücken fliegen weg. Er landet platsch auf dem Po und Rücken. Max findet das toll, stellt sich gleich über ihn und schleckt ihn ab.

Ich reiße den Hund weg, nehme das Kind hoch, dem der Schock im Gesicht steht, und setze ihn auf meinen Schoß. Es war nichts passiert, er war sehr geschickt gestürzt. Ich erklärte ihm, dass Max ihn nur begrüßen wollte, dass Max sich so sehr auf ihn gefreut hat, weil ich schon immer erzählt hatte, dass Hadji und Rahim bald nach Hause kämen und dass er wirklich keine Angst vor Max zu haben bräuchte, sie würden bestimmt ganz gute Freunde. Der Schock wich aus seinem Gesicht, Max verschwand in seinem Korb und Hadji stand da und staunte.

Kapitel 2

Nun waren sie da, die beiden. Hadji und Rahim in Neuhaus. Gerda, die unter uns wohnt, begrüßte sie und brachte gleich Klamotten und Schlafanzüge, die sie noch von ihren Söhnen Stefan und Clemens in dem Alter aufbewahrt hatte. Ich wechselte täglich Bettwäsche und Handtücher, da ich eine Heidenpanik davor hatte, die offenen Wunden könnten sich durch ein Tierhaar oder Ähnliches entzünden. Wir drei machten Krankengymnastik, spielten und übten täglich für die Schule. Es wollte und wollte mit der Sprache nicht vorangehen. Untereinander sprachen die beiden Dari. Die Verständigung, jetzt, wo man täglich aufeinander hockte, war anstrengend. Ich sabbelte permanent auf die beiden ein. War ich am Kochen, ich kochte zur Eingewöhnung überwiegend afghanisch und indisch, saßen die zwei im Wohnzimmer auf dem Fußboden und schauten mir zu. Dabei erklärte ich ihnen ständig, was ich gerade machte. Zeitweilig beschäftigten sie sich auch mal selbst. Dafür war es natürlich toll, dass sie zu zweit waren. Sie spielten oft "Schwarzer Peter", und Hadji war häufig am Basteln. Irgendwas aus allem möglichen. Rahim sah ihm dann bloß zu.

Wenn ich die beiden abends im Bettchen hatte, war ich völlig fertig und geschafft. So fertig, dass ich kein Buch mehr in die Hand nehmen konnte. Ich musste beide von vorn bis hinten bedienen. Mit zwei Krücken kann man selbst nichts machen, geschweige denn helfen. Außerdem hatte ich ständig Angst, es würde ihnen etwas passieren. Sie waren doch nicht versichert, und Gefahrenquellen lauerten überall in diesem gediegenen Haus und dem wilden Naturgrundstück von 3.000 qm. Was, wenn Rahim aus der Dusche kommend mit den Krücken auf dem feuchten Fußboden ausrutscht? Geht das jedes Mal so glimpflich ab, wie bei Max' Begrüßung? Was, wenn Hadji vom Baum, Balken oder Dach fällt? Der gerierte sich nämlich wie ein Affe, ist mit seiner Behinderung beweglicher als manch anderer Junge mit zwei heilen Beinen. Mache ich alles richtig? Was kann ich anders machen? Was soll ich besser machen? So saß ich abends und dachte nach, trank ein Glas Rotwein und erzählte Ingo, was sich so tagsüber ereignet hatte. In dieser Zeit nahm ich circa sechs Kilo ab.

Beide Kinder waren anfangs so artig, dass es schon erschreckend wirkte. Sie wagten bei Tisch nicht zu sprechen, auch nicht, wenn sie gefragt wurden. Sie reichten uns Brot, Butter, Käse, mochten nicht nachnehmen, auch nicht, wenn sie noch Hunger hatten. Wirkten aber dennoch nicht verängstigt. Sie waren einfach von zu Hause so erzogen.

Ein paar Tage nach ihrer Ankunft in Neuhaus, beschlossen wir, nach Gardelegen zu fahren, um dort "Hallo" und "Dankeschön" zu sagen. Wir nahmen für diese Holperstrecke den Golf. Dort angekommen, der Motor war schon abgestellt, schafft Rahim es nicht mehr, rechtzeitig aus dem Auto zu kommen, und erbricht über sich und die Ledersitze des neuen VR 6 das gesamte Frühstück und Mittagessen. Die ganze stinkende "Bröckelsuppe" läuft in alle Ritzen der hinteren Sitzbank. Ich zerre Rahim aus dem Auto, der wird sofort von der Putzfrau versorgt, und ich greife mir die Hundedecke und stopfe sie zwischen Bank und Rückenlehne, um das Schlimmste zu verhindern. Die Kinder werden vom Krankenhauspersonal jubelnd begrüßt und bekommen sofort zu Essen und zu Trinken. Die Putzfrau und ich nehmen den Golf auseinander und putzen eine Stunde lang. Dann geht es wieder zurück, diesmal mit vielen

Plastiktüten und Stoffwindeln ausgerüstet. Man verspricht, uns in Neuhaus zu besuchen.

Hadji ist inzwischen so sicher mit seinen Krücken, obwohl er immer noch nicht sein krankes Bein belastet – er hat einfach Angst und kein Zutrauen zu dem Beinchen ohne Muskeln –, dass ich ihn auf eine Gassirunde mitnehme, damit er den Ort und sein Revier kennen lernt.

Es gibt Kinder und Jungen seines Alters im Dorf und jedes Mal, wenn wir so einem begegnen, bleibt Hadji stehen, kriegt große Augen und der Hals wird lang und länger. Die anderen Jungen glotzen nur und zeigen keinerlei Interesse. Es sind Freunde aus Dennis' Clique. Dennis ist der elfjährige Sohn von Elke Müller, die Ingos Bruder Oskar vor drei Jahren geheiratet hat und ihre Kinder Dennis und Carola mit in diese Ehe brachte. Ich hatte natürlich gehofft, dass sich über diesen Dennis automatisch Jungen bei uns einfinden würden. Da hatte ich aber weit gefehlt, denn Dennis und seine Schwester Carola (13) gingen uns offensichtlich extra aus dem Weg, und Elke sah wohl keinen Anlass, aus Solidarität oder Familienbande, wenn auch nur angeheirateter, Dennis mal zu uns rüberzuschicken. So sah ich die traurigen Augen meiner Jungen, die überhaupt nicht verstanden, wie man ohne Kontakt zueinander unter einem Dach leben konnte. Da musste ich mir etwas einfallen lassen.

Die Kinder litten unter ihrer Isolierung. Dann kamen plötzlich ein paar Mädchen aus dem Ort. Mädchen, die früher regelmäßig bei mir verkehrten, sei es wegen Max, oder im Sommer, um unseren Pool mitzubenutzen, oder einfach nur so, um mit mir einen auszuquatschen oder Schularbeiten bei mir zu machen. Petra war bei Kindern schon immer beliebt. Diese Mädchen, albern wie sie in dem Alter nun mal sind, kamen herein, kicherten und drucksten herum, bis sie mit der Sprache rauskamen. Sie wollten Hadji und Rahim im

Rollstuhl durch die Gegend schieben. Und auf ging's. Die Jungen saßen wie die Paschas in ihren Rollstühlen und ließen sich von den Mädchen schieben. Herrlich! Nun war das Eis gebrochen, der Kontakt da und fortan verkehrte Rahim nur noch bei Melanie. Die hatte nämlich einen Gameboy – Computer, speziell solcher Art, sind in unserem Haus verboten, zumal wenn man der deutschen Sprache noch nicht mächtig ist und das durch diese Art der Kommunikation bestimmt auch nicht wird – der es Rahim angetan hatte, so dass er nunmehr bei Melanie die Gelegenheit sah, ohne mein Wissen damit zu spielen, wie mir Melanies Mutter verriet. Ich erläuterte der Mutter meinen Standpunkt und so unterblieb diese Art des Spielens. Es wurde respektiert.

Nun stellte sich Tobias, ein gleichaltriger Junge aus der Nachbarschaft, ein. Er interessierte sich für Hadjis Krankheit und wollte helfen. Tobias war bis dato ein typischer Einzelgänger, hatte keine Freunde im Ort und wurde auch nicht gern gesehen, da er in seiner Persönlichkeitsstruktur kein einfaches Kind war. Ich hatte nichts gegen ihn, fand sein Anerbieten sehr sozial und brachte ihn zu Hadji. Tobias wollte ihm seine Hanteln zur Verfügung stellen, damit er damit die Muskulatur seines Beines trainieren könne. Hadji war begeistert. Endlich ein Junge, denn mit Mädchen spielt man eigentlich nicht, die zählen nicht in deren Gesellschaft. Fragt man einen afghanischen Jungen, wie viele Geschwister er hat, nennt er nur die Anzahl der Brüder. Fragt man wie viel Kinder die Familie hat, erhält man dieselbe Auskunft. Erst auf ausdrückliches Nachfragen erfährt man von der Existenz weiblicher Geschwister.

Der Wintersport rückt näher, und ich muss eine vorübergehende Unterkunft für die Jungen finden. Gardelegen erklärt sich bereit, Hadji und Rahim für die zwei Wochen noch einmal aufzunehmen. Das würde zur Not gehen, obwohl ich diese Lösung bei weitem nicht perfekt finde. Da bietet Frau Obermeier eine Alternative an. Marianne und Klaus Rudolff, die seinerzeit den Mohammad in Pflege hatten und ihn nun adoptiert haben, würden sich eventuell bereit erklären, die beiden während der zwei Wochen Skiurlaub bei sich aufzunehmen. Also verabredet man sich zum Zweck des Kennenlernens. Rudolffs waren einverstanden, aber Hadji und Rahim wollten lieber nach Gardelegen. Da lasse ich mir schnell eine Seuche einfallen. Das ganze Kinderkrankenhaus ist von einer schrecklichen Diarrhöe befallen. Große Ansteckungsgefahr, zu gefährlich. Außerdem sei der Mohammad bei Familie Rudolff ein Landsmann, das ist doch viel besser. Die Kids sind nicht begeistert.

Ich unterrichtete die OHA von unseren Plänen, die sind einverstanden und erkundigen sich nach dem Wohl der Kinder. Ich berichte, berichte auch von Hadjis Aktivitäten, da belehren sie mich und erwarten, dass ich Hadji ruhig halte und ruhig stelle. Wie ich das machen solle? Erstens sei vom Krankenhaus viel Bewegung verordnet, zweitens sei der Bewegungsdrang Hadjis wohl mehr als verständlich, nachdem er nach über zwei Jahren erstmals spürt, wie das so ist mit zwei Beinen, und drittens könne ich ihn wohl kaum mit Pattex auf dem Sofa festkleben. Doch, könne ich sehr wohl, behauptet Herr Klaun von der OHA, die Kinder seien nicht versichert, es dürfe also nichts passieren. Überall lauert hier die Gefahr, erkläre ich Herrn Klaun, wenn Hadji sich etwas brechen will, kann er das im Haus ebenso gut wie draußen. Ob ich die Kinder auf den Rücktransport vorbereite, fragt Herr Klaun. Klar tue ich das, wir sprechen viel über Afghanistan und ihre Eltern und dass sie dorthin zurück müssen, aber das würde wohl noch etwas dauern, jetzt stünde erst einmal die Genesung im Vordergrund.

Der Vorstellungstermin in der Ambulanz des Anna-Stiftes ergibt nichts Neues. Dafür hat der Trip mit Wartezeiten, Anmeldung, Wartezeiten, Röntgen, Wartezeiten,

Besprechung nur sieben Stunden gedauert. „Wenn Sie aus dem Wintersport wiederkommen, möchte ich die Kinder sehen,“ wird mir mitgeteilt.

Am 12.02.1993 bringen wir die Kinder zu Familie Rudolff. Ich erkläre Frau Rudolff, wie die Reinigung des Fixateurs funktioniert, wie Gymnastik gemacht wird und dass die Jungen nicht zu viel fernsehen sollen.

Zermatt war zauberhaft und tägliche Anrufe der ersten Tage bestätigen, die Jungen fühlen sich wohl bei Familie Rudolff. Sie haben sehr viel Spaß. Beruhigt und ohne schlechtes Gewissen genießen wir zwölf Tage Schnee und Sonne und frische Luft und etwas Sport.

Am 28.02.1993 fahren wir, in Wolfsburg angekommen, sofort nach Schmalenburg zu Marianne und Klaus Rudolff, die Kids abholen. Sie sind groß geworden in den zwei Wochen, hatten viel Spaß mit Mama und Papa Rudolff – wie sie sie jetzt nannten – und Mohammad und wollen jetzt auch so ein Fußballkickerspiel haben wie im Keller von Papa Rudolff. Das gibt es aber nicht für Privatpersonen. Die gibt es nur in Kneipen und Spielhallen. Papa Rudolff war da per Zufall über seinen Fußballverein herangekommen. Das Ding war defekt, sollte verschrottet werden, da hat Klaus Rudolff es an sich genommen, repariert und in seinem Keller aufgestellt. So ein Zufall kommt nicht wieder. Außerdem haben wir keinen Platz. Wo sollen wir so ein riesiges Monster hinstellen, ins Wohnzimmer? Aber man weiß jetzt, dass so ein Ding in Schmalenburg steht. Der Kontakt zu Mohammad soll gefördert werden, also werden wir die Rudolffs immer mal besuchen.

Wieder zu Hause, treffe ich Dennis, den Sohn von Ingos Schwägerin, die im alten Elternhaus von Ingo mit seinem Bruder Oskar und Mutter Resi wohnen. Den schnappe ich mir und frage ihn, warum er so ein Versteckspiel mit uns spiele. Ob er sich nicht vorstellen könne, wie das sei, in einem fremden Land mit kaputten Beinen und ständig von der "eigenen" Familie gemieden? Und ob er sich denn nicht mehr erinnere, wie gut ihm meine Hilfe immer getan hätte, wenn es ihm schlecht gegangen war, wenn er Probleme hatte, und das war wöchentlich der Fall. Darüber solle er mal nachdenken.

Nachmittags lud er Hadji und Rahim zu sich ein. Fortan verkehrten alle Rotznasen, Straßenjungen und Dennis' Freunde in unserem Haus. Hadji und Rahim sind anderen Kindern gegenüber sehr tolerant, anpassungsfähig, und Hadji, als der große Macher, Kraftprotz und Affe – in sportlicher wie komischer Hinsicht – hatte sofort die Sympathie der Jungen auf seiner Seite. Spielten sie nicht draußen, spielte sich alles bei Trotts im Wohnzimmer ab. Ringkämpfe, Balkenkrabbeln, Musikmachen, Rumlärmen. Bei Trotts sind Kinder willkommen, was man nicht von allen Familien behaupten kann, nicht zuletzt wegen des Schmutzes und der Unruhe. Unsere Leute ziehen unten im Flur alle selbstverständlich die Schuhe aus, da kann nichts dreckig werden. Und elfjährige Kinder sauen auch nicht mehr mit Schokoladenfingern rum, aber wer nicht will, findet immer einen Grund. Natürlich war das für mich anstrengend, denn es gab keine Möglichkeit des Sichzurückziehens, und im Kinderzimmer war für vier bis acht Kinder kein Platz zum Rangeln und Toben, denn Glasvitrine und Vertiko hatte ich nicht woanders unterbringen können.

Hadji und Rahim lernten sehr schnell zu differenzieren zwischen Kindern aus sozial gut und weniger gut situierten Familien. Täglich kamen sie nach Hause und fragten mich nach Begriffen wie Arschloch, Wichser und solchen, die ich nicht ausspreche, geschweige denn hier niederschreibe, sie ihnen aber dennoch erklärte und mir verbat, diese Worte jemals aus ihrem Munde zu hören.

Hadji und Rahim haben die ersten zwischenmenschlichen Probleme zu meistern. Paul S. erweist sich als Problemfall. Als Raufbold vor dem Herrn, schulisch kaum das Niveau der Grundschule haltend, sich permanent der Fäkalsprache bedienend, ständiger Gast bei Trotts, da andernorts überall schon Hausverbot, ist von Hadji und Rahim nicht mehr gelitten. Sie wollen nicht mehr mit ihm spielen, er sei zu brutal, es mache keinen Spaß. Hadji sei zwar stärker, befürchtete jedoch, wenn er richtig zulange, ihm etwas zu brechen, außerdem würde sich der Paul sofort an Rahim, der aufgrund seines Fixateurs im Moment noch der Schwächere sei, rächen. Ich rate Hadji und Rahim, Paul eine Chance zu geben, Vorbild zu sein, sich ansonsten zu distanzieren, erkläre ihnen die Struktur seines Elternhauses und warum der Junge so geworden sei, wie er ist. Ich hatte ihn mir schon ein paar Mal geschnappt und ihm erklärt, dass ich von ihm erwarte, dass er sich mit seinen Kraftausdrücken Hadji und Rahim gegenüber zurückhalten solle, denn die lernten noch deutsch und bekämen durch seine Ausdrucksweise den falschen, von uns unerwünschten, nicht praktizierten Wortschatz vermittelt. Ich hatte das Gefühl, er genoss diese Gespräche mit mir, strahlte mich mit seinen offenen blauen Augen an und kam immer häufiger. Die Ablehnung von Hadji und Rahim schwenkte auf Mitleid um, man verkehrte weiterhin miteinander und kam auch gelegentlich durch Hadjis Initiative und Ideenreichtum richtig zum Spielen.

Da ereignet sich folgender Zwischenfall: Meine Jungs kommen nach dem Spielen ganz aufgeregt nach Hause und erzählen mir, dass gleich eine Party mit allen Kindern bei Paul im Keller stattfände. Sie seien auch eingeladen. Ob sie dahin dürften. Klar durften sie. Ich gab ihnen noch Cola, Saft und Chips mit und bat sie, gegen 22.00 Uhr wieder hier zu sein. Zack waren sie verschwunden. Ich traute meinen Augen nicht, als sie 20 Minuten später mit langen Gesichtern wieder bei mir auftauchten. „Was ist denn nun passiert?“, lautete meine erstaunte Frage. Drucks, drucks, dann die Antwort: „Die Mutter hat uns nicht reingelassen.“ „Wieso nicht?“, wollte ich wissen. „Da seien schon zu viele Kinder, der Keller sei voll, es sei kein Platz mehr für uns.“ Na bravo. Und das von dieser Familie. Da gab's nur eins, nämlich die Konsequenz, dass für Paul in Zukunft in unserem Haus auch kein Platz mehr sei. Das bespreche ich mit Hadji und Rahim und zur Entschädigung machen wir einen Spielabend mit lauter Disco. Als die beiden im Bett liegen berichte ich Ingo von diesem Vorfall und frage ihn, ob wir es mit den ersten Ansätzen von Ausländerfeindlichkeit zu tun hätten.

Den nächsten Abend berichtet Rahim mir, er sei noch mal zu Pauls Mutter gegangen und hätte diese gefragt, warum er und sein Bruder gestern nicht mitfeiern durften. Das fände er ungerecht, zumal Paul ständiger Gast bei uns sei. Er erhielt aber keine zufriedenstellende Antwort. Ich fand diese Reaktion von Rahim großartig und sprach ihm meine Anerkennung dafür aus. Respekt und Hut ab, dachte ich.

Inzwischen hatte Hadji von Irene Obermeier ein Behindertenfahrrad mit drei Rädern bekommen. Das war natürlich der Renner. Jetzt konnte er mithalten mit den anderen Jungen. Er erlernte das Radfahren wie alles, was mit Motorik zu tun hat, im Handumdrehen. Ebenso das Schwimmen. Es gibt einen Anfängerkurs für Körperbehinderte, jeden Donnerstag von 18.00 Uhr bis 19.30 Uhr. Da machen wir natürlich mit. Papa Rudolff mit Mohammad, der auch noch nicht richtig schwimmen kann, schließt sich an. Er ist selbst so eine Wasserratte und tollt mit Hadji und Mohammad herum. Was gibt es besseres für Hadjis Bein als Radfahren und Schwimmen.

Rahim sitzt dabei und kann, wie bei allen Aktivitäten, wieder nur zuschauen. „Warte nur, wenn dein Bein erst heil ist, dann machst du Hadji was vor, denn dein Bein wird mal ganz heil, so wie das von Mohammad, Hadjis Bein wird aber immer zu kurz und etwas steif bleiben. Jetzt im Moment ist er besser dran. Später aber du.“ Schwer einsehbar für einen Jungen in dem Alter.

Ich biete ihm an, bei Sheila, der Tochter unserer indischen Freundin Zainu, Klavierunterricht zu nehmen, dann hätte er etwas Eigenes (Loriot), etwas, was Hadji nicht macht. Ich war darauf gekommen, weil das Kind häufig am Flügel saß und darauf rumklimperte. Die Äuglein strahlten. Parallel erhält Hadji dreimal wöchentlich Krankengymnastik. Meine Freundin Christiane aus Itzehoe fand das äußerst wichtig – sie ist selbst Krankengymnastin –, also wird das in Angriff genommen. Für mich bedeutet das, dreimal wöchentlich Hadji zur Krankengymnastik fahren, zweimal wöchentlich Rahim zu Sheila bringen. Einmal wöchentlich zum Schwimmen. Alle 14 Tage mit Rahim zur Ambulanz, wo sich allerdings in Sachen Schienbein nichts rückt und rührt. Ich war nur noch am Rumkutschieren.

Kurz vor Ostern haben Ingo und ich die Idee, Hadji und Rahim in die Schule zu schicken. Beide sind Analphabeten ihrer Muttersprache. Wir wollen die Zeit des Deutschlandaufenthaltes so sinnvoll wie möglich nutzen. Selbst wenn sie in Afghanistan deutsch in Wort und Schrift nicht direkt nutzen können, so lernen sie hier doch wenigstens rechnen, und was sie in den Köpfen haben, kann ihnen keiner mehr nehmen. Wir besprechen das alles mit Herrn Puhr, dem Rektor unserer kleinen Dorfschule. Der hat eine dritte Klasse mit nur sechs Schülern, da würden Hadji und Rahim prima reinpassen. Er braucht nur das Okay des Schulrates; das erhält er. Die Osterferien sind vorbei. Hadji und Rahim werden eingeschult. Durch meinen Unterricht beherrschten sie bereits das Alphabet in Druckbuchstaben und konnten bis Hundert addieren, waren also keine völligen Analphabeten mehr.

Langsam ging mir die Geduld mit dem Anna-Stift zu Ende. Sie hatten einfach kein Konzept, wie es mit Rahim weitergehen sollte. Die anfangs angenommene Hoffnung, der fehlende Knochen des Schienbeines würde durch Ruhe von allein nachwachsen, erwies sich als Irrtum. Kein Mikromillimeterchen Knochenbildung konnte auf den Röntgenaufnahmen gesichtet werden. Es blieben folglich zwei Möglichkeiten: Die eine, durch langsames Langziehen, mit Hilfe eines neuen speziell dafür angefertigten Fixateurs, der vorhandenen Knochenenden, die Differenz zu überbrücken. Dauer des Ziehvorgangs, circa sechs Monate, anschließendes Belasten des Beines nach weiterer dreifacher Zeit des Ziehvorganges, also nach circa eineinhalb Jahren, erst möglich. Die andere Möglichkeit, durch Einsetzen eines Knochenstückes, woher auch immer, das fehlende Schienbein zu ergänzen. Man kam zu keinem Resultat. Unterstützung und Hilfe durch Einschalten der OHA war nicht zu erwarten. Die kümmerten sich um nichts. Mir reichte es. Ich konnte nicht mehr mit ansehen, wie dieses Kind Monat für Monat bei mir herumsaß, sich langweilte – der Klavierunterricht war inzwischen abgebrochen, dafür musste man zu viel üben, nämlich täglich eine halbe Stunde, und immer noch kam da keine Disko heraus –, immer nur zusah, wie Hadji täglich Fortschritte mit seinem Bein machte und wir darüber hinaus langsam Gefahr laufen mussten, dass sich dieses Bein ohne Beanspruchung, ohne Belastung, ebenso wie bei Hadji, verkürzen würde. Dieses Risiko wollte ich nicht eingehen.

Ich besprach mich mit Irene Obermeier, die mir riet, Dr. Steinmann in Wolfsburg zu konsultieren, der seinerzeit den Mohammad mit gleichem Symptom erfolgreich operiert hatte. Ich sprach mit Dr. Steinmann und stellte ihm das Kind vor. Dieser schlug fassungslos die Hände über dem Kopf zusammen: „Da hätte man doch schon vor drei Monaten was machen können." Terminkalender raus. Einweisung ins Krankenhaus Dienstag, den 27.04.1993, 9.00 Uhr. OP am Donnerstag, dem 29.04.1993, 8.00 Uhr. OP-Methode: fast die gleiche wie bei Mohammad: Elfte Rippe raus, rein ins Schienbein, von der eigenen Knochenbank feingemörsertes Knochenpulver mit Flüssigkeit verrührt herstellen (bei Mohammad musste damals in Ermangelung einer Knochenbank noch ein Stück von seiner Hüfte entfernt werden) und mit der zurechtgeschnittenen Rippe so verbinden und zusammenfügen, dass eine Einheit entsteht, die das entfernte Stück Schienbein ersetzt, vierfach verschrauben, Gips drum, fertig. Das hört sich hier so einfach an, weil ich mich nicht fachmännisch auszudrücken vermag. In Wirklichkeit ist es eine höchst komplizierte OP-Methode, die Dr. Steinmann selbst erarbeitet und praktiziert hat, fernab jeder Schulmedizin. Es ist eine äußerst akribische Filigranarbeit, für die extremes Fingerspitzengefühl erforderlich ist, um so ein Meisterwerk zu vollbringen.

Ich unterrichte das Anna-Stift von meiner Absicht, bedankte mich für bisher geleistete Bemühungen und holte mir das Okay und die Kostendeckungszusage von Gardelegen.

Am 27.04.1993 brachte ich Rahim in das Wolfsburger Stadtkrankenhaus. Hier hielten es die Schwestern für angebracht, dass ich als "Mutter" präsent bin, wenn das Kind aus der Narkose aufwacht. Unterbewusst registriere er schon, wenn eine vertraute Bezugsperson anwesend ist, auch wenn er sich am nächsten Tag nicht mehr erinnert. Ich bat also darum, mich anzurufen, sobald Rahim den OP-Saal verließe. Zehn Minuten später sei ich dann da. So geschah es dann auch. Um 16.00 Uhr benachrichtigt man mich: Die Achtstunden-OP sei überstanden, dem Patienten ginge es dementsprechend. Ich rase rüber ins Krankenhaus. Sofort empfing man mich auf der Intensivstation. Ich wurde desinfiziert, in sterile Kittel gesteckt und zu dem Kind geführt.

Da lag er, der kleine Kerl. Wie schon zweimal zuvor voller Schläuche, Kanülen, Absauggeräte, Tropfflaschen etc. Es dauerte, bis er zu sich kam. Immer wieder schlugen und brüllten die Schwestern auf ihn ein. Er wollte einfach noch nicht aufwachen. Dann kam er zu sich, blinzelte mich an und griff nach meiner Hand. Er hatte also registriert. Die Narkose ließ nach, die Schmerzen nahmen zu. Er begann zu wimmern. Diesmal nicht auf Dari zu Allah, nein auf Deutsch: „Oh Gott oh Gott, oh Gott oh Gott." Er war klatschnass und fror. Ich deckte ihn, so weit es ging, mit einer zweiten Decke zu und wischte ihm ständig sein Gesicht trocken. Nach einer Stunde kam der Oberarzt, sah sich den mit Blut durch und durch durchtränkten Gips an, erklärte mir, wie man vorgegangen war und wunderte sich über das viele Blut. Ich erinnerte mich an die Klumpenbildung bei Hadjis Absauggerät und sprach ihn darauf an. Tatsächlich, es wurde kein Blut mehr abgesaugt. Es hatte sich Luft im Schlauch gebildet, welches das Absaugen verhinderte. Es folgte dieselbe Prozedur, wie damals bei Hadji. Rahim schrie, schrie mich an, ich solle denen das verbieten: „Sage denen, die sollen aufhören!!!" Es war furchtbar, mit anzusehen, was dieses kleine Wesen wieder durchleiden musste.

Gegen 20.00 Uhr schlief er ein. Ich verließ das Krankenhaus. Um 20.30 Uhr ging zu Hause das Telefon: „Stadtkrankenhaus Wolfsburg. Bitte kommen Sie schnell, Frau Trott. Rahim hört nicht auf zu schreien. Er regt sich so furchtbar auf, die Schmerzen werden immer schlimmer, wir können ihn nicht beruhigen, er blutet immer mehr, das muss aufhören, bitte kommen Sie." Mein Mini bringt mich irgendwie zu Rahim. Der hört sofort auf zu schreien, als er mich sieht. Ich bleibe bis 23.00 Uhr bei ihm, vergewissere mich, dass er schläft, diesmal wirklich schläft, und sage der Nachtschwester, dass sie mich gern aus dem Bett holen kann, wenn sie mich braucht. Sie braucht mich nicht. Rahim schläft durch. Die nächsten drei Tage fahre ich zweimal täglich ins

Krankenhaus. Das ist machbar, denn ich fahre von Tür zu Tür nur 15 Minuten. Auch diesmal habe ich wieder zwei Patienten zu betreuen. Resi, meine Schwiegermutter, hat sich dazugelegt. Ein Haus weiter. Oberschenkelhalsbruch. Das hat sie ganz gut getimt (Tschuldigung Resi).

Zwischenzeitlich hatte sich ein kleines Problem mit Hadji ergeben. Der nämlich hatte sich bei Amin beschwert, wir besuchten ab und an die Obermeiers, dass ich ihn nicht richtig lieb hätte, obwohl ich die tollste Mama der Welt sei, aber immer davon spräche, dass er eines Tages wieder nach Afghanistan müsse. Er wolle aber nicht zurück nach Hause, er wolle unbedingt bei uns bleiben. Amin solle das mal für ihn managen. Das tat er dann auch mit Hilfe von Irene. Ich war entsetzt. Natürlich hatte ich ihn lieb, das musste er auch spüren, andernfalls hätte er wohl kaum den Wunsch, bei uns zu bleiben. Natürlich sprachen wir oft über den Tag X, an welchem die Jungen wieder in ihre Heimat gebracht werden würden, dazu waren wir von der OHA verdonnert. Außerdem bot unsere räumliche Situation keine Möglichkeit, auf Dauer zwei heranwachsende Jungen aufzunehmen, und darüber hinaus wollte ich irgendwann einmal wieder ein "normales" Leben führen. Bis dato galt mein Leben ausschließlich den Kindern. Meine Interessen standen hinter allem zurück. Ich kam nicht mehr zum Golfspielen, ich kümmerte mich nicht um den Garten, es blieb nicht genügend Zeit, mit Max Hundeschule zu machen, im Büro ließ ich mich auch schon lange nicht mehr blicken, für Freunde hatte ich keine Zeit und in Sachen "Mäusegeschichten" – ich hatte einen Monat bevor ich von der Ankunft der Jungen erfuhr, begonnen, ein Kinderbuch zu schreiben – war nicht ein Satz mehr zustande gekommen.

Wie bereits erwähnt, war ich abends immer noch so kaputt, dass ich nicht einmal mehr las, geschweige denn daran zu denken war, lustige Mäusegeschichten zu produzieren, wo ich doch ständig in Sorge um die Genesung der Beine der Jungen war. Hätte ich die Power zum Schreiben gehabt, so wäre es an der Stimmung gescheitert. Tagsüber war ich lustig, für die Jungen, aber abends war mir nicht mehr nach Spaß zumute. So kommen keine Geschichten zustande. Das war also alles so nicht auf Dauer geplant.

Ich erzählte Ingo von Hadjis Absichten. Wir schnappten uns den Bengel und besprachen das Problem mit ihm. Seit die Kinder von Mama und Papa Rudolff, so wollten Marianne und Klaus von ihnen genannt werden, wieder bei uns waren, nannten sie Ingo und mich auch Papa und Mama. Ich hatte mich dagegen von Anfang an gewehrt. Ich wollte das nicht. Ich finde, man hat nur eine Mama auf der Welt. Das ist die, aus deren Bauch man kommt. Ausnahme bei der Adoption von Babys, oder wenn die Mama verstirbt. Hadji und Rahim hatten aber noch ihre leiblichen Mamas. Darüber hinaus hatten sie nun auch noch Mama Rudolff und nun noch mich als Mama zu betiteln, das wurde ein bisschen viel, und mir vor allem zu eng. Ich wollte das nicht. Aber die Kids. Unbedingt. „Du bist unsere Mama." „Nein, bin ich nicht." Ich bot ihnen als Kompromiss Ma und Pa oder Mami und Daddy an. Nein. Es musste bei Mama und Papa bleiben. Und nun hatten wir den Kladderadatsch.

Ich sollte Hadjis endgültige Mama sein. Wie macht man einem Kind aus Afghanistan klar, was ein Gesetz ist? Dass man nicht so einfach nur machen kann, wozu man mal eben Lust hat. In Deutschland zumindest nicht. Dass dazu wenigstens seine Eltern befragt werden müssten. Was die wohl dazu sagen? Natürlich hätte ich ihn lieb, sehr lieb, aber seine Mama in Afghanistan hätte ihn doch sicher auch lieb. Ob die nicht traurig wäre, wenn sie erführe, dass ihr Sohn nicht zu ihr zurück will. Diese Fragen blieben unbeantwortet. Jedenfalls verblieben wir in dem Gespräch so, dass, wenn der Zeitpunkt der Rückführung vor der Tür stehe, wir das noch einmal neu überdenken wollten, um es dann mit seinen Eltern zu besprechen. Das müssten wir in jedem Fall, wir dürften ihn nicht einfach so, ohne Einwilligung der Eltern behalten, nur weil wir ihn auch lieb hätten, das wäre Diebstahl. Und das in einem Rechtsanwalts- und Notarshaushalt, oh, oh... Auf alle Fälle würden wir mit seinen Eltern entscheiden, was unserer Ansicht nach das Beste für das Kind sei. Versprochen. Das Kind schien beruhigt.

Unser altes Peugeot Cabriolet befand sich seit Monaten in Saarburg zur Restaurierung. Jetzt war es fertig und konnte für den Sommer abgeholt werden. Rahim lag noch im Krankenhaus, würde aber übers Wochenende während unserer Abwesenheit von Mama und Papa Rudolff betreut, so dass wir mit Hadji und Max per Bahn am Sonnabend nach Saarburg fuhren. Auf dem Bahnsteig Wolfsburg trafen wir einen alten Bekannten von Ingo, einen Mitarbeiter von Amnesty International, der uns auf Hadji anspricht. Wir erzählen ihm, da noch etwas Zeit bis zur Abfahrt verbleibt, wie wir plötzlich an ein solches Kind geraten sind. Als er wieder geht, kommt eine junge Frau auf uns zu, entschuldigt sich, dass sie uns auf dem Bahnsteig anspricht, stellt sich vor und sagt mit österreichischem Akzent, sie hätte unser Gespräch mitbekommen und hätte einige Fragen. Sie fährt auch in unsere Richtung, sprich Hannover, wo wir umsteigen müssen. Wir setzen uns ins gleiche Abteil. Eva und Kurt Liebl, ein junges Paar aus Österreich, jetzt bei Wolfsburg aus beruflichen Gründen lebend, haben zwei kleine Mädchen. Sie sind so glücklich darüber, dass beide gesund sind, dass sie gern auch wie wir einem kranken Kind helfen würden. Wir erzählen unsere Geschichte von Hadji, der immer noch mit Krücken läuft, und Rahim, der noch im Krankenhaus liegt. Klar suche die OHA weiterhin neue Pflegefamilien, und ich wusste, dass in Bälde ein Transport über Pakistan nach Deutschland käme, in welchem Kinder für Magdeburg vorgesehen seien. Wir tauschten Telefonnummern aus. Ich werde mich melden.

In Saarburg hatten wir mit Hadji und dem "neuen" Cabriolet viel Spaß. Das Wetter war toll, wir fuhren nur offen. Sonntagabend waren wir wieder zu Hause.

Dienstag überrede ich Dr. Steinmann, mir Rahim schon mit nach Hause zu geben. Dessen Entlassung war erst zum Wochenende vorgesehen, aber Mittwoch wollte mein langjähriger Freund Charly aus Düsseldorf mit seinen Kindern Rupert (zehn) und Felix (sieben) über Himmelfahrt für fünf Tage zu uns kommen, da wollte ich Rahim gern zu Hause haben.

Zwischen Hadji, Rahim und Rupert brach nicht die große Liebe aus. Rupert benahm sich ziemlich abweisend, saß ständig bei uns Erwachsenen herum. Obwohl ich ihn immer wieder zu Hadji und Rahim schickte, die beide rührend um ihn besorgt und bemüht waren, kam er alle paar Minuten zu uns Großen. Ich hatte nun überhaupt keine Lust, den Alleinunterhalter für Rupert zu spielen. Er stänkerte viel rum. Hadji und Rahim behielten die Nerven, fragten ihn jedes Mal, wenn sie etwas Neues unternahmen oder vorhatten, ob er mitmachen wolle. Er klinkte sich aber gern aus. Felix beschäftigte sich entweder mit Max oder lief mit Hadji und Rahim rum oder ging nach nebenan zu Dennis oder spielte mit und in meinem Mini. Mit Rupert war nichts anzufangen. Schade.

Trotzdem fällt mir gerade zu diesem Besuch von Rupert und Felix eine ganz wonnige Begebenheit am Mittagstisch ein. Da Charlys Jungen meine Küche sehr mögen, wurden natürlich Wünsche erfüllt. Und während so eines Essens sagt der kleine Felix zu mir: „Oh Petra – es schmeckt köstlich!" Einige Tage nachdem Charly mit seinen Söhnen abgereist war und wir wieder mal ein ganz besonders leckeres Mittagessen hatten, sagte Hadji voller Inbrunst zu mir: „Mama, Mama das schmeckt küss mich!“ Der kleine Kerl hatte das Wort “köstlich“ damals noch nicht in seinem Sprachgebrauch und so wurde “küss mich“ daraus.

Am folgenden Wochenende ist Pfingsten. Thomas Frey, Ingos bester Freund, und Inge kommen. Ingo und Thomas kennen sich seit 1968 aus der Studentenbewegung in Hamburg. Seitdem ist Pfingsten bei den Trotts ein Jour fix. Thomas Frey ist der einzige, der daran noch festhält.

Das Wochenende darauf verbringen wir bei meiner Freundin Christiane in Itzehoe, das circa dreieinhalb Stunden Autofahrt von uns entfernt liegt. Wir fahren mit dem Cabriolet, vielleicht bekommt das Rahim besser. Weit gefehlt. Der fängt nach einer Stunde dermaßen an zu spucken und hört nicht mehr auf.

Am Rande möchte ich an dieser Stelle noch ein typisches Verhalten Hadjis einflechten, das vielleicht zu späterem Verständnis beiträgt: Die Stimmung in Itzehoe ist wie immer gut. Nun leben dort drei Personen. Und wenn die Trotts, wo auch immer, zu viert, mit Hund, einfallen, erfordert dies gegenüber den Gastgebern natürlich eine gewisse Disziplin und Rücksichtnahme, damit solche Besuche nicht in Chaos ausufern und fürderhin nicht mehr erwünscht sind. Folglich wird unter anderem auch von Hadji und Rahim erwartet, dass sie im Haushalt mal mit anpacken, wie zum Beispiel nach dem Essen: Geh nie mit leeren Händen, oder dass Spielsachen nach Beendigung des einen erst aufgeräumt werden, bevor andere hervorgekramt werden. Auf solche Dinge von mir nett angesprochen, reagiert Hadji üblicherweise recht aggressiv durch entweder vernichtende Blicke oder, auf Fragen meinerseits, durch barsche knappe Antworten, wie: Weiß ich doch nicht, mit entsprechend beleidigtem Tonfall.

Mir selbst fiel das bis dato noch gar nicht so massiv auf, bis Christiane mich nach einem solchen wiederholten Vorfall zur Seite nahm und mich fragte, warum ich mir das bieten lasse. Der ginge mit mir um, das sei ihr an diesem Wochenende wiederholtermaßen aufgefallen, als sei ich der letzte Dreck. Ob er überhaupt keinen Respekt vor mir habe, oder zeigt sich in diesem Verhalten die Tradition seines Heimatlandes? Seien das vielleicht schon die ersten Machoallüren? Darüber hinaus sei sie der Meinung, dass ich viel zu viel durchgehen lasse. Das habe ich übrigens später noch von vielen anderen Seiten zu hören bekommen.

Kontrolluntersuchungen bei Rahim ergeben einen normalen Heilungsverlauf. Er läuft mit Krücken, darf auf keinen Fall das Bein belasten, auch kein kleines mini-bisschen, auch nicht aus Versehen. Er ist sehr diszipliniert.

Die neuen Kinder für die Medizinische Akademie in Magdeburg sind da, zwei Mädchen. Raana, beide Beine amputiert, angeblich 14 Jahre alt, und Fatima, die weiter nach Berlin gefahren werden sollte, als der Bereitschaftsarzt, der Raana in Empfang nimmt, feststellt, dass Fatima den Weitertransport nach Berlin nicht mehr überleben würde. Es wird zur sofortigen Operation in Magdeburg in derselben Nacht alles hergerichtet und eingeleitet. Fatima, sieben Jahre alt, Halbwaise, wird operiert. Ein Bein ist nicht mehr zu retten. Es wird amputiert.

Irene bittet mich, mit ihr und den Jungen die Mädels zu besuchen. Hadji und Rahim sollen ihnen in ihrer Muttersprache Mut zusprechen. Guckt mal, wir haben das auch geschafft, war gar nicht so schlimm usw. Ich frage Irene, was für ein Mutzusprechen das wohl sein soll? Hadji und Rahim haben jeder beide Beine. Raana hat keine und Fatima nur noch eins. Solche Argumente finde ich etwas makaber in der Situation, aber wir können sie natürlich besuchen und einfach so etwas quatschen. Wir treffen uns in der Kinderklinik in Magdeburg, um vorab Boudin, einen ebenfalls kriegsverletzten Jungen, zu besuchen. Osteomyelitis im Oberkiefer; hervorgerufen durch einen Granatsplitterdurchschuss durch die Backe. Boudin hatte behauptet, Fahrradfahren zu können, wird auf ein vorhandenes Kinderrad des Krankenhauses gesetzt, stürzt sofort und bricht sich den Arm. Glück im Unglück, dass er sich bereits im Kinderkrankenhaus befand.

Die Jungen unterhalten sich, da nimmt Irene mich zur Seite und sagt zu mir: „Du, die kleine Fatima, zu der wir gleich weiterfahren, die steht zur Adoption frei. Das wäre ein Kind für dich. Die hat nur noch ihre Mama und soll in Deutschland bleiben. Ingo wollte doch immer gern ein Mädchen“. (Wie kam sie denn darauf???) „Dann habt ihr eins. Sieht auch aus wie ihr, merkt keiner, dass die aus Afghanistan kommt. Die ist ganz süß. Guck sie dir mal an.“ Mir verschlug es die Sprache. Ich war wie vom Donner gerührt. Also so geht das ja nun wirklich nicht. Ich hole tief Luft und sage: „Das muss ich erst einmal mit Ingo besprechen. Außerdem traue ich mir das nicht zu, noch ein krankes Kind. Wieder diese Hin- und Hergurkerei, diesmal bis nach Magdeburg. Irgendwie muss mal Ruhe in meinen Laden.“ „Wieso, du brauchst doch nur einmal die Woche hier rauszukommen und am Wochenende, das reicht.“ „Das reicht nicht, hat man doch bei Hadji und Rahim gesehen, und die psychische Belastung. Ein Mädchen mit einem Bein, wenn alle anderen den ersten Freund haben, nur sie nicht, weil sie keiner will mit einem Bein, wir wohnen in einem Dorf.“ „So'n Quatsch, die kriegt 'ne Prothese, Hose drüber, merkt keiner.“ Aha. „Alle Mädchen liegen im Sommer im Bikini am Pool in unserem Garten, nur Fatima nicht, die schämt sich nämlich.“ „Blödsinn, die gewöhnt sich ganz schnell daran. Die gehen damit ganz natürlich um. Wer die nicht haben will, der ist nur zu bequem.“ Dazu fällt mir nichts mehr ein, wenn es nicht unter die Gürtellinie gehen soll. Ich denke nur, dann nimm du sie doch, wenn das so einfach ist. Oder bist du auch zu bequem?

In der Medizinischen Akademie angekommen, habe ich das Gefühl, Fatima beobachtet mich unter dem Gesichtspunkt: Das ist bestimmt meine neue Mama. Das macht mich ganz fertig. Sie ist süß und lächelt mir immer zu, aber ich lasse sie nicht an mich heran. Ich wehre mich.

Als wir wieder zu Hause sind, weine ich ganz doll. Ich bin erschüttert. In vierzig Jahren hatte ich noch nie Kinder mit amputierten Beinen gesehen. Dann diese Vorstellung, was aus ihnen wird, wenn sie eines Tages in ihr Land zurück müssen. In ein Land, wo Frauen diskriminiert, Behinderte degradiert werden. Und hier sind schwerstbehinderte Mädchen, beide ohne Väter. Und Fatima hat die Chance, hier zu bleiben, wenn ich ihr diese Chance gebe. Aber ich will nicht. NEIN. Ich traue es mir nicht zu, ich traue es mir einfach nicht zu. Ich sehe so viele Probleme. Ich bin am Verzweifeln. Ich empfinde mich als Charakterschwein. Nur weil ich zu egoistisch bin, weil ich mein Wohl eingeschränkt sehe, will ich diesem kleinen Mädchen nicht helfen. Pfui Petra, pfui. Ich schäme mich. Ich rufe Christiane an. Die beruhigt mich. Ich soll das erst überschlafen, mit Ingo besprechen und mich nicht von Irene überreden lassen. Das sei kein Charakterfehler von mir. Eine solche Entscheidung muss reiflich überlegt werden.

Als ich abends Ingo davon berichte, wird der richtig wütend. Also, so geht das wirklich nicht. Darüber würde er mit Irene Obermeier reden. So hoppla hopp könne man uns kein Kind aufdrängen. Da müsste erst einmal eine Beziehung wachsen. Wenn ich mich bereit erklären würde, Fatima einmal wöchentlich in Magdeburg zu betreuen, ohne dass darunter unser Familienleben leiden würde, wir das Kind zur

Nachbehandlung nach Hause nähmen, weil sich niemand anders findet, die große Liebe zwischen Fatima und mir ausbricht, dann könne man sich immer noch Gedanken über eine Adoption machen, aber doch nicht im Vorwege. Und außerdem sei da noch dieses Platzproblem. Und ich könne schließlich nicht allen helfen, oder ich muss das zu meinem Beruf machen.

Ich entsinne mich Eva Liebls, der Österreicherin, die wir auf dem Bahnhof kennen gelernt hatten, und rufe sie an. Wir verabreden uns. Ich erzähle ihr von der Arbeit der OHA, erwähne jedoch auch die Vorbehalte, die ich gegenüber dieser Organisation verspüre. Dennoch erklärt sich Frau Liebl bereit, Fatima einmal zu besuchen. Nun fährt sie schon einmal regelmäßig in der Woche nach Magdeburg, bringt Raana das Stricken bei. Als ich sie auf die Adoptionsandeutungen von Frau Obermeier mir gegenüber anspreche, wehrt sie entschieden ab. Daran dächte sie gar nicht. Sie hätte ähnliche Äußerungen von einem afghanischen Arzt in der Medizinischen Akademie Magdeburg vernommen, nähme das aber nicht so wörtlich. Zurzeit gehe es lediglich darum, Raana und Fatima den Aufenthalt im Krankenhaus zu erleichtern. Eine sehr besonnene Frau. Sie wirkte von Anfang an auf mich mehr denn nur sympathisch.

Weihnachten 1991 hatte Oskar seinen Bruder Ingo davon unterrichtet, dass er ab März 1992 in den neuen Bundesländern ein Notariat aufmachen würde. Ingo traf diese Nachricht bitter. Er hatte bis dahin seit 15 Jahren mit Oskar die Kanzlei zusammen geführt. Verschiedene Gründe, die hier nicht von Bedeutung sind, hatten Oskar zu diesem Entschluss geführt. Eine harte Zeit stand uns bevor. Ingo bat mich, die Buchungen, die sonst von Oskar vorgenommen wurden, zu übernehmen. Natürlich sprang ich sofort ein, wenn auch Buchhaltung diejenige Arbeit ist, welche ich gleich nach Fensterputzen am meisten hasse.

Mit meinem Eintritt ins Büro kündigte die Bürovorsteherin fristlos. Es drohte alles zusammenzubrechen. Ich sprach Ingo Mut zu.

Unter der Woche arbeitete Oskar in Jena und kam nur noch am Wochenende nach Neuhaus zu seiner Familie. Was mit dem Haus nebenan geschehen solle, wenn seine Familie nach Jena nachziehen würde, sobald ein geeignetes Objekt zur Verfügung stand, interessierte den Rest der Familie. Das wisse er noch nicht. Eventuell vermieten mit Kaufoption, wenn Resi nicht mehr lebt. Denn verkaufen mit einer solchen Dame, dazu einer fremden, würde schwer sein. Er wisse noch nicht. – Oskar fand einen geeigneten Bauplatz in Jena, das Haus darauf wuchs, der Umzug war für den 01.11.1993 geplant. Resi hatte sich von ihrem Oberschenkelhalsbruch nicht so weit erholt, als dass sie wieder nach Hause kommen konnte, folglich bekam sie einen Platz im Altersheim. Es bestand wenig Aussicht, dass sie jemals zurückkommen würde. Daher entschloss sich Oskar kurzfristig, und in Ansehung eines nicht unerheblichen Geldbetrages, das alte Elternhaus nebenan zu verkaufen. Das würde so einfach nicht sein, in Anbetracht des auf Resi eingetragenen lebenslänglichen Wohnrechts. Sie bewohnte immerhin zwei Drittel der mittleren Etage des Hauses. Wer wäre bereit, hier ein Risiko einzugehen. Keiner wusste, wie lange Resi noch leben würde und ob sich ihr Zustand nicht doch plötzlich zu einem Besseren wenden könne und sie zurückkäme.

Ingo und ich besprachen die neue Perspektive. Was, wenn wir das Haus kaufen würden. Der Gedanke, fremde, nicht zur Familie gehörende Personen auf dem Grundstück und mit unter einem Dach zu haben, erschien uns nicht sehr willkommen. Unabhängig von Hadji und Rahim hätten Ingo und ich uns sowieso gern vergrößert, was in den alten Räumlichkeiten nicht möglich war. Nun bot sich hier eine Gelegenheit. Da meldet sich Navid Khan im Frühsommer

1993 bei uns zu Besuch an. Er wollte mal sehen, wie es den Kindern so ginge. Ein Afghane kommt selten allein: Also hatte er Dr. al Massari dabei. Man tauscht übliche Höflichkeiten aus, redet über dies und das, stundenlang, und plötzlich fällt er mit der Tür ins Haus. Ob wir Hadji und Rahim nicht behalten wollten. Sie müssten doch noch eine ganze Weile bleiben bis sie gesund seien, das sei alles viel zu lange, dann könne man sie nicht mehr zurückschicken. Wir fielen aus allen Wolken. Mir schoss nur durch den Kopf: Wie soll denn das hier räumlich gehen? Ingo bringt jedoch die Sache auf den Punkt, nämlich: Wenn erstens die Eltern beider Kinder einer Adoption in Deutschland zustimmen und zweitens beide Kinder ebenfalls den Wunsch äußern, hier zu bleiben, dann könne man sich ein weiteres Vorgehen überlegen. Dr. al Massari rudert noch rum in der Form, adoptieren nein, da im Islam verboten, aber hier bleiben und ausbilden ja.

Khan versprach, Kontakt mit den Eltern aufzunehmen, um diese Zukunftsfrage zu klären und uns Bescheid zu geben. Vorerst wollten wir mit den Kids darüber noch nicht sprechen, um keine Völkerstämme verrückt zu machen.

Circa zwei Monate später lädt mich Navid Khan nach Hannover ein, er wolle mit mir bei seiner Schwester beim Essen besprechen, was die Eltern Hadjis und Rahims zum Verbleib in Deutschland gesagt hätten. Treffpunkt Hauptbahnhof Hannover, dann weiter mit seinem Auto zur Schwester. Dort angekommen saß ich zwei Stunden, nach einer sehr aufwändigen Begrüßung, von allen anderen unbeachtet, rum. Wir aßen, aber keiner sprach mit mir. Dann wurde ich ungeduldig und fragte Navid nach dem Sinn meines Besuches.

Er berichtete mir, dass beide Eltern, die er in Kabul getroffen hätte, den Wunsch geäußert hätten, uns ihre Kinder anzuvertrauen, jedoch unter zwei Bedingungen:

1. Sie müssen Moslems bleiben.

2. Der Kontakt müsste derart bestehen bleiben, dass die Jungen in den Schulferien jedes oder zumindest jedes zweite Jahr nach Afghanistan reisen dürften.

Das klang für Ingo und mich okay. So nahm die Idee, Oskars Haus zu kaufen, Gestalt an. Wir besprachen unser Vorhaben mit Oskar und einigten uns.

Es wurden Architekten, Baufirmen und Elektriker angesprochen, um den Umbau, der ab Mitte September geplant war, durchzuführen. Der Architekt, der seinerzeit dieses Haus gebaut hatte, zerbrach sich den Kopf, bis ein akzeptabler Vorschlag herauskam.

Die großen Sommerferien gingen zu Ende, jedoch noch nicht in Nordrhein-Westfalen, so dass sich Rupert und Felix, die Kinder meiner Freundin Ute, welche in Trennung mit ihrem Mann Charly lebt, für eine Woche in Neuhaus anmeldeten. Bei der Geburt Ruperts vor elf Jahren war ich zugegen, unter anderem rührt wohl auch daher die enge Beziehung zwischen Rupert und mir. Drei Jahre später kam der Felix als sechswöchiges Pflegekind in die Familie. Ich wurde sofort zu Hilfe gerufen und hütete eine Woche dort ein. Auch zu diesem Jungen besteht eine enge Bindung. Beide Kinder verbringen regelmäßig einmal im Jahr ein paar Tage ihrer Ferien bei den Trotts, fühlen sich hier pudelwohl, und es fließen am Abreisetag immer die Tränchen bei den Jungen.

Nun sollten sie wiederkommen. Hadji und Rahim kannten sie schon, die freuten sich. Bloß leider sollte sehr schnell das Gegenteil eintreten. Rupert und Felix waren psychisch durch die Trennung der Eltern so angeschlagen, dass wir hier eine Woche Horrortrips erlebten. Rupert war schon immer ein schwieriges Kind. Sehr begabt, sehr intelligent, sehr sensibel, Einzelgänger, altklug, völlig auf Erwachsene fixiert. Felix ist der robustere. Rupert hat schon immer schlecht gehört. Nun hört er überhaupt nicht mehr. Man musste ihn drei-, viermal laut anschreien, auch wenn man etwas Schönes für ihn hatte. Er schaltete stets auf Durchzug. Nicht nur, dass er nichts mehr hörte, er merkte sich auch nichts.

Ständig hieß es: Rupert, zieh dir bitte unten die Schuhe aus, Rupert, knalle die Tür nicht so doll, Rupert, wasch dir die Hände, Rupert, putz dir die Zähne, etc. Mich kostete das sehr viel Kraft, denn auch Felix hörte und gehorchte nicht mehr. Hinzu kam, dass Rupert ein unerhörtes Aggressionspotential mit sich herumschleppte, das er gegen alles und jeden abzulassen versuchte. Nicht nur, dass er Felix im Bad einschloss und ihn zwang, sich zehn Minuten die Zähne zu putzen, er benahm sich bei Tisch unmöglich und fing an, hier in der Wohnung zu randalieren. Er trat gegen die Musikanlage und in die Schallplatten. Kultur und Bildung werden in diesem Haus großgeschrieben. Über und über stehen die Wände voller Bücher. Musik, speziell klassische, ist heilig, entsprechend alles, was damit zusammenhängt, nämlich Schallplatten, CDs, DAT-Kassetten und die dazugehörigen Anlagen und Boxen, welche von hoher Qualität sind, um dem Hörgenuss Ingos zu entsprechen. Das weiß Rupert. Ich blieb die ganze Zeit ruhig. Das Kind war so gestört, dass man ihm keinen Vorwurf machen konnte. Selbst Hadji und Rahim versuchten, ihn immer wieder zu motivieren, sich zu integrieren, aber er sonderte sich ständig ab.

Selbst beim Zelten draußen im Garten blieb er bis nachts um vier vor dem Zelt, bis er vor Erschöpfung einschlief. Alle anderen waren im Zelt. Hadji und Rahim und Felix und Tobias, nur Rupert tanzte mal wieder aus der Reihe. Ich ließ ihn gewähren, denn sein Zustand war so verheerend, dass er mit elf Jahren wieder zum Bettnässer geworden war. Mein Verständnis, gepaart mit Mitleid für seine Situation, reichte bis zu einem Punkt, da verlor ich die Nerven.

Rahim, der noch auf seine Krücken angewiesen war, der sein Bein immer noch nicht belasten durfte, saß auf dem Sofa, vor ihm der Wohnzimmertisch, und hörte Musik. Er will aufstehen, um eine neue CD einzulegen, stützt sich gerade auf seine Krücken, als Rupert, den man sonst nur trödelig und verträumt kennt, sich völlig unberechenbar und blitzschnell auf Rahim schmeißt, diesem die Krücken wegreißt und lacht. Rahim stürzte über den Tisch, konnte sich gerade noch halten und schrie entsetzt: „Rupert!“ Es ging alles ganz schnell. Mit zwei Sätzen war ich aus der Küche von hinten bei Rupert, der nicht ahnte, dass ich alles beobachtet hatte, riss ihm beide Arme nach hinten, dass die Krücken flogen, hielt sie mit einer Hand fest, riss ihm mit der freigewordenen Hand den Kopf an den Haaren hoch und brülle ihn an: „Das machst du nie wieder, und sofort entschuldigst du dich bei Rahim und sagst ihm, dass du das nie wieder machst.“ Ich packte so fest zu, dass es ihm wehtun musste, das wollte ich auch. Er hatte sich wahnsinnig erschrocken, da er mit einer Reaktion von mir, und dann noch einer solchen, nicht gerechnet hatte. Rupert flüsterte leise: „Entschuldigung.“ Ich packte noch fester zu und schrie ihn noch lauter an – und ich kann schreien, meine Stimme ist geschult: „Lauter! Entschuldige bitte Rahim, ich mache das nie wieder!“ „Entschuldige bitte Rahim, ich mache das nie wieder“, brachte Rupert hervor. Diesmal hatte er gehört.

Sein Verhalten nach diesem Vorfall wurde etwas besser, wenn ich auch ständig auf der Hut war, ihn kaum aus den Augen ließ. Ich bangte um “meine“ Kinder und um den Haushalt. Ich besprach den Vorfall mit Ingo, und wir beschlossen, bis zum geplanten Abreisedatum stillzuhalten, ihn nicht vorzeitig nach Hause zu schicken, da wir die Ansicht vertraten, dass das Kind dadurch noch größeren Schaden nehmen würde. Wir überlebten und überstanden die restlichen Tage, jedoch sagte ich meinem Mann, dass ich diese Kinder hier so schnell nicht mehr haben möchte, vor allem ließ ich mir von ihnen nicht das ganze Haus ruinieren, wenn erst der Umbau stattgefunden hätte. – Dennoch und trotz allem liebe ich diesen Jungen und auch seinen kleinen Bruder. Ich brauchte bloß mal eine längere Verschnaufpause von diesen Chaoten.

Ich war nach dieser einen Woche mit Rupert und Felix so fertig, wie noch nie in meinem ganzen Leben. Als ich während meines Berufslebens zeitweilig hundert Stunden die Woche gearbeitet habe und am Wochenende die Nächte zum Tage machte, war ich nicht annähernd so kaputt, wie nach dieser einen Woche. Damals wusste ich noch nicht, dass vieles noch viel schlimmer werden sollte, dass ich zu spüren bekam, dass der menschliche Körper in der Lage ist, noch viel viel mehr auszuhalten, zu verkraften und zu ertragen.

Der Umbau sollte am Montag, dem 13.09.1993, beginnen und circa sechs Wochen dauern. Da ein irrsinniger Schweinkram zu erwarten war – ganze Wände mussten eingerissen und versetzt, Treppen rausgebrochen, Decken und Fußböden erneuert werden – beschlossen wir, dass ich während der ersten Umbauphase mit den Kids zu meiner Nichte nach Amerika fliege, obwohl ich Angst vorm Fliegen habe und darüber hinaus Klimaanlagen bei mir eine Allergie auslösen, damit hier in Ruhe gearbeitet werden könne. Visa für die Jungen hatte ich bereits in Hamburg besorgt.

Am 02.09.1993 zog Elke Müller mit Dennis und Carola um. Die Nacht davor haben wir ordentlich gezecht und wenig geschlafen. Parallel war der Stichtag meiner hochschwangeren Freundin Christiane aus Itzehoe, die mich bei der Geburt ihres ersten Kindes dabei wünschte, schon verstrichen.

Kurz bevor Elke nach Jena losfahren wollte, klingelte bei uns das Telefon. Christiane ganz ruhig: „So Petra, es geht los, wenn du kannst, dann komm bitte, die Fruchtblase ist schon geplatzt, aber du brauchst dir keine Sorgen zu machen. Wenn ich nicht mehr zu Hause bin, bin ich schon im Krankenhaus, du weißt ja, wo das ist. Fahr vorsichtig." Na, die hatte ja Nerven, Fruchtblase geplatzt, und ich brauchte mindestens dreieinhalb Stunden nach Itzehoe. Das war kurz vor 13.00 Uhr. Ich schmiss ein paar Klamotten zusammen, sagte Elke tschüss, weihte Hadji und Rahim ein, was mit Max zu machen sei, da kam Ingo. Er meinte es sei besser, ich würde den Golf nehmen und solle bloß vorsichtig fahren und toi toi toi. Drei Stunden später war ich bei Christiane. Ich muss wie der Henker gefahren sein. Christiane war noch zu Hause und machte mir fröhlich die Tür auf: „Schön dass du da bist, es dauert noch ein bisschen, aber heute Nacht ist es wohl so weit." Und so war es dann auch. Ziemlich dramatisch zwar alles, was ich hier nicht schildern möchte, aber nachdem ab 23.00 Uhr die Wehen eingesetzt hatten, Günter, Christianes Lebensgefährte, uns um 2.00 Uhr ins Krankenhaus nach Heide fuhr, gab Friederike um 5.37 Uhr ihren ersten Laut, nun für jedermann hörbar, von sich: „Uäh."

Zwei Tage später bin ich wieder zu Hause, bereite den Umbau und den Abflug vor. Freitagabend, den 10.09.1993, bringt Ingo uns nach Hamburg. Abschiedsessen in der Martini-Pizzeria, unserem Lieblingslokal in Hamburg. Sonnabend, 10.00 Uhr, Flughafen Fuhlsbüttel, meine Schwester Heidi treffen, die mir noch Sachen für meine Nichte Neli mitgeben will. 12.00 Uhr Abflug. So war es geplant: Hamburg – London – London – Washington – Washington – Binghampton. Wir checken ein. „Die Pässe bitte."

Nach zehn Minuten kommt der Bodensteward wieder und fragt nach den Visa von Hadji und Rahim für England. Wieso Visa für England, wir steigen doch nur in London um, ich hatte mich seinerzeit, als ich die amerikanischen Visa besorgt habe, nach Transitvisa für England erkundigt und die Auskunft erhalten, dass diese nicht benötigt würden. Tja, das sei vor sechs Wochen gewesen. Vor zwei Wochen hätte sich die Bestimmung geändert. Ohne Visa kein Flug via London. Es sei noch Vormittag, wir könnten sofort nach Düsseldorf ins englische Konsulat fahren, da könne man uns Visa ausstellen und man würde dann versuchen, uns auf einen Flug für Sonntag, also morgen, zu buchen. Unmöglich, von Hamburg nach Düsseldorf braucht man fünf Stunden, bis wir da sind, haben die geschlossen. Das geht nicht. Ingo entscheidet ruck zuck: „Tschüss Heidi, wir rufen dich an, wie es weitergeht, damit du Neli unterrichten kannst. Wir fahren erst einmal schnell ins Reisebüro. Mal sehen, ob die uns weiterhelfen können." Hadji und Rahim stehen die Tränen in den Augen.

20 Minuten später sind wir im Reisebüro. Die schütteln den Kopf, schmeißen alle Computer an, telefonieren, schreien hektisch durcheinander, haben den totalen Überblick, reagieren chaotisch, aber professionell: „Sofort zurück zum Flughafen, schnell, schnell, ihr fliegt über Brüssel, New York, Binghampton. Tickets bekommt ihr am Flughafen. 12.30 Uhr geht euer Flieger." „Und was ist mit den Rollstühlen und den Krankenschwestern", lautet meine ängstliche Frage. Für den gebuchten Flug via London war uns Unterstützung während des Umsteigens und Rollstühle für die Wege von Terminal zu Terminal als Service der Fluggesellschaft zugesichert worden. Rahim hatte zwar inzwischen einen Gehgips, kann aber

noch keine langen Strecken zurücklegen, und beide benutzen zur Sicherheit immer noch ihre Krücken. „Fahrt zu, ihr müsst euch beeilen, das andere organisieren wir schon. Los, los, los." 12.10 Uhr betreten wir das Flughafengelände. Da stehen schon zwei Männer mit Rollstühlen. „Schnell, schnell, schnell, Tickets kriegen Sie im Flugzeug", und schon flitzen sie mit Hadji und Rahim davon, während ich meinem Mann doch wenigstens noch schnell ein Küsschen geben muss. Und schon bin auch ich fort. Wir sitzen noch nicht, da startet die Maschine. Alles klappte reibungslos.

In Brüssel standen zwei Rollstühle für uns bereit, ebenso wie in New York und Binghampton. Das Reisebüro hatte alles perfekt organisiert und arrangiert. Zwei Stunden später als ursprünglich gebucht, kamen wir in Binghampton an. Neli war bereits von Heidi, die wiederum von Ingo, unterrichtet worden. Nachts um 24.00 Uhr waren wir in Hasten.

Am nächsten Morgen, nachdem wir alle ausgeschlafen, ausgiebig gefrühstückt und Nelis Kinder, Patrick (vier), Laureen (drei) und Baby Kevin (zwei) Hadji und Rahim begutachtet hatten, beschlossen wir, durch den Ort auf den Spielplatz zu gehen, damit Hadji und Rahim die Umgebung der nächsten zwei Wochen kennen lernen würden. Der Spielplatz erschien uns das geeignete Ziel, denn er war nur drei bis vier Minuten vom Haus entfernt und darüber hinaus der Treffpunkt aller Kinder und somit ein Platz, an dem Hadji und Rahim die ersten Kontakte knüpfen könnten. Auf dem Spielplatz angekommen, entdeckte Hadji als Erstes die Wippe. „Komm Mama, wipp mit mir", lautete sein Wunsch, und Mama wippte, aber nicht lange, denn dieser kleine Kerl, wohl zwölf Jahre alt (wir wissen nur, beide Jungen sind 1981 und 1982 geboren, genauere Geburtsdaten wurden für sie in Afghanistan nicht festgehalten), verfügte schon damals über so viel Kraft, dass ich jedes Mal sowohl in der Höhe, als auch am Boden in die Luft flog, wieder herunter plumpste, mit den Beinen aufstauchte und mir schnell der Po wehtat. Also stieg ich ab und sagte, dass mir das zu gefährlich sei. Daraufhin tobte dieser Wildfang allein weiter.

Es standen drei Wippen parallel nebeneinander im Abstand von einem Meter. Hadji stellte sich auf das Brett der einen Wippe und sprang auf die danebenstehende, deren Brett sich mangels Belastung in der Höhe befand und nun mit ihm herunterkrachte und die freigewordene Wippe wieder in die Höhe schnellte und das ganze Spiel retour. Ich sah mir das an, da wurde mir ganz schwindelig, Panik ob der drohenden Gefahr malte sich vor meinem Auge ab, und ich untersagte ihm dieses Spiel, da es zu gefährlich sei. „Ich pass schon auf, Mama", rief Hadji. Neli wandte sich ab und meinte nur: „Verbiete es ihm, das geht doch schief." In dem Moment verfehlt Hadji beim Hochspringen das obere Brett, rutscht ab, knickt um und knallt auf den Rasen. Bleibt bewegungslos für Sekunden liegen. Ich stürze mich auf den Boden, da wälzt er sich, hält sich sein krankes Bein und brüllt und schreit: „Mein krankes Bein, mein krankes Bein, kaputt, kaputt!" Hält sich den Fußknöchel und schreit und schreit. Oh nein, nein, bitte bitte nein, nicht das, denke ich und versuche ihn zu beruhigen. Ich ziehe ihm Schuh und Socke aus, betrachte den Knöchel. Nichts zu sehen. Ich lege ihm das Bein so, dass der Knöchel von dem noch taunassen kalten Gras gekühlt wird.

Neli kommt hinzu, lässt ihn den Fuß bewegen, das geht. „Da ist nichts gebrochen", sagt sie, „sonst hätte er ganz andere Schmerzen." Ich glaube, hoffe das auch, meine, dass bei einem Bruch sofort eine Schwellung, wie ich es selbst von mir kannte, sichtbar werden müsste, führe sein Geschrei auf den Schock zurück, sage aber zu Neli, dass nach allem, was die Kinder bereits durchgemacht hätten, sie ganz gut einzuschätzen wüssten, was mit ihren Körpern passiert und vor allem seien sie nicht wehleidig, eher ziemlich hart im Nehmen. Inzwischen schwillt das Bein oberhalb des Fußgelenkes an. „Neli, lauf nach Hause, nimm die Kids mit, hole das Auto, ich möchte auf Nummer Sicher gehen, wir fahren sofort ins nächste Krankenhaus. Ich warte hier mit Hadji auf dich." Zehn Minuten später tragen Neli und ich Hadji ins Auto. Immer wieder wiederholt sich in meinem Geiste ein Gedanke: der arme Kerl. Neli denkt das Gleiche. Hadji liegt hinten im Caravan und schlottert, trotz Wolldecke. Unfallambulanz Sydney. Nicht das Sydney, welches wir aus dem Geographieunterricht in der Schule kennen, nein, ein kleines unbedeutendes Sydney bei Hasten. Es dauert und dauert und dauert. Hadji wird geröntgt, es dauert. Das Foto wird entwickelt, das dauert.

Neli spricht mir Trost zu, vielleicht ist es nur eine Prellung, aber mein Gefühl sagt mir etwas anderes. Es dauert, bis mir dieses Gefühl bestätigt wird: Kleiner Bruch, ganz sauber, nicht kompliziert, aber gebrochen, er bekommt sofort einen Gips. Hadji weint: „Nein Mama, nein, kein Gips. " Was für Bilder haben sich in diesem Moment vor dem Kind abgespielt, was für Erinnerungen? Ich tröste ihn, sage ihm, dass er nun auch so einen Gips wie Rahim bekommt, dass wir da alle was draufmalen und alle Kinder in der Schule ihren Namen draufschreiben werden. Er bekommt einen Gips, einen konventionellen, weißen, kiloschweren. Drei Tage Bettruhe, drei Tage sitzen, dann ganz vorsichtig mit Krücken laufen, in Deutschland sofort zur Nachuntersuchung, lauten die Anweisungen.

Wieder in Hasten rufe ich sofort Ingo an, berichte ihm die Hiobsbotschaft. Hadji schlägt sich tapfer. Patrick und Laureen finden den Gips todschick und verewigen sich sofort mit Kunstwerken darauf. Rahim zeigt keinerlei sichtbare Anteilnahme, kümmert sich auch nicht um Hadji. Vielleicht denkt er: Ha, jetzt bist du erst einmal stillgestellt und musst zusehen, wie ich laufe und spiele. Jetzt siehst du mal, wie es mir monatelang erging. Neli und ich sind betroffen.

Alle Aktivitäten müssen unterbleiben. Und nicht nur das, wir haben trotz der vielen täglich anfallenden Arbeit auch noch zusätzliche durch Hadji, der gar nichts machen kann und auch nicht darf. Die ersten drei Tage bleibt er im Bett. „Mama, ich muss mal, Mama, ich habe Durst." Die Mahlzeiten werden auch im Bett eingenommen. „Mama, mir ist kalt, Mama, ich schwitze." Es ist furchtbar langweilig für ihn. Gewaschen wird er auch im Bett. Rahim spielt mit Baby Kevin, Patrick und Laureen spielen draußen, denn das Wetter ist tagsüber wunderschön. Neli und ich kochen, und zweimal am Tag läuft die Waschmaschine. Es gibt ständig etwas zu tun. Nebenbei erteilt Neli ihren Tanz- und Ballettunterricht. Nach drei Tagen darf Hadji sitzen. Ist es draußen warm genug, tragen wir ihn raus in den Garten. Dann heißt es wieder: „Mama, Pipi come" (Laureens Sprache). Also wieder reintragen. Oder: „Mama, ich habe Durst, Mama, ich friere, Mama, ich schwitze." Aber er darf wenigstens die Mahlzeiten bei Tisch einnehmen. Sowie er am Tisch sitzt, fängt er an, mit Patrick Armdrücken zu machen. Das hat Patrick sehr beeindruckt. Die Muckis von Hadji sind heute noch Gesprächsstoff in Hasten. Hadji und Patrick vertragen sich gut. So lernen Hadji und Rahim durch Patrick und Laureen ihre ersten Brocken Englisch. Patrick und Laureen sprechen Deutsch und Englisch durcheinander. Unterhält man sich mit Patrick, wird alles hinterfragt. Auf jede Erklärung folgt „why?" Fragt ihn jedoch seine Schwester Laureen: „Why?", antwortet er grundsätzlich: „Because!". Das machten Hadji und Rahim sich schnell zu Eigen. Sie kapierten sofort, dass man eine lange Erklärung mit "because" umgehen kann, auch wenn wieder ein "why?" folgt. So ist das heute noch ein geflügeltes Wort im Hause Trott: Why? – Because! Warum? – Darum!

In der zweiten Woche durfte Hadji sich ein bisschen bewegen, so dass Neli und ich auch mehr Bewegungsfreiheit hatten. Die Kinder verstanden sich trotz des Altersunterschiedes gut. Rahim fand Gefallen am Rasenmähen, Hadji hing an Hank, Nelis Mann, der zusammen mit ihm viele handwerkliche Sachen machte, nahm Hadji und Rahim auch mit zu seinen Bauern und führte sie in die künstliche Befruchtung der Kühe ein. Abends wurde viel gespielt oder Hank balgte und tobte mit allen fünf Kindern so lange, bis sie müde waren. Er brachte ihnen Dart bei. Rahim war von Neli begeistert und zog, alternativ zu Afghanistan, ein Leben in Amerika in Betracht, und Neli hat beide Jungen gleichermaßen lieb, findet sie beide toll, kann sich die Trotts ohne Hadji und Rahim nicht mehr vorstellen, findet, dass mir das sehr gut steht: die "Mutterrolle", kritisiert jedoch, dass ich in vielerlei Hinsicht zu konsequent sei. Da ereignet sich Folgendes:

Nach arbeitsreichem Tag beschließen die Erwachsenen zur Freude der Kinder: Heute Abend nach dem Abendbrot gibt's erst mal Eis zum Nachtisch, dann spielen wir "Mensch ärgere Dich nicht." Großes Gejubel! Voraussetzung allerdings für das Gelingen eines schönen Spielabends: Jeder muss mithelfen, damit wir schneller zum Spielen kommen. Alle sind einverstanden. Also wird die Arbeit verteilt: Jeder trägt was mit raus in die Küche; Petra räumt den Spüli ein, Hank wäscht Patrick und Laureen und steckt sie schon mal in die Schlafanzüge, damit sie nach dem Spiel gleich ins Bett marschieren können, Neli bereitet den Nachtisch vor, Hadji besorgt das Spiel, das kann er sich trotz Krücken unter den Arm klemmen, denn er ist sehr geschickt, und Rahim bringt Petra, was noch auf dem Esstisch verblieben ist in die Küche, und die macht dort schnell Klarschiff, bis es losgeht. Alle stehen auf. Jeder packt sich, was er tragen kann – da fällt bei acht Personen ganz schön was an –. Nur Rahim geht mit leeren Händen am Küchentresen vorbei ins Wohnzimmer. Ich traue meinen Augen nicht. Er setzt sich hin, stellt seinen Walkman an, zieht sich die Musik rein und beobachtet, wie wir alle unsere Jobs verrichten. Neli fällt vom Glauben ab, sieht mich fassungslos an und fragt: „Petra, soll das Konsequenzen haben?“ Und ob!, meine kleine tolerante, mir sonst zu viel Konsequenz vorwerfende Nichte, denke ich, nicke aber bloß.

Bevor wir die Reise nach Amerika antraten, hatte ich Hadji und Rahim vom Leben in Nelis Familie erzählt. Immer wieder hatte ich klargestellt, dass, wenn wir dort mit acht Personen in einem nicht voll automatisierten Haushalt leben, alle, auch alle Kids, zur Mithilfe angehalten sind. Bei uns zu Hause gilt von jeher der Spruch – kommt übrigens von Nelis Vater –, und wird bei uns allen immer angewandt: Geh nie mit leeren Händen. Dies gelte insbesondere bei Neli, auch wenn wir ihre Gäste seien, aber es gebe dort wahnsinnig viel zu tun und überhaupt gehörte sich das so, nicht nur zu Hause, sondern auch bei Freunden und Bekannten, allemal, wenn acht Personen aufeinander treffen.

Und nun das! Rahim hatte sich die ganze Zeit sowieso nicht besonders zur Mithilfe angeboten, aber das jetzt war echt zu viel. Alle hatten ihre Jobs erledigt (bis auf Rahim), als Neli rief: „Hadji, Hank, Patrick, Laureen, Petra, Nachtisch ist fertig, ihr könnt kommen.“ Wie elektrisiert springt Rahim von seinem Sitz auf und kommt als Erster in das Esszimmer (er liebt amerikanische Eiskreme und die gibt's bei Neli nur zu besonderen Anlässen, so wie heute). Da sehen Neli und ich uns bloß an und sagen wie aus einem Munde: „Rahim, deinen Namen hatten wir nicht erwähnt. Alle haben ihren Job gemacht, nur du nicht, also bekommst du auch keine Eiskreme.“ Ohne jegliche Reaktion dreht Rahim auf der Stelle um, geht wieder ins Wohnzimmer, setzt sich seinen Walkman auf und hört weiter Musik.

Später sprach Neli mich auf Rahims Verhalten an und meinte bloß, das sei nicht normal, ich solle mal rauskriegen, was da früher in Kabul während seiner Kindheit vorgefallen sei, dass er so einen Ausschluss völlig emotionslos hinnimmt.

Jeden Abend ruft Ingo an und berichtet vom Umbau. Er ist froh, dass wir nicht dazwischen stecken, denn alles ist abgeklebt, zugedeckt wegen des feinen Putz- und Mörtelstaubes, der durch alle Ritzen geht. Das Treppenhaus ist kaum benutzbar, da mit Stahlträgern abgestützt. Das wäre für die Kinder und ihre Freunde durch ständiges Hin und Her und Rein und Raus viel zu gefährlich geworden, hätte die Arbeiten nur behindert, und das sorgfältige Abkleben mit Riesenplastikplanen wäre mit Kindern gar nicht durchführbar gewesen.

Eines Abends berichtet Ingo stolz, der Flügel sei drüben. Vor dieser Aktion hatte allen, auch dem Architekten, am meisten gegraut. Eine aufwändige, eigens dafür gefertigte Holzkonstruktion hatte es ermöglicht, den Flügel von unserem Haus in das 60 cm höher gelegene Nachbarhaus transportieren zu können. Ingo erzählt mir, dass er am Wochenende davon Resi im Altersheim glücklich berichtet hätte, worauf Resi nur meinte: „Ja, ja, Ingo, das weiß ich schon, ich habe den Flügel unten bei mir im Flur gesehen, als ich meine Schlittschuhe suchte." Also, die alte Dame war zwar mal Sportlehrerin, aber inzwischen war sie 82 Jahre alt.

Kapitel 3

Am 26.09.1993 holt uns Ingo wieder am Flughafen Hamburg ab. Max ist außer Rand und Band vor Wiedersehensfreude. Wir fahren sofort nach Neuhaus weiter, denn wir sind alle rasend gespannt, wie der Durchbruch ins neue Haus geworden ist.

Wir kommen aus dem Staunen nicht mehr raus. Aufgrund des Durchbruchs von dem einen in das andere Haus haben wir nun einen richtigen Flur bekommen. Zwar zu Lasten des ehemaligen Gäste- bzw. Kinderzimmers, aber der großzügige neue Eindruck ist umwerfend. Die Kinder ziehen erst einmal zusammen in Hadjis neues Zimmer unters Dach. Das ist groß genug für zwei. Außerdem ist der Ausbau eines weiteren Dachzimmers für Rahim geplant, so dass sie nur zum Übergang weiterhin, wie sie es bisher gewohnt waren, zusammen leben müssen und auch wollen.

Alles befindet sich noch im Rohbau. Irrsinniger Dreck, Staub bis in alle Tassen, obwohl Ingo geschuftet und geputzt hatte wie ein Irrer. Außerdem muss jetzt organisiert werden: Was für Auslegeware, was für Farben überall, was für Fenster für Rahim, das darf nicht zu teuer werden, denn das Dachgeschoss soll später mal, wenn die Jungen vielleicht in Afghanistan sind, als Gäste- und/oder Arbeitsausweichbereich dienen, also bloß nicht zu aufwändig. Nun ist Petra wieder gefordert. Neben Ortsratsarbeit,

Tierheim, Deutsch-Arabischer Freundschaftskreis und Deutsch-Indische-Gesellschaft etc. beschäftige ich täglich zehn Handwerker rund um die Uhr! Der eine kommt nur voran, wenn der andere seine Arbeit beendet hat, der wiederum ist aber von einem anderen abhängig, der nur weiterkommt, wenn der Nächste parat steht. Also bin ich nur am telefonieren, delegieren, kommandieren, im Zweifel auch mal bös agieren. Aber alles in allem klappt das ganz gut. Vormittags sind die Kinder wieder in der Schule, da habe ich Zeit, zu organisieren. Nachmittags dann nach wie vor: Krankengymnastik, Schwimmen, Nachuntersuchungen im Krankenhaus.

Hadjis Bruch heilt gut. Gleich nach der Rückkehr aus Amerika waren wir bei Dr. Steinmann. Und am 18.10.1993 kommt der Gips ab. Hadji darf zwar das Bein noch nicht belasten, aber die Belastung für mich wird weniger.

Am 01.11.1993 hat Hadji seinen ersten Geburtstag hier in Deutschland. Laut Ausweis wird er zwölf Jahre alt. Die Feier verschieben wir auf einen Zeitpunkt, an dem er sein Bein belasten darf, da auch er, wie Rahim, mit den Freunden zum Kegeln möchte, wobei die noch erforderlichen Krücken hinderlich wären. Die Geschenke erhält er natürlich schon an diesem Tag: ein Dartspiel, in Erinnerung an Hank, ein Taschenmesser, eine Taschenlampe, den üblichen Geburtstagskuchen, die zwölf Kerzen, Blümchen und Kleinkram. Die Freude ist groß.

Rahims Zimmer ist fertig. Welche Enttäuschung: „Das ist ja viel kleiner als Hadjis!“, lautet sein Vorwurf. Langes Gesicht. Als er dann aber einzieht, hellt sich die Stimmung auf. Zum ersten Mal allein. Das war toll! Ich hatte das Gegenteil erwartet, eher mit Einsamkeits- und Verlassenheitsängsten und -gefühlen gerechnet; weit gefehlt. Seit diesem Umzug gehen sich beide plötzlich aus dem Weg.

Jeder verbringt seine Freizeit hinter geschlossenen Türen im eigenen Zimmer. Nichts mehr wie Schlumpf und Latsch. Rahim zieht sich die Disko rein, Hadji bastelt und liest. Uns mutet das komisch an, aber was soll's.

Die Treppe, die die erste Etage des Durchbruchs mit dem Dachgeschoss der Kids verbindet, muss gestrichen werden. Darob beschließen wir, ein paar Tage auf die Insel zu fahren, damit sie in Ruhe trocknen kann. Außerdem hatte Ingo sich mal wieder etwas Erholung verdient.

Auf geht's nach Langeoog. Rahim dopen wir vor der Fahrt mit Psychopharmaka nach Anweisung des Kinderarztes, damit er ohne Spucken die Auto- und Schifffahrt übersteht. Er übersteht, wirkt aber völlig anteilnahmslos, registriert nichts.

Die Woche Langeoog verlief relativ harmonisch. Zwar gingen die Kids trotz ständiger Aufforderung unsererseits nicht einen Schritt allein vor die Tür, auch nicht, nachdem wir ihnen die überschaubare Insel gezeigt hatten, aber sie machten fast anstandslos alles mit, wozu wir zwei Erwachsenen gerade Lust hatten. Trotz Kälte unternahmen wir lange Wanderungen am Strand, die besonders Max genoss, machten weite Ausflüge mit dem Fahrrad um die Insel, Ingo und Rahim auf dem Tandem, da Rahim noch seinen Gehgips hatte und wir nichts riskieren wollten, Hadji und ich auf Hollandrädern.

Bei einem dieser Ausflüge, diesmal jedoch zu Fuß am Strand entlang, ereignete sich folgendes Gespräch zwischen Rahim und mir: Ingo und Hadji laufen voraus, Rahim und ich zuckeln hinterher, als Rahim mir erzählt, dass er immer so schlimme Träume hätte. Er träumt nämlich ganz oft, dass sein Bein heil ist und wir ihn nun wieder zu seinen Eltern nach Afghanistan zurückbringen. Dort bleiben wir einige

Tage zusammen, und Petra und Ingo fliegen wieder nach Deutschland. Kaum sind wir fort, tritt er auf eine Mine und sein heiles Bein wird abgerissen. Während er mir dies erzählt, ganz ausführlich, steht ihm die absolute Panik in den Augen. Er hätte so furchtbare Angst, und er glaubt, dass dies sich so, wie in seinen Alpträumen, bestimmt zutragen würde. Zwar möchte er gern nach Hause, seine Mama sehen, aber diese unbeschreibliche Angst vor dem Verlust des gesunden Beines, nachdem es nun gerade erst erfolgreich geheilt war.

Das Kind machte auf mich einen so angstzerrütteten Eindruck, dass ich keine andere Möglichkeit der Beruhigung sah, als ihm zu versprechen, dass, wenn er unbedingt wolle und es ihm helfen würde, er bei uns in Deutschland bleiben könne. Wir müssten das dann mit seinen Eltern besprechen, aber irgendwie würden wir das schon hinkriegen. Rahim schien sichtlich erleichtert und, wie sich später herausstellte, wurden diese Träume nach unserem zweistündigen Strandgespräch weniger, bis sie eines Tages ganz fortblieben. Nun saß ich aber ziemlich in der Bredouille. Ich hatte da einem Kind ein Versprechen gegeben und wusste doch nicht einmal, ob ich es zu gegebener Zeit würde einhalten können. Ich besprach dieses Problem am selben Abend, nachdem die Kids im Bett waren, bei einem Glas Wein mit Ingo. Der fand meine Reaktion auf die kleine zerstörte Kinderpsyche durchaus richtig und meinte, wie oft in solchen Situationen: Kommt Zeit, kommt Rat. Irgendwie werden wir das Problem dann schon lösen.

Abends gemeinsames Spielen oder Fernsehen und die Regel im Urlaub: Wer kocht, braucht nicht abzuwaschen. Also halfen die Kids kräftig mit, während ich mich den Gaumenfreuden widmete. Meist gingen wir jedoch essen. Alles in allem genossen wir die Tage auf Langeoog sehr, wenn wir auch die völlige Unselbständigkeit der Kids bedauerten. Sei's drum. Später erfuhren wir leider im Nachhinein, dass Hadji und Rahim alles entsetzlich langweilig fanden, speziell, dass sie immer machen mussten, was wir wollten.

Wieder zu Hause, ist die Treppe natürlich nicht gestrichen. Das heißt, die Kids müssen vorerst in den Resi-Gäste-Trakt, wie wir ihn damals noch nannten, in den ersten Stock umziehen. Ich bin rasend wütend und artikuliere mich dementsprechend gegenüber dem Maler. Aber so ist das nun einmal: Steht man den Handwerkern nicht ständig auf den Füßen, läuft nichts. Die nächsten Aktivitäten ergeben sich aus der Vermietung der im Erdgeschoss des alten Hauses entstandenen Drei-Zimmer-Komfortwohnung. Schnell stellen sich Smaupels ein, die hier zum 01.02.1994 einziehen wollen. Wieder ein Problem gelöst.

Am 15.12.1993 finden sich 13 Personen aus der Kanzlei Trott & Partner zu Hause bei den Trotts zur Weihnachtsfeier ein. Alle sind vom Umbau, der nun so ziemlich abgeschlossen ist, begeistert und beeindruckt. Da kommt Freude in des Bauherren Herz auf.

Am 18.12.1993 feiern wir Hadjis Geburtstag nach.

Und nun stehen die Weihnachtsvorbereitungen vor der Tür. Die Kinder wurden angehalten, Briefe an den Weihnachtsmann zu schicken. Sie glaubten noch daran, was schon zuvor beim Nikolaus seine Bestätigung gefunden hatte. Große Aufregung, viele Wünsche, jedoch auch der Hinweis unsererseits, dass der Weihnachtsmann nicht immer alle Wünsche erfüllen könne, weil er das nicht immer schaffe, außerdem bliebe ihm vorbehalten, zu entscheiden, was sinnvoll als Geschenk und was weniger angebracht sei, um etwaigen Enttäuschungen vorzubeugen. Man versucht ja, als unerfahrene Eltern, psychologisch-pädagogisch zu sein. Ha ha. Am Heiligen Abend gegen 16.00 Uhr geht Ingo mit den Jungen und Max in den Wald, den Weihnachtsmann suchen, damit Muttern in Ruhe alles vorbereiten kann. Zwei Wochen vor Weihnachten hatte Ingo über Bekannte ein richtiges Kneipenkickerspiel, wie die Kids es von Mama und Papa Rudolff kannten, erstanden. Mit viel Aufwand und vor allem heimlich hatten wir dieses Spiel im Resi-Trakt installiert und freuten uns selbst wie die Kinder auf diese Überraschung und die Augen der Beschenkten.

Für 18.00 Uhr war die Bescherung geplant. Als solche erwies sie sich dann auch: Die Stimmung steigt, die Aufregung auf allen Seiten ebenfalls. Ich bin noch nicht ganz fertig, also werden die Kinder zwecks Ablenkung vor den Fernseher verbannt. Endlich brennen die Kerzen am Baum, und die Kinder werden gerufen. Sehr feierliche, zum Platzen aufgeladene Stimmung. Unter dem Baum liegen die Geschenke. Die Kinder stürzen sich darauf, überblicken schnell die Gaben, Hadji strahlt, während Rahims Gesicht lang und länger wird: „Wo ist mein Auto?“ Enttäuscht und beleidigt sieht er uns an. Rahim hatte bereits zu seinem Geburtstag ein Auto mit Fernlenkung bekommen, so dass wir die Notwendigkeit eines zweiten Wagens nicht ganz einsahen. Hadji hatte zwar eines bekommen, aber dieses hier zu Weihnachten war auch sein erstes. Gerechtigkeit muss sein, dachten wir, nun hatte jeder eins. Das erklärten wir Rahim, der vorwurfsvoll sagte: „Ich habe aber eins bestellt!“ Also erklärten wir ihm wieder, noch ganz ruhig, dass Weihnachten keine Bestellaktion sei etc. Die Stimmung jedoch sank mehr und mehr.

Nun hatten wir noch den Trumpf mit dem Kickerspiel in der Hand, nahmen die Kinder bei der selben und führten sie in den Gästetrakt. Hadji brüllte vor Begeisterung auf, Rahim zeigte keinerlei Reaktion. Wir forderten die beiden auf, zu spielen, Rahim streikte. Da platzte mir die Geduld, und ich schickte ihn auf sein Zimmer mit der Erklärung, dass wir uns von ihm diesen Abend und dieses Fest nicht verderben lassen, er solle mal darüber nachdenken, ob seine Reaktion so ganz angebracht sei, und wenn er sich abgeregt hätte, könne er gern wieder zu uns kommen. Das tat er dann auch nach 15 Minuten, und der Abend verlief mit Weihnachtsmärchen vorlesen, essen und den üblichen Dingen so lala.

Die Enttäuschung unsererseits jedoch war ziemlich groß. Später, als ich Dr. Ecknitz diesen Vorfall erzählte, konnte er nur lachen, denn der Vorwurf galt uns und nicht dem Kind, das mit einer völlig falschen Erwartungshaltung in diesen Abend gegangen war. Ob dieses ganzen Brimboriums mit Briefe an den Weihnachtsmann schreiben etc., hatte das Kind sich so da hineingesteigert, dass gar keine andere Reaktion zu erwarten gewesen war. Er hatte nicht seit Jahren, wie andere Kinder, Erfahrung im Ablauf und dem Sinn dieses Festes sammeln können und unsere rationalen Erklärungen vor lauter Vorfreude und Aufregung gar nicht kapiert. Tja, da unterscheiden sich mal wieder kluge gestandene Eltern von den dummen jungfräulichen.

Inzwischen hatte sich auch Rahim beruhigt, und beide Kinder spielten wie verrückt Kicker. Silvester verlief toll, denn es war das erste Mal, dass sie draußen knallen konnten.

Wie im Jahr davor planten wir auch diesmal, meinen Geburtstag in Biberwier mit Familie Ecknitz zu verbringen und den Purzel zu feiern. Da ergab sich nur ein Problem: Kinder aus Afghanistan benötigen für Österreich ein Visum. Darauf die OHA angesprochen, geschah nichts. Zwar hatten sie die Pässe, wollten sich auch darum kümmern, hüllten sich aber in Schweigen. Also blieb uns nur eines übrig, Mama und Papa Rudolff um Hilfe zu bitten, die sich auch sofort wieder bereit erklärten, uns da aus der Patsche zu helfen. So verbrachten wir eine erholsame Woche ohne die Kids, die uns jedoch ziemlich fehlten, und wir beschlossen, die Visafrage fürderhin selbst anzugehen.

Seit die Kinder bei uns waren, hatten wir selbstverständlich mehr Interesse für die politische Situation in Afghanistan entwickelt. In der Zeit der Besetzung durch sowjetische Truppen spielte sich der Krieg nach den Medienberichten im Wesentlichen auf dem Lande ab. Die Städte, insbesondere Kabul, waren nur am Rande betroffen. Die sowjetischen Truppen haben Afghanistan 1989 verlassen. Seit dem Ende der von der Sowjetunion gestürzten Regierung wurde das Land von unterschiedlichen Mudschaheddin-Gruppen regiert. Durch diesen Bürgerkrieg wurden die Kämpfe auch in die Großstädte getragen. Im Jahr 1994 begannen die großen Auseinandersetzungen in Kabul. Dabei wurde ein Grossteil der Stadt, insbesondere im Zentrum um den Präsidentenpalast und den großen Markt, zerstört. Auch der Essigladen von Rahims Vater wurde in Trümmer gelegt. In dieser Zeit brach der Kontakt zu Rahims Eltern ab.

Die weiteren Monate verliefen ohne größere Aufregungen im Alltagstrott. Die Jungen waren mittlerweile in der vierten Klasse ihrer Grundschule. Da ereignet sich folgendes Zwischenspiel: Hadji kommt nach der Schule nach Hause, ziemlich kleinlaut und meint, er müsse mir mal was erzählen. In der Schulpause sei er unentwegt von zwei Jungen gehänselt worden. Anfangs habe er versucht, auszuweichen, fortzugehen, aber die zwei hätten ihn buchstäblich verfolgt und weiter über ihn gelästert. Über seine Nationalität und vor allem sein Bein. Da sei ihm der Kragen geplatzt, vielmehr der Verstand durchgegangen, und das Nächste ereignete sich in Sekundenschnelle: Die beiden anderen standen eng beieinander und dicht vor ihm und ließen nicht ab, ihn anzumachen. Da packte er die beiden Köpfe und klatschte die Stirnen aneinander, dass es krachte. Peng war es geschehen. Beide brüllten auf und rannten zu Herrn Puhr, um sich dort zu beschweren. Dieser stellte alle zur Rechenschaft, befragte wohl auch die anderen Kinder zu diesem Vorfall, schimpfte mit den Betroffenen und sagte zu Hadji so ungefähr, er solle das so doll nicht noch einmal machen. Nun hatte Hadji natürlich Angst vor den Konsequenzen. Reaktion der anderen Eltern, eventuell Beschwerde vom Direktor Puhr bei mir etc.

Ich hörte mir das in Ruhe an, stellte die üblichen Fragen und fällte mein Urteil: „Hadji, du hast dich super verhalten. Glückwunsch, ich gratuliere dir zu deiner prompten, einzig möglichen Reaktion. Dafür erhältst du zur Belohnung noch eine Tafel Schokolade. Sollten sich die anderen Eltern bei mir beschweren, stehe ich voll hinter dir und deinem Verhalten. Bloß grundsätzlich darfst du hier natürlich nicht zum Schläger werden, aber in dieser einen Ausnahmesituation hast du dich schon richtig verhalten und dir hoffentlich für die Zukunft Respekt verschafft." So war es dann auch und das Kind strahlte ob meines Verständnisses.

Wir sollten später noch häufiger Gespräche über dieses Thema haben, wann darf man mal als Ultima Ratio zulangen, wenn nichts anderes mehr hilft.

Die Kinder hatten mittlerweile Anschluss im Ort gefunden, bekamen Nachhilfe von der Tochter einer befreundeten Familie, die sie auch gleichzeitig motivierte, bei den Pfadfindern mitzumachen, was jedoch nicht lange anhielt und vor allem bei Rahim auf Ablehnung stieß (man musste dort mit allen Kindern beim Essen einen Honigpott teilen, jeder ging mit seinem Messer da rein, das war ekelig), wurden von uns überall mit hingeschleppt, ob das nun Konzerte oder Besuche in Itzehoe oder München oder Hamburg waren, verbrachten im März zwei Wochen Winterurlaub mit uns auf der Bettmer-Alp, jedoch ohne Ski zu laufen, denn das Risiko war uns zu groß, weil sie immer noch nicht versichert waren.

Parallel lief natürlich weiterhin zweimal die Woche Krankengymnastik für beide, und die Prognose, Hadjis Bein würde für alle Zeit steif, rückte immer mehr in die Ferne. Von 30 Grad Bewegung im Knie und der Unmöglichkeit, das ganze zu strecken, konnte er jetzt schon fast 60 Grad beugen und fast ganz strecken. Welch ein Erfolg, Dank der sehr engagierten Krankengymnastin und Hadjis ständigem Bewegungsdrang. Auch die Presse war zwischenzeitlich auf uns aufmerksam geworden und brachte hier und da mal einen kleinen Artikel über die zwei aus Afghanistan, die jedoch in absehbarer Zeit wieder zurück nach Hause müssten. Auf die Frage der Journalisten, die ab und an über uns berichteten, ob sie lieber hier bleiben würden, gerieten beide ins Schwärmen. Unterschwellig kam aber doch zum Ausdruck, speziell bei Rahim, er möchte schon gern wieder nach Hause, nach Afghanistan, zu Mama.

Langsam verwischten sich auch die Erinnerungen an die Heimat: Nein, dort wird nie ein Kind geschlagen. Dort brauchen Kinder nicht zu helfen. Dort dürfen Kinder bei Tisch selbstverständlich machen, wozu sie Lust haben. Nein, die Mutter sucht nicht den Ehepartner aus, das kann man alles selbst. Kinder brauchen nicht zu arbeiten, nein! Wie sich später herausstellte (für uns damals schon klar, aber nicht weiter vertieft), fuhren sie hier eine ganz geschickte Taktik – vorbeugen ist besser als schlucken.

Apropos schlucken, im Hinblick auf eine Rückführung nach Afghanistan ließ ich die Kinder präventiv gegen Polio schutzimpfen.

Im Mai 1994 meldet sich Navid Khan wieder bei uns. Er bestätigt uns, dass der Essigladen bei der Moschee von Rahims Vater und sein Elternhaus zerstört seien. In Kabul gäbe es harte Kämpfe. Die Eltern beider Kinder seien unauffindbar. Vermutlich seien sie geflohen. Eine Kontaktaufnahme sei gegenwärtig nicht möglich.

Daraufhin machten wir alle Institutionen mobil, um die Eltern suchen zu lassen: Radiosuchmeldung über die Deutsche Welle, ebenfalls über das Internationale Rote Kreuz. Die OHA hüllt sich in Schweigen.

Kapitel 4

Soweit verlief alles in einigermaßen geregelten Bahnen. Es zeichneten sich sogar Perspektiven auf. Die Kinder sollten am 01.09.1994 in die fünfte Klasse der Orientierungsstufe eingeschult werden. Wir hatten einen Sonderantrag für eine Schule gestellt, welche sich in unserer Umgebung nicht nur durch ihren guten Ruf auszeichnet, sondern darüber hinaus, was für uns besonders wichtig war, ein spezielles Förderungsprogramm für ausländische Kinder anbietet.

Nun genossen wir noch die herrlichen Sommertage der großen Ferien und bereiteten uns mit täglichen Paukeinschüben auf den großen Tag in einer richtigen Schule vor. Die bis dahin überwiegend positive Stimmung erhielt einen jähen Einbruch durch ein Schreiben der OHA, welches am 18.08.1994 in unserer Post lag. In diesem Schreiben wurden wir als Pflegeeltern – dieser Begriff ist schon ein Hohn, wie wir später erfahren sollten – aufgefordert, Hadji und Rahim zur medizinischen Untersuchung in Münster am 25.08.1994 vorzustellen, da die beiden Jungen für einen Rückflug nach Afghanistan am 01.09.1994 vorgesehen seien.

Man muss kein Mathematikstudium absolviert haben, um auf einen Blick zu erkennen, dass mit dieser Vorgabe lediglich noch zwei Wochen Zeit blieben, um einen geordneten Rückflug zu organisieren. Das ist zum einen nicht viel, bedenkt man nur die organisatorische Seite, wie geplantes sinnvolles Kofferpacken, Auswahl von Fotos, Adressen,

Mitbringsel für Familienangehörige etc. Es ist zu kurz, sieht man sich die moralische Seite an: Dankeschön sagen an die Ärzte, Krankengymnasten, Lehrer usw. Nicht zu vergessen, was medizinisch noch zu erledigen ist, wie Zahn ziehen, Brille besorgen, Schuhsohlenerhöhungen für wachsende Schuhgrößen besorgen, notwendige Impfungen durchführen.

Und was ist zum anderen mit der menschlichen Seite? Abschied nehmen von "Familie" und inzwischen gewonnenen Freunden. Vorbereiten auf eine "neue", mittlerweile fremd gewordene Heimat. Die Vorbereitung auf das Leben und die Kultur in der alten, schon verdrängten Familie. Verdrängt zumindest, was das schwierige Alltagsleben, die Disziplin in der Familie, die Verantwortung, den Respekt vor den "Alten", das Untergeordnetsein, die Demut und Rücksicht anbelangt.

Das alles schafft man nicht in zwei Wochen oder zumindest ich schaffe das nicht in zwei Wochen, wenn alles so gut wie möglich vorbereitet sein soll. Folglich fasse ich kurz entschlossen ganz rational den Entschluss, man (in diesem Fall mein Mann) wird mit der OHA telefonieren, oben genannte Gründe schildern und um Aufschub des Flugtermins bitten. Noch sollte nicht diskutiert werden, ob es überhaupt sinnvoll oder gar zu verantworten ist, die Kinder in die bekannte politische Situation nach Afghanistan zurückzuschicken. Erst mal sachlich bleiben, ganz vernünftig von Mann zu Mann reden und Zeit gewinnen.

Diese Gedanken wollte ich meinem Mann zum Mittag darlegen und dann weiter entscheiden. Aber wie das nun mal häufig so kommt, ruft just in diesem Moment meiner Überlegung Irene Obermeier an. Der schildere ich kurz meinen Entschluss, worauf sie nur sagt: „Darauf wird Dr. Schweizer sich nicht einlassen. Das kannst du vergessen", erwähnt aber auch, dass Rahim schon zurück müsse, er sei schließlich gesund und außerdem ein Afghane, aber Hadji mit seiner Beinbehinderung, das müssen wir verhindern. Der darf nicht mit!

Ich begann von neuem zu überlegen. Wir hatten noch Ferien. Große Sommerferien. Wir sind also gar nicht da, haben folglich auch keine Kenntnis von jenem Schreiben. Wir sind nicht so wichtig, dass wir uns die Post in den Urlaub nachschicken lassen. Wir melden uns etwas betroffen am 01.09.1994 bei der OHA, da wir gerade erst am 30.08.1994 aus dem Urlaub zurückgekehrt sind und besprechen die neu zu entscheidende Situation.

Dies mit Ingo beim diesmal spärlich ausfallenden Mittagessen besprechend – Ingo hatte anfangs die gleiche Absicht wie ich, nämlich ein ehrliches, offenes Wort mit der OHA zu wechseln – kommen mir Bedenken; man kennt nach zweijähriger Arbeit seine Pappenheimer, die werden nämlich am 01.09.1994 sagen: „Macht nichts Frau Trott, in fünf Tagen geht der nächste Flieger nach Afghanistan, da können Hadji und Rahim mitfliegen." Also nichts gewonnen, eher mehr verloren, noch mehr Zeitdruck. Dann kann man immer noch argumentieren, sagt Ingo. Aber erst mal hätten wir ein wenig Luft, vielleicht fällt uns noch etwas ein.

Wir reagieren also vorerst nicht, verabreden uns mit Familie Dr. Hartwig bei Hamburg für das Wochenende, denn erstens sind wir befreundet, zweitens haben sie selbst ein nicht problemloses Adoptivkind, und drittens ist Ottmar Richter, ein erfahrener, gescheiter Mann, der uns von kriminellen und unredlichen Vorhaben sicher abraten würde, und die Meinung seiner Frau Ruth war uns auch nicht ganz egal.

Dort angekommen, vertraten nach langen Ausführungen und Erklärungen Ottmar und Ruth genau unsere

Auffassung. Bloß nicht reagieren. Sofort abhauen und wirklich nicht erreichbar sein. Für niemanden. Es sind schließlich noch große Sommerferien. Von dort ging es weiter zu meiner Freundin Christiane bei Itzehoe. Sie und ihr Partner bestätigten uns das, was wir mit der Familie Hartwig erarbeitet hatten.

Wie beschlossen, so verkündet, wird ein Anrufbeantworter angeschafft und sofort angeschlossen mit dem Text: „Ja, ja, ja, hier spricht mal wieder der telefonische Anrufbeantworter von Petra und Ingo Trott; entsetzlich, dafür haben wir es gut, wir sind nämlich im Urlaub, hi hi hi." Unter Einbrecher-, sprich Sicherheitsgesichtspunkten, nicht sehr clever formuliert, aber für die OHA sollte es vorerst reichen.

Wir bringen die Kids ab ins Versteck zu Mama und Papa Rudolff, denn die sind nicht nur herzlich und hilfsbereit, sondern auch pfiffig, und sollte man die Jungen dort suchen, wie wir in einer anderen neuen Situation noch später erfahren, werden sie sich zu helfen wissen. Ingo kann aus dem Büro nicht ganz fort, noch nicht, lässt sich aber verleugnen, und ich nutze diese mir bisher so verhasste Anlage des Anrufbeantworters genau aus dem Grund, weshalb ich sie früher ablehnte, nämlich reinzuhören, wer dort spricht, um erst dann zu entscheiden, ob man sich sprechen lassen will oder nicht. Widerlich, aber in diesem Fall sehr hilfreich.

Parallel lassen wir die Eltern der Jungen über die Deutsche Welle in Afghanistan und Pakistan suchen, damit für den Fall, dass alles schief geht, wenigstens die Chance besteht, dass sie sich melden. Eine kleine Hoffnung, wenn auch ziemlich hoffnungslos.

Wir stecken voll in den Vorbereitungen für einen eventuellen Abflug. Sollte es dazu kommen, möchten wir uns nicht hinterher vorwerfen, irgendetwas nicht bedacht zu haben. Diese Gedanken erfüllen nicht nur den Tag und lähmen jedwede andere Tätigkeit, sondern bestimmen auch die Nächte. Diese werden immer länger, tragen nicht zur Erholung für den kommenden aktionsreichen Tag bei, machen eher schwächer, verzweifelter, unsicherer, ohnmächtig. Denn es folgt aufgrund unserer Nichtresonanz zum ersten Schreiben der OHA ein zweites mit dem befürchteten Tenor, Vorstellungstermin 14.09.1994, da Abflug für Ende September geplant. Prima, sind wir also so weit wie vorher.

Zwischendurch erfahre ich von Eva, die in ähnlicher Situation wie wir steckt, dass sie die gleiche Aufforderung hat, dies alles bloß mündlich, nicht schriftlich. Eva betreut seit einem Jahr die achtjährige Fatima. Welche Aussichten für dieses Mädchen in einer solchen Gesellschaft ohne Vater, ohne Bein.

Am 01.09.1994 folgen lange Gespräche mit Bassam al Massari und Dr. al Massari. Ingo stößt auf Verständnis, Hilfsbereitschaft, man kann doch über alles reden. So es nur um den Abreisetermin gehe, könne man darüber sprechen. Selbstverständlich muss das alles vorbereitet, abgeschlossen werden und in geordneten Bahnen verlaufen. Es gehen ständig Flüge hin und her.

Wir hatten von anderen Familien gehört, die ebenfalls kriegsverletzte Kinder eine Zeit lang betreut hatten, und Kontakt zu diesen aufgenommen. Sonntag, den 03.09.1994, fahren wir gemeinsam mit der ebenfalls betroffenen Familie Liebl, Pflegeeltern von Fatima, zur Familie Steinfuß nach Münster. Wir wollten uns von ihren Erfahrungen berichten lassen. Solche Familien lernt man automatisch kennen und stellt den Kontakt her, wenn der Stein erst einmal ins Rollen geraten ist. Familie Steinfuß machte sich Sorgen. Sie hätten gehört, dass es keine Nachrichten über den Verbleib der früher zurückgeschickten Kinder gab. Sie wollten für ihr Kind sicherstellen, dass tatsächlich der Kontakt zu den Eltern hergestellt wird. Deswegen wollten sie mitfliegen, um das Kind seinen leiblichen Eltern persönlich vor Ort zu übergeben. Sind keine Verwandten vor Ort, nähmen sie das Kind wieder mit nach Deutschland, bis sich die Eltern irgendwie einstellen. Dieses Vorhaben der OHA geschildert, löst Entsetzen, gepaart mit Unverständnis aus, endet in Ablehnung und Vertrauensbruchsvorwürfen.

Ungeachtet der Ablehnung, die man den Pflegeeltern entgegenbrachte, flog Herr Steinfuß, der Pflegevater, mit. Resultat vor Ort: Von 14 Kindern warteten lediglich zwei afghanische Eltern (sprich Väter) am Flughafen. Der Rest der Kinder wurde nach Jalalabad in ein Kinderauffanglager einer Hilfsorganisation der OHA vor Ort gebracht. Hilflosigkeit der mitfliegenden Väter. Nettigkeit, aber keine Unterstützung von Seiten der Pakistani, Afghanen, der Organisation oder der Botschafter. Verzweifelte Kämpfe, von Seiten der deutschen "Eltern", Kontakt zu den restlichen zwölf Kindern wiederherzustellen. Frustrierte Abreise von Pakistan, nachdem man nicht nach Afghanistan reingelassen wurde, retour nach Deutschland. In diesem Gespräch erfuhren wir, dass westlich von Peshawar ein Sondergebiet beginnt, das bis zur afghanischen Grenze reicht. Es handelt sich um das Stammesgebiet der paschtunischen Grenzstämme. Dieses Gebiet können Fremde nur mit einer Sondererlaubnis der Stammespolizei bereisen. Diese Infos waren für uns von großem Wert, denn wir hatten zwischenzeitlich beschlossen, ebenfalls den Rückflug der Kinder zu begleiten, um sicherzugehen, dass sie in dem Schoß ihrer Familie landen, anderenfalls sie wieder mit nach Hause zu nehmen.

Am 10.09.1994 liegt ein dritter Brief in der Post: Vorstellungstermin bei der OHA am 14.09.1994, da der Abflug der Kinder für den 04.10.1994 gebucht sei.

Unsere Kinder haben inzwischen neue dicke Freundschaft mit den drei Kindern einer befreundeten Familie geschlossen, die vor Jahren nach Amerika ausgewandert ist, ihre Ferien aber immer in Neuhaus verbringen, weil ihre Oma hier noch lebt. Hadji und Rahim sind unzertrennlich von Steve, Benny und Nane. Alles machen sie zusammen, selbst die Mahlzeiten nimmt man gemeinsam ein. Klingeln sie dort, heißt es sofort "die Trottjungen", als wäre es nie anders gewesen. Geht die eine Familie ins Restaurant, nimmt sie die Kids der anderen mit. Sie nehmen regen Anteil an unseren Problemen, laden uns ein, um alles mit uns zu besprechen, bieten ihre Unterstützung an, da sie merken, wie hilflos wir sind. Bei einem langen Abendessen wird ausführlich erörtert, wie man den Kindern helfen kann, was wir machen können, was es für Möglichkeiten gibt, was es alles zu bedenken gilt. Sie tragen seelisch die gesamte Verantwortung mit. Das gibt uns Kraft. Immer wieder merkt man, wie wichtig es ist, in schwierigen Situationen wenigstens Freunde zu haben. Am 06.09.1994 reisen sie wieder ab.

Die Kinder weinen, denn hier sind über ein paar Monate intensive Bindungen geschaffen worden, und in der jetzigen Situation wissen sie nicht, ob sie sich jemals wiedersehen werden. Regelmäßig rufen die Heines aus Amerika an und fragen, wie weit die Problematik gediehen ist. Unter der Woche laufen die Gespräche mit dem Jugendamt, das wir auf Empfehlung eingeschaltet haben, um die Vormundschaftsfrage neu zu klären. Das Jugendamt ist über die Vorgehensweise der OHA entsetzt und erklärt uns, dass das, was wir bisher taten, nämlich die Kinder bei uns zu beherbergen und zu pflegen ohne ihr Wissen, strafbar sei. Wir hätten die Kinder sofort bei Einzug in unsere Familie anmelden müssen, dann wären sie auch versichert gewesen, wir hätten Pflegegeld erhalten und uns Pflegeeltern nennen können. Diesen Status haben wir jetzt nicht. Den Status der Pflegeeltern. Was wir machen, ist nicht nur rechtlos, vielmehr strafbar, und Unwissenheit schützt vor Strafe nicht. Egal sagen wir, mehr als ein Bußgeld, welches das Budget des bisher beträchtlich angestiegenen Kostenkontos – wir hatten nicht nur Spesen, sondern auch viel Freude (von der Bereicherung in unserem eigenen Leben durch die Kinder ganz zu schweigen) – weiter belasten wird, das wir zu zahlen bereit sind, wird wohl kaum entstehen. Und wenn auch, wir brauchen hier und jetzt Hilfe, um geordnete Verhältnisse zu schaffen. Das sieht das Jugendamt auch so, und nachdem sie sich von unserer persönlichen Situation einen Eindruck verschafft hatten und feststellten, dass wir in geordneten Verhältnissen leben und die Kinder kein besseres Los treffen könnten, als bei uns zu bleiben, sagt man uns jegliche Unterstützung und Hilfe zu. So weit ganz toll.

Zu Aufklärungs- und Informationszwecken wird Irene Obermeier vom Jugendamt interviewt. Die gibt zu verstehen, dass ihrer Meinung nach Rahim zurückgeschickt werden müsse, Hadji aufgrund seiner Behinderung jedoch unbedingt in Deutschland bleiben müsse.

Am Wochenende fahren wir zu meinem Freund Dr. Ecknitz nach München. Anlass: Ich soll, darf, möchte, will Patentante seines jüngst geborenen Sohnes Siegmar werden. Ein schöner Anlass zu ungünstigem Zeitpunkt. Die Taufe findet statt, jedoch werden die Gespräche von einem Thema beherrscht: Was geschieht mit Hadji und Rahim? Zurück in ein Land, das vom Krieg beherrscht wird? In Kabul toben die Auseinandersetzungen. Von einst zwei Millionen Einwohnern, so erfährt man aus der einschlägigen Presse, leben, so man das als solches bezeichnen kann, noch etwa 200.000 Menschen in Kabul.

Wo ist der Rest? In Flüchtlingslagern in der Wüste bei sengender Hitze ohne Wasser vor Jalalabad? In Flüchtlingslagern in Pakistan, obwohl die Grenzen zu sind???

NEIN!!! So geht das nicht! Dr. Ecknitz und Frau Maria sind sich mit uns einig, dass die Kinder – solange wir die Eltern nicht haben – nicht in diese Ungewissheit fliegen dürfen. Es gilt, das Leben der Kinder zu schützen. Nicht aus Egoismus, weil wir die Kinder im Laufe der zwei Jahre mit allen Ups und Downs so lieb gewonnen haben, sondern weil wir, als jetzige, wenn auch unter nicht legalen, aber moralischen Gesichtspunkten, Erziehungsberechtigte die verdammte Pflicht haben, für das Wohl der Kinder eine Entscheidung zu fällen.

Man stößt bei all diesen Gesprächen mit den vertrauten Freunden auf sehr viel Verständnis. Es wird einem Unterstützung zugesagt. Man bekommt neue Denkanstöße, die auch von Kritik, berechtigter, konstruktiver, bereichernder, wohl gemeinter, herrühren. Dennoch steht man anschließend wieder allein vor demselben Problem, und die Nächte werden noch länger, bringen aber auch keine Lösung.

Als ich klein war, hasste ich kurzfristig meine Eltern (ich komme aus einem sehr wohlbehüteten Elternhaus mit viel Liebe, Herzlichkeit, Zuneigung und Verständnis, jedoch einer gewissen Strenge, Konsequenz und viel Gerechtigkeit) dafür, dass ich früh ins Bett musste, wenn alle anderen noch fernsehen durften. Als junges Mädchen verurteilte ich sie dafür, dass ich am Wochenende um 22.00 Uhr oder 23.00 Uhr zu Hause sein musste, wo doch die Disko erst ab 24.00 Uhr so richtig losging und alle anderen nicht nach Hause mussten, nur ich. Dennoch liebte ich meine Eltern, damit hier kein Missverständnis aufkommt.

Mittlerweile selbst Mutter, verstehe ich sie natürlich und handele fast ebenso. Als junge Frau versuchte ich, Versäumtes (Nächte) nachzuholen, machte am Wochenende die Nächte zum Tag, zu Lasten meiner jetzigen Kräfte – auch davor haben mich meine Eltern gewarnt –. Sie waren klug, schlau, weise und besorgt, wie ich heute um meine Jungen bin. Jetzt, als reife (?) Frau wünsche ich mir den von meinen Eltern oktroyierten langen erholsamen Schlaf zurück. Er bleibt aus. Und als alte Frau werde ich ihn mir wieder wünschen. Das ist irgendwie falsch eingerichtet: Will man ihn nicht, bekommt man ihn zwangsläufig, braucht man ihn, wird er einem versagt. Aber das ist schon wieder ein Thema für eine andere Geschichte, wenn ich mal wieder nicht schlafen kann.

Um alles bestmöglich vorzubereiten, fahren Ingo und ich natürlich auch noch schnell – es benötigte zwei Tage mit Übernachtung bei Charly in Düsseldorf – mal eben nach Bonn und Bad Godesberg, um für den schlimmsten Fall gültige Visa für die Kids und uns für Pakistan in der Tasche zu haben. Alles sehr zeit- und nervenaufreibend. Viele vorangegangene Telefonate, dergestalt, was ist wichtig, was braucht man an Unterlagen, Passfotos etc. Die Visa-Abteilung des Englischen Konsulates ist nur telefonisch nachmittags zu erreichen, allerdings ist dort dann ständig besetzt. Es werden nämlich Visa für England benötigt, wie wir mittlerweile aus bösen Erfahrungen gelernt haben, falls wir vorab mit den Kids via London nach Pakistan fliegen.

Also, Petra bereitet die Route vor: Erst Pakistanische Botschaft in Bonn, von dort zur Französischen Botschaft in Bad Godesberg (wenn man schon mal unterwegs ist, kann man gleich zwei Fliegen mit einer Klappe schlagen, denn es könnte auch alles gut gehen, was dann bedeuten würde, man setzt sich in den verdienten Urlaub nach Spanien ab, und zwar mit dem Auto durch Frankreich), dann nachmittags retour zur Englischen Botschaft in Bonn.

In weiser Voraussicht war eine Übernachtung bei Freund Charly eingeplant. Das war klug, denn Visa für Pakistan besorgen dauert zwei Stunden, folglich ab nach Bad Godesberg. Computerstreik: „Bitte kommen Sie heute

Nachmittag wieder." Retour Bonn, Visa Pakistan abholen, Englische Botschaft reinschauen. Hier erhält man die persönliche Auskunft, dass die Visa-Abteilung nur vormittags Visa ausstellt, ganz im Gegensatz zur automatischen Telefonauskunft. Aber wir bräuchten nicht wiederzukommen, auch nicht morgen früh, afghanische Kinder bekommen keine Visa, auch keine Transitvisa. Bumm, peng, aus!!! (Damit Ingos geliebtes London mich je wieder sieht, bedarf es reichlicher Überzeugungsarbeit.)

Wütend und enttäuscht zurück zu den sehr hilfsbereiten Franzosen, die bereit waren, unseretwegen bis in den Abend zu warten. Dort angekommen, 18.00 Uhr, entschuldigt man sich höflich, die Visa seien zwar fertig, aber der zu unterschreibende Konsul sei noch in England und würde erst gegen 19.00 Uhr in Düsseldorf einfliegen. Selbstverständlich würde man gern mit uns in den Abend hinein warten, aber vielleicht kommt er gar nicht mehr in die Botschaft. – Die Pässe mit den Visa nebst Kostenrückerstattung erhielten wir zwei Tage später mit der Post. – Frankreich war schon immer mein Land!

Nicht unerwähnt lassen möchte ich die Tortur unserer Präventivimpfungen: Polio, Hepatitis, Cholera, Typhus, Malaria, alles in kürzesten Abständen. Das schlaucht den Körper. Da er aber schon ziemlich in den letzten Zügen lag, kam es darauf auch nicht mehr an. Im Gegenteil, nach einem schlimmen Schreianfall nachts, empfiehlt mir Ingo, unseren Arzt aufzusuchen. Nun kommt es auf einen Bomber mehr oder weniger nicht an. Der Asthmapüster war bei mir auch schon an der Tagesordnung.

Der große Tag steht bevor. Vorher waren natürlich noch etliche Telefonate mit al Massari jun. und sen. gelaufen. Jedenfalls versicherte man uns, dass am Nachmittag des 14.09.1994 Dr. Schweizer ausführlich zu sprechen sei. Wir verabredeten uns mit Familie Liebl und beschließen, von dort aus gemeinsam mit ihrem Reisebulli nach Münster zu fahren. Erstens ist es bequemer mit sieben Personen, zweitens besteht die Chance, dass Rahim sich erfahrungsgemäß in einem solchen Auto nicht erbricht. Weit gefehlt: In Isenbüttel losgefahren, beginnt Hadji sich die Seele aus dem Leib zu spucken (er hatte sich im Auto bisher noch nie erbrochen!). Kaum ist dieser fertig, folgt Rahim.

Schwere Regenschauer, überfüllte Autobahn, ständiges Entsorgen der Spucktüten, damit nicht auch noch uns Erwachsenen schlecht wird, oder besser gesagt übel, denn schlecht war uns allen, führten dazu, dass wir trotz einer Stunde Karenz mit 15 Minuten Verspätung in Münster eintreffen würden. Der kluge Mann baut vor. Kurt hatte ein Handy dabei, mittels dessen wir der OHA unsere Verspätung mitteilen.

15.15 Uhr, Ankunft bei der OHA:

Die Kinder stehen dort mit blauen Lippen und grünen Gesichtern, als eine sehr korpulente, energische Sekretärin uns nicht etwa fragt, ob die Kinder vielleicht einen Schluck Wasser möchten, nein, vielmehr vorwurfsvoll auf die Uhr schaut und betont, wir hätten um 15.00 Uhr einen Termin gehabt, jetzt sei Dr. Schweizer nicht mehr zu sprechen. Peng!

Durch meinen Kopf schoss es wie der Blitz: Petra, du hast eine Beruhigungstablette im Bauch, also verhalte dich auch dementsprechend und lasse das die Männer regeln. Das taten sie dann auch, wiederholtermaßen ohne Erfolg. Die Zeituhr tickte. Dr. Schweizer hätte um 15.45 Uhr eine Besprechung. Wunderbar, meinte Ingo, dann bleiben noch 20 Minuten für uns, auf die würde er bestehen, und was überhaupt mit der medizinischen Untersuchung sei. Ach so, ach ja, na ja, der da (Rahim) kann schon mal mitkommen. Die Untersuchung würde jedoch ein Kollege durchführen, denn Dr. Schweizer hätte jetzt keine Zeit mehr.

Rahim und ich verschwinden in ein dürftig ausgestattetes Behandlungszimmer. Ein Arzt kommt, fragt, was Rahim hätte, er hätte nämlich keine Unterlagen. Osteomyelitis, rechtes Bein. Ob er das mal sehen könne. Also, Hose aus. Dem Doktor fiel alles aus dem Gesicht. So etwas hatte er offensichtlich noch nicht gesehen (dabei sieht das Bein schon ganz toll aus). Ob Rahim laufen könne, lautete seine Frage. Ich entsann mich schnell wieder meiner Tablette und derer vermeintlichen Wirkung, sonst hätte ich wohl das Bedürfnis, zu antworten: „Nein Herr Doktor, wir sind hier hereingeflogen, haben Sie doch gesehen“, nicht unterdrückt. Also antwortete ich wenigstens: „Ja, ja.“ (Meine Kinder wissen, wie man das im Straßenjargon interpretiert.) „Hast du Schmerzen?“ „Nein.“ „Dann ist ja alles in Ordnung.“

Eine Sekretärin stürzt herein: „Schnell Frau Trott, Dr. Schweizer ist gesprächsbereit.“ Zwischenzeitlich hatten die Männer einen solchen Krach geschlagen, dass Dr. Schweizer, aus welchen Gründen sei hier dahingestellt, diese empfing. Ich werde in einen zehn Quadratmeter großen Raum geführt; in dem befindet sich bereits ein schlanker, langer, grau melierter, rauchender Mann. Man hat ja viel gelernt in der Vergangenheit, also zum Beispiel, dass man vor einem solchen Gespräch erst mal Atmosphäre schaffen muss. Dass diese schon angespannt war, lag in der verqualmten Luft. Also trete ich lächelnd auf diesen Herrn zu, reiche ihm die Hand und sage: „Petra Trott, Dr. Schweizer nehme ich an, hier darf geraucht werden, das ist ja schön!!!“ Alle anderen waren Nichtraucher, die Armen, und das auf zehn Quadratmetern. Acht Personen, alle Fenster geschlossen, und zwei Raucher, davon einer Kettenraucher.

Nach zehn Minuten kam eine neunte Person dazu. Helferin der OHA; nach 30 Minuten Bassam al Massari. Nun waren wir schon zehn. Um 17.00 Uhr saß Dr. Schweizer immer noch bei uns. Die Debatte wurde immer hitziger, die Luft im Raum auch, die Köpfe ebenfalls.

Anfangs hatte Dr. Schweizer versucht, uns den Wind aus den Segeln zu nehmen mit dem Argument, es sei menschlich völlig klar, dass es für die Kinder besser wäre, in Deutschland zu bleiben, aber das würde er nur uns sagen. Man bräuchte das auch nicht weiter zu diskutieren, die Kinder fliegen, fliegen am 04.10.1994. Aus!!! Wir bräuchten uns keine Sorgen zu machen, in Afghanistan sei kein Krieg mehr, in Kabul sei Ruhe, man hätte immer alle Eltern gefunden, wir sollten nur Vertrauen haben. Die Hilfsorganisation mache das schon vor Ort.

Dr. Schweizer sagt, ein neuerdings eigens für die Suche nach den Eltern eingestellter Kurier hätte nach spätestens fünf Tagen positive Erfolgsmeldungen zu verzeichnen. Komisch denke ich, wenn er doch jetzt erst ganz neu eingestellt wurde, wieso kann er schon Erfolge verbuchen, er hatte doch noch gar keine Gelegenheit. Er fängt doch erst am 05.10.1994 an zu suchen, erstmals. Eineinhalb Stunden später meint Bassam al Massari, der Kurier bräuchte circa drei Wochen, um die Eltern zu finden, weil man sich aufgrund des Krieges in Kabul nur sehr langsam dorthin bewegen könne...

Ingos Tenor bei diesem Gespräch lautete lediglich: Gebt uns einen Monat Aufschub, um alles in Ruhe abwickeln und vorbereiten zu können. Und wenn es diesen erfolgreichen Boten gäbe, könne er doch schon jetzt anfangen zu suchen. Mit vier Wochen Aufschub erhöht sich die Chance, die Eltern zu finden, erheblich. Das würde uns ungemein beruhigen. Käme überhaupt nicht in Frage. Das sei logistisch nicht möglich. Man soll doch bloß Vertrauen haben, das hätte doch immer geklappt (seltsam, dass man in Deutschland von den zurückgeführten Kindern nie wieder etwas gehört hat...).

Ingo sagt, wir werden mitfliegen, um uns davon zu überzeugen. Das geht nicht laut Dr. Schweizer. Wo solle das hinführen, wenn alle Pflegeeltern immer mitfliegen wollten, außerdem hätten wir gar keine Visa. Hätten wir doch, lautete unsere Antwort. Da war der sonst so redegewandte Dr. Schweizer etwas platt, griff schnell wieder zur Zigarette (ich auch!), denn es gibt das Gerücht, dass die OHA versuchte, die Mitreise betroffener Eltern zu verhindern – auch durch Anrufe bei den Botschaften. Bassam al Massari lenkt ein, versucht Ingo, mit dem er inzwischen per Du ist, zu beschwichtigen und sagt, so wie du aussiehst, kriegen wir dich leicht über die Grenze. Andere Klamotten an, europäische Brille ab und schon sieht er aus wie ein Afghane. (Das will ich gar nicht, fehlt nur, die drücken ihm noch eine Kalaschnikow in den Arm und geben ihn als Mudschaheddin aus – aber wenn es den Kids hilft.)

Eine halbe Stunde später erzählt derselbe Bassam al Massari, von uns gefragt, ob er sich auf die Suche der Eltern in Kabul machen könne, dass er aufgrund seines deutschen Passes zurzeit keine Chance hat, über die Grenze zu kommen. Es sei lebensgefährlich. Interessant, sehr interessant!

Ingo bietet Dr. Schweizer an, seine Vormundschaft abzugeben an eine neutrale Person, zum Beispiel die Stadt Wolfsburg, dann hätte er doch die ganzen Probleme nicht mehr. Wir würden schon dafür sorgen, dass er für seine Sache die Ausreisestempel in die Pässe der Kids bekäme, und alles Weitere sei unser Problem. Kommt überhaupt nicht in Frage, da könne ja jeder kommen, dann hätte er bald gar nichts mehr zu sagen. Außerdem hätten das schon Eltern zweimal erfolglos versucht, und es würde ihm stinken, sich ständig mit Behörden und Gerichten rumschlagen zu müssen, das behindere seine eigentliche Arbeit.

Es folgen Fragen unsererseits, was aus Hadji ohne Krankengymnastik und Schuhsohlenerhöhungen werden soll. Er als Mediziner wisse um die Zukunftsaussichten des Kindes mit einem solchen Bein, das voraussichtlich nicht richtig mitwächst, folglich im Verhältnis zu dem gesunden Bein noch kürzer wird im Laufe der nächsten Jahre. Seine Antwort: „Kein Problem, man kriegt überall in Kabul orthopädische Schuhe.“ Hadji kommt aber aus den Bergen, der Vater sei schwer verletzt und man könne ihm wohl kaum zumuten, bei jedem Wachstumsschub mit Hadji den Drei-Wochen-Trip nach Kabul anzutreten. Die Familien sind groß, dann muss eben ein Onkel, Cousin oder Bruder mit ihm gehen! – Hadji (alle Kids wohnten dem Gespräch bei) gab uns auf der Rückfahrt zu verstehen, dass Dr. Schweizer uns voll verarsche. Im ganzen Dorf weiß nur sein Vater, dass es Kabul überhaupt gibt, wo es liegt und wie man dorthin kommt. Daher genieße er auch ein gewisses Ansehen. –

Unsere Befürchtung, aufgrund der eintretenden Witterungsverhältnisse von Oktober bis April, nämlich Schnee, viel Schnee, zurzeit den Vater da oben im Gebirge nicht finden zu können, macht Dr. Schweizer schnell zunichte. Es gibt keinen Schnee mehr seit Jahren. Kein Problem. Ich erwähne, dass mich das sehr verwundert, denn zum einen wusste ich, dass aus genau diesem Grund im letzten Jahr ein Flug von November auf April verschoben wurde, ferner sich Herr Khan im Oktober 1993 von den Vätern mit eben diesem Argument bis April 1994 verabschiedete. Dr. Schweizers Antwort, zum Ersten müsse ich etwas verwechseln, zum Zweiten, Khan habe keine Ahnung und solle sich lieber aus allem raushalten. Solche Argumentationsschienen fördern das Vertrauensverhältnis natürlich ungemein.

Zu der Gefahr, dass eine einmal in dem Maß vorhandene Osteomyelitis bei kleinstem Anlass immer wieder ausbrechen könne, was uns natürlich auch für die Zukunft der Kinder Sorgen bereitete, erwidert Dr. Schweizer wortwörtlich: „Wir machen die Kinder gesund und schicken sie dann zurück. Sie leben doch. Das ist unser Job!" Problem Zahn und Brille Rahim angesprochen, reagiert Bassam: „Zahn wird in Peshawar gezogen, dann sparen die Trotts die Kosten und eine Brille kriegt er auch verpasst. Kein Problem! Es gibt hervorragende Ärzte." Wenn das alles so super, so harmlos, so leicht ist, warum holt man die Kinder überhaupt hierher, warum lässt man kleinste Granatsplittereinschüsse sich überhaupt erst so weit entzünden, dass es teilweise nicht mehr ohne Amputation zu beheben ist, warum leben die al Massaris überhaupt in Deutschland und Khan und alle anderen denkenden, finanziell gut situierten Afghanen, wenn dort alles so toll ist? Das habe ich natürlich nicht gefragt, die Stimmung war schon angespannt genug, und ich entsann mich schnell wieder meiner kleinen Wundertablette und hielt die Klappe.

Abrupter Stimmungsumschwung von Dr. Schweizer. Neue Taktik, neue Strategie; ein ganz neues Argument: Also, wenn der Kurier die Eltern der Kinder nicht binnen drei Wochen ausfindig machen kann, fliegen sie selbstverständlich zurück nach Deutschland in ihre Pflegefamilie. Das wird allerdings nicht stattfinden, denn man habe bisher zumindest immer noch einen Familienangehörigen gefunden. Aber wenn das aufgrund des Krieges – nun ist da plötzlich doch wieder Krieg – dennoch eintreten soll, kommen die Kinder zurück. Ehrenwort. Stummer Blickaustausch von Eva auf Petra, von Petra auf Ingo, von Eva auf Kurt, von Kurt auf Ingo.

Das will Eva nun aber ganz genau wissen und bittet Dr. Schweizer, das der kleinen Fatima ins Gesicht zu sagen und setzt sie auf Dr. Schweizers Schoß. Der sagt ihr das von Angesicht zu Angesicht und fragt Fatima, ob sie ihn verstanden hätte. Die weint.

Es ist 17.15 Uhr. Dr. Schweizer, weit über seine Zeit, muss nun wirklich gehen, verabschiedet sich sichtbar gestresst und entnervt, aber dennoch mit den Worten: „Wir machen das schon, haben Sie nur Vertrauen, am 04.10.1994 wird geflogen."

Ingo schießt noch sachlich – er hatte sich überhaupt die ganze Zeit bewundernswert unter Kontrolle – hinterher, dass er diesen Termin noch nicht sehe, aber man würde das noch weiter mit Bassam besprechen. Der könne Dr. Schweizer dann von dem Ergebnis des weiteren Gesprächsverlaufs berichten. Ingo hatte zuvor schon einmal angedeutet, dass, wenn man auf den 04.10.1994 beharre, er sich gezwungen sähe, andere, gegebenenfalls gerichtliche, Schritte einzuleiten. Wenn wir nicht klarkämen, müsse man neutrale Personen zu Rate ziehen.

Dr. Schweizer entschwindet, ich springe hoch, reiße alle Fenster auf, weil hier eine sehr aufgeregte weitere Person mit Zigaretten in der Hand das Zimmer betritt, auch eine ehrenamtliche Helferin der OHA.

Man rückt sich also wieder zurecht und startet in die zweite Runde. Diese verläuft ebenso wie die erste. Statt Dr. Schweizer sitzt da nun diese verbissene Krankenschwester. Bassam wand sich in Argumenten hin und her, widersprach sich halbstündlich, hat plötzlich eine ganz neue Idee: Er würde noch morgen früh den Ali, diesen neuen Kurier, losschicken, Hadjis, Rahims und Fatimas Eltern zu suchen, um uns zu beruhigen, aber wir dürften nicht erwarten, dass er diese mit nach Peshawar brächte, das ginge nicht, wegen des Krieges... – Aha –. So ging das noch zwei

Stunden hin und her, vor und zurück, die Kräfte schwanden, und mein Asthmapüster hauchte auch fast aufgrund Überbeanspruchung seinen letzten Atem aus (wenig hilfreich für mich, daraus folgt Panik; aber ich habe noch Tabletten, wiederum sehr beruhigend).

Die Nervosität nahm auf allen Seiten zu, die Krankenschwester wurde immer unsachlicher und sprach von Drohungen unsererseits, das würde man sich nicht bieten lassen, das seien Vertrauensbrüche – Ingo war kurz davor, ihr das Wort zu verbieten, wie er mir später erzählte – usw. usw. Es war einfach die Luft raus, wie bei meinem Püster, und jedem von uns graute vor der dreistündigen Rückfahrt im Dunkeln, bei Nässe, in dieser Hoffnungslosigkeit. Ein jeder von uns wusste, dass jetzt die Arbeit erst richtig begann.

Wir verabschiedeten uns mit unterkühltem Ton, wobei Bassam jedoch dem Ingo ermutigend auf die Schulter schlug, ihm mit beiden Händen seine Hand drückte und uns fortschickte mit den Worten: „Wir schaffen das schon." Entkräftet und entmutigt traten wir den Heimweg an. Kurt fährt, Eva weint, die Kinder dösen vor Erschöpfung, Ingo und Kurt haben sich nicht mehr viel zu sagen, und ich koche vor verzweifelter Wut. Schnell schmeiße ich mir eine kleine Pille ein, bevor ich durchdrehe. Das würde jetzt niemandem helfen.

Am Donnerstagmorgen wurde unser Leben nur noch von einem Inhalt bestimmt: Wie kann man verhindern, dass die Kinder fliegen müssen? Es drehte sich alles nur noch um diesen einen Themenkreis, so weit, dass mein Mann aus Verzweiflung um Hilfe rief.

Ich konnte das alles schon nicht mehr denken, und Ingo war nun auch so weit, dass er mir gegenüber äußerte, er bräuchte jemanden Vernünftigen, Neutralen, wie zum Beispiel

Dr. Ecknitz, Gerd oder Ottmar als Gesprächspartner, um das alles neu zu überdenken. Das geschah Freitagnacht. Nun war ich wieder gefordert. Mit Hilfe von Bourbon-Cola holte ich mich aus der Ohnmacht und dachte nach. Bei Dr. Ecknitz ging keiner mehr ans Telefon, für Dr. Ottmar Hartwig war es schon zu spät und Gerd war nicht da. Also rief ich Ingos besten Freund Thomas Frey an. Der kam auch prompt mit Freundin Inge aus Berlin angebraust.

Die Tage und Nächte von Donnerstag und Freitag bis zu Thomas' Eintreffen wurden dadurch ausgefüllt, dass Ingo nur Anträge formulierte, welche das Büro, wie im Fieber, schrieb. Anträge an das Amtsgericht Münster um Aufschub des Abflugtermins, Anträge auf Übertragung der Vormundschaft an das Jugendamt Wolfsburg.

Das schreibt sich hier alles so eben in drei bis vier Sätzen dahin, tatsächlich dauerte diese Arbeit aber 48 Stunden, durch ständige Korrekturarbeiten erschwert.

Thomas ist also da, hört sich alles an, liest sich alles durch und kommt wie alle anderen zu dem Ergebnis, geflogen werden darf nicht. Die gesamte Argumentationsschiene, das ganze Verhalten der OHA riecht nach Ungutem. Da stimmt etwas nicht. Neben den Anträgen müssen weitere Aktivitäten geschaltet werden: Ausländeramt, Botschaft Pakistan, Botschaft Afghanistan, aktuelle Zeitungsberichte über das Kriegsgeschehen anfordern (als Anlage zu den Anträgen), Auskünfte einholen, recherchieren, ob das, was die OHA behauptet – es müssen nämlich aus politischen Gründen der Bundesregierung gegenüber alle Kinder zurückgeflogen werden, da sonst keine neuen eingeflogen werden dürften – stimmt; man bekäme für einmal wieder zurück ins Heimatland gereiste Kinder keine neuen Einreisevisa (aber Dr. Schweizer schickt alle Kids, deren Eltern nicht auffindbar sind, zurück. Wie macht er das, ach so, durch Vertrauen), usw.

Wir hatten zwischenzeitlich bereits durch Dr. al Massari erfahren, dass der Grund, keine neuen Kinder nach Deutschland bringen zu können, ganz woanders lag, nämlich zum einen an der Kriegssituation, die es unmöglich machte, Kinder aus Kabul zu transportieren (aber reinbringen kann man sie getrost), zum anderen, dass die pakistanischen Behörden keine Ausreisevisa mehr erteilen, weil sie zu dem Vorgehen der OHA kritisch eingestellt sind, und das sei wiederum auf den Einfluss eines gewissen Dr. Schorf in Pakistan zurückzuführen, der ebenfalls das Vorgehen der OHA , kranke Kinder nach Deutschland auszufliegen, nicht billigt.

Das alles wird zwei Tage und Nächte lang mit Thomas und Inge besprochen, überdacht, geordnet. Es fallen Begriffe wie Mafia, Rauschgifthandel, Geldgier, und last not least fragt Thomas uns, ob wir schon mal an Abhauen gedacht hätten. Nachdem die Marschrute ausgearbeitet ist, Ingo wieder klarer durchblickt, besprechen wir die Vorgehensweisen und Arbeitsverteilungen. Thomas und Inge rauschen unausgeschlafen wieder ab (an dieser Stelle nochmals Dankeschön an euch zwei), und Ingo und ich wissen, was wir zu tun haben.

Zwischenzeitlich, also vor dem Wochenende, haben natürlich weitere Telefonate mit Bassam stattgefunden, in welchen Ingo der OHA mitteilt, dass durch die Gespräche am 14.09.1994 unser Vertrauen nicht bestärkt wurde, im Gegenteil, und Ingo daher keine andere Wahl bliebe, so man an dem Abreisetermin 04.10.1994 festhielte, als den Rechtsweg einzuschreiten. Bassam hatte inzwischen, so behauptete er zumindest, den Kurier Ali losgeschickt und meinte, man solle bloß die Nerven behalten.

Am Montag telefonierte ich mit Amin, der sich unter lebensgefährlichen Bedingungen von Kunduz/Afghanistan nach Peshawar durchgeschlagen hatte. Er berichtete mir vom Krieg in Kabul und der Aussichtslosigkeit, die Eltern ausfindig zu machen, von den vielen Toten etc. Anschließend machte ich mich an die Arbeit. Ich telefonierte die gesamte einschlägige Presse nach aktuellen Informationen ab, die ich auch prompt erhielt. Die Berichte trugen nicht zu unserer Beruhigung bei. Keiner hatte mich gefragt, weshalb ich mich für Kabul interessierte, lediglich der Stern wurde aufmerksam. Obwohl ich nur bruchstückhaft mit meinen Gründen herausrückte, wurde der Sternreporter immer interessierter und neugieriger. Nachdem er mit deutschem Mannesehrenwort versprach, ohne unsere Zustimmung keinen Artikel zu bringen, gestattete ich ihm – nach Rücksprache mit Ingo – uns persönlich zu besuchen und zu interviewen.

Dienstag, den 20.09.1994, hat Ingo die Nase voll, denn bei der OHA rührt sich nichts in Sachen Kompromiss. Die Klagen gehen raus. Der Kampf beginnt. Es folgt eine lange Nacht bei den Liebls.

Wieder läuft das Büro auf vollen Touren. Nicht zum Zweck des Gelderwerbs, nein, für Mandanten und Mandate ist schon lange keine Zeit mehr, vielmehr gilt es, immer neue, aktuelle Informationen den Klaganträgen beizufügen, nachzureichen... Vorsorglich werden entsprechende Anträge für Fatima formuliert, aber noch nicht abgeschickt.

Freitag, den 23.09.1994, stellt der Stern sich bei Familie Trott ein. Der Reporter bringt neueste Fotos aus Kabul mit. Unsere Angst, gepaart mit Entsetzen, steigt. Gabriel Grüner berichtet über seine Eindrücke und Erfahrungen. Er war im Sommer diesen Jahres vor Ort. In Kabul, im Flüchtlingslager in Jalalabad, wohin die Kinder, deren Eltern bislang nicht gefunden wurden, untergebracht werden. Er versucht, die Jungs zu interviewen. Die sind, wie immer bei diesem Thema, total verstockt. Wen wundert's, nach allem was die armen Kerle bislang durchgemacht haben.

Das Mitanhören der Diskussionen bei der OHA – von allem Vorherigen mal ganz abgesehen – empfand ich schon als schlimm genug, dennoch vertreten wir inzwischen die Ansicht, die Jungen sollen ruhig alles mitbekommen. Wenn man sie zurück in den Krieg schickt, die Eltern nicht findet, sie nach Jalalabad gebracht werden, so sollen sie doch wenigstens das Gefühl haben, ihre Pflegeeltern haben alles versucht, um dies zu verhindern, um ihnen das zu ersparen; ein schwacher Trost, aber vielleicht ist der Nachgeschmack nicht ganz so schal.

Freitagvormittag erfahren wir, dass Montag, den 26.09.1994, die Anhörung Dr. Schweizers vor dem Amtsgericht Münster stattfindet. Ingo fragt dort nach, ob es als erforderlich angesehen würde, dazuzukommen, worauf ihm eine nette, verständnisvolle Richterin zu verstehen gibt, dass die Sache doch ziemlich klar sei und wir uns den Weg sparen könnten. Wir beschließen, dennoch zugegen zu sein und das neue Bildmaterial vom Stern mitzunehmen.

Am Wochenende ringen wir uns zu dem Entschluss durch, dass, wenn am Montag Dr. Schweizer obsiegt, die Berufung auch negativ für uns ausfällt, ich umgehend mit den Kids nach Spanien in unser Haus verschwinde. Ingo gegenüber waren seitens der OHA Andeutungen gemacht worden, dass dann, wenn die Kinder nicht pünktlich zum Abflug bereitstünden, eine Anzeige wegen Kindesentführung in Betracht gezogen würde. Diese Mitteilung war nicht auf die leichte Schulter zu nehmen, weil dies auch für den Beruf von Ingo Konsequenzen hätte haben können. Diese Anspannung war Ingo auch bei seiner gerichtlichen Tätigkeit anzumerken. Deswegen wurde er von einem Richter auf die erkennbar gedrückte Stimmung angesprochen. Die Mitarbeiter des kleinen Amtsgerichtes in Wolfsburg wussten, dass die Trotts zwei Kinder aus Afghanistan hatten. Ingo erzählt diesem Richter von den Vorgängen und den im Werden begriffenen Plänen, die Kinder außer Landes zu bringen, bis die Rechtslage geklärt wäre. Gleichzeitig berichtete er von dem über ihm schwebenden Damoklesschwert wegen der drohenden Anzeige.

Die Reaktion des Richters war erstaunlich: Für den Fall eines Strafverfahrens sei er zuständig und Ingo könne ganz beruhigt sein. Er habe doch eine couragierte Frau, die er als Richter aus einem anderen Verfahren kannte (als ich nämlich das 50-km-Schild vor der Schule in Neuhaus abbaute, um endlich provokativ für eine 30-km-Zone in unserem kinderreichen Ort zu sorgen). Für den Fall, dass seine Frau mit den Kids nach Spanien flüchtete, und dann eine Anzeige wegen Kindesentführung käme, könne er sich eine Verurteilung nicht vorstellen. Dieser Hinweis war für Ingo außerordentlich wichtig. Nach vielen Tagen endlich mal eine positive Perspektive. Nun konnten wir handeln.

Stimmt es nicht nachdenklich, wenn nicht nur die Freunde, die verständlicherweise – trotz teils kritischer Anschauung – auf unserer Seite stehen, sondern auch neutrale, übergeordnete Institutionen, wie Jugendamt und Richter, uns dahingehend bestätigen, bestärken und unterstützen, alles zu tun, ein Ausreisen der Jungen zum jetzigen Zeitpunkt zu verhindern?

Samstag, den 24.09.1994, wird alles Buchungstechnische geplant. Möglicherweise Flug Petra, Hadji und Rahim nach Spanien am 01.10.1994. Flug Ingo, Kurt und Fatima mit dem Rest von der OHA am 04.10.1994 nach Peshawar.

Montag, der 26.09.1994, steht bevor. 9.30 Uhr, Termin Amtsgericht Münster bei der Richterin Brech. Eine Richterin, eine Frau, das ist gut. Die ist bestimmt selbst Mutter. Die hat bestimmt selbst Kinder. Ich habe Angst. Über Nacht wachsen mir unendlich viele graue Haare. Ingo ist ganz zuversichtlich.

Wir verlassen gegen 6.00 Uhr in der Früh das Haus, kommen gut durch den Morgenverkehr und über die Autobahn. Um 9.00 Uhr stehen wir vor dem Amtsgericht Münster, steigen aus, wollen schnell noch einen Kaffee trinken, da kommt eine Frau meines Alters auf uns zu, begrüßt uns ganz nett: Richterin Brech. Anhand des Autokennzeichens hätte sie sich schon gedacht: „Das sind Herr und Frau Trott. Guten Morgen.“ Ich mag sie nicht, sage aber zu Ingo, um mich selbst zu beruhigen: „Na ja, sie macht ja einen ganz netten Eindruck.“ Selten, dass ich mir selbst so unaufrichtig gemeinten Mut zuspreche. Ingo meint nur: „Die wird jetzt Schicksal spielen.“

9.30 Uhr, die Verhandlung beginnt: Dr. Schweizer ist bereits da, in dem kleinen Amtszimmer der Frau Brech. Man reicht sich die Hände, grüßt, jeder denkt sich seinen Teil. Geraucht werden darf hier diesmal nicht. Frau Brech nimmt die Personalien auf. Dr. Schweizer sitzt zuversichtlich in seinem Stuhl. Ich habe Angst. Er nimmt Stellung: „Alles falsch, was die Trotts da schreiben.“ Frau Brech diktiert das so ab. Von Ingos Einwürfen, die er sehr sachlich und neutral und erst auf Rückfrage mit Erlaubnis formuliert, ist sie jedes Mal entnervt, gibt unsere Einwände widerwillig und knapp zu Protokoll.

Zu den mitgebrachten großen, aktuellsten Farbfotos des Stern gerät Dr. Schweizer aus der Fassung. Er hält den Bildbericht des Stern für völlig übertrieben und verharmlost unter Berufung auf eigene Erfahrungen die gesamte

Situation in Kabul. Frau Brech wirft keinen Blick auf die Bilder. Damit ist für mich alles klar. Dr. Schweizer betont noch einmal, dass die Kinder, deren Familien nicht auffindbar sind, nach Deutschland zurückgebracht werden. Die Pässe liefen alle noch sechs Monate beim Rücktransport.

10.30 Uhr ist die Verhandlung geschlossen. Man verabschiedet sich. Ich gebe Dr. Schweizer nicht die Hand. Frau Brech teilt uns unpersönlich mit, dass sie sich gleich an die Entscheidung machen würde, das würde sie auch belasten. Sie will das aus dem Kopf kriegen, diktiert es dann ab, und so gegen 15.00 Uhr könnten wir das Ergebnis bei ihr hinterfragen. So einfach kriegt man so etwas also aus dem Kopf, durch Abdiktieren! Die Sache geht dann zu den Akten, Deckel zu, Angelegenheit abgeschlossen. So werde ich das mit diesen Aufzeichnungen auch handhaben: Abdiktieren, bloß ob es dann auch aus meinem Kopf raus ist...

Gesenkten Hauptes steigen wir ins Auto. Wir reden nicht viel auf der Rückfahrt. Spekulationen sind jetzt auch nicht angebracht. In vier Stunden wissen wir mehr. Ich versuche, mich mit auf den Verkehr zu konzentrieren, denn sicherlich ist auch Ingo mental woanders und abgelenkt. Wir lassen das Gespräch in Gedanken noch einmal Revue passieren, reden aber nicht darüber. Zum ersten Mal schlafe ich nicht im Auto ein. Plötzlich tritt Ingo auf die Bremse: „Stop, wir haben etwas vergessen. Ich muss sofort mit Frau Brech telefonieren. Dr. Schweizer sagte, alle Pässe liefen noch circa sechs Monate, der erforderliche Zeitraum für eine Rückführung nach Deutschland. Fatimas Pass läuft aber am 26.10.1994 aus. Wieder ein Beweis für seine Glaubwürdigkeit ."

Die nächste Telefonzelle wird angefahren. Ich gebe Ingo Kleingeld und die Nummer vom Amtsgericht. Aber wieder einmal stehen wir vor der Situation, feststellen zu müssen, dass wir in einer Zeit und einer Gesellschaft leben, die für uns nicht mehr passt: Kartentelefon. Wir haben keine Karte. Wir sind einfach nicht weltmännisch genug, wollen es aber auch nicht sein. Noch sträuben wir uns gegen solche Anschaffungen. Noch gibt es auch keinen Computer in unserem Haus. Der Kids wegen sind wir schon einmal schwach geworden, haben gegen unsere Einstellung einen größeren, neueren Fernseher plus Video angeschafft. Es folgte die Schüssel. Das ärgert mich heute noch. Was waren das für kreative, ruhige Zeiten, ohne diese teils verdummende Fernberieselung. Na, und den Anrufbeantworter haben wir inzwischen auch. Zu meiner Verteidigung muss ich jedoch erwähnen, dass er seit dem akuten Anlass nicht wieder eingeschaltet wurde. Und jetzt stellen wir fest, wir brauchen so ein verdammtes Telefonkartending. Noch eine Karte. Auf unseren Visa-Trips hatten wir auch bereits die Frage eines Autotelefons erörtert. Wir werden schwach oder alt. Computer kommen uns aber nicht ins Haus! Auch nicht für die Kids. So!

Wir drehen um, zurück zum Amtsgericht. Ingo will das mit den Pässen der Richterin persönlich sagen. Macht er dann auch, nachdem er sie mit anderen Richtern im Besprechungsraum fand. 14.30 Uhr kommen wir zu Hause an. Schnell einen Tee für Ingo und eine Tablette für mich, denn ich ahne schon, wie hier beschieden wird. Ingo ruft Frau Brech an, die sagt ihm nur, sie hätte für Dr. Schweizer entschieden, die Kinder würden fliegen, aber das sei doch gerade in sein Büro gefaxt worden, ob er denn noch nicht da sei, dort könne er die Begründung nachlesen.

Begründung: Um eine weitere Gefahr von Leib und Seele der Kinder abzuwenden, damit der Kulturschock nicht noch größer würde, als nach zwei Jahren Aufenthalt in Deutschland zu erwarten sei, müssen die Kinder schnellstmöglich in ihre Heimat zurück. Also am 04.10.1994. Ich nehme das ganz gefasst hin, Ingo nimmt wieder das gesamte Büro in dieser Angelegenheit in Beschlag. Es wird sofort Berufung eingelegt, neue Anträge formuliert, alte ergänzt.

Es raunt durch die Büroräume: „Wie schreibt man Amin Wali? Wie Peshawar? Welcher al Massari ist gemeint, der alte Dr. oder Bassam? Wie viele Tote gab es heute wieder in Kabul? Ist die Antwort vom Konsul da? Bald beherrscht das Büro die landestypische Sprache Dari, aber mit deutscher Geschäftigkeit, Präzision und Hektik. Ein Inschallah (so es Allah/Gott will) gibt es bei uns nicht, hier wird alles sofort erledigt, und zwar noch heute. So geht das wieder bis tief in die Nacht hinein. Ingo sitzt ab 23.00 Uhr wie immer an seinem Schreibtisch zu Hause am Diktiergerät und ergänzt und ergänzt, und ich sitze daneben, folge ihm konzentriert und werfe leichte Korrekturen ein.

Dienstagabend fahren wir zu den Liebls. Dort treffen wir Salim für weitere Informationen. Der Stern ist auch zugegen. Salim arbeitet bei der Hilfsorganisation Help, Kinderdorf in Oberhausen mit, ist Afghane, selbst ständig vor Ort, und wenn nicht, so laufend aktuell informiert. Salim kennt die OHA, kritisiert ihre Arbeit im Gegensatz zu der der Hilfsorganisation Help.

Nun schildert er die Zustände in Afghanistan, den Krieg, die Not, das Elend. Er war erst vor drei Wochen vor Ort. Die UNO ist eingeschaltet. Das Internationale Rote Kreuz bekommt kein Wasser, keine Medikamente mehr nach Kabul. Ihm werden die Augen feucht, als er uns dies alles schildert. Er weiß auch nicht weiter, empfiehlt uns, zu kämpfen, hat Ideen, die wir schon längst erfolglos umgesetzt haben, betont, dass man den Abflug der Kinder verhindern müsse, deutet an, dass man aufgrund der Ausweglosigkeit der Kinder diese in Sicherheit bringen müsse. Spricht nicht aus, was wir bereits längst beschlossen haben: Abhauen! Als

Ingo ihn fragt, ob er aufgrund seiner Schilderung und seiner Kompetenz, also Glaubwürdigkeit, uns unterstützen könne, wir uns in unserem Verfahren auf ihn berufen dürften, lehnt er energisch ab. Bis zu seinem neuen Dienstantritt sei er zum Schweigen verpflichtet, könne uns momentan nicht helfen, dürfe nicht für uns aussagen. Es sei alles so schwer, er weiß, und es tut ihm selbst so weh.

Da fängt mein Mann an zu weinen, hemmungslos, verzweifelt. Dieser Mann, der sonst immer, auch mir gegenüber, egal, was ich verbocke, so beherrscht ist, verliert hier in diesem Moment seine Beherrschung, seine Fassung. Er weint coram publico. Ich nehme ihn in den Arm, streichle ihn, bin selbst so hilflos. So habe ich ihn noch nie erlebt, meinen Mann. Sicher habe ich ihn schon weinend erlebt, zum Beispiel bei Celibidache. Berlin vor fünf Jahren, vierte Symphonie von Brahms. Er hatte ausführlich den Orchesterproben beigewohnt, wusste, worauf es dem Maestro ankam und nun die Aufführung. Alles klappte im vierten Satz, alles stimmte, eine Sternstunde der Musik, da kullerten die Tränchen. Damals konnte ich das nicht nachvollziehen, heute schon eher.

Zwei Jahre später, wir sitzen im Kino, "Harry und Sally". In der Schlussszene, als Harry Sally erklärt, warum er sie liebt, wegen ihres Mundgeruchs morgens nach dem Aufstehen etc., da hörte ich es wieder neben mir schniefen. Mein Mann weinte, war gerührt. (Hätte Ingo nicht zu weinen angefangen, hätte ich natürlich geheult.) Jetzt war ich sauer, eifersüchtig. Auf Sally? Auf solche Liebesbeteuerungen? Und weitere zwei Jahre später, die gleiche Situation, diesmal aber in München: Bach h-Moll Messe. Wieder Celibidache als Dirigent. Mein Mann weint vor Freude, vor Begeisterung. Meinetwegen hat er noch nie geheult. Glaube ich. Da kann ich anstellen, was ich will, da reicht meine gesamte Vergangenheit im Elternhaus, mein ganzes Repertoire nicht aus, ich kann mein schauspielerisches Talent bis zum

Letzten ausschöpfen – danke Robertchen und Lorchen – es hilft nichts.

Und jetzt diese Situation. Er weint, weint, wegen der Kinder. Wie er später, als er sich wieder gefasst hatte, erklärte, sah er plötzlich nochmals das Gerichtsverfahren bei Frau Brech vor seinem inneren Auge ablaufen, nach allem was Salim uns gerade berichtet hatte. Die Schnodderigkeit, mit der dieser Fall behandelt wurde, die Verharmlosung der Situation vor Ort von Seiten Dr. Schweizers, die Anteilnahmslosigkeit der Richterin und dann das Urteil.

Salim gibt Kurt und Ingo Verhaltensregeln mit auf den Weg, Tipps, Adressen, Ansprechpartner in Pakistan. Die Männer verabreden sich für das kommende Wochenende, um sich Afghanenklamotten bei Salim abzuholen. (Die meisten der Afghanen sind kleinwüchsig und überwiegend schlank. Kurt ist mindestens 186 cm lang, Ingo fast ebenso und etwas korpulenter. Dementsprechend hätten sie in diese Anzüge vor dreißig Jahren gepasst. Jetzt aber nicht mehr.) Verkleiden, bloß nicht auffallen, anpassen, viele Dollar für den "case of emergency" bereithalten, heißt die Devise.

Mittwoch, den 28.09.1994, buche ich für mich und die Kids den Flug nach Spanien, Max muss natürlich auch mit. Hamburg –Frankfurt – Alicante . Ein Telegramm an Gerda und Jürgen geht raus, dass wir kommen. Die sind nämlich mit Stefan und dessen Freundin Uschi, aufgrund geplanter, dringend erforderlicher Umbau- und Renovierungsarbeiten, bereits im Hause und ließen telefonisch verlautbaren, dass für uns im Notfall auch noch Platz sei. Da müsse man eben etwas zusammenrücken. Das ginge schon irgendwie.

Viele hatten sich hilfreich angeboten, mich und die Kids zu verstecken, im In- wie im Ausland. Weitere Familienangehörige, Freunde, selbst Mandanten, alle litten mit. Amerika, Frankreich, Spanien. Ich entschied mich für die vertraute Umgebung von Altea/Spanien im Schoß der Familie, um eingeweihte, vernünftige Ansprechpartner zu haben, für den Fall, dass Interpol uns suchen sollte.

Für den Abend des 28.09. hatten wir Karten für ein Konzert von J.J.Cale in Hamburg. Dort sollten die Jungs und ich bis zum Abflug bleiben. Hektisches Treiben erfüllt an diesem Vormittag unser Haus. Koffer packen, wichtigste Telefonate führen. Dr. Ecknitz, den ich zum ersten Mal in meinem Leben – wir kennen uns seit 26 Jahren – nach Schilderung des weiteren Verlaufs unserer Angelegenheit seit unserem dortigen Besuch sprachlos erlebe, erklärt sich bereit, nachdem er mittels seines Verstandes seine Sprache wiedergefunden hatte, als Kontaktmann zu fungieren, sollte man uns wirklich suchen, unsere Telefonate abhören oder keine Verständigung zwischen mir in Spanien und Ingo über das Büro nach Pakistan mehr möglich sein.

Die zwei Stunden bei Cale brachten uns zum ersten Mal seit Wochen auf andere Gedanken, lenkten uns für zwei Stunden ab. Ingo konnte nur vier Stunden schlafen – er übernachtete mit in Hamburg – denn am nächsten Morgen fuhr er mal wieder, inzwischen schon routinemäßig, nach Bonn und Bad Godesberg. Er will sich vorsichtshalber auch ein afghanisches Visum und zusätzlich double entree für Pakistan besorgen. Jede Fahrt in diese Richtung führt automatisch an Münster vorbei. Ihm graut vor der Fahrt. Erschöpfung, durch die letzten Wochen hervorgerufen, Übermüdung, keine Reserven, Frust, aber es soll dieses gewaltige Unternehmen an solchen Kleinigkeiten nicht scheitern. Ingo erhält, um was er bittet.

In Wolfsburg wieder angekommen, ruft Ingo mich in Hamburg an: Berufung abgelehnt. Wir sind verzweifelt.

Ich lehne jede Art von Gewalt oder Brutalität strikt ab. An unseren riesigen Fensterfronten in unserem Haus kleben zum Schutz der Vögel keine eigens dafür vorgesehenen schwarzen Vögel, sondern Friedenstauben. Friedenstauben an unserer Eingangstür, Friedenstauben auf dem Golfbag – diese Spezies Mensch, sprich die Golfer, denken sich sowieso ihren Teil über uns –, Friedenstaube sichtbar für Mandanten an Ingos Schreibtisch. Wir versuchen, das zu leben. Wir sprechen viel mit den Kindern darüber, nicht nur mit Hadji und Rahim, sondern auch mit ihren Freunden, den Kindern aus dem Ort, die seit eh und je speziell bei mir ein- und ausgehen, mit den Kindern unserer Freunde, mit meinen Patenkindern. Auch unsere Tiere werden wie Lebensgefährten behandelt, auch sie haben eine Seele, verdienen Respekt, sind unsere Freunde und geben uns Freude zurück. Selbst Spinnen – ich ekele mich vor ihnen – werden unversehrt ins Freie befördert.

Ich habe noch nie ein Kind geschlagen, Hadji und Rahim haben in den zwei Jahren ihres Aufenthaltes bei uns vergessen, was Backpfeifen sind – da verhalte ich mich entgegen vieler Theorien, wer selbst als Kind geschlagen wird, schlägt seine Kinder, wer nicht geschlagen wird, schlägt auch seine Kinder, gemäss den Erziehungsmethoden meiner Mutter (danke Lore), die im Gegensatz zu ihrer eigenen Theorie mich nicht geschlagen hat, weil sie selbst zu viel Schläge bezogen hat – und dennoch und trotz der zuvor geschilderten Friedenstaubenmoral kann ich langsam nachvollziehen, wie politische Gewalt, Hass und Kriminalität entstehen, wenngleich ich dies niemals billigen würde.

Die beiden Tage in Hamburg verbringen wir mit Besorgungen machen, Mitbringsel für die Spanier, Tickets vom Reisebüro abholen, lange Gassirunden mit Max an der Alster und Freitagabend ein Abschiedsessen mit den Kids im Belutschistan, einem pakistanischen Restaurant in

Eppendorf. Die Stimmung ist gedrückt, wir wissen nicht, was uns die nächsten Tage, Wochen erwartet, und ohne Papa macht das alles keinen Spaß. Lange Telefonate mit Ingo, wann wird man sich wiedersehen? Ich habe Angst.

Dann ist Sonnabend, der 01.10.1994, unser Abflugtag. Ein vorerst letztes Gespräch mit Ingo. Der Stern ruft auch noch einmal an, ist enttäuscht, dass wir in Spanien kein Telefon haben. Der Fotograf vom Stern meldet sich auch und wünscht uns alles Gute, viel Glück und spricht uns Mut zu.

Taxi, Flughafen, Hundetransportkorb besorgen; dieses Vorhaben dauert etwa eine Stunde. Ich bin nervös, schlecht drauf. Ein netter Mann baut mir den Korb zusammen und fragt mich, ob ich im Stress sei. Ich antworte, nicht im Stress, aber sehr schlecht drauf, ich hätte Probleme, möchte aber nicht darüber reden. Darauf er: „Sie haben keinen Grund, schlecht drauf zu sein, Sie fahren doch in den Urlaub." Wenn du wüsstest, denke ich, und noch ein Wort, und ich fange an zu heulen. Er fragt mich, von welchem Terminal ich abfliege, er würde mich mit dem Auto dorthin bringen, das sei im Preis inbegriffen, ich könne wohl kaum mit dem Riesending zu Fuß zurückgehen. Ich antworte etwas barsch: „Ich weiß nicht, von welchem Terminal wir nach Frankfurt fliegen." Da fragt er mich, warum ich ihn so schlecht behandeln würde. Das reicht; ich sage Entschuldigung, aber ich kann nicht mehr und fange an zu weinen.

Jetzt, wo ich das wieder aufschreibe und mich erinnere, fange ich wieder an zu heulen, es war alles zu und zu schlimm. Der Mann war wirklich hilfsbereit und nett, aber er redete zu viel. Ich wollte doch nur die Kiste, habe mich höflich für das Zusammenbauen bedankt, da schon mit den Tränen kämpfend, und hatte ihm doch auch gesagt, dass ich mich nicht unterhalten möchte und nun macht er mich auch noch an. Im Wagen zum Terminal sage ich ihm, er könne in ein paar Wochen mal den Stern lesen, dann wüsste er, was heute mit mir los war.

In der Abflughalle angekommen – ich heulte immer noch – nimmt er mich in den Arm und sagt: „Es wird bestimmt alles gut werden!“ Ich schluchze, danke und renne zu meinen Kindern. Die verstehen langsam gar nichts mehr.

Max verfrachten, tschüss sagen, einchecken, abfliegen. In Frankfurt haben wir zweieinhalb Stunden Aufenthalt. Wir gehen gleich zum VIVA-Schalter, der Tochtergesellschaft der Iberia, um einzuchecken. „Ihre Pässe, bitte.“ Ich zeige die Pässe. „Sind das Ihre Kinder?“ „Ja!“ „Wo sind die Visa?“ „Ich habe keine Visa, aber ich habe eine schriftliche Bestätigung von der Spanischen Botschaft, dass Kinder unter 14 Jahren keine Visa benötigen.“ „Doch, afghanische Kinder benötigen sehr wohl Visa. Ich kann Sie hier zwar rauslassen, aber in Spanien fängt Sie die Polizei ab, dann bleiben Sie eine Nacht im Gefängnis und werden sofort wieder zurückgeschickt. Es hat ja keinen Sinn, es ist besser, ich kläre Sie noch hier auf, dann brauchen Sie gar nicht erst zu fliegen, die Kosten können Sie sparen. Wissen Sie, es passiert heutzutage so viel mit Kindesentführung!“ Oh Gott, denke ich bei diesem Stichwort, warum nehmen die uns nicht gleich fest? Aber die können uns doch noch gar nicht auf der Spur sein, die suchen uns doch noch gar nicht, die wissen doch noch gar nicht, dass die Jungen am 04.10.1994 nicht mit nach Pakistan fliegen. Also bloß die Nerven behalten, nicht auffällig werden, Petra. Ganz ruhig und sachlich argumentieren.

Das Schalterfräulein erklärt sich bereit, mit ihrem Chef die Sache zu bereden und die spanische Polizei anzufaxen, ob sie uns doch reinlassen. Das Gespräch hatte natürlich dazu geführt, dass sie von der OHA, den Kriegsverletzungen, dem Vormund Dr. Schweizer, von dem ich aus der Vergangenheit noch Schreiben mit dabei hatte erfährt, dass er nichts dagegen hat, dass die Familie Trott mit Hadji und Rahim nach Spanien reist etc., da sie nämlich fragte, wieso die Jungen nicht meinen Namen tragen und afghanische Pässe hätten.

Also erkläre ich ihr die Lage und sage, dass parallel das Adoptionsverfahren schon laufe. Ob ich darüber Unterlagen hätte? „Nein, das ist ein ganzer Aktenordner voll. Ich habe doch Papiere genug dabei.“ „Okay. Gehen Sie zum Bundesgrenzschutz, reden Sie mit denen, vielleicht wissen die einen Rat. Dann kommen Sie wieder, vielleicht ist in der Zwischenzeit ein Fax von der spanischen Polizei da.“ „Okay. Danke, bis gleich.“ In meinem Kopf dreht sich alles. Was tun? Bundesgrenzschutz, wenn die schon alles wissen, wenn irgendjemand gequatscht hat, unser Vorhaben der OHA gesteckt hat. Wenn die jetzt Dr. Schweizer anrufen und seine Zustimmung einholen wollen. Aber es ist doch Sonnabend, Dr. Schweizer ist nicht in der Klinik, oder doch? Was soll ich machen? Mir sofort die Kids schnappen, raus aus dem Flughafengelände, nächste Bahn und ab nach Hause? Und Max, den kann ich doch nicht hier lassen, der ist doch schon durchgecheckt bis Spanien.

Ich rufe erst einmal Ingo an. Der beruhigt mich, sagt, ich soll zum Bundesgrenzschutz gehen und dann weitersehen. Also ging ich dorthin, erklärte die Situation, woraufhin die mich warnten und mir empfahlen, sofort umzukehren, mit den Spaniern sei nicht zu spaßen, die ließen Ausländer eines nicht EG-Staates nicht rein. – Das sind ja nette Aussichten! –

Wieder am VIVA-Schalter fühle ich mich schon von allen beobachtet; es dauert ewig, bis das Fräulein mich zu sich ruft: „Frau Trott, alles okay Sie können fliegen, man wird Sie hereinlassen, wir haben soeben ein Fax aus Spanien erhalten. Eingecheckt sind Sie schon, hier Ihre Tickets und

Ausweise.“ – Die hatte sie vorsichtshalber behalten. – „Guten Flug, schönen Aufenthalt.“ Ob ich das bitte haben dürfe, das Fax, falls es doch Probleme gebe, meine Unterlagen seien alle nur in Deutsch, dann hätte ich etwas in der Landessprache, worauf ich mich berufen könne. „Moment, da muss ich erst meinen Chef fragen.“ Nach zehn Minuten erhalte ich grünes Licht. „Sie müssen durch das ganze Gebäude, soundso und soundso, da finden Sie den Soundso-Schalter. Dort können Sie das Fax abholen und dann über Gate soundso abfliegen. Beeilen Sie sich.“

Ich hatte noch 30 Minuten bis zum Abflug, rannte los, schubste die Kinder immer vor mir her, hinter mir wollte ich sie nicht haben und womöglich aus den Augen verlieren. Ich finde den beschriebenen Schalter nicht, also zurück zu dem Fräulein, nochmals fragen und aufschreiben, ich hatte nämlich den Namen dieses Soundso-Schalters vergessen. Die Kinder ließ ich zurück, die waren mir zu daddelig, fragten mich ständig, was los sei und: „Mama, ich habe Durst, und Mama, ich muss mal.“

Wieder am Eincheck-Schalter angekommen, ist mein Fräulein nicht mehr da. Panik. Ich bitte die anderen Fluggäste, mich vorbeizulassen, ich sei schon eingecheckt, hätte nur eine kleine Frage. Frage den jungen Mann hinterm Schalter, wo seine Kollegin sei oder dieser Schalter mit den Faxen. In dem Moment sehe ich den schwarzen Pferdeschwanz meines Fräuleins in einem Treppenabgang verschwinden; „Da ist sie“, rufe ich: „Sie weiß, was ich meine.“ Der junge Mann blubbert mich an, wenn ich nicht sagen könne, welchen Faxschalter ich meine, könne er mir nicht helfen und seine Kollegin hätte jetzt Feierabend. Da fange ich mal wieder an zu heulen. Ich kann einfach nicht mehr.

Ein älterer Mann, der das alles vom Ende der Warteschlange seit einer Stunde beobachtet hatte und nun an der Reihe war, nahm mich in den Arm und sagte sehr bestimmt zu dem jungen Mann: „Meine Frau und ich haben das alles verfolgt. Wir wissen, worum es geht. Sie sucht den Soundso-Schalter, da liegt ein Fax für sie, nun helfen Sie ihr schon, Sie sehen doch, die arme junge Frau ist völlig fertig, die kann doch nicht mehr." Das muss wohl mein Fräulein gehört haben, jedenfalls taucht sie plötzlich auf, nimmt mich bei der Hand und bringt mich zu dem Soundso-Schalter – ich weiß immer noch nicht wie der heißt –. Ich konnte gerade, als sie mich wegzog, noch unter Tränen rufen „Dankeschön" und meinte das ältere Ehepaar. So ein Mist, denke ich, in zwei bis drei Wochen steht alles im Stern und ich hinterlasse hier eine Spur nach der anderen, dabei sind wir doch auf der Flucht und keiner darf wissen, wo wir sind.

Vor dem Faxschalter standen Hadji und Rahim. Wir waren also völlig richtig gelaufen, ich hatte ihn nur nicht gesehen. Ich bekomme das Fax, überfliege es und glaube zu verstehen, dass darin das stand, was ich brauchte. Also donnernde Hufe zu Gate soundso und schnell am Telefon vorbei. Ingo Entwarnung melden. Küsschen per Telefon, noch etwas heul heul und schon sitzen wir im Flieger. Max' Transportkiste sahen wir auch noch, sie wurde als letztes verladen. Wir waren also erst einmal alle zusammen. Nicht ganz alle, aber wenigstens wir vier.

Ich atme auf, jetzt könnte ich gut einen Drink gebrauchen. Den gibt es aber nicht, erst nach dem Essen. Die Kinder haben auch Durst. Zu Trinken gibt es zum Essen. Das Essen kommt. Schweinegulasch, im wahrsten Sinne des Wortes. Aber der Hunger und Frust treiben es rein. Hadji und ich essen. Rahim lässt gleich die Finger davon. „Dann hungere ich lieber." Der ahnte den Fall. Zum Essen Rotwein, auch für die Kinder. Unglaublich, Rotwein für die Kinder, denen man ihr Alter ansah, nichts Alkoholfreies. Tee gibt es später. Kurz vor der Landung erhalten sie endlich ihren

Tee. Die für mich und die Jungen gereichten drei kleinen einachtel Liter Rotweinflaschen hatte ich hinuntergestürzt. „Jetzt bitte einen Veterano.“ „Haben wir nicht.“ „Magnum?“ „Haben wir nicht. Wir haben nur Brandy.“ „Okay. Dann bitte Brandy mit Cola, Zitrone und Eis.“ „Macht 3,00 DM bitte.“ Hoffentlich geht alles gut. Wir landen, bekommen unser Gepäck und Max und werden wie die Spanier durch die Pass- und Zollkontrolle gewunken, als wäre nichts geschehen.

Jürgen steht auch schon da, nimmt mich sofort in den Arm und sagt: „Willkommen.“ Ich sage nichts, ich kann nicht mehr. Das merkt er auch.

In Altea angekommen, hat Gerda alles vorbereitet. Es ist zwar schon 23.30 Uhr, aber wir essen noch gemeinsam, schicken die Kinder ins Bett, die entgegen ihrer Gewohnheit widerstandslos gehen, und sitzen noch bis 2.00 Uhr zusammen. Die Familie nimmt Anteil.

Die nächsten vier Tage vergehen wie im Fluge. Das Haus ist in einem erbarmungswürdigen Zustand, aus dem Gerda und Familie durch Sisyphus- und akribische Dekorationsarbeiten versucht haben, einen vorerst wohnlichen Zustand zu errichten und zu verhindern, dass alles zusammenkracht, bis es nach unserer Abreise renoviert, umgebaut und restauriert wird.

Neben Einkäufen der frischesten, leckersten Sachen für den täglichen Bedarf – die Jungen haben geschleppt und geschleppt, denn es waren immerhin sieben Mäuler plus Max’ zu stopfen – liefen wir viel in der Umgebung herum: Neue Fliesen und Kacheln bestellen, neue Stoffe aussuchen etc., spielen mit den Kindern, Ausflüge machen, kochen, abwaschen, reden. Stefan und Uschi haben sich überwiegend um Max gekümmert. Der ist prima auf seine Kosten gekommen. Abends rief ich Ingo und Eva von der Telefonzelle am Kirchplatz an.

Dienstag, den 04.10.1994, fliegt Ingo mit Kurt, Fatima und sieben weiteren Kindern nach Pakistan.

Donnerstag, den 06.10.1994, beschließe ich, mir ein mobiles Funktelefon zu leihen, da ich für andere überhaupt nicht zu erreichen bin. Wie will Clemens aus Neuhaus mich warnen, wenn die Polizei schon unsere Wohnung durchsucht und gegebenenfalls auf Hinweise für Altea stößt? Dann muss ich sofort abhauen. Aber wie soll ich davon Kenntnis erhalten? Also mit Jürgen ab nach Benidorm. So ein Telefon scheint preislich erschwinglich, hat eine Reichweite über die ganze Welt und stellt für mich den Kontakt und damit ein Stück Sicherheit zur Außenwelt dar. Nun habe ich die Möglichkeit, täglich mit Ingo zu telefonieren. Die Verbindung ist schwach, er kommt von sich aus auch nicht nach Spanien durch, aber mir gelingt es, ihn zu erreichen. Es kostet Unsummen Geld, aber gemessen an dem Aufwand, der bisher betrieben wurde, werden wir auch das verkraften.

Die Gespräche mit Ingo ergeben, dass er von den Afghanen in Pakistan ganz angetan ist. Alle sind rührend um die beiden Deutschen bemüht, sind hilfsbereit und sehr gastfreundlich. Er entwickelt Vertrauen. Ich frage ihn, ob sie ihm etwas ins Essen getan hätten, ob er gedopt sei, weil er so euphorisch klingt.

Jedenfalls standen natürlich keine Eltern am Flughafen. Nach zwei Tagen gingen die Kinder – außer Fatima – mit Ali, dem Kurier, nach Kabul. Nach weiteren acht Tagen kehrt dieser ohne Kinder zurück. Alle Eltern oder wenigstens Familienangehörige seien gefunden. Er hat Fotos dabei. Bloß von uns kennt niemand irgendwelche Väter, geschweige Mütter, die auf den Fotos wiedererkannt werden könnten.

Ingo glaubt ihm. Ansonsten herrscht in Pakistan (Peshawar) aus europäischer Sicht ein unglaublicher Staub, Krach und vor allem Elend. Richtig Dritte Welt, meint Ingo. Wohl sieht man Kinder, viele Kinder, auf den Straßen spielen, wie Hadji und Rahim immer behauptet haben, aber nur bis zu einem gewissen Alter. Viele andere ab zwölf Jahren gehen schon arbeiten: Zum Bäcker, in die Teestube, in Schneidereien, Patronengurte nähen, zum Teil werden die größeren als Bodyguard und Gunman eingesetzt. Das sind ja schöne Aussichten.

Ingo besucht ein Krankenhaus in Peshawar, das unter der Leitung des deutschen Arztes Dr. Schorf steht. Unter den dortigen Bedingungen vollbringt Dr. Schorf eine unglaubliche Leistung. Seit Jahren hilft er den Ärmsten in den Flüchtlingslagern in ihrer medizinischen Not. Ingo ist entsetzt über die Bedingungen, unter denen dort gearbeitet werden muss.

Gespräche mit gebildeten Afghanen ergeben, dass jeder, der nur ein bisschen denken kann und etwas Geld hat, versucht, Afghanistan zu verlassen. Man beglückwünscht Ingo, dass er Hadji und Rahim nicht mitgebracht hat und beschwört ihn, die Jungen zu behalten. Gleiches denken die Afghanen über Fatima, die aber mehr und mehr Heimweh nach ihrer Mami bekommt und sich täglich zusehends in der vertrauten Umgebung wohler fühlt. Ali hat angeblich einen Cousin getroffen. Die Mutter lebt nicht mehr in Kabul, sondern im Gebirge außerhalb, wegen des Krieges, und will unbedingt ihr Kind wiederhaben. Sie soll nicht bei den Deutschen bleiben. Es sei nicht wahr, sie hätte mal geäußert, wenn Fatima eine nette Familie fände, solle sie dort bleiben. Deshalb beschließen Kurt und Eva, die ebenfalls ständig miteinander telefonieren, das Kind zu ihrer Mutter bringen zu lassen. Bloß: Ist sie erst einmal dort, wird man nie wieder etwas von ihr hören. Das hat zumindest die Vergangenheit zurückgeführter Kinder gezeigt. Die Afghanen behaupten natürlich das Gegenteil. Kontakt weiterhin sei überhaupt kein Problem. Alles kein Problem, wenn man nur will. Vielleicht gibt es das Wort in deren Wortschatz nicht, mich macht das jedenfalls stutzig und Eva auch. Aber Eva will das Kind der Mutter nicht wegnehmen. Ich kann das gut nachvollziehen.

Fatima ist immer noch bei Kurt. Das war so abgesprochen mit der Organisation, bis man Fatimas Mutter oder Anverwandte gefunden hat.

Freitag, den 07.10.1994, ruft Eva mich in Altea an und berichtet, dass Dr. Schweizer ihr schwere Vorwürfe gemacht hätte. Er teilt mit, dass er nicht hinnehmen würde, wenn Kurt und Ingo Fatima gewaltsam in einem Hotel in Peshawar zurückhalten würden. Außerdem würde er ihr den guten Rat geben, ihren Mann dahingehend zu beeinflussen, sich sofort von Ingo zu distanzieren, der würde alles noch schlimmer machen.

Montag, den 10.10.1994, rufe ich Eva an – ich melde mich immer bei ihr, wenn ich etwas Neues von Ingo erfahren habe – und frage sie, wie es ihr geht, da sagt Eva bloß: „Elendig".

Mittwoch, den 12.10.1994, reisen die Linkes aus Altea wieder ab nach Neuhaus. Ich habe mit Gerda ausführlich besprochen, wo und wie ich mein Untertauchen mit den Kindern organisiere, wenn das Bundesverfassungsgericht (BVG) negativ entscheidet und ich allein in Altea vor dem Problem „Was nun?" stehe. Die Entscheidung soll nämlich am 12.10.1994 fallen. Entsprechend drehe ich ab, rufe ständig im Büro an, erfahre, dass die Entscheidung gegen Abend gefällt wird. Das BVG arbeitet in solchen Fällen auch nachts. Unser Büro nicht. Also wird mal wieder Clemens eingeschaltet. „Hole dir Schlüssel, fahre ins Büro um 20.00 Uhr,

22.00 Uhr, 24.00 Uhr, so oft, bis dort ein Fax eingegangen ist, und dann rufst du mich sofort an." 18.00 Uhr erfahre ich, die Entscheidung wird erst am Donnerstag fallen. Also Kommando Clemens retour.

Am Donnerstag das gleiche Spiel. Ich mache alle verrückt, aber dieses Warten macht mich wahnsinnig. Außerdem passiert es bei diesem Funktelefon ständig, dass Teilnehmer von draußen nicht zu mir durchkommen und mich dann fragen, ob ich das Gerät schon zurückgegeben habe, wenn ich mich bei ihnen melde. Also nerve ich das Büro weiter. Zwischendurch ruft zweimal Gabriel Grüner an, fragt, ob es etwas Neues gibt. Beim zweiten Mal brülle ich ihn an, er solle mich in Ruhe lassen, ich dächte jedes Mal, es sei das Büro, wir würden uns sofort bei ihm melden, sobald es etwas Neues gäbe.

An diesem Tag rauche ich 60 Zigaretten, übergebe mich dreimal, obwohl ich nichts gegessen habe und zittere am ganzen Körper. Die Anspannung ist fast nicht mehr zu ertragen. Um die Kinder kümmere ich mich kaum. Die werden nur angehalten, Gassirunden mit Max zu machen. Gott sei Dank ist genügend Obst und Pan (spanisches Stangenweißbrot) im Haus, damit sie wenigstens nicht hungern müssen. Aber ich glaube, so richtig kapieren, worum es hier eigentlich ging, tun sie immer noch nicht.

Ich ertappe mich bei dem furchtbaren Gedanken, dass ich mir wünsche, die Polizei käme und würde die Kinder hier rausholen, damit endlich Ruhe ist. Ich bin so fertig, ich kann nicht mehr.

18.30 Uhr, der erlösende Anruf von Ingos Kollegen aus dem Büro. Das Bundesverfassungsgericht hat sich gemeldet. Die Formulierung und der Tenor des vorläufigen Urteils stünden noch nicht fest, aber es würde wohl in etwa so lauten, dass Dr. Schweizer die Herausgabe der Kinder so lange nicht verlangen könne, bis ein endgültiges Urteil ergangen sei und das könne bis zu sechs Monaten dauern. „Sie sind also erst mal sicher, Frau Trott. Sie brauchen vorerst keine Angst zu haben“, beruhigt er mich. Hadji strahlt, Rahims Kinnladen sackt herunter. Ich mache nur „puhhh.“

Ich rufe sofort Ingo an, der seit zwei Tagen krank im Bett in Peshawar liegt und teile ihm das mit. Der ist natürlich froh. Ebenso Clemens, der nun nicht mehr zu befürchten braucht, dass uns eine Hausdurchsuchung droht.

Nach 21.00 Uhr, weil dann Evas Kinder im Bett sind, rufe ich diese sofort an. Sie weint, weil sie in ihrer eigenen Sache mit den Nerven völlig am Ende ist, denn wer gibt ihr die Gewissheit, dass ihre Entscheidung bezüglich Fatimas die richtige ist, außer ihrem eigenen Gewissen. Dennoch findet sie die Kraft, mir zu sagen, dass sie mich im Laufe der letzten Zeit lieb gewonnen hat. Das tut mir sehr gut. Danke Eva.

Ab Samstag kehrt bei uns ein bisschen Ruhe ein. Das Wetter ist traumhaft schön, Sonne, 26 Grad. Ich habe Muße, mit den Kindern vormittags zu pauken und nachmittags mit ihnen und Max ans Wasser oder auf den Rosmarinberg zu gehen. Einmal unternehmen wir einen Ausflug in das nahe gelegene Benidorm. Die Kinder wollten unbedingt dorthin. Rahim hat seit unserer Ankunft in Spanien schlechte Laune. Jetzt läuft er ständig 200 Meter hinter uns. Ich halte diese von ihm ausgehende Stimmung nicht mehr aus und frage in meiner Verzweiflung Hadji, was ich falsch machen würde, ob er mir einen Rat geben könne, was ich ändern solle, damit Rahim mal endlich gute Laune bekäme. Da antwortet dieses 13-jährige Kind: „Mama, der wird nirgends glücklich, der ist so.“

Abends fange ich an, diese Aufzeichnungen niederzuschreiben. Ich schrecke nicht mehr zusammen, wenn es an der Tür bollert, und ich Gefahr laufen muss, dass es Interpol ist, obwohl nur Theresa aus der oberen Straße frische Feigen reinreichen will.

Gabriel Grüner, der Sternreporter, unterrichtet mich davon, dass Dr. Schweizer die Presse in Münster verrückt macht. Am Dienstag, dem 18.10.1994, ist er persönlich zu Recherchezwecken bei ihm. Anschließend berichtet er mir, dass er Dr. Schweizer sehr sympathisch findet, viele seiner Standpunkte verstehen kann.

Papa Rudolff habe ich, nachdem die Situation bei uns etwas entspannter war, auch angerufen. Die hatten sich schon ziemliche Sorgen gemacht, da sie über unseren Verbleib nicht unterrichtet waren. Papa Rudolff erzählt mir, dass nachdem Hadji und Rahim nicht mit Ingo nach Pakistan geflogen waren, Dr. al Massari unangemeldet bei ihm aufgekreuzt war, mit dem Vorwand, es stünde doch mal wieder eine Untersuchung an, Blutdruckmessen usw. Mama und Papa Rudolff waren darüber sehr erstaunt. Nun, nachdem ich unseren Vorfall berichtet hatte, ging ihnen ein Licht auf, denn Dr. al Massari kam nach langem Rumdrucksen endlich auf das Thema, nämlich wo denn die Trotts, vor allem Hadji und Rahim, seien. Man wäre doch befreundet und Familie Rudolff wisse doch sicher, wo sich Hadji und Rahim aufhielten. Nachtigall!!!...

Mittwoch, 19.10.1994: Vormittags denke ich an Gerd, meinen Schwager in Hamburg. Der wird nämlich heute operiert: Darmkrebs. (Die Operation ist erfolgreich verlaufen. Keine Metastasen. Gerd ist gesund. Gott sei Dank.) Die Jungen und ich sind damit beschäftigt, einzukaufen, das Haus zu putzen, denn abends kommt Ingo aus Pakistan, um noch ein paar Tage bei uns in Spanien Luft zu schnappen. Große Aufregung, große Freude.

18.45 Uhr ist er da. Mein Mann. Hustet. Freut sich, uns unversehrt (von den Spuren in der Psyche mal ganz abgesehen) wiederzusehen, ist aber selbst durch eine schwere Bronchitis und 38 Stunden Rückflug sehr angeschlagen. Es gibt eines seiner Lieblingsessen: Lammkotelett, grüne Bohnen und Tomatensalat. Köstlich, aber er kann kaum essen. Dafür schmeckt der Wein nach zwei Wochen Abstinenz umso besser, und er gerät trotz ständiger Hustenanfälle ins Erzählen. Die Nacht verläuft so schlimm, dass ich mich um 4.00 Uhr morgens auf das Sofa begebe, um selbst noch ein bisschen Ruhe zu bekommen. Am nächsten Tag fühlt sich Ingo schon besser. Dann geht es so weit bergab, dass ich ihn am Freitag zum Arzt schleppe. Nichts schlägt an. Also Bettruhe. Die Abreise ist für Montag, den 24.10.1994 geplant. Kids, Mama und Max morgens 10.15 Uhr Abflug, Papa 15.00 Uhr. Am Samstag beginnen wir mit den Aufräumarbeiten im Haus. Alles muss eingepackt und verstaut werden, wenn die großen Renovierungsarbeiten beginnen. Es ist wie bei einem Umzug. Die Jungen und ich schuften zwei Tage lang. Zum Abschied gehen wir am Sonntagabend noch einmal essen. Ingo geht es nach zwei Tagen Bettruhe etwas besser.

Montagmorgen, 5.30 Uhr, klingelt der Wecker; aufstehen. Restliche Aufräumarbeiten erledigen, Ingo schonen, denn der muss den Rückflug allein managen.

Bei uns klappt alles reibungslos. 10.15 Uhr Alicante, 13.00 Uhr Frankfurt, 14.00 Uhr mit der S-Bahn zum Hauptbahnhof Frankfurt. Ein wahnsinniges Geschleppe. Großer Koffer, großer Rucksack, kleiner Rucksack, Max, riesige Transportkiste von Max, drei Taschen Handgepäck, Spuckeimer für Rahim. 15.00 Uhr ICE Frankfurt – Hannover, sofort weiter Hannover – Wolfsburg. 19.00 Uhr zu Hause.

Katzen begrüßen, Gerda „hallo“ sagen, kurz erzählen. 21.15 Uhr Anruf von Ingo aus dem Zug. Ihm geht es ganz dreckig, ich soll ihn 22.38 Uhr in Hannover, Hauptbahnhof, abholen. Also sofort losfahren. Ich habe keine Ahnung, wo der Bahnhof in Hannover ist. Ich war dort selbst noch nie mit dem Auto, und schon gar nicht nachts, wo ich nicht sehen kann. 23.00 Uhr komme ich dort endlich völlig fertig und entnervt an. Mein Mann sitzt noch auf dem Bahnsteig. Kann nicht mehr. Weiß nicht, wie er ins Auto kommen soll. Aber wir schaffen das.

Dienstag im Büro wird alles abgesagt, obwohl es aus allen Nähten platzt. Dafür ab zum Arzt. Und nun ist er auf dem Wege der Besserung. In der Zwischenzeit tyrannisiert die Presse das Büro aufgrund des in allen überregionalen Zeitungen veröffentlichten Voraburteils des Bundesverfassungsgerichtes, das seinerzeit Rechtsgeschichte geschrieben hat.

Und ich sitze hier, schreibe die letzten Sätze, habe heute Mittag mal wieder einen Heulanfall bekommen, da ich nicht weiß, wie das alles noch weitergehen soll. Wann kommt die endgültige Entscheidung? Wann wissen wir, woran wir sind? Immer noch die Frage, was ist für die Kinder das Beste? Wie wird das alles enden? Wird es jemals ein Ende geben? Ein Happy End?

Inzwischen sind sieben Jahre verstrichen,
in denen ich nicht in der Lage war,
diesen Bericht weiterzuschreiben.
Die Gründe dafür erfährt der
Leser in den nächsten
Kapiteln.

Kapitel 5

Wir drehen die Uhr noch einmal fünf Wochen zurück bis zum Donnerstag, dem 29.09.1994. Dem Tag, an welchem ich mich vorerst bis zu unserem Abflug nach Spanien mit den Kindern in Hamburg auf Tauchstation befand, und Ingo uns in Hamburg verließ, um sich Visa für Pakistan und Afghanistan in Bonn zu besorgen. Das klappte reibungslos. Wieder in Neuhaus angekommen, traf er sich am Abend vor dem Abflug mit Eva und Kurt, um ein letztes Mal die Strategie festzuzurren. Dieser Montagabend wurde lang und nicht sehr fröhlich, denn schließlich wusste keiner, wie dieses Abenteuer ausgehen würde. Eva schlief ziemlich unruhig bei dem Gedanken, ihren Mann und Fatima in ein solches Wagnis zu entlassen und selbst mit zwei kleinen Kindern zurückzubleiben. Sie musste zurückbleiben, denn sollte unterwegs etwas passieren, brauchten die beiden eigenen Mädels wenigstens einen überlebenden Elternteil. Also verabredeten sich die beiden Männer für den nächsten Morgen am Bahnhof Braunschweig. Sollte Kurt nicht dort sein, so hätte er wohl beschlossen, mit dem PKW nach Frankfurt zu fahren, wo man sich spätestens am Flughafen treffen würde. Der Abflug war auf 12.00 Uhr mit der PIA (Pakistan International Airlines) gebucht.

Ingo startete am nächsten Morgen rechtzeitig mit der Bahn von Wolfsburg nach Braunschweig. Kein Kurt, keine Fatima dort. Na, dann wird er wohl doch mit dem Auto gefahren sein, denkt sich Ingo und besteigt allein den Zug nach Frankfurt. Dort kommt er gegen 10.30 Uhr an. Sieht sich um, kein Kurt, aber auch keine Anzeichen von Afghanen oder Leuten von der OHA. Nun war das Problem so gelagert, dass die OHA nicht wusste, dass Ingo Trott diese Reise allein, sprich ohne Hadji und Rahim, antreten würde. Das hatten wir denen wohlweislich verschwiegen, um die Gefahr der "grünen Minna" vor unserer Tür auszuschalten. Folglich bewegte sich Ingo auf dem Flughafengelände äußerst vorsichtig, um nicht vorzeitig allein vom Begleitpersonal der OHA entdeckt zu werden und sich unangenehmen Fragen unterwerfen zu müssen. Er ging davon aus, dass unter anderem Bassam al Massari den Trupp von zurückzuführenden Kindern begleiten würde. Also begab er sich mit größter Vorsicht zum PIA-Schalter stets bedacht, selbst nicht entdeckt zu werden, andererseits aber akribisch bemüht, sowohl die Augen nach vorn und hinten, nach Kurt und Fatima, aufzuhalten und gleichsam bekannte Leute der OHA oder zumindest Anhaltspunkte, die auf afghanische Kinder schließen lassen, auszumachen. Ingo nutzte die noch reine Luft und checkte ein.

Nachdem eine geraume Zeit verstrichen war, erkannte er einen Pulk von jungen afghanischen Kindern im Alter zwischen fünf und 17 Jahren. Angeführt von einem afghanischen Mann, den Ingo zuvor noch nie gesehen hatte. Jetzt hieß es, klug vorzugehen, die Aufmerksamkeit zu erhöhen. Er versteckte sich hinter einem Pfosten, der groß genug war, ihn unsichtbar zu machen, es ihm aber gleichzeitig ermöglichte, den Haufen von sieben afghanischen Kindern plus Aufseher im Auge zu behalten und weiterhin Ausschau nach Kurt zu halten, von dem nach wie vor kein Anzeichen wahrzunehmen war. Die Zeit verstrich, der Abflug rückte immer näher. Immer noch kein Kurt. Fatima befand sich auch nicht unter den Kindern der OHA.

In Ingo machten sich gewisse Sorgen breit. Was war passiert? War Kurt im Stau auf der Autobahn stecken geblieben? Hatte er womöglich den Zug in Braunschweig verpasst? Konnte er noch rechtzeitig mit dem nächsten kommen? Die Telefonnummer der Liebls zu Hause geschweige Kurts Handynummer hatte Ingo natürlich nicht bei sich, um zu hinterfragen, was dort vorgefallen sei. Was, wenn Kurt nun doch nicht kommen würde? Sollte er das Risiko des Alleinfliegens auf sich nehmen? Hatte er eine Chance ohne Kurt in diesem fremden Land mit den vielen angedeuteten Bedrohungen und Gefahren? Zu zweit, hatten sie abgemacht, könne einer im Fall des Unglücks Hilfe mobilisieren, davon ausgehend, dass nicht gleichzeitig beide zu Schaden kämen. Aber allein? So kreisten die Gedanken und Sorgen und auch Ängste in Ingos Hirn, und die Zeit lief. Dafür rückte der Abflug immer näher und näher und immer noch keine Spur von Kurt.

Die Kinder wurden eingecheckt. Der Flug von Frankfurt nach Karachi/Pakistan aufgerufen. Nun war für Ingo Handlungs- und Entscheidungsbedarf angesagt. Er beschloss, zu fliegen. So oder so. Schließlich galt es, in Pakistan als auch Afghanistan Beziehungen zu knüpfen, die Situation vor Ort auszuloten. Anlaufstellen für Hadji und Rahim auszumachen für den Fall, dass diese doch ohne uns in die Heimat gebracht würden. Wie bei Hänsel und Gretel wollte Ingo vor Ort Brosamen streuen, an denen sich die Jungs im Notfall orientieren könnten. Jetzt war der Zeitpunkt, sich dem Afghanen zu erkennen zu geben. Ingo schlenderte dorthin. Nach wie vor weit und breit kein Anzeichen von Kurt. Ingo stellte sich vor: „Ich bin Ingo Trott von Hadji und Rahim." Der Afghane stellte sich als Barak von der OHA vor. Er blieb aber bei dem Namen Trott völlig ungerührt. Ingo erklärte ihm, dass er mitfliegt, aber Hadji und Rahim zu Hause blieben. Keine Reaktion. Das beruhigte meinen Mann in gewisser Weise schon. Die ganze Aufregung vorweg, wie mache ich denen klar, dass Hadji und Rahim nicht mitfliegen, was für Reaktionen, Komplikationen löse ich damit aus, war umsonst. Nun blieb nur noch das Problem mit Kurt, das Herrn Barak offensichtlich auch nicht sehr interessierte. Barak hatte noch zwei junge Männer dabei, anscheinend Zivis, die im Auftrag der OHA großzügig Geschenke zum Abschied an die Kinder verteilten. Bunte Malstifte und Bilderbücher.

Die Zeit verrinnt. Immer wieder diese Lautsprecheransagen: „Alle Passagiere für den PIA Flug nach Karachi begeben sich bitte zum Abflugschalter." Der Abflug ist pünktlich, ausgerechnet heute. Alle sind abgefertigt. Der Schalter in der Halle wird geschlossen. Nebenan leuchten die Tafeln für die nächsten Flüge auf. Es wird still. Kein Kurt. Was tun? Ingo erkundigt sich, wo genau der Flieger steht. Bereich C, ziemlich weit hinten. Er kalkuliert: Trotz Sicherheitsprüfung müsste das in 20 Minuten zu schaffen sein. Noch 30 Minuten. Nichts. Noch 20 Minuten. Eigentlich muss er los. Er beschließt, noch allerletzte fünf Minuten zu warten; wenn er liefe, muss es auch in 15 Minuten zu schaffen sein. Da plötzlich: Ein Gepäckwagen schiebt sich auf der Rolltreppe vom Erdgeschoss nach oben, dann der Kopf von Fatima, die auf dem Gepäck sitzt, und dahinter der keuchende Kurt. Für Begrüßung bleibt keine Zeit. Ingo ruft Kurt den Abflugsteig zu und weist die Richtung. Im Vorbeilaufen bittet Ingo die PIA Mitarbeiterinnen, bei der Sicherheitskontrolle anzurufen. Im Laufschritt geht es – den Gepäckwagen mit Fatima obendrauf vorneweg – quer durch die Wartehalle und die in Schlangen aufgereihten Passagiere, die teilweise erschrocken auseinander spritzen, zum Terminal C. Wie im Krimi, wenn die abschließende Verfolgungsjagd beginnt.

An der Sicherheitsschleuse der übliche, große Stau. Hektische Rufe, Telefonate von PIA Mitarbeitern und schon werden Kurt, Ingo, Fatima und die großen Gepäckstücke ohne Kontrolle durchgereicht. Der Gepäckwagen muss zurückbleiben. Jetzt muss auch Fatima laufen. Weiter geht es im Dauerlauf mit Fatima an der Hand von Kurt und irgendwo ringsherum die großen Gepäckstücke. Endlich der Abflugschalter. Der Wartebereich ist leer, die Türen angeblich geschlossen. Alles vergeblich? Aber noch sind zwei Mitarbeiterinnen von PIA dort. Hektische Erklärungen und Wortwechsel. Gut. Okay. Kurt hat keinen Boarding Pass. Macht nichts. Wo ist der Flugschein für Fatima? Den hat Barak. Der sitzt schon im Flugzeug. Okay. Die großen Gepäckstücke werden direkt in die Flugzeugkabine gebracht. Der Rüssel zum Flugzeug öffnet sich noch einmal. Fatima, Kurt und Ingo stolpern ins Flugzeug. Noch bevor sie ihre Sitze erreicht haben, schließen sich die Türen erneut. Die Maschine rollt langsam rückwärts. Die Reise beginnt. Erst im Flugzeug erfährt Kurt, dass Barak das Ticket für Fatima zurückgegeben hat. Sie fliegt also ohne Flugschein. Puh. Ob der Anspannung ist die Erleichterung der Männer kaum realisierbar. Noch nicht zu diesem Zeitpunkt. Und auch später nicht, denn nun beginnt sich ein Chaos unter den Kindern zu entwickeln.

Verunsichert, zum Teil verängstigt ob der Ungewissheit, der sie entgegenfliegen, bahnt sich ein heilloses Durcheinander in dem Haufen an. Die Kinder wussten zwar, dass es nach Hause gehen würde. Sie wussten aber nicht genau, ob sie ihre Eltern am Zielflughafen treffen oder in einem Waisenhaus abgeliefert würden, weil auch hier, ebenso wie bei Hadji und Rahim, der Elternkontakt während des Deutschlandaufenthaltes aufgrund der Kriegswirren abgebrochen war. Kurt und Ingo versuchten, so weit es ihnen in dieser selbstgetroffenen Situation überhaupt möglich war, den Kindern Rede und Antwort zu stehen, sie zu beruhigen, Vertrauen aufzubauen. Barak als einziger Gesandter der OHA – die beiden Zivis hatten ihre Jobs erledigt – kümmerte sich um nichts. Er saß am Fester und schlief. Das war schon alles genug für ihn, eine Horde von sieben Kindern mit Gepäck, das größtenteils aus Erinnerungsstücken und Kuscheltieren der "Pflegeeltern" bestand, plus Tickets und

Bordkarten an Bord zu führen. Und Kinder beruhigen sich auch wieder. Die sind doch gesund.

Nach sechs Stunden Flug Ankunft Karachi. Sieben Stunden Aufenthalt bis zum Weiterflug nach Lahore in Pakistan. Nun stellte sich heraus, dass man eine Flughafengebühr pro Person für den Anschlussflug zu entrichten habe. Das wusste Barak nicht, also nahm Ingo das in die Hand. Andernfalls wäre es nicht weitergegangen. So etwas dauert seine Zeit. Alles geht sehr behäbig und langsam vonstatten. Es dauert, bis man Auskünfte erhält. Nicht jeder am Flughafen ist der englischen Sprache mächtig. Die Kinder sind wieder unruhig, schreien, heulen, weinen durcheinander, sind größtenteils stark behindert, von blind bis amputiert, erschöpft, wieder verängstigt; sie müssen bei Laune gehalten werden, also muss erst einmal Coca Cola für alle her. Ingo hatte vorsorglich ein paar pakistanische Rupien eingetauscht. Die gingen nun für Getränke und Flughafengebühren drauf. Barak war voller Bewunderung. Das lief doch alles prima mit den beiden Deutschen. Kurt musste zwischendurch noch ein neues Ticket für Fatima besorgen, weil Barak es bereits in Frankfurt zurückgegeben hatte, da er glaubte, Kurt käme nicht mehr.

Jetzt musste das Gepäck neu eingecheckt werden. Gepäck von sieben Kids, Ingo und Kurt und Fatima. Kurt und Ingo schleppten sich damit ab, und ein, zwei halbwegs einsetzbare Kinder versuchten, die zwei Männer zu unterstützen. Kofferträger konnten sie sich nicht mehr leisten, denn Ingo hatte alles Geld ausgegeben, und Kurt hatte auch nichts mehr. Wechseln konnte man auch nicht. Nun galt es, eine Etage im Flughafen zu überwinden. Gott sei Dank gab es hierfür eine Rolltreppe. Also Kurt und Fatima rauf. Ingo belud von unten, was Kurt oben in Empfang nahm. Die Kids unten mussten aufpassen, dass nichts abhanden kam, während Ingo die Treppe belud. Barak stand daneben, schüttelte den Kopf, fasste sich an denselben, stöhnte: „Oh, ist das schwer, ist das alles schwer, alles zu viel, zu anstrengend." Jetzt einchecken für Lahore. Endlose Schlangen, unruhige Kinder, ewiges Warten.

Endlich in der Maschine. Plötzlich erheben sich einige männliche Passagiere mit großen Turbanen von ihren Sitzen, knien sich in den Gang und fangen an zu beten. Es geht nicht los. Ungeduldig warten die Passagiere darauf, dass sich die Maschine aufs Rollfeld begibt, da ertönt das Kommando: „Alle Passagiere verlassen bitte sofort die Maschine, wir haben einen technischen Defekt". Also zurück in den Flughafen, mitsamt den behinderten Kindern. Wieder anstellen am Sicherheitscheck in riesigen Schlangen. Das bedeutet wiederum: Warten, warten, warten. Die Kinder sind unruhig, Ingo und Kurt entnervt. Dieser kleine Vorfall dauerte allein eineinhalb Stunden. Zurück in die Maschine. Die Maschine startet. Grauer Qualm quillt aus den Gepäckluken der PIA-Maschine. Sie hebt ab. Der Qualm verbreitet sich im Passagierraum. Kurt und Ingo werden nervös. Man benachrichtigt die Stewardess. Erklärung: Die Klimaanlage ist defekt. Na prima. Aber es hat ja genug Gebete gegeben. Es wird schon nichts passieren.

Während dieses zweistündigen Fluges erzählt Barak meinem Mann, dass er bloß mitgeflogen sei, weil er seine Familie wiedersehen wolle und vielleicht auch ein Grundstück in Jalalabad zu verkaufen hätte. Weiter lernt mein Mann einen sehr gebildeten Afghanen aus Peshawar kennen, der mit Edelsteinen handelt und damit ein Vermögen verdient. Im Laufe des Gespräches stellt sich heraus, dass dieser Mann einen schwer behinderten Sohn von sechs Jahren hat, der nicht laufen kann und ihm großen Kummer bereitet, da das Kind ansonsten sehr intelligent sei. Kurt interessiert sich für diesen Fall und stellt nach entsprechenden Fragen fest, dass diesem Jungen in Deutschland durch gezielte Physiotherapie

(Kurt kennt sich auf diesem Gebiet ein wenig aus) vielleicht geholfen werden könnte. Am Geld hierfür mangele es wohl kaum. Das nicht, bestätigt der Afghane, der gespannt und aufmerksam Kurts Ausführungen gelauscht hatte, aber für Monate würde er sein Kind nicht in ein anderes Land lassen. Und schon gar nicht in Begleitung seiner Frau. Auch nicht zum Wohl seines so geliebten Sohnes. Da müsse man sich eben fügen und abwarten. Er findet aber Kurt und Ingo aufgrund ihres Engagements für die Kinder seiner Nation so sympathisch und bewundernswert, dass er ihnen seine Adresse in Peshawar gibt und sie ganz formell einlädt.

Nach zwei Stunden Flugzeit ertönte in mehreren Sprachen aus dem Cockpit eine Ansage des Piloten: „Inschallah werden wir in zehn Minuten in Lahore landen." Sie landeten.

Lahore ist im Verhältnis zu Karachi ein kleiner Flughafen. Also wieder Kinder sammeln, durchzählen, damit keines verloren geht und irgendwie die zwei Stunden Wartezeit bis zum Weiterflug nach Peshawar überbrücken. Ingo und Kurt erhalten die Mitteilung von Barak, dass es für die Fluggäste oben im ersten Stock einen Imbiss gäbe. Also nichts wie hin. Immer dem Geruch nach. Oben erwartete sie ein reichhaltiges arabisches Büfett. Die Kinder stürzten sich gleich darauf. Endlich was Vertrautes. Diverse pakistanische und afghanische Reisgerichte mit Linsen und scharfen Soßen. Gegessen wurde mit den Fingern. Für Ingo und Kurt gab es europäisches Besteck: einen Löffel. Wasser, Coca Cola und Tee wurden ebenfalls gereicht. Köstlich. Fatima schwelgte und schmatzte. Ihre Augen strahlten immer mehr. Für den Fall, dass Fatima per Gewalt von Kurt getrennt würde, hatte Eva eine Strategie vorbereitet. Die wurde jetzt nochmals eingehend geübt: Sollte Fatima verloren gehen oder es ihr nach Übergabe an die Mutter schlecht gehen, sollte sie ein Bild malen mit Wolken und Regen. Die Adresse von Liebls hatte sie an diversen Stellen ihres Gepäcks dabei, auch ein bisschen Geld für den Notfall. Sollte es ihr jedoch gut gehen, müsste dieses Bild Sonne und Blumen zeigen. Dann wussten Eva und Kurt Bescheid. Das wurde jetzt immer wieder schulmäßig durchgenommen, denn Fatima ging noch nicht zur Schule, war also des Schreibens nicht kundig.

Nach zwei Stunden trat man zum Endspurt an. Lahore – Peshawar. Flugzeit: circa zwei Stunden. Wieder die Gebete im Gang vor dem Abflug. Wieder die Ankündigung: „Inschallah werden wir in zehn Minuten in Peshawar landen". Doch daraus wurde nichts. Gewitter in Peshawar. Sie müssen zurück nach Lahore. Also zwei Stunden retour. Aussteigen, zwei Stunden warten. Diesmal ohne Verpflegung. Unruhige Kinder. Übermüdet, erschöpft, wieder verängstigt. Da müssen auf einmal alle das Flughafengebäude verlassen: Bombendrohung. Na, da kommt doch Abwechslung in die Sache. Inschallah passiert nichts, man besteigt wieder das Flugzeug und steuert nun endlich den Zielflughafen Peshawar an und landet in der Abenddämmerung, die hier schon gegen 18.00 Uhr einsetzt.

Und nun sollte der große Augenblick kommen: Man holt das Gepäck und schaut sich um nach Ungewöhnlichem, Auffälligem. Natürlich ist in einem für Deutsche so fremdartigen Land erst einmal alles ungewöhnlich, auffällig. Nicht zu vergessen der Stress der vergangenen 32 Stunden und die Anspannung, trotzdem sollten sie gerade jetzt einen wachen, klaren Kopf behalten. Kurt hielt Fatima mit festem Griff an seiner Hand. Da erkannte Ingo Amin im Kreis von drei bis vier anderen Männern, die offensichtlich auf die Kinder aus Deutschland warteten. Barak ging auch gleich auf diese Männer zu. Die Begrüßung war, wie in diesem Land typisch, herzlich und ausdauernd. Nun waren Kurt und Ingo an der Reihe. Ingo begrüßte ebenso herzlich Amin, um erst einmal Atmosphäre zu schaffen. Ihm tat es Kurt gleich, immer noch

Fatima fest im Griff. Nachdem die Afghanen untereinander die üblichen Begrüßungszeremonien ausgetauscht hatten, wurden Kurt und Ingo vorgestellt. Hierbei stellte sich heraus, dass ein gewisser imposant wirkender Mann namens Schah Machmud offensichtlich hier der Chef war. Er wollte sich auch gleich Fatimas bemächtigen und fragte nach ihrem Pass, den er sofort haben wollte. Da intervenierte Kurt aber ganz energisch. Erklärte, dass er dafür nicht die weite Reise angetreten sei, um nun hier unverrichteter Dinge das Kind einem Fremden auszuliefern. Die Mutter Fatimas war natürlich nicht am Flughafen, wie von der OHA prophezeit. Ebenso wenig andere Eltern.

Es entspann sich ein Disput zwischen Kurt und Schah Machmud, der zwar heftig zur Sache ging, aber frei von Aggressionen, jedoch nicht ganz ohne Feindseligkeit war. Zwischenzeitlich luden die anderen die Klamotten der Kinder und diese selbst in dafür bereitstehende Jeeps. Schah Machmud drängte, denn er wollte jetzt weiter. Die Kinder müssten abgeliefert werden. Schließlich muss er einen Bericht an die OHA geben, und darin sei auch Fatima enthalten. Okay, entschied Kurt, kein Problem, packt Fatima ein, aber Ingo und ich kommen auch mit. Wir trennen uns nicht, ohne konkret zu wissen, wie es weitergeht. Nach längerem Hin und Her lenkte Schah Machmud ein, der inzwischen einen jungen, für Afghanen sehr groß gewachsenen hellhäutigen, fast blondhaarigen Mann namens Ali eingeschaltet hatte. Die Konversation mit Schah Machmud erfolgte in englischer Sprache. Den Rest verstanden unsere Männer nicht. Folglich auch nicht, was zwischen Schah Machmud und Ali besprochen wurde. Barak war bereits in eigener Sache verschwunden. Sein Auftrag war erfüllt. Nun waren Kurt und Ingo Schah Machmud und Ali ausgeliefert.

In einer atemberaubenden Fahrt durch Peshawars inzwischen dunkle, dafür aber umso lautere Straßen versucht Ingo in höchster Anspannung seiner Konzentration, sich einzelne markante Punkte einzuprägen. Nicht einfach in einer solchen Situation, nach den Strapazen, bei der Ungewissheit, was weiterhin geschieht. Die Straßen werden enger, die Beleuchtung weniger, der Untergrund schlechter. Es wird immer dunkler, ständig biegt der Konvoi von rechts nach links und wieder rechts ab. Keine großen Gebäude mehr, keine Anhaltspunkte in der Dunkelheit, denn nun gibt es auch keine Straßenbeleuchtung mehr. Ingo versucht, sich nach dem Mond zu orientieren. Da verlässt der Jeep die feste Fahrbahn, biegt in einen Sandweg ein, und es wird noch enger und immer enger. Noch eine Abbiegung, noch circa 50 Meter durch Sand, und die Autos bleiben stehen. Licht aus. Alle steigen aus. Ingos Augen gewöhnen sich langsam an die Finsternis. Vor ihm eine dicke hohe Mauer, rechts und links auch. Die Männer stehen vor einem hohen breiten massiven Eisentor. Der ganze Weg nur circa drei Meter breit. In dieser engen Mauerschlucht sucht Ingo sich am Himmel zu orientieren. Die Nacht ist sternenklar und Ingo, der Astronomie nicht ganz kundig, versucht dennoch, sich die ihm unbekannten Sternbilder über sich einzuprägen, nicht wissend, was auf ihn und Kurt zukommen würde in dieser düsteren, wenig einladenden Umgebung. Nur ein Gedanke kreist in seinem Kopf: Ich muss diese Stelle wiederfinden können, wenn man uns trennt oder irgendetwas Übles, Unvorhergesehenes passiert.

Das große Eisentor öffnet sich. Ein alter Mann gebot der Gruppe Einlass. Ingo mutete diese gespenstische Atmosphäre wie eine Gefängnissituation an. Kurt dachte sich seinen Teil. Man trat über einen Hof von circa 30 qm mit etwas Grünfläche in ein Haus. Ein großer kahler Raum mit einer Glühbirne an der Decke. Die Kinder und ihr Gepäck wurden in einen weiteren Raum nach rechts gebracht, die Erwachsenen nach links. Dieser Raum, etwa 16 qm groß, war ausgestattet mit einem Teppich und

Matratzen an den Wänden, ebenfalls einer Glühbirne an der Decke und einem einfachen zweitürigen Holzschrank. Man nahm im Schneidersitz auf den Matratzen Platz und erging sich erst einmal wieder in den Begrüßungszeremonien mit Salam hin Salam her. Von nebenan hörte man fröhliches Kindergequietsche. Das beruhigte ein wenig. Wie sich nun herausstellte, befand man sich im Haus der Familie von Ali. Ali, der kleine Bruder von Navid Khan. Ali dient der Organisation als Mittelsmann und ist verantwortlich für die Rückführung der Kinder zu ihren Eltern. Der alte Mann ist sein Vater. Der spricht ein paar wenige Brocken englisch. Ali nicht.

Nun taucht eine alte Frau auf. Alis Schwiegermutter. Diese beiden alten Leute werden von Schah Machmud und seinen Leuten qua Alter mit sehr viel Respekt behandelt. Die alte Frau serviert Tee. So langsam verschwindet bei Ingo das Gefühl, sich hier in einem Gefängnis zu befinden. Aus dem Nebenraum vernimmt er weitere Frauenstimmen, die sich anscheinend um die Kinder kümmern und diese versorgen. Allmählich kehren die Lebensgeister in Ingo und Kurt zurück. Und schon beginnt wieder die Diskussion um Fatima und ihren Pass. Schah Machmud will endlich den Pass. Kurt sagt nein. Er stellt die Frage, wie es eigentlich weitergehen soll. Was ist mit Fatima und den anderen Kindern vorgesehen? Wo ist man hier eigentlich? Schah Machmud erklärt knapp, dies sei sozusagen eine Zwischenstation. In drei, vier Tagen würde Ali alle Kinder nach Kabul bringen. Dort seien die Eltern. Gut, sagt Kurt, dann bleibt Fatima solange bei mir und Ingo. Wir fahren jetzt mit ihr in ein Hotel und wenn es weitergeht, kommen wir mit. Kommt ihr nicht. – Kommen wir doch.

Langes Hin und Her, da beschließt Schah Machmud zu telefonieren. Ingo nutzt seine Abwesenheit und zieht seine Dollars hervor. Er hatte reichlich 10, 20 und

50 Dollarscheine griffbereit an seinem Körper versteckt. Noch einmal eine herzliche Begrüßung mit den Gastgebern, ein fester Händedruck und ein leicht knisterndes Geräusch im Handbereich... Man ist überrascht, aber nicht abweisend, und das wäre doch auch gar nicht nötig gewesen. Aber die Unterbringung und Verpflegung der Kinder kostet viel Geld und es ist schon richtig so.

Schah Machmud kehrt zurück. Sein Gesicht ist düster. Die Stimmung gereizt und bis zum Bersten gespannt. Er fordert mit tiefer, leicht drohender Stimme den Pass von Fatima: „Ich muss den Pass haben und zwar sofort!" Kurt und Ingo sehen sich an. Es wird ungemütlich. Beide blicken Schah Machmud lange lange ins Gesicht, in die Augen. Kurt erwidert: „Den Pass kannst du haben, aber Fatima bleibt bei uns im Hotel, bis Ali aus Kabul zurückkommt und entweder die Familie gefunden ist oder Fatima mit uns nach Deutschland zurückgeht". Okay. Einverstanden. Wer garantiert die Einhaltung der Absprachen? Schah Machmud mit seinem Wort. Ein fester Händedruck – ohne Papier, eine kurze Umarmung nach Landessitte. Der Vertrag unter Männern ist perfekt. Kurt überreicht den Pass. Schah Machmud ist zufrieden. Die Spannung löst sich. Es gibt grünen Tee. Fatima kann bei Kurt und Ingo im Hotel bleiben. Alle Absprachen werden eingehalten.

Jetzt wollen Kurt und Ingo aber doch schnell ins Hotel. Sie waren mehr als 36 Stunden ohne Schlaf auf den Beinen. Das Green Hotel war von Frau Obermeier empfohlen worden. Nun bräuchte man ein Taxi. „Nein, nein Ali fährt euch hin ...", lautet das einlenkende Angebot. Vorboten einer sich entwickelnden Freundschaft. Vorläufiger Abschied auch von Schah Machmud. Ingo fasst sich noch einmal ein Herz, nicht wissend, wie dies ausgehen würde, wie Schah Machmud reagieren würde: Er fasst seine Hand, ein fester Händedruck und dieses Mal ein leises Knistern. Im Green

Hotel angekommen erhält Ali 20 Dollar Nachschlag und freut sich. Tatsächlich ist noch ein großes Drei-Bett-Zimmer mit Dusche im Erdgeschoss des dreistöckigen Hauses frei. Die drei checken ein und sind viel zu erledigt, um ihre neue Umgebung wahrzunehmen oder gar an Bier oder Whiskey zu denken. Das gehen sie alles morgen früh an, erst einmal wird jetzt geschlafen.

Die nächsten drei Tage verstreichen, ohne dass irgendetwas Aufregendes geschieht. Ali taucht im Hotel auf und sieht nach dem Rechten, speziell im Hinblick auf Fatima. Keinerlei Anzeichen einer Weiterfahrt rein nach Afghanistan. Verständigt wird sich mit Hilfe englisch sprechender Pakistanis, angeheuerter Afghanen, die natürlich dafür auch entlohnt werden.

Gespeist wird einmal abends im Hause Alis, wohin sowohl Ingo als auch Kurt und Fatima eingeladen werden. Man kommt sich immer näher, wird immer vertrauter mit der Situation, den Menschen und ihren Gewohnheiten. Jeden Abend telefonieren Ingo und ich per Handy von Peshawar nach Spanien. Geradezu euphorisch schildert Ingo mir die neue Situation. Er spricht von Freundschaft, richtiger Männerfreundschaft zwischen Ali und ihm und Kurt, und er würde Ali volles Vertrauen schenken. Natürlich hatte Ali die Eltern unserer Jungs nicht, aber die würde er schon finden. Und er würde uns natürlich helfen, wenn wir mit den Kids hier seien. So wie er jetzt Kurt und Fatima helfen würde. Ingo ist so angetan von diesem Mann, dass mir beim Zuhören im fernen Spanien ganz anders wird. Mulmig, schlecht, schwindelig, misstrauisch. Ingo, der sonst selten zu Übertreibungen neigt, artikuliert sich in unseren nächtlichen Telefonaten so überschwänglich, dass ich ihn frage, ob sie ihn vollgedopt haben, ob er angekifft sei, ob sie ihm Haschisch, Marihuana oder dieses andere grüne Zeug gegeben hätten.

Aber nein, es sei einfach alles ganz toll und das seien hier alles tolle Menschen und überhaupt.

Die Tage bis zur endgültigen Weiterreise verbringen Ingo, Kurt und Fatima damit, sich mit Peshawar vertraut zu machen. Als Erstes lassen sie sich einen "Afghanianzug" anfertigen, also diese weiten Schlabberhosen mit den weit darüber hängenden knielangen Hemden. Die sind schon sinnvoll, verdecken sie doch alles, auch wenn man sich mal an den Straßenrand hocken muss... Außerdem sind sie luftig, und man fällt nicht gleich als Ausländer auf, zumal beide Männer, Ingo und Kurt, dunkelhaarig und vollbärtig sind. Darüber hinaus macht es einen guten Eindruck, sich den Landessitten anzupassen. Man kann ja nie wissen.

Als Zweites bemühen sie sich um einen Guide für alle Fälle und lernen bei dieser Suche Papa Ramon kennen. Papa Ramon, ein altehrwürdiger Pakistani mit weißem Rauschebart, ist der englischen Sprache, ob jahrelanger Übung mit ausländischen Touristen, recht mächtig. Erst einmal geht es darum, für den Weg zum Khyber Pass eine Ausnahmeerlaubnis zu bekommen. Papa Ramon kennt die Polizeistation. Die Polizisten sind seine Freunde. Die Genehmigung wird erteilt. Alles geht glatt. Dieser Papa Ramon zeigt den Männern die Stadt, durchstreift mit ihnen die Goldbasare, die Tiermärkte, die Dentistenstraßen, und verabredet einen Ausflug auf den Khyber Pass, noch auf pakistanischer Seite. Das allerdings würde etwas teurer werden, denn man benötigte Soldaten (Stammesmitglied) als Begleiter für diesen Tag. Natürlich müssen sie bezahlt werden über das tägliche 20-Dollar-Honorar von Papa Ramon hinaus. Diese Leute seien lebensnotwendig, da man durch das sogenannte Stammesgebiet, die North-West-Province-Area, käme. Das Gebiet der Gesetzlosigkeit. Dort leben die Paschtunenstämme der Grenzregion, die sich der Herrschaft der pakistanischen Regierung nicht unterwerfen. Sie verwalten sich autonom, und ein Menschenleben kann hier schnell vorbei sein. Das sahen unsere Männer, die anscheinend inzwischen völlig enteuropäisiert waren, als Herausforderung an, hingerissen auch von der Erwartung der bisher nur aus der Literatur beschriebenen unendlichen Schönheit des Khyber Passes und seiner Umgebung.

Man machte sich also auf den Weg. Papa Ramon, Ingo, Kurt, Fatima, zwei Gunmen und ein Fahrer. Das gefürchtete Stammesgebiet durchquerten die sieben unbeschadet. Man hört es zwar ab und an im Gebirge krachen, weil ein paar Männer den Tag damit verbringen, in der Gegend rumzuschießen, das gehört dort zur Tagesordnung, zum Zeitvertreib, so wie wir im Herbst Pilze sammeln, Fahrradfahren, Sport treiben, ballern die eben in ihrer Gegend rum. Das knallt so schön. Das Ausflugsteam macht Halt in einer Schmuggelstadt: Ladi Kutal. Hier werden Ingo und Kurt Gewehre aller Couleur angeboten. Beide lehnen dankend ab. Aber mal anfassen, mal halten müsse man doch probieren. Okay. So werden Ingo und Kurt mit dem Gebrauch von Kalaschnikows vertraut gemacht. Und es blieb natürlich auch nicht nur beim Anfassen. Es gibt ein Foto, auf welchem sowohl Kurt mit der Kalaschnikow im Anschlag als auch Fatima mit einem Gewehr abgebildet sind. Dafür hätte ich unsere beiden Männer erschlagen können, bedenkt man doch den Hintergrund der Verletzungen und die damit verbundenen Deutschlandaufenthalte unserer Kinder.

Die vier pakistanischen Männer brauchen jetzt eine Pause. Man müsse schließlich beten gehen. Da man sich aber immer noch in einer nicht ganz sicheren Region befände, sei es zu gefährlich, die zwei Europäer, Ingo und Kurt, und Fatima unbewaffnet zurückzulassen. Sie wüssten jetzt, wie man mit so einem Ding umginge, bekamen jeder ein solches (Fatima allerdings nicht) und wurden strengstens angehalten, auf alles und jeden zu schießen, das oder der sich auf

30 Meter nähern würde. Zwar hätte man eben noch schnell einen jungen ungefähr vierzehnjährigen “Mann“ angeheuert, der von einem Baum in der Nähe der Zurückgelassenen ebenfalls deren Leben beschützen würde, aber besser sei besser. In 15 Minuten, Inschallah, seien die vier wieder zurück. Allah war auf der Seite unserer drei. Nichts passierte. Und weiter ging die Fahrt. So gelangte man an eine hohe Stelle des Khyber Passes, an der man wieder Halt machte, um die unglaubliche Aussicht, ein unbeschreibliches Panorama zu genießen. Man nahm ein gar köstliches Mahl ein – mit den Fingern versteht sich – und Fatima fing an zu weinen. Von weitem blickte man auf die afghanische Grenzstadt Torkham, zur Hälfte pakistanisch, zur Hälfte bereits afghanisch. Das war doch Fatimas Heimat, in die sie da blickte. Welche Gefühle müssen dieses sechsjährige Mädchen überwältigt haben.

Ali hatte sich zwischenzeitlich nach Kabul aufgemacht. Er sollte Fatimas Mama auskundschaften, anderenfalls sei Kurt nicht bereit, sie nach Afghanistan einreisen zu lassen. Ein Foto sollte er im Fall des Erfolgs mitbringen, das Fatima sicher identifizieren könne. So war es dann auch. Ali kehrte erfolgreich mit Foto nach Peshawar zurück und Fatima erkannte ganz klar ihren Cousin und wollte auch wieder dorthin. Der Abschied fiel schwer, immerhin war Fatima bereits zehn Monate in Deutschland. Für Eva war die Nachricht Freude und Schmerz zugleich, denn sie telefonierte jeden Abend von Deutschland nach Peshawar mit Fatima, um ihr ihre gewohnte Gute-Nacht-Geschichte wenigstens per Telefon zu erzählen. Auch dies war nun zu Ende. Die Hoffnung, welche die Liebls für die Zukunft hatten, war der Briefkontakt. Sie hatten vorsorglich reichlich adressierte Briefumschläge für Fatima vorbereitet, die diese mit den einstudierten Bildern Sonne oder Regen regelmäßig nach Deutschland schicken sollte. Außerdem gaben sie ein vorbereitetes Schreiben für Fatimas Mutter mit, mit dem

Inhalt, dass die Liebls bereit wären, Fatima wieder nach Deutschland zu holen für den Fall, dass ein Leben für das Mädchen in Kabul nicht möglich sei. Denn die Liebls waren sich sehr wohl darüber im Klaren, dass Fatima eine schwere Zukunft in Afghanistan vor sich hatte: Zum einen war sie "nur" ein Mädchen, dem zudem noch ein Bein fehlte. Zum anderen hatte sie keinen Vater und damit Familienoberhaupt und Beschützer mehr und erschwerend zu diesen Umständen kam hinzu, dass sie eine Hazara war und damit einer geächteten Randgruppe der Afghanen angehörte. Man konnte jetzt also nur darauf vertrauen, dass der geplante und auch vorbereitete Briefkontakt stattfinden würde.

Damit war die Mission unserer Männer vorerst erfüllt. Ingo verteilte noch reichlich Dollars an Ali und andere Vertrauenspersonen, die diese als Belohnung für das Auffinden von Hadjis und Rahims Eltern weitergeben sollten. Kurt und Ingo besuchten noch den Edelsteinhändler mit seinem kranken Sohn, konnten ihn aber nicht dazu bewegen, für diesen Jungen medizinische Hilfe in Deutschland in Anspruch zu nehmen.

Ingo, der sich in den letzten Tagen eine schwere Bronchitis zugezogen hatte, flog zu uns nach Spanien, wo er völlig erschöpft eintraf und wir versuchten, ihn aufzupäppeln. Kurt blieb noch zwei Tage in Peshawar, bis er seinen Rückflug zu seiner Familie nach Deutschland antrat.

Kapitel 6

Kaum hat uns der Alltag wieder, bimmelt am letzten Sonntag im Oktober in aller Herrgottsfrühe das Telefon. Noch völlig schlaftrunken nehme ich ein unverständliches Kauderwelsch einer männlichen Stimme wahr. Sofort gehen alle Lampen in meinem Gehirn an: Das kann nur Afghanistan sein. Und schon erkenne ich das Wort: „Rahim – Rahim". Ich habe in weiser Voraussicht auf eine solche möglicherweise eintreffende Situation die Zeit in Spanien neben meinen Aufzeichnungen zu Kapitel 4 dieses Buches genutzt, ein paar Brocken der Muttersprache der Jungs, nämlich Dari, mit Hilfe des mir von Frau Obermeier zur Verfügung gestellten Wörterbuches, zu lernen. Hadji und Rahim konnten mir dabei nicht helfen, sie waren nicht in der Lage, mir auch nur einen Satz beizubringen. Also selbst ist die Frau. Ich brülle ins Telefon, weil Kabul sooo weit weg ist: „Saber bosh (warten Sie), saber bosh, Rahim inja ast (Rahim ist hier)" und brülle zu Ingo, obwohl er nicht so weit weg ist, zumindest örtlich nicht, nur mental: „Kabul am Telefon, hol Rahim, schnell, schnell. Ich halte die hier bei der Stange." Ins Telefon brülle ich wieder: „Saber bosh, saber bosh". Mir fällt in der Aufregung nichts anderes ein. Dafür quasseln die auf mich ein, bloß verstehe ich leider kein einziges Wort. Wehe ihr legt auf, denke ich, dranbleiben, nicht lockerlassen, sonst hören wir wieder ein Jahr nichts. Das ist jetzt die Chance!!! Wo bleiben die denn bloß, Ingo und Rahim? Das dauert und dauert. Na ja, raus aus dem Bett, Treppe runter, durchs Wohnzimmer, Esszimmer, Flur, Treppe rüber, durchs Biedermeierzimmer, durch den Flur drüben, Treppe rauf, Rahim aus dem Bett holen, bis der aus dem Tiefschlaf kapiert, worum es geht, dann den ganzen Weg retour, oh Mann. Da fällt mir ein, es gibt doch auch noch Salam (Hallo), Asalamalaikum (guten Tag, Friede mit euch) und so. Das plappere ich jetzt erst mal ins Gerät, und endlich kommt Rahim. Vor Aufregung spricht er kein Dari, sondern Deutsch. „Rahim, sprich Dari! Die verstehen dich nicht!“ Also wird jedes zweite Wort wenigstens Dari, und peng ist die Verbindung weg.

Ich koche erst mal Tee und sehe zu, dass das Kind einen klaren Kopf bekommt. Der wirkt sowieso sehr ruhig und gelassen ob des ersten mündlichen Kontakts mit der Stimme der Heimat nach zwei Jahren. Das wundert mich, denn ich habe Herzrasen. Also, das war Abdullah, Rahims Vater aus Kabul. Er wollte wissen, wann wir kommen. Na toll, Ingo war gerade wieder hier, sprich zurück aus Peshawar, und schon sollen wir wiederkommen. So schnell geht das alles nicht. Dazu bedarf es nun wirklich im konkreten Fall intensiver Vorbereitungen. Aber jedenfalls hatte seine Geldaktion schnell gefruchtet.

Ein paar Tage später erhalten wir einen Brief von Rahims Familie, der außer endlos langen Begrüßungsfloskeln und Danksagungen an uns eine Hamburger Telefonnummer enthält. Die könnten uns weiterhelfen. Ich nehme sofort Kontakt auf und erfahre, es handelt sich um eine Firma, die über Satellit gegen entsprechende Kosten und Gebühren nach einwöchiger Voranmeldung in der Lage ist, ein Telefonat nach Kabul zu der dortigen Post zu vermitteln. Das läuft wie folgt: Man meldet das Telefonat mit Tag, Datum und Uhrzeit an (Afghanistan ist uns zweieinhalb Stunden voraus), legt eine genaue Adressenbeschreibung bei und einen Scheck in Höhe der nach Minuten abzurechnenden und geplanten Telefonzeit. Ist die Uhr (Gebühr) abgelaufen, wird das Telefonat abgebrochen. Verlängerung gibt es nicht. Denn:

erst cash, dann telefonieren. Sonst neu anmelden, sprich wieder eine Woche warten. Faxe sind auf diesem Wege auch möglich. Das klingt gut. Von Hamburg aus wird dann ein Fax nach Kabul geschickt, die schicken einen Afghanen vor Ort an die besagte Adresse zu der gewünschten Person und übermitteln der, wann sie sich zum angemeldeten Telefonat auf der Post einzufinden habe. Eine genaue Adresse von Rahims Eltern haben wir zwar nicht, aber eine Beschreibung, nämlich: Abdullah (Vater), der Essigverkäufer in Khai Khona (ein Vorort im Norden Kabuls), bei der Tankstelle am Friedhof. Ob das reicht? Reicht! „Die finden das schon da drüben", lautet die Auskunft der Hamburger. Na dann kann's ja losgehen:

1. Die OHA unterrichten.

2. Mit Rahim klären, ob er endgültig und für immer zurück möchte.

3. Entsprechende Vorkehrungen treffen.

4. Alles organisieren, denn wir fliegen mit!

Es entfacht sich ein irrsinniges Hickhack mit der OHA, die wir davon unterrichten, dass wir Rahims Eltern gefunden haben. Ähnliche Auseinandersetzungen wie im Sommer diesen Jahres gehen über die Bühne. Sie versuchen mit allen Mitteln zu verhindern, dass wir mitfliegen. Überhaupt soll sofort geflogen werden. Das geht aber unsererseits nicht, denn Ingo braucht als Notar in seinem Büro einen Notarvertreter, das ist per Gesetz so vorgeschrieben, und er benötigt mindestens eine Woche Vorlauf. Ich fange schon einmal an, Rahim durchimpfen zu lassen. Ein paar alte Bakterien hat er noch in sich, aber Polio, Hepatitis, Malaria und Tetanus braucht er schon. Ich natürlich auch, inklusive Typhus. Ingo hat das anlässlich seiner ersten Reise bereits hinter sich. Parallel laufen unsererseits Erkundigungen und Anträge mit dem Ausländeramt, Jugendamt etc. für den Fall, dass Rahim plötzlich vor Ort einem Gesinnungswandel unterliegt und doch wieder mit nach Deutschland zurück möchte. Ein gewaltiger Papier- und Formularkrieg bricht aus, denn wir, Ingo und ich, haben keinen Status, wir sind nicht einmal ordentliche Pflegeeltern, und Rahim, den gibt's eigentlich gar nicht. Er ist nicht versichert, hat also keine Versicherungsnummer, er ist nicht einmal polizeilich gemeldet. Also waren die ganzen Bundesverfassungsgerichtsentscheide lediglich eine Fiktion. Für den Notfall sind wir gewappnet mit neuen Aufenthaltsgenehmigungen für die Bundesrepublik, Einreisegenehmigungen in die BRD, Papieren, die uns den Status der Pflegeeltern zugestehen.

Schnell noch organisiere ich einen Operationstermin für Rahim, damit er beschnitten in seine Heimat zurückkehrt, um ihm diese Quälerei vor Ort ohne Narkose zu ersparen, denn er ist ein Moslem und in der Pubertät, das heißt fällig für diesen Vorgang. Oh ja, und Rahims Draculazahn (ein zweiter Eckzahn wuchs oben aus dem Kiefer) musste auch noch operativ entfernt werden. Auch diesen Vorgang, sollte der sich in Kabul entzünden, wollte ich ihm ersparen.

Die Presse ist nun auch wieder ganz heiß hinter uns her. Berichte über die Trotts und ihre Kinder in unserer Regionalpresse. Eine Talkshow bei NDR 3. Andere Sender interviewen uns, mal sehen, ob und wann man sendet. Die Jungs sind bei diesen Interviews völlig verschlossen. Nichts ist aus ihnen herauszuholen. Beide haben zu diesem Zeitpunkt lange Haare. Prima für Hadji, der zieht jedes Mal seine Gardine vor und verschwindet dahinter.

Gleichzeitig laufen Faxe und Telefonate zwischen Kabul und Wolfsburg hin und her. Wir organisieren ein Treffen der Eltern in Peshawar/Pakistan, davon ausgehend, dass man versuchen wird, uns in Peshawar von Rahim seitens der OHA zu trennen und eine Weiterreise von uns nach Kabul zu verhindern. Dafür ist es wichtig, dass Abdullah am Flughafen Peshawar uns und Rahim in Empfang nimmt. Zeitpunkt noch unbekannt, kann aber kurzfristig nachgereicht werden, denn wir benötigen nur noch drei Tage Anmeldevorlauf für die Telefonate nach Kabul, da Abdullah bei der Organisation in Kabul bereits bekannt ist. Ebenso Rahims großer Bruder Hakim.

Nächster Flugtermin: Weihnachten. Okay. Ob man für die zwei Trotts mitgebucht habe? Nein, das müssten wir selber machen. Resultat: Die Maschine ist ausgebucht. Na toll. Dann wird folglich nicht geflogen. Entweder wir fliegen zu dritt oder gar nicht. Dann eben erst mal gar nicht. Still ruht der See. Keine Reaktion mehr von der OHA. Die hätten im Moment kein Begleitpersonal. Man würde sich bei uns melden.

Na gut, dann können wir nach Weihnachten wieder über Silvester und meinen Geburtstag zu den Perktholds nach Biberwier/Österreich fahren. Die Pässe der Kids hatten wir und schwuppdiwupp auch Visa für Österreich. Elsa freute sich sehr, endlich die beiden Jungs, die sie nur aus unseren Erzählungen kannte, nun persönlich kennen zu lernen. Nach drei Tagen spricht sie mich auf Rahim an und bedeutet mir, dass der Junge verhaltensgestört sei. War mir klar, wusste ich doch schon lange. Deshalb war ich froh über seinen Entschluss, nach Kabul zurückzuwollen. Wusste ich doch um die Probleme, mit denen wir hier tagtäglich konfrontiert wurden. Natürlich hatte ich ihn lieb und gerade deshalb – auch weil ich viel Verständnis für seine Situation hatte – glaubte ich ihn bei seiner Mama und Familie in Kabul besser aufgehoben, allemal mit unserer finanziellen Unterstützung. Da könnte er seinen Frieden machen und vielleicht auch glücklich und fröhlich werden. Hier nicht. Denn nach wie vor verbrachte er seine Freizeit mit Nichtstun. Sicher machte er seine Hausaufgaben. Brauchte hierfür auch wahnsinnig lange, eben weil er insgesamt ein langsamer Typ ist. Aber war dann endlich alles fertig, beschränkten sich seine Aktivitäten auf: Schlafen, Musik hören oder in die Stadt fahren. Die Stadtgänge häuften sich, bis sie zur täglichen Routine wurden. Das machte uns Sorgen. Wir fragten ihn, was er dort stundenlang mache. Gucken. Nur gucken? Ja. Das gefiel uns nicht. Wir erklärten ihm, dass wir das als Rumlungern ansehen würden – denn er lief dort auch nicht mit Freunden herum, die hatte er nämlich nicht. Wir fürchteten, dass dort Gefahren in Sachen Drogen lauerten, allemal auf ein so labiles Kind wie Rahim (Wolfsburg geriet zu diesem Zeitpunkt auch gerade in die Drogenszene) und dass er ab sofort nur noch in die Stadt dürfe, wenn er ein besonderes Anliegen, ein Ziel hätte: Material für die Schule kaufen, und/oder Eis oder Cola mit Freunden essen/trinken. Dies sollte sich auf ein bis zwei Mal die Woche beschränken. Ansonsten könne man auch mal was für die Bildung tun, gelesen wurde nämlich überhaupt nicht mehr, auch sportlich könne man sich betätigen, hier würden Wünsche erfüllt und er würde gleichzeitig etwas für das schwächere Bein tun. Die für zu Hause angeordnete tägliche Krankengymnastik machte Rahim schon lange nicht mehr. Und ich war es leid, ständig dahinterher zu sein und mir dafür zusätzlich schlechte Laune einzufangen. Folglich beschloss ich aus Kostengründen, die Krankengymnastik, die wir aus der eigenen Tasche zahlten – die Kids waren immer noch nicht versichert –, abzusagen.

Die Jungen besuchten inzwischen die fünfte Klasse der Orientierungsstufe. Der Klassenlehrer von Rahim hatte sich bei mir einmal beschwert. Nach einer Schulfeier wurde jedes Kind mit einer Aufräumarbeit betraut, damit am nächsten Tag der Unterricht ordnungsgemäß in sauberen Klassenzimmern stattfinden könne. Rahims Aufgabe bestand darin, alle Papierschnipsel in eine Tüte zu sammeln.

Während alle ihren Dienst versahen, stand Rahim in einer Ecke und tat nichts. Von seinem Klassenlehrer hierauf angesprochen, antwortete er: „Wieso, ich habe das Papier doch nicht auf den Boden geworfen, also hebe ich es auch nicht auf." Typisch Rahim. Der macht einfach nicht, was man ihm sagt, weil er es nicht einsieht. Und macht er es doch mal, dann mit schlechter Laune. Mich wundert nur, dass er überhaupt zur Schule geht, macht doch auch keinen Spaß. Oder genießt und nutzt er diese Zeit, zu träumen und nicht von mir vollgezetert zu werden? Von Anfang an beklagten sich die Lehrer darüber, dass er sich überhaupt nicht am mündlichen Unterricht beteiligen würde. Wie wichtig das sei, habe ich wiederholtermaßen versucht, ihm zu erklären. Und wenn es nur sei, dass man wenigstens mal fragte, wenn man etwas nicht verstanden hatte. Auch das würde Interesse bekunden. Aber nein. Fröhlich jedoch wurde Rahim nachts, wenn wir Monopoly spielten. Je fortgeschrittener die Stunde desto ausgelassener der Junge. Da kam richtig Freude auf. Also Nachtmensch. Okay. Aber wehe dem nächsten Tag, vom Morgen ganz zu schweigen. Schlecht gelaunt erschien der junge Mann gegen 14.00 Uhr bis 15.00 Uhr. Ja, so geht das ja nun auch nicht. Wenn das die Konsequenz ausgelassener Nächte ist, werden diese auch wieder abgeschafft. Dazu habe ich keine Lust. Außerdem kann man mit zwölf Jahren als schulpflichtiger Junge nicht die Nacht zum Tag machen und dann am nächsten Tag schlechte Laune haben.

Elsas Bemerkung verwunderte mich also keineswegs. Nun hieß es aber erst mal Skilaufen lernen. Nach mehreren Beratungen mit einschlägigen Fachleuten installierten wir zwischen der Bindung und dem linken Ski ein drei Zentimeter dickes Brett, um die Verkürzung des linken Beines von Hadji etwas auszugleichen. Die Skier hatten wir noch aus einem gemeinsamen Winterurlaub mit dem indischen Jungen Heinz. Die Länge war für Hadji perfekt. Rahim sollte meine 165 cm langen Skier fahren, denn Ingo hatte mir ob meines “rasanten“ Fahrstils längere neue Skier gekauft. Da gab's natürlich erst mal Theater. Die nehme ich nicht, das sind doch Frauenski, die fahre ich nicht. Dabei war die Länge perfekt für ihn, und der Ski war ein leichter, einfacher, drehfreudiger. Ich war mit ihm total glücklich, hätte ihn auch weiter gefahren, wenn Ingo nicht mit diesen neuen angekommen wäre. Dann will er überhaupt nicht. Ja, wo gibt's denn so was? Kommt überhaupt nicht in Frage. Erstens ist es ein Familienurlaub und zweitens macht es wahnsinnig viel Spaß, wirst schon sehen, drittens tut es deinem Bein gut und viertens kannst du dann zu Hause in Kabul erzählen, dass du sogar Skilaufen kannst, auch wenn sie nicht wissen sollten, was das ist. Denn die Alternative wäre gewesen, Rahim hätte den ganzen Tag im Bett verbracht oder bei Elsa vor dem Fernseher. Nee, nee, nee.

Also, Anmeldung Skischule. Morgens von 10.00 Uhr bis 13.00 Uhr Unterricht. Nachmittags frei, also mit uns üben und Skilaufen. Drama. Rahim macht nicht, versteht oder kann nicht umsetzen, was der Lehrer sagt. Der Skilehrer ist verzweifelt. So was hätte er noch nie erlebt. Das hat bisher noch jeder gelernt. Aber Rahim eiert völlig unkontrolliert und breitbeinig die Pisten runter. Mit schlechter Laune versteht sich. Ich habe Höllenangst, dass etwas passiert. Aber wir überleben die paar Tage ohne Hals- und Beinbruch. Hadji fliegt zwar fast bei jeder Rechtskurve hin, das liegt daran, dass er das linke Bein nicht richtig beugen kann und auch nicht genug belastet, aber links herum geht es schon besser und fürs erste Mal und seine Behinderung macht er das recht ordentlich.

Wie immer besucht uns Familie Ecknitz übers Wochenende und läuft mit uns Ski. Da ereignet sich folgendes: In der Mittagspause auf der Hütte krabbelt mein Patenkind Siegmar, der kleine Ecknitz, auf Hadjis Schoß, kuschelt ganz doll an ihm rum und sagt dann mit strahlenden

Blitzeäuglein: „Du, Hadji, weißt du was?“ „Na, was denn“, fragt Hadji zurück. „Ich liebe dich so sehr!“, flötet der kleine Hosenmatz. Wir verkneifen uns das Lachen, aber komisch war diese Liebeserklärung von einem Vierjährigen zu einem Dreizehnjährigen schon. Und vor allem gar zu und zu wonniglich.

Die Ferien sind vorüber. Zu Hause liegt Post von der OHA mit dem Marschbefehl: Abflug am 20.01.1995 via Dubai. Geht nicht, denn für Saudi Arabien haben wir keine Visa, und die kriegen wir auch nicht so schnell. Das teilen wir dem Rechtsanwalt der OHA einem Dr. Axel von Stumpf mit. Ein bisschen Fairplay müssen die schon einhalten. Also fliegen sie ohne uns.

Weitere Arztbesuche folgen, unter anderem beim Augenarzt, denn ich habe das Gefühl, Rahim kann nicht richtig gucken. Beim Schreiben rutscht er fast mit der Nase übers Papier. Aber Fehlalarm. Ich will doch sichergehen, ein wirklich gesundes Kind nach Kabul zu entlassen. Die Telefonate hin und her häufen sich, um sicherzustellen, dass der Kontakt bis zu unserem Treffen nicht abbricht und unsere ganzen Bemühungen ausgehen wie das Hornberger Schießen.

Schulisch lasse ich die Leinen locker, zwar geht Rahim natürlich noch täglich hin, aber ich lege keinen Wert mehr aufs Büffeln. Was er bis jetzt nicht im Kopf hat, kann ich nun auch nicht mehr eintrichtern. Außerdem ist beabsichtigt, dass Rahim vor Ort lernt und beschult wird je nach politischer Lage. Jedenfalls wird er hierfür so viel Geld mitbekommen, dass davon nötigenfalls Privatunterricht bezahlt werden kann. Denn eines Tages, wenn er lesen, schreiben und rechnen kann, wird er derjenige sein, der die Familie ernähren muss. Alle anderen sind Analphabeten.

Im Februar dann erfahren wir den endgültigen Abflugtermin. Freitag, den 10.03.1995, von Frankfurt über Lahore nach Peshawar. Von dort mit Autos weiter nach Kabul. Na bitte, das passt. Dies teilen wir sofort Rahims Eltern mit. Also bereite ich schnell ein großes Abschiedsfest für Rahim vor. Alle Lehrer, alle Ärzte, Frau Obermeier, Familie Rudolff, die Inder und unsere Großfamilie. Bitte keine Geschenke, die kann er nun nicht mehr gebrauchen, erst recht nicht in Kabul. Was bringen alle mit: Geschenke in Form von Spielzeug. Auch für seine sieben Geschwister. Na ja.

Das letzte Telefonat mit Kabul findet am Sonnabend vor unserem Abflug statt. Sprechzeit 30 Minuten. Ein kleines Vermögen. Hierfür holen wir Herrn Azizi, einen hier als Asylant lebenden intelligenten Afghanen. Ingo hatte für diesen Mann und dessen Familie das Asylverfahren durchgeführt. Eine Woche vor dem Telefonat hatten wir ihn sechs Stunden lang darauf vorbereitet, worum es in diesem letzten Telefongespräch gehen sollte. Es war absolut wichtig, dass Vater Abdullah rechtzeitig am Flughafen Peshawar war. Lieber drei Tage zu früh, als auch nur 30 Minuten zu spät. In diesen 30 Minuten könnte sich nämlich schon Dramatisches mit Rahim abspielen. Trennung von uns etc. Das würden die von der OHA nicht wagen, wenn der Vater vor Ort wäre. Damit erlösche nämlich deren Vormundschaft, und Abdullah hätte das Sagen. Dies alles konnte Rahim natürlich seinem Vater nicht verständlich erklären, da musste schon eine erwachsene Autorität an die Strippe. Wir gaben Herrn Azizi zu verstehen, dass er diese endlosen Begrüßungsfloskeln bitte kurz halten möge. Es war in diesem Telefonat wirklich nicht wichtig, wie es den circa 17 Familienmitgliedern im Einzelnen in Kabul ginge – außerdem geht es immer jedem gut, wenn man fragt – und erst recht nicht, wie es den zwölf Azizis hier geht, dann reichen nämlich keine 30 Minuten. Außerdem sollte er Abdullah klar machen, dass er keine Angst vor den

Leuten der OHA zu haben bräuchte. Die würden ihm nichts tun. Wir seien schließlich auch noch da und hätten mit denen einen Konsens gefunden. Und immer wieder als Wichtigstes die Zeitfrage. Absolute Priorität. Das ist schwer in diesem Land, denn Zeit und Pünktlichkeit haben dort einen anderen Stellenwert. Kommst du heute nicht, kommst du in drei Wochen oder Monaten, Hauptsache du kommst überhaupt. Inschallah.

Das Telefonat klappte prima. Ich hatte das Gefühl, Herr Azizi hatte nicht nur alles verstanden, sondern auch entsprechend rübergebracht. Ganz toll. Jetzt konnte von dieser Seite nichts mehr schief gehen. Vorsichtshalber schickten wir ein von Herrn Azizi verfasstes Fax zur absoluten Sicherheit hinterher.

Nun ging es an die Vorbereitungen zum Packen. Für Rahim war das kein Problem. Er konnte erst mal in Jeans, T-Shirt, Sweatshirt und Turnschuhen fliegen. Vor Ort würde man ihm dann die landesübliche Kleidung besorgen. Ingo hatte seine noch. Aber ich? Ich wollte Rahims Vater am Flughafen nicht in europäischer Kleidung entgegentreten. Also entsann ich mich meiner Tunesienkaftane, die ich anlässlich eines Urlaubs dort als Hauskleider – weil rasend bequem – mitgebracht hatte. Bloß leider gingen die Ärmel nur bis zu den Ellenbogen, im Rockbereich hatten sie rechts und links lange Schlitze und im Stehkragen einen tiefen V-Ausschnitt. Na toll. Also mussten langärmelige T-Shirts und Leggings her und irgendeine Art Riesentuch als Kopfbedeckung. „So'n Quatsch", meinte Rahim, „du kannst da sogar in Bermudas und T-Shirt hin. Die kennen das alles, die wissen genau, wie wir hier rumlaufen". „Und wenn schon, schon mal was von Anpassung und Rücksichtnahme in und auf andere Kulturen gehört, allemal wenn man sich dort als Gast befindet?", fragte ich. Das nächste Problem: Rahims Haare. Die mussten ab vor der Reise. Drama. „Deiner Mutter werden die langen

Haare nicht gefallen, Rahim". „Werden sie doch", erwiderte er. „Werden sie nicht." „Doch, und überhaupt darf ich dort machen was ich will und böse ist sie sowieso nie". „Na gut, dann ist ja alles bestens, jetzt kommen die Haare erst mal ab, und dann kannst du sie dir in Kabul wieder wachsen lassen".

So ging das hin und her. Stereoanlage und Mountainbike sollten auch mit. Noch was vielleicht? Also, nun ist aber Schluss mit lustig. Stereoanlagen sind verboten, Mountainbike mit zwölf Gängen geht da sofort kaputt, wir kaufen dir vor Ort ein landestypisches Fahrrad und als Kompromiss darfst du deinen Walkman mitnehmen, den nehmen sie dir drüben sowieso gleich wieder ab. Und auch nur afghanische Kassetten, keine Disko. „Du kommst in Teufels Küche". „Komme ich nicht". „Kommst du doch". Aber irgendwie regelte sich das alles. Und nun ist es soweit.

Hadji und Max gingen für drei Wochen zu Zainu, weil Hadji von dort mit dem Bus in die Schule fahren konnte. Am Abend vor dem Abflug gab mir Hadji einen Brief für Rahim mit der Bitte, ihm diesen im Flugzeug von Frankfurt nach Lahore zu geben. Nicht vorher. Fand ich rührend. Zumal die beiden sich seit der räumlichen Trennung durch die eigenen Kinderzimmer nicht mehr viel zu sagen hatten.

Am selben Abend kommt Rahim zu mir und sagt, er hätte 200,00 DM gespart vom Taschengeld für seine Eltern, die seien jetzt weg. Ich fand es sehr ehrenrührig und besprach das mit Ingo. Deshalb bekam er die wie auch immer abhanden gekommenen 200,00 DM von uns ersetzt.

Mit Dr. Ecknitz war übrigens vereinbart, dass, wenn er länger als 48 Stunden nichts von uns hören sollte, er sich sofort an Kurt Liebl wenden müsse, um entsprechende Schritte einzuleiten. Alle Papiere waren mehrfach fotokopiert und an diversen Stellen versteckt. Rahim hatte für den Notfall Adressen und Beschreibungen von drei Anlaufstellen. Ingo hatte 10.000 Dollar in bar, ich 2.000 Dollar und Rahim 200 Dollar eingenäht in Jacken, unter den Füßen, unter Zwischensohlen und in Geldgürteln und Brustbeuteln untergebracht. Antibiotika für alle möglichen Infektionen, Verbandsmaterial, Einmalspritzen, Desinfektionsmittel, Tabletten für verseuchtes Wasser, Imodium und Resochin-Tabletten. Wir waren bestens gewappnet. Nun konnte es losgehen. Ein Testament hatten wir auch noch erstellt für den Fall, dass wenigstens der vorerst hier verbleibende Hadji abgesichert war, und auch Rahim sollte in Kabul reichlich Unterstützung zukommen.

In der Nacht vor dem Abflug trank ich noch zwei Gläser Rotwein, denn schlafen würde ich eh nicht können. Einerseits hatte ich Angst um uns, nicht wissend, was da auf uns zukommen würde, andererseits machte ich mir Sorgen um "mein" Kind, das ich in eine ungewisse, unsichere und bestimmt nicht einfache Zukunft entlassen würde. Außerdem bekäme ich in Pakistan mit Sicherheit die nächsten drei Wochen nichts Alkoholisches.

Kapitel 7

In aller Herrgottsfrühe um 4.00 Uhr morgens rasselte der Wecker. 6.00 Uhr Abfahrt Bahnhof Wolfsburg – Hannover – Frankfurt. Dort Treffen um 12.00 Uhr mit der OHA. Abflug 14.00 Uhr Lahore – Peshawar. Auf der Strecke von Hannover nach Frankfurt paukten wir mit Rahim noch einmal alle möglichen Gefahrensituationen durch. Wie soll er sich verhalten, wenn wir getrennt werden? Was ist, wenn er seine Eltern nicht trifft? Auf der ganzen Welt gibt es Deutsche Botschaften, auch in Pakistan und Afghanistan. Die Adressen hatte er bei sich. Auch Telefonnummern von Hilfsorganisationen und unseren Freunden in Deutschland. Was ist im Fall einer neuen Verletzung zu tun? Dr. Schorf in Pakistan aufsuchen. Über den mit uns Kontakt aufnehmen, damit wir ihm helfen können und nicht alles wieder von vorne losgeht oder gar umsonst war. So trudelten wir in Frankfurt gegen 11.00 Uhr ein. Wir wollten vor der OHA dort sein, um Plätze für uns drei zusammen zu buchen, um zu verhindern, dass man uns schon während des Fluges trennen würde, auch wenn die Rahims Flugticket hatten. Unsere Planung klappte. Weit und breit noch niemand von der OHA zu erblicken, auch keine afghanischen Kinder. Also checkten wir ein, und da Rahim auf der Passagierliste stand und sich ausweisen konnte – seinen Pass hatte ich – bekamen wir drei zusammen unsere Sitze.

Erst gegen 13.00 Uhr entdeckten wir Bassam mit einem Haufen von circa sieben Kids. Ich bekam einen Schreck: Ein ungefähr drei Jahre alter Junge ohne Beine, beide Beine ab bis über die Knie, saß in einem Rollstuhl. Was für ein Schicksal wird diesen kleinen schwerstbehinderten Zwerg in Afghanistan erwarten? Ein anderer Junge, wohl 16 Jahre alt, hatte kein Gesicht mehr. Er musste fürchterliche Verbrennungen erlitten haben; auf dem Kopf trug er eine Perücke. An die übrigen Kinder, außer Katera – zu der kommen wir später – erinnere ich mich nicht mehr. Wir gehen zu Bassam und begrüßen uns förmlich. Rahim hätte schon einen Sitzplatz bei uns und er müsse nur noch das Ticket abgeben. Keine Reaktion. Auch Rahim reagiert nicht auf seine Landsleute und Leidensgefährten.

Als der Flieger in der Luft ist, gebe ich Rahim den Brief von Hadji. Der steckt ihn weg. „Willst du ihn nicht lesen?", frage ich. „Was soll ich damit?", antwortet Rahim und macht die Augen zu.

Der Flug verlief reibungslos. Rahim schlief und erbrach sich, ich machte mir Gedanken und Ingo las und schlief.

Eine Stunde vor Ankunft in Lahore verschwand ich in der engen Bordtoilette, um mich zu "verkleiden".

Ingo hatte mit mir besprochen, dass, falls Bassam Rahims Pass verlange, ich ihn ruhig aushändigen dürfe. Bis jetzt war alles gut gegangen, und in Pakistan bräuchten wir den Pass sowieso nicht mehr. Also bloß nichts kompliziert machen. Okay.

Nach der Landung und dem Heckmeck mit dem Gepäck und der neuen Flughafengebühr, was ich schon aus Ingos Erzählungen kannte, kam Bassam tatsächlich zu mir und sagte völlig emotionslos: „Ich brauche jetzt Rahims Pass". Ich legte ihm den Pass auf sein Gepäck und sagte: „Begir!" Das heißt, da, nimm! Er guckte ziemlich perplex, von mir so einen Begriff in seiner Landessprache zu hören.

Das wollte ich auch, ihm nämlich bedeuten, du brauchst hier gar nicht mit Rahim auf Dari rumzutuscheln, ich verstehe einiges. Und zu Rahim sagte ich: „Berim!“ Das heißt, komm, wir gehen.

Bassam hatte Familie in Lahore, und da wir ein paar Stunden Aufenthalt hatten, verschwand er erst mal. Wir gingen mit den Kindern nach oben ins Restaurant. So wurde ich das erste Mal mit der Gastronomie und der Sauberkeit dieses Landes konfrontiert. Also, ein großer Raum, circa 40 qm, mit grünem Teppich ausgelegt, deutliche Gebrauchsspuren. Fünf bis sechs einfache Tische und Stühle. Die Toilette bitte? Geradeaus. Oh backe, wie soll ich das denn machen? Man stelle sich ein französisches Klo zum Stehen in der Größe einer Dusche vor. Bloß leider keine Trittbalken rechts und links, um die Füße darauf zu stellen, damit sie trocken bleiben. Anscheinend herrschte hier Verstopfung. Ich fand eine trockene Stelle der Größe, dass ich auf einem Bein stehen konnte. Also, Leggingsbeine hochgezogen, damit sie, wenn's spritzt, nicht nass werden. Kaftan hochgerafft, Leggings- und Unterhose runter, aber nicht zu weit. Und nun aber schnell. Geschafft. Das Ganze auf einem Bein. Mann, war ich noch gelenkig.

Zu trinken gab es Coca Cola, und die Kids aßen Toast mit gekochtem Ei. Ohne Besteck. Ich trank Coca Cola und aß Toast. Als Ingo zahlen wollte, erwies sich das bereits als erledigt. Bassam hatte das wohl im Vorweg geregelt. Wow!

Also weiter zum Endspurt unseres Abenteuers nach Peshawar.

Inzwischen ist es bereits Samstagvormittag, als wir in Peshawar landen. Tausend Gedanken schießen mir durch den Kopf. Doch der wichtigste und alles bestimmende ist: Hoffentlich ist Rahims Vater am Flughafen, und hoffentlich erkennen die beiden sich sofort. Der Flughafen in Peshawar ist nicht groß, nur zum Teil überdacht und übersichtlich. Als wir aus dem Flieger treten, prallt uns eine dicke, heiße, erdrückende Luftwand vors Gesicht. Ingo und ich haben Rahim eng zwischen uns. Ein Pulk von in diesen weitgeschnittenen Anzügen gekleideten Menschen wartet in Dreierreihen hinter einer Kordelabsperrung auf die Passagiere. „Rahim, siehst du deinen Vater?“ „Nein Mama!“ „Such weiter. Wirst du ihn erkennen?“ „Ja!“ Angestrengt suche auch ich Vater oder Bruder. So ein Blödsinn, ich weiß doch gar nicht, wie die aussehen. Wir holen das Gepäck, immer auf Tuchfühlung mit Rahim. Mir verrutscht ständig mein 1 x 3 m großer Kopfumhang, obwohl ich ihn mit Broschen (keinen echten natürlich) festgemacht hatte. Ich war diese Fummel einfach nicht gewohnt. Woher auch? Außerdem war ich jetzt schon klatschnass, dabei ging es doch erst los. Und die Außentemperatur war für diese Region zu dieser Zeit erträglich. So ungefähr um die 30 Grad Celsius. Die Anspannung stieg. Rahim machte keinerlei Anzeichen, irgendwen zu erkennen. Nachdem wir das Gepäck hatten, bahnten wir uns einen Weg ins Freie durch die pakistanischen und afghanischen Menschenmassen. Sie sahen für mich noch alle gleich aus. Im Laufe der Zeit lernte ich jedoch sehr schnell, die einen von den anderen zu unterscheiden.

Da standen sie nun. Nicht unsere Leute, sondern das Empfangskomitee von der OHA mit ihren Jeeps. Immer noch keiner von Rahims Leuten. Oh Shit, verdammter.

Ich erkannte sofort Ali von Fotos, die Ingo bei seiner ersten Reise reichlich geschossen hatte. Zwei weitere fremde Männer waren noch zugegen. Nachdem man Bassam aufs Herzlichste begrüßt hatte, wandte Ali sich meinem Mann zu und begrüßte ihn ebenfalls wie einen alten Freund. Dann trat er zu mir und reichte mir die Hand, was mich erstaunte, denn ich dachte, hier sei es nicht üblich, dass Moslime fremde Frauen anfassen. Bleib bloß cool, dachte ich mir, und immer schön auf Distanz und begrüße ihn mit den Worten: „Asalamalaikum, ma Petra astom (ich bin Petra), chetor asti? (wie geht es dir?)." Er antwortete sichtlich beeindruckt mit denselben Floskeln. Während dieses Vorgangs ließ ich natürlich Rahim keine Sekunde aus den Augen.

Dann wurde es hektisch. „Los, los", befahl Bassam. „Alle Kinder einsteigen, wir müssen weiter." Das alles sagte Bassam natürlich auf Dari, nicht ahnend, dass ich mit der kleinen zwölfjährigen Katera während unseres Aufenthaltes in Lahore Freundschaft geschlossen hatte, die nach zehn Monaten Deutschlandaufenthalt ein hervorragendes akzentfreies Deutsch sprach und mir jetzt leise alles dolmetschte und soufflierte. Da intervenierte Ingo: „Moment mal Bassam, wie soll das hier jetzt weitergehen?" „Wir fahren mit den Kindern weiter", lautete knapp seine Antwort. Oh Mann, und immer noch keine Anzeichen von Abdullah. Lieber Gott, was sollen wir denn jetzt machen, sollte die ganze wochenlange, nervenaufreibende, kostenträchtige Vorarbeit sich nun als vergebens und nichtig erweisen? Also bitte Allah, mach doch endlich was. „Wohin fahrt ihr?" „Erst zu Ali und dann weiter." „Heute noch?" „Ja."

In mir kochte alles hoch, denn ich wusste sofort um das jetzt anstehende Problem. Für eine Weiterreise nach Afghanistan benötigt man so eine Sondergenehmigung. Die erhält man hier bei der Polizeiverwaltung. Das hatte Ingo bei seiner letzten Reise ausgekundschaftet, bloß konnten wir die von Deutschland aus natürlich nicht im Vorwege besorgen. Bassam hatte sie aber schon für sich, die Kids und seine Leute anscheinend über Ali organisiert. Auf diese Weise konnte er uns nun prima abhängen. Und so eine Sondergenehmigung zu kriegen, dauert Stunden. Deshalb war der Plan, Bassam hier vor Ort mit Rahims Vater zu überraschen, um uns diesen Weg zu ersparen und die Übergabe hier in Peshawar vollziehen zu können.

Nun war unsere einzige Chance für den Fall, dass sich nicht bald Rahims Vater einstellte, und danach sah es im Moment nicht aus, Bassams Weiterreise so lange rauszuzögern, bis Ingo und ich diese Sondergenehmigung hätten, um dann damit Bassam zu überraschen, der nicht wissen konnte, was wir wussten. Also, auf gut Wetter machen.

„Okay", sagt Ingo „fahrt ihr zu Ali, wir fahren mit Rahim ins Green Hotel. Ihr könnt ihn dann abholen, wenn ihr weiterfahrt." „Rahim kommt sofort mit", erwidert Bassam. „Aber wir müssen doch wenigstens Gelegenheit haben, uns in Ruhe von ihm zu verabschieden", meint Ingo vorwurfsvoll. „Dazu hattet ihr lange genug Zeit", so Bassam. „Gut, dann kommen wir eben mit zu Ali". Gute Idee Ingo, bloß Rahim jetzt nicht hergeben, dachte ich.

Also ab in ein Taxi, Anweisung diesmal auf Englisch, das der Fahrer Gott sei Dank verstand: „Folge denen." Rahim hatte ich vorher zugeflüstert, dass er keine Angst zu haben bräuchte, wir würden ihn nicht allein lassen. Es konnte nicht viel passieren, denn erstens kannte Ingo Alis Adresse inzwischen und zweitens hatte unser Taxifahrer die drei Jeeps vor sich.

Nach ohrenbetäubendem Lärm, denn nichts geht ohne permanentes Hupen, und dem unerträglichen Geruch durch die offenen Autofenster, der unter anderem von den Zweitaktmotoren der Rikschas – ein überdachtes, buntes, dreirädriges, motorisiertes Fahrrad mit Fahrer-, Beifahrer- und Doppelsitz hinten, in dem sich aber meistens mindestens fünf Personen befanden – herrührte, wurden nach 15 Minuten Fahrt die Straßen immer enger. Dann bogen wir in diesen von Ingo geschilderten Sandweg mit den hohen

Mauern ab. Die Umgebung um mich herum nahm ich kaum wahr, denn ich hatte mein Augenmerk dem Jeep, in welchem Rahim saß, gewidmet. Endstation: Aussteigen. Wir waren also noch dran. Was, wenn die uns jetzt abballern? Spinn doch nicht rum, Petra, die haben gar keinen Grund, redete ich mir gut zu. Nun wird das große Eisentor von einem alten Mann geöffnet. Alis Vater. Alles, was nun folgt, kannte ich aus Ingos Erzählungen. Den Hof, die kargen Räume, bloß war der erste Eindruck für mich freundlicher bei vormittäglichem Sonnenschein denn für Ingo bei finsterer Nacht. Wie damals blieben wir im ersten Raum und die Kinder in einem anderen. Wir hockten uns auf die Matratzen und warteten ab. Dann wird das Begrüßungszeremoniell wiederholt. Dazu serviert Alis Frau, eine mir sofort sympathische Afghanin, schwarzen Tee und Gebäck. Das weckt die Lebensgeister, und ich wage, nach der Toilette zu fragen. Diesmal ist es nicht so schlimm wie in Lahore, und ich bin anschließend erleichtert, weil es auch Wasser gab. Zwar nur aus einem Krug, aber für die Hände reichte es.

Nach zwei Stunden werden wir nervös und wollen konkrete weitere Vorgehensweisen wissen. Man fährt weiter. Wann? Mal sehen. Nebenan sitzen die Kinder vor dem Fernseher. Rahim auch. Also, das muss hier doch irgendwie mal vorangehen, aber es geht nur hin und her. Bassam geht raus telefonieren, kommt wieder und verschwindet. Das erschwert die Kommunikation, denn nur Alis Vater spricht ein paar Brocken Englisch, aber nicht genug, um zu erfahren, was hier weiterhin geplant ist. „Kann Rahim mal bitte herkommen, den brauchen wir jetzt als Dolmetscher“, ist meine Idee. Rahim kommt. Ich bitte ihn, zu hinterfragen, wie das hier nun weitergeht. Er stottert rum. Ali antwortet. Ich frage Rahim nach dem Inhalt. Er antwortet: „Ich weiß nicht.“ Na toll, er kann uns hier nicht weiterhelfen. Katera soll kommen. Sie ist zwölf Jahre alt, meine einzige Hoffnung. Und schon kommt das Gespräch in Schwung.

Also, es geht erst morgen weiter nach Kabul. Heute bleiben alle Kinder hier. Bassam hat noch etwas zu erledigen. Super Katera, du bist toll. Dich klaue ich hier, jetzt gleich auf der Stelle, vom Fleck weg und sofort. Dann können wir also erst mal ins Hotel, uns frisch machen, und dann sehen wir weiter. Okay. Prima. „Seid ihr heute Abend zum Essen unsere Gäste?“, fragt Ali. „Klar, gern.“ „Gut, 19.00 Uhr. Aber Rahim muss hier bleiben“. Ingo hat keine Bedenken, er sagt, das ginge gegen Alis Mannesehre, wenn der uns hier heute ablinken würde. Mir ist etwas mulmig, aber ich weiß, bis morgen haben wir ein großes Programm zu absolvieren. Wir brauchen sofort diese Sondergenehmigung für Afghanistan, und ich hätte gern andere Klamotten, denn in meinem komischen Kaftan falle ich sofort auf, wenn's eng wird. Ruckzuck ab in eine Rikscha, Ziel Green Hotel, einchecken. Für uns ist dasselbe Zimmer im Erdgeschoss reserviert wie damals für Ingo, Kurt und Fatima. War hier ein alter Mann aus Afghanistan und hat nach uns gefragt, erkundigen wir uns an der Rezeption. „No, sir“, lautet die Antwort. „Wir sind jetzt zwei Stunden fort, wenn jemand kommt, bringen Sie ihn bitte auf unser Zimmer und halten Sie ihn fest. Er spricht kein Englisch, nur Dari. Sprechen Sie Dari?“ „No, sir.“ „Gibt es hier jemanden, der Dari spricht?“ „Yes, sir. Der Ladenverkäufer.“ „Fein, ist er da?“ „No, sir.“ „Wann kommt er wieder?“ „Keine Ahnung, sir.“ „Hier sind erst mal 20 Dollar für dich. Du passt schön auf. Wenn der alte Mann kommt, wird der nur sagen, Rahim, Rahim, dann weißt du, der gehört zu uns.“ Und wir erzählen ihm kurz Rahims Geschichte. Das findet er toll und spannend, und Allah soll uns segnen und so.

Wir schmeißen nur unsere Klamotten ins Zimmer, an Frischmachen ist jetzt nicht zu denken, nur schnell noch die Möglichkeit nutzen, ein richtiges Wasserklo zu besuchen. Wir müssen weiter, denn die Uhr tickt. Unser Glück, nur der Freitag ist hier ein Feiertag. Heute ist Sonnabend, und alle Läden haben bis 20.00 Uhr geöffnet. Unser Hotel liegt an einer großen Hauptverkehrsstraße mit vielen kleinen Nebenstraßen, in denen sich Basar an Basar reiht. Und schwupp sind wir in einem mit landestypischen Klamotten. Tolle Farben, aber alles Synthetik. Und das bei der Hitze. Ich probiere an. Problem, die Hosen sind zu kurz, die Ärmel auch, und in der Achselhöhle kneift es. Ich bin mit 165 cm zu groß für dieses Land. Kein Problem, können wir ändern. Bis wann? Morgen früh. Wann morgen früh? 11.00 Uhr. Zu spät, 9.00 Uhr. Nein, 11.00 Uhr. Nein, zehn Dollar drauf und 10.00 Uhr. Okay, 10.00 Uhr. Bestimmt? Es ist ganz wichtig. Ja, bestimmt. Aber bezahlen sofort, jetzt. Okay, das war erledigt, und Ingo bekommt auch gleich noch einen Anzug zum Wechseln verpasst. Weiter – Rikscha – Polizeiverwaltung. Ewiges Hickhack. Warum wollt ihr nach Afghanistan? Warum so schnell? Warum nicht Montag? Kind – Bein kaputt – Deutschland – Eltern gefunden – morgen zurück – Eltern treffen – Kind übergeben. Und jetzt macht schon hin, bitte, bitte, bitte.

Sie machten hin, wir bekamen diese Zettel. Puh! Bassam wird vielleicht gucken. 18.00 Uhr ab ins Hotel und ab in die Dusche, die tatsächlich funktionierte, und saubere Handtücher lagen auch bereit. Zwar war alles ziemlich alt und etwas marode, rostig, und der Kitt bröckelte aus den Fugen, aber ich hatte es mir schlimmer vorgestellt und fühlte mich geduscht, deodoriert und gesalbt wie neu geboren. Also, auf zu neuen Taten. Von Abdullah keine Spur. „No, sir."

19.00 Uhr bei Ali. Endloses Palaver. Viel, viel Tee. Katera als Dolmetscherin. Kein Bassam. Das war gut. Wir konnten das von Ingo einmal aufgebaute Vertrauen vertiefen. Katera machte das hervorragend. Ich war beeindruckt und lernte an diesem Abend meine ersten richtigen Brocken Dari, weil ich alles hinterfragte. Alis Frau fand das toll und gab sich ersichtliche Mühe, mir zu helfen. Rahim saß vor dem

Fernseher. Ihn interessierte das alles nicht. 21.00 Uhr endlich essen. Große Plastikdecke auf den Fußboden, zwei riesige Schüsseln mit Palau (gebackener weißer Reis mit Huhn), Nan (Fladenbrot), Coca Cola und für jeden einen Teller. Wow! So Petra, nun zeige mal, was du kannst. Ali gab auf, dass sich die Teller bogen. Vieles flog daneben. Und dann ging's los. Besser als erwartet, setzte ich meine Finger als Besteck ein. Das hatte ich von Zainu gelernt, und es klappte. Und vor allem, es schmeckte. Es schmeckte gar köstlich. Rahim durfte mit bei uns Erwachsenen essen. Alis Frau und deren Schwester auch. Ich durfte sogar rauchen. Alis Familie war also eine aufgeschlossene. Nach dem Essen stand Rahim auf und wollte wieder vor den Fernseher. Da pfiff ich ihn aber sofort zurück. Er möchte bitte beim Abdecken helfen. Das ist in diesen Ländern nämlich auch so üblich.

Nach dem Essen vermittelt uns Ali – über Katera – glaubhaft, dass die Kinder auch morgen noch nicht nach Kabul gebracht werden. Vielleicht Montag. Inschallah. Gut, also etwas Luft für uns. Inzwischen ist es 23.00 Uhr, und ich dränge nach Hause. Ingo hat es geschafft, Ali zu überreden, dass er uns Rahim morgen um 11.00 Uhr ins Hotel bringt, dann können wir ihm auch eine Afghanikluft kaufen. Das wird die Eltern über die Wiedersehensfreude hinaus besonders freuen. Handschlag. Abgemacht. Ein Mann ein Wort. Umarmung zwischen den Männern. Küsschen zwischen den Frauen. Tschüss Rahim, bis morgen. Schlaf gut, gute Träumchen, die erste Nacht auf "halbfremdem" Boden. Taxi bitte. Nein, nein, Ali fährt euch. An der Rezeption die übliche Frage nach dem alten Mann aus Afghanistan. Wir erhalten die übliche Antwort: „No, sir."

Völlig erschöpft und ausgelaugt fallen wir ins Bett und können nicht einmal mehr reden. Jeder hat so sein eigenes Filmchen von diesem Tag. Ich möchte weinen, habe aber selbst dazu keine Kraft mehr. Ich will nur wissen, was ist passiert, dass Abdullah nicht hier ist, trotz aller Absprachen. Darüber schlafe ich ein.

Am nächsten Morgen sieht die Welt schon anders aus. Wir gehen frühstücken in einen Raum im Erdgeschoss, durch dessen Glasfront man den Betrieb des Hotels durch die Halle, die sich wie ein überdachtes Atrium darstellt, bis zur Rezeption verfolgen kann. Es gibt auf einem Büfett Toast, Orangenmarmelade, salzige Butter, Rührei, Tee und Kaffee.

Um 11.00 Uhr, pünktlich wie verabredet, kommt Ali mit Rahim. Bloß immer noch nichts von Abdullah. Ali bittet uns, Rahim abends wieder zu ihm zu bringen, wir könnten dann wieder gemeinsam essen, denn auch heute würde es immer noch nicht weitergehen nach Kabul. Das kriegt Rahim so einigermaßen gedolmetscht.

Wir drei ziehen gleich los und finden auf Anhieb einen Afghanidress für Rahim. Der sieht darin entzückend aus, steht ihm wirklich gut. Da die Zeit nun nicht mehr drängte, gehen wir in das Geschäft von gestern, um mein dreiteiliges Kleid abzuholen. Ich erkundige mich, ob es in der Nähe einen Schneider gäbe, was bejaht und mir der Weg dorthin erklärt wird. Meine nächste Idee war nämlich, mir so ein Gewand maßschneidern zu lassen, dann hätte ich auch was zum Wechseln bei dieser Hitze. Erst jetzt nehme ich meine Umgebung langsam Stück für Stück richtig wahr. Blauer Himmel, dessen man leider nicht gewahr wurde, da über ganz Peshawar eine dicke graue Wolke hing, wie ein verschleierter Nebel unter anderem von den Ausdünstungen der Auspuffgase der Rikschas herrührend. Durch die offenen Basare mit duftenden Früchten, Gemüsen, Gewürzen, totem Frischfleisch, Stoffen, Getränken, Imbissen und Grillständen strömte ein intensiver Geruch, der, vermischt mit den Abgasen, dem Pferdekot der Droschken, nicht zu vergessen die Temperaturen, in denen hier alles gegart wurde, dazu führte, dass die meisten Menschen sich ein Tuch vor Mund und Nase drückten. Das hielten also selbst Einheimische nicht aus. Normalerweise wäre eine totale Verschleierung hier in den Straßen Peshawars für mich nicht unbedingt nötig gewesen, aber ich machte von dieser Sitte nur allzu gern Gebrauch, um auch mich vor eben diesem beißenden Geruch zu schützen.

Durch die Strassen schoben sich ständig auf Tuchfühlung unglaubliche Menschenmassen. 70 % Männer, 30 % Frauen. Darunter reichlich bettelnde, ärmlich gekleidete Kinder. Amputierte und Verkrüppelte rundeten dieses Bild ab. So schlenderten wir von Basar zu Basar, bis wir einen tollen Stoff für mich hatten, diesen zum Schneider brachten, und siehe da, bereits am Abend sollte mein Dreiteiler fertig sein. Materialaufwand umgerechnet 20,00 DM, Arbeitslohn 10,00 DM. Na, dann ist wohl auch noch was für Schmuck übrig, beschließe ich, damit ich richtig afghanisch aussehe. Die braunen Kulleraugen und dunklen Haare hat mir die Natur gratis mitgegeben. Für 2,00 DM erstehe ich dann sogar noch so ein paar typische Gummilatschen. Jetzt ist mein Outfit perfekt. Ich bin für alles gerüstet. Nur an meinem Bewegungsablauf und meinen Gebärden muss noch gearbeitet werden. Das übe ich jetzt.

Also: Hände vor den Bauch, unter der langen überhängenden Kopfverschleierung verschränken. Kopf runter, sprich: Doppelkinn ans Brustbein und den Blick demütig gesenkt halten. Und nun her mit dem "Afghanischlurfigang", wie ich ihn nannte. In kleinen langsamen Schritten in Zeitlupentempo, bedächtig ohne Eile, Fuß vor Fuß, ohne diese zu heben. Na bitte, geht doch, und siehe da, schon fällt man nicht mehr auf. Das Ganze selbstverständlich in Unterwürfigkeit zwei Meter hinter dem Mann. Das hat natürlich den positiven Nebeneffekt, dass man bei dieser eingeschränkten Betriebsamkeit auch nicht mehr so ins Schwitzen gerät. Es hat schon alles seinen Sinn!

So trödeln wir vollbeladen zurück ins Hotel. Nachricht von Abdullah? „No, sir!“ Abends Essen bei Ali. Alles wie gehabt. Nur sind die Familienangehörigen und zwischengelagerten Kinder beeindruckt von meinem neuen Outfit. Jetzt gehöre ich richtig dazu. Von Bassam gibt es nichts Neues, berichtet Ali. Mir tun die Kinder Leid, die den langen aufregenden Weg gegangen sind, um nun endlich in ihre Familien zurückgeführt zu werden, aber dafür gibt es im Moment noch keine Anzeichen. Zwar kümmern sich Alis Frau und Schwester rührend um die Kinder, aber ich finde das organisatorisch und moralisch unglücklich. Katera hat ein Problem: Ihre Mutter hat ihr nach Deutschland geschrieben, dass, wenn sie zurückkommt, sie dringend einen Schleier benötigt, sie sei jetzt in einem Alter, wo sie ihr Gesicht in Kabul nicht zeigen dürfe. Katera besaß einen solchen natürlich nicht und hatte auch kein Geld. So wandte sie sich an mich. Kein Problem. Ich stand ziemlich in ihrer Schuld für die geleisteten Dolmetscherdienste. Also handelte ich zu diesem Zweck mit Ali für Montagvormittag einen Termin aus, um diese Notwendigkeit mit Katera zu erledigen und gleichzeitig ein paar Stunden Spaß auf Peshawars Basaren mit ihr zu haben. Ich stieß auf Alis Verständnis. Nach dem Palauessen mit unglaublich süßer, saftiger, aromatischer Wassermelone zum Nachtisch ratterten Ingo und ich zurück ins Green Hotel. Nachricht vom alten afghanischen Mann? „No, sir.“ Wie gehabt, plumpsten Ingo und ich erschöpft ins Bett.

Den halben Montag verbrachten wir dann mit Katera, die von einer Begeisterung in die nächste fiel ob der Vielfalt und Schönheit der hier angebotenen Schals. Sie konnte sich einfach nicht entscheiden und fand alles viel zu teuer. 10,00 DM für einen Schal, wer soll das bezahlen? Dieses Kind war in Deutschland nicht sehr verwöhnt worden, dafür sprach sie sehr liebevoll von ihrer deutschen Familie, aber ohne auch nur einen Gedanken zu verschwenden, dort bleiben zu wollen. Es werden zwei Tücher gekauft. Dann kann abwechselnd immer eines mal gewaschen werden. Die Kinderaugen strahlten. Und damit ihr Gewissen nicht zu schlecht wurde, erklärte ich ihr, dies sei ihr Honorar. Sie hätte es sich redlich verdient. Immer und immer wieder flog sie mir um den Hals und drückte mich. Wenn ich sie schon nicht als Frau für Hadji, und damit wenigstens für mich als Schwiegertochter haben konnte, wie wär's als Frau für Rahim. Die würde ihn schon auf Trab bringen, denn sie hatte reichlich Temperament, intelligent war sie auch und außerdem sah sie niedlich aus. Ich fragte Rahim, was er in ein paar Jahren von dieser Idee halten würde. Ob ich spinnen würde, lautete sein Kommentar. Außerdem hätte sie einen verkrüppelten Fuß (was überhaupt nicht auffiel, sie hatte sich das Fußgelenk zerschmettert, daher war es im Knöchel etwas dick, das hat doch mit verkrüppelt nichts zu tun), so eine würde er nicht nehmen. Ach so.

Wir brachten Katera zurück und ließen Rahim ebenfalls bei Ali, weil er keine Lust mehr hatte, mit uns rumzulaufen. Ingo und ich schlenderten über unsere Hauptstraße, den ständig bettelnden Kindern ausweichend und blieben fasziniert vor einem Optikerladen stehen. Beeindruckt von der ziemlich schicken und preislich bestechenden Auswahl der Brillengestelle. Wir betraten den Laden, da Ingo dringend eine Reservebrille gebrauchen konnte. Mal sehen, was sich da machen ließe. Wir schilderten unser Anliegen auf Englisch und wurden zum Doktor in ein kleines Verließ hinter den Laden gebeten. Der Doktor, ein hervorragendes Englisch sprechend, fragte uns, während er Ingos Dioptrien untersuchte, was zwei Europäer in afghanischer Kleidung in Peshawar machten. Wir erzählten ihm unsere Story von Rahim, und sofort brach die große Liebe aus. Er sei auch Afghane. Sei vor zehn Jahren aus Kabul hierher geflohen, weil es dort für intelligente, denkende, zivilisierte Menschen nicht mehr auszuhalten sei. Er bewunderte uns und dankte uns im Namen Allahs für alles, was wir für zwei kleine Landsmänner getan hätten. Er könne überhaupt nicht verstehen, warum Rahim zurück in dieses Elend wollte. Millionen von Kindern würden für eine solche einmalige Gelegenheit alles geben. Wenn wir seine Hilfe bräuchten, stünde er uns jederzeit zur Verfügung. Morgen sei die Brille fertig.

Auf dem Rückweg ins Hotel fiel uns Papa Ramon (Ingos erster Guide) in die Arme. Was für ein Hallo. Was für eine Wiedersehensfreude. Klar, der witterte sofort einen neuen Job. Mich begrüßte er mit Handschlag! Aufs Freundlichste. „Kommt, wir gehen Tee trinken, es gibt viel zu erzählen." Schon waren wieder zwei Stunden flöten, die ich gern mal zur Entspannung genutzt hätte. Aber was soll's. Dies war kein Erholungsurlaub, und wir konnten nicht wissen, ob wir Papa Ramons Hilfe noch brauchen würden.

Abends wieder das obligate Essen bei Ali. Das wurde hier schon zur Dauereinrichtung. Bloß irgendwann musste doch mal irgendwas geschehen. In die eine oder andere Richtung. Wir wurden ungeduldig, hatten wir doch nicht alle Zeit der Welt mitgebracht. Außerdem strengte mich hier alles wahnsinnig an. Der ständige Lärm der Straße und der Gebetsgesänge. Den ganzen Tag Gesabbel in zwei fremden Sprachen unter höchster Konzentration, auch wenn es sich überwiegend um Smalltalk handelte. An Abschalten war nicht zu denken, außer nachts im Bett. Und immer noch keine Spur von Abdullah.

Kapitel 8

Dienstagmorgen saßen Ingo und ich bei Toast und Tee im Frühstücksraum mit Blick in den Innenhof des Hotels, da traute ich meinen Augen nicht. Adrenalinschub. Herzklopfen bis in die Halsschlagader. „Ingo, Abdullah ist da!“, schrie ich mit mir plötzlich versiegender Stimme. Es war nur so eine Eingebung, aber so intensiv mit Schweißausbruch, schlotternden Knien und einem Gefühl der Überwältigung. Ich sprang auf, riss mein Tuch – das ich präventiv immer dabei hatte – vom Stuhl, schlang es schnell um meinen Kopf, um den alten Mann, dem ich nun entgegenrannte, nicht vor den selben zu stoßen. Bei ihm war ein jüngerer Mann. Bleib cool, Petra, Contenance, mach jetzt bloß nichts falsch. Erwecke keinen falschen Eindruck. Gib denen bloß nicht die Hand. Während ich noch lief, rief ich auf Dari: „Abdullah, du bist Abdullah! Bist du Abdullah? Hakim, bist du Hakim? Ihr seid Abdullah und Hakim! Seid ihr Abdullah und Hakim? Ich bin Petra. Allah, Allah. Danke, danke.“ Ich riss die Arme in die Höhe, als ich endlich vor ihnen zum Stehen kam und schluchzte, denn nun war es mit meiner Beherrschung endgültig vorbei: „Allah Akbar!“ (Allah ist der Größte). Und hemmungslos liefen mir die Tränen über die Backen. Ich stehe da mit schlotternden Knien, dem Tränenfluss keinen Einhalt gebieten könnend, und die zwei sagen nichts.

Die stehen nur da. Fassungslos. Damit hatten sie sicher nicht gerechnet. Mit dieser Form der Begrüßung. Na ja, ich ja auch nicht. Normalerweise hatte ich mich schon ganz gut in der Gewalt, allemal wenn’s drauf ankommt. Aber das hier war wohl alles ein bisschen viel. Während ich tonlos vor mich hintränte, dachte ich mir: Oh Gott, oh Gott, jetzt wird alles endlich gut. Es hat sich alles gelohnt. Noch wusste ich aber doch gar nicht, mit wem ich es hier eigentlich zu tun hatte. Ingo hatte das alles irgendwie nicht registriert und saß noch im Frühstücksraum. Als ich langsam wieder zu mir kam und mich beruhigte, nahm ich aus weiter Ferne die Stimme des jüngeren Mannes wahr: „Salam Frau Trott, das ist Abdullah, der Vater von Rahim, und das ist Asludin, der kleine Bruder." Das alles sagte er in gutem Deutsch. Den kleinen Jungen, wohl so elf Jahre alt, nahm ich erst jetzt wahr. „Wer sind Sie?", fragte ich. „Nasrullah", seine Antwort. „Ingo, Ingo, komm schnell, sie sind da!", brüllte ich nach hinten. Ich hätte gar nicht mehr so zu brüllen brauchen, denn Ingo kam ja schon. „Jetzt setzen wir uns erst mal. Habt ihr Hunger, habt ihr Durst?" „Nein", sagte Nasrullah. Egal. „Herr Ober, Tee und Wasser und Obst für uns alle bitte, das sind unsere Freunde aus Kabul. Die sind unsere Gäste." Das musste ich sagen, denn der Ober guckte ob ihrer Aufmachung sehr pikiert. Solche Leute haben in so einem Hotel nichts zu suchen! Natürlich waren sie dreckig, speziell Abdullah und Asludin, und ihre Garderobe etwas runtergekommen, aber wenn man bedenkt, woher und auf welchem Weg sie gekommen waren.

Wir schoben zwei kleine Tische zusammen und Nasrullah begann zu erzählen. Abdullah sei gestern auf der Straße rumgelaufen und hätte alle Leute gefragt, wer denn Dari spräche, er bräuchte Hilfe. Das hatte Nasrullah gehört und sich angeboten. Abdullah erzählte ihm die Geschichte von Rahim und den Trotts, die jetzt im Green Hotel seien. Ihn würde hier aber keiner verstehen, da alle nur Paschtu oder Urdu sprächen. Und im Hotel seien die Trotts auch nicht. Er wusste nicht mehr, was er machen sollte. Da bot ihm Nasrullah seine Hilfe an. Er sei auch Afghane, spräche Dari und Paschtu und lebe seit zehn Jahren in Deutschland und sei jetzt nur hier, weil er in den nächsten Tagen seine Eltern in Kabul besuchen wolle. Bis dahin könne er Abdullah helfen und die Trotts mit suchen und sich als Dolmetscher zur Verfügung stellen. Ein Wahnsinn.

Wir erklärten, Rahim sei bei Ali. Ingo fuhr sofort los, um ihn zu holen. In der Zeit erzählten wir hin und her. Warum er erst jetzt, also gestern, Montag, statt Sonnabend, wie verabredet, gekommen sei? Wir wären hier fast verrückt geworden. Das hätte alles schief gehen können. Ich habe ihn dafür ziemlich angemacht, denn jetzt war er da und konnte wohl kaum mehr fort. Außerdem sollte er schon wissen, wie uns zumute gewesen war. Man könne auch nicht wissen, ob man noch mal in eine vergleichbare Situation käme, also könne es nichts schaden, ihm hier und jetzt und sofort unsere Denke zu vermitteln. Er sei einfach erst Sonntag losgegangen, cs ging nicht eher. Und nun sei er doch hier. Ob er sich gestern im Hotel gemeldet hätte? „Ja“. Oh, diese Hotelangestellten. Sie hatten uns das nicht ausgerichtet. Ich stürzte wutentbrannt an die Rezeption und verlangte Rechtfertigung. Was ich wolle, sie seien doch nun da.

Wutschnaubend kehrte ich zu unseren Gästen zurück. Die bekamen nun gleich in der ersten halben Stunde unseres Kennenlernens die gesamte Palette meiner Gefühlsbandbreite mit. Der kleine Asludin beobachtete mich die ganze Zeit nur fassungslos. So ein Auftreten kannte er nicht von einer Frau und schon gar nicht in der Öffentlichkeit. Nasrullah erzählte, dass Abdullah Asludin mitgenommen hätte, weil er selbst nicht mehr richtig gucken könne. Nun warteten wir auf Ingo und Rahim. Ich war gespannt wie ein Flitzebogen auf das erste Wiedersehen nach fast drei Jahren zwischen Vater und Sohn. Inzwischen waren wir in unser Hotelzimmer umgezogen, in dem sich eine Sitzecke befand, da ich das Gefühl nicht loswerden konnte, unser Besuch sei hier in der Halle nicht so recht willkommen. Und da kamen sie auch schon.

Der lange Ingo vorweg, Rahim hinterher. Abdullah stand auf. Nun erwartete ich, die würden sich erst mal um den Hals fliegen. Das ist hier sogar unter Nichtverwandten so üblich. Weit gefehlt. Sie reichten sich völlig emotionslos die Hand. Rahim sagte „Hallo", Abdullah sagte „Salam". Das Gleiche mit Asludin und Nasrullah. Huch, das konnte es doch wohl nicht sein. War aber so.

Da es nun einiges zu besprechen gab, steckte Ingo Rahim ein paar Rupien in die Hand und bat ihn, mit seinem Bruder durch die Stadt zu schlendern und Cola zu trinken. In zwei Stunden sollten sie wieder hier sein, denn dann mussten wir zurück zu Ali. Okay.

Ingo erzählte, er habe Bassam bei Ali getroffen und befürchtet, dass, wenn er die Wahrheit und Neuigkeit von Abdullahs Eintreffen kundtun würde, sie ihm Rahim verweigert hätten. Also erfand er schnell eine Notlüge. Ich sei krank, und falls es morgen weiter nach Kabul gehen solle (wovon gar nicht die Rede war), wollte ich mich heute endgültig von Rahim verabschieden. Deshalb sollte er ihn schnell zu mir ins Hotel bringen. Aber nur zwei Stunden, hatte Bassam befohlen. Okay, danke Bassam, ich bringe ihn dann zurück. Nun sollte mit Abdullah im Schlepptau der Überraschungscoup gelingen. Übergabe Sohn an Vater. Bestätigung von Bassam, und der Fall wäre erledigt. Abdullah solle sich bloß nicht einschüchtern lassen. Wir würden mitkommen. Wie wir das nun allerdings sprachlich hinkriegen wollten, das wussten wir noch nicht, denn Bassam würde mit Abdullah Dari sprechen, da könne er ihm sonst was erzählen und Katera oder Nasrullah als Dolmetscher würde er bestimmt nicht akzeptieren. Und so viel Dari verstand ich natürlich nicht, um einem ernsthaften Gespräch zu folgen. Na, mal sehen. Wo denn Abdullah und Asludin schlafen würden? Nirgends. Aha. Wie ist denn das bei dir, Nasrullah? Was kostet dein Hotel? Fünf Mark pro Nacht ohne Frühstück. Wir können mal fragen. Das ist hier gleich 700 Meter weiter gegenüber. Okay. Wo blieben jetzt aber Rahim und Asludin? Die zwei Stunden waren um. Ich hatte die Jungs in Deutschland zu Pünktlichkeit erzogen, was ausnahmslos geklappt hatte, aber jetzt, nach dreieinhalb Tagen Peshawar war das anscheinend in Vergessenheit geraten. Nach zweieinhalb Stunden kamen die zwei angeschlendert. Da gab's erst mal einige kritische Anmerkungen meinerseits. So bin ich nun einmal, und dann dalli dalli ab in eine Rikscha. Tschüss Nasrullah, kläre das bitte mit dem Zimmer bei dir, wir kommen heute Abend. Okay? Okay.

Als wir mit Abdullah bei Ali eintreffen, reagiert Bassam sehr gelassen. Wir kommen gleich zum Thema: Wir möchten gern, dass hier und jetzt die Übergabe stattfindet, damit wir dann mit Abdullah in Ruhe besprechen können, wie sich die Zukunft Rahims in Kabul gestalten solle, sowohl in finanzieller Hinsicht, als auch für die Familie, als auch, was seine schulische und spätere Ausbildung anbelangt. Das sei schließlich der Sinn unserer Reise gewesen. Wir hätten keine Adoptionsabsichten und seien froh, dass hier nun alles ein so gutes Ende nehmen würde, weil wir das Kind behütet im Schoß seiner Familie wüssten. Mehr wollten wir doch gar nicht und hätten auch nie mehr beabsichtigt. Nur schade, dass wir Rahims Mutter nun doch nicht kennen lernen würden. Nein, so wie wir uns das alles vorstellten, ginge das nicht, erklärte Bassam bestimmt. Die Übergabe kann nur in Kabul stattfinden. Das ist Bestimmung. Das war immer so und wird auch weiterhin so bleiben. In drei bis vier Tagen fliegen sie rüber, da hätten sie eine kleine Maschine. Das sei Sonnabend. Ob Abdullah da mitfliegen könne, wir würden für die Kosten aufkommen. Nein. Ingo regt sich noch ein bisschen auf, aber vergebens. Ob Rahim bis dahin bei uns und seinem Vater sein dürfe. Nein, der bleibt hier, wir könnten ihn täglich besuchen. Na bravo. Dann können wir ja wieder gehen.

Wir gehen in Nasrullahs "Hotel". Dort besprechen wir die weitere Vorgehensweise. Abdullah fleht uns nun an, wir sollten Rahim behalten. Es sei auch so mit seiner Mutter besprochen. Die meint nämlich, nach drei Jahren in Deutschland, nach allem was er gesehen, erfahren und gelernt hätte, würde er sich in Afghanistan nie wieder integrieren. Das Gespräch geht hin und her, Nasrullah ist derselben Ansicht. Auch er hätte am Anfang Heimweh in Deutschland geschoben, aber Heimweh vergeht. Das würde auch bei Rahim vergehen. Man könne eine solche Entscheidung bei einer so einmaligen Chance nicht einem Dreizehnjährigen überlassen. Den müsse man schon mal fremdbestimmen. Irgendwann würde er das kapieren und ein Leben lang dankbar sein. Ich versuche, denen zu erklären, dass das mit Rahim nicht so einfach ginge. Dass er so auf stur schalten würde, dass ich ihn nicht einmal durch die Schule mit Anstand bekäme. Und ein bisschen ginge es auch um mich. Ich hätte bereits so viel Kraft gelassen in den drei Jahren, dass ich befürchtete, die nächsten mit den vorhersehbaren Problemen nicht mehr zu meistern. Schließlich seien wir keine Übermenschen, sondern auch nur Menschen. Und wenn jemand nicht will, bin ich der falsche Adressat, ihn zu zwingen. Das kann ich nicht, das schaffe ich nicht, das halte ich nicht aus, und damit ist dem Kind dann auch nicht gedient.

Da hat Abdullah eine Idee. Ob wir nach dem Abflug am Sonnabend, wenn sie Peshawar verlassen, noch eine Woche Zeit hätten. Dann könnte Rahim sich Kabul und die gegebenen Umstände ansehen und würde mit Sicherheit nach einer Woche die Nase vom dortigen Leben so voll haben, dass er sich nach Deutschland zurücksehnen würde. Wortwörtlich sagte Abdullah nämlich: „So wie mein Sohn hier heute vor mir stand, kann der sich nach dem Scheißen nicht mehr den Arsch mit einem Stein abwischen. Das wird ihm sehr schnell stinken. Der macht sich die Hände nicht mehr schmutzig!

Außerdem ist er doch nicht bereit, wenn er die Flieger sieht, sich in den Dreck zu schmeißen, um sich zu schützen..." Ob wir bereit wären, ihm diese letzte Chance einzuräumen? Und schlechte Laune würde er auch nicht mehr haben. Das würde Abdullah mir versprechen. Und warum ich ihm überhaupt nicht schon längst den Hosenboden versohlt hätte. Das hilft. Das hatten mir übrigens in Deutschland auch schon einige erfahrene Eltern geraten. Kräftig eine hintendrauf oder rechts und links 'ne ordentliche Backpfeife, dann würde er schon funktionieren. Aber ich kann das nicht, ich kann das einfach nicht. Ich habe noch nie ein Kind geschlagen. Ich bin selber nie geschlagen worden. Ich weiß gar nicht, wie man das macht. Außerdem will ich keine funktionierenden Kinder, sondern glückliche oder zumindest zufriedene und vor allem fröhliche.

Aber diese Chance solle er natürlich bekommen, wenn innerhalb einer Woche eine solche Sinneswandlung eintreten sollte, woran ich nicht glaubte. Kannte ich doch "mein" Kind. Also, wenn die Kids am Samstag fliegen, muss Abdullah am Freitag früh aufbrechen, um ebenfalls Samstag zur Übergabe rechtzeitig da zu sein, damit er dann mit Rahim und seiner Mutter am Sonntag darauf wieder hier wäre. Denn falls Rahim mit zurück nach Deutschland wolle, gäbe es noch einiges zu erledigen, und das beanspruche bestimmt noch eine Woche. Und vor allem müsse diesmal Rahims Mutter mitkommen, denn ohne sie fände keine Adoptionserklärung vor der Botschaft in Islamabad statt. Verstanden? Ja. Gut. Aber nun zu dem Bruder von Rahim. Was hat der da eigentlich im Gesicht? Tja, das sei eine schlimme Sache. Das ist so eine Fliege, die sticht, dann wird es erst rot, dann platzt es auf, dann verkrustet es, so wie jetzt, und wenn man Pech hat, wird das immer mehr, bis das ganze Gesicht weggefault ist. In Kabul gebe es jetzt nichts mehr dagegen. Die Ärzte sind hilflos. Aha, na prima. Dann fahren wir doch morgen früh sofort zu Dr. Schorf ins Krankenhaus – Ingo weiß, wo das ist – und lassen den mal sehen. Und jetzt muss ich ins Bett, ich kann nicht mehr. Da Abdullah und Asludin vorhin mit uns nicht essen gehen wollten – ich nehme an, es wäre ihnen peinlich gewesen – gaben wir ihnen Geld, damit sie auf der Straße an einem Stand etwas essen konnten. Das nahmen sie auch dankbar an. Und wieder fallen wir erschöpft und ausgelaugt ins Bett ob der vielen Ereignisse des heutigen Tages. Aber Gott sei Dank ist er nun endlich da, der Abdullah. Danke, lieber Gott, und schon schlafe ich ein.

Am nächsten Morgen holen wir, wie verabredet, Abdullah und Asludin ab, fahren mit ihnen zu Ali, um Rahim zu holen und begeben uns weiter zu Dr. Schorf. Ich bin entsetzt über den Zustand des Krankenhauses, das schließlich von deutscher Hand geleitet wurde. Ein pakistanischer Pfleger sieht sich Asludin an und faselt irgendwas mir Unverständliches. Ich will aber keinen pakistanischen Pfleger, sondern den deutschen Arzt. Der kommt nach zwei Stunden aus dem OP, untersucht Asludin und diagnostiziert den Rest eines Metallsplitters. Es bräuchte nicht operiert zu werden, das würde von allein heilen. Zwischenzeitlich ist Ingos Brille fertig; wir wollen auch Abdullah untersuchen lassen. Auf dem Weg dorthin frage ich Rahim, was Igelchen auf Dari heißt. Khaarposhtak. Warum? Weil Asludin so aussieht. Der hat ganz kurzgeschorenes Haar, aber so viel und so dicht, fest und stachelig mit kleinen braunen Knopfaugen im Gesicht, dass die Assoziation zum Igel sich mir förmlich aufdrängt. Ich bitte Rahim, seinem Bruder das zu erklären und ihn darauf vorzubereiten, dass ich ihn fürderhin nur noch so nennen werde. Rahim findet das unmöglich, Asludin lacht.

Der Augendoktor sieht den Jungen und sagt: „Oh, Laschmonia, schlimme Sache, kommt von so einer Fliege und kann verheerend enden“. Es gibt in Kabul keine Medizin dagegen. Aber es gebe hier einen Freund von ihm, der spreche auch englisch und könne bestimmt helfen. Das sei aber nicht ganz billig, denn der Junge müsste die Therapie in Kabul drei Wochen fortsetzen, und die Medikamente dafür bekäme er von hier mit. Ebenso eine Empfehlung eines Kollegen in Kabul, der damit vertraut sei. Der Doktor ruft seinen Freund in Peshawar an. Wir können gleich kommen. Anschließend sollen wir uns noch mal bei ihm melden, er möchte mit Abdullah und Rahim sprechen. Dann guckt er sich auch Abdullah an.

Beim Freund angekommen, stehen die Kollegen schon parat. „Ah, Laschmonia", rufen alle, und Asludin wird erklärt, dass es jetzt einmal kurz pickst, dann sei es auch schon vorbei. Die Stelle befand sich auf dem rechten Wangenknochen, etwa kirschkerngroß. Gute Stelle, die hätte ihm mit der Zeit das Auge und die Nase weggefressen. Man desinfiziert die Stelle, an der Asludin übrigens ständig mit seinen dreckigen Fingernägeln rumgepult hatte, und zieht eine dicke altmodische Spritze auf. Zack, ist sie drin im Gesicht. Ingo war vorsichtshalber rausgegangen, der kann so etwas nämlich nicht sehen. Asludin brüllt auf, als würde er abgeschlachtet. Die Tränen fließen wie Bäche aus seinem Gesicht. Rahim steht unbeteiligt daneben, und Abdullah weiß nicht, was er tun soll. Da werden Muttergefühle in mir wach. Ich nehme ihn in den Arm und tröste ihn ganz doll, nonverbal, da wird es besser. Jetzt wird er verbunden, und Abdullah wird die weitere Vorgehensweise erklärt. Ob er das alles verstanden hätte? Ja, hat er. Mir drücken sie den riesigen Karton mit den weiteren Injektionen in die Hand, und ich lasse es mir auch noch mal auf Englisch erklären, um es zusätzlich Rahim zu verklickern, damit er als größerer Bruder die Verantwortung übernimmt, denn Abdullah vertraue ich in dieser Hinsicht nicht so ganz. Macht 30 Dollar. Wahnsinn. Diagnose, Behandlung und Medikamente für weitere drei Wochen. Toll.

Wieder beim Augenarzt stellt dieser fest, Abdullah sei fast blind. Aber mit einer Brille könne er wieder 50 Prozent sehen. Okay. Bitte machen. Wird aber erst nächste Woche fertig, weil die Glasstärke so ungewöhnlich ist. Macht nichts, er kommt nächste Woche mit der Familie wieder hierher. Nun hat das die paar Tage auch noch Zeit. Abdullah scheint nicht sehr begeistert.

Wir sitzen wieder in dem kleinen Raum hinter dem Geschäft, und es entfacht sich eine heiße Diskussion zwischen Abdullah und dem Doktor auf der einen und uns und Rahim auf der anderen Seite. Die eine Partei bedrängt uns, Rahim zu behalten, und versucht, diesen zu überzeugen, was für eine Chance er da ausschlagen würde. Aber er bleibt bei seiner Position, er will zu seiner Mama. Dass er dort nichts mehr zu suchen habe, weil er zu alt sei, dass er zu den Männern gesteckt würde, dass die Kinderzeit vorbei sei, versuchen sie ihm klarzumachen. Das sei ihm egal, Hauptsache bei Mama. Sie hätte jetzt keine Autorität mehr über ihn. Das Sagen hätte jetzt sein Vater und der ältere Bruder Hakim. Das sei ihm egal, Hauptsache in Mamas Nähe. Da war nichts zu machen. Dass das Land vermint sei, dass dort ständig Krieg herrschte. Dass er sich einer neuen Verletzungsgefahr aussetze, war das nächste Argument. Egal, er passt diesmal besser auf. Aha. Dass er, wenn er nach einem Jahr feststellte, dass Deutschland und vor allem die Trotts doch besser seien, mit all den Möglichkeiten, die sich ihm böten, dass er trotz dieser Erkenntnis nie wieder zurück könne, weil die Behörden das nicht mehr akzeptieren würden, nach einer persönlichen und räumlichen Trennung, dass für immer der Zug abgefahren sei, denn so ein Hin und Her machen deutsche Behörden und Ämter nicht mit, versuchten die zwei ihm überzeugend darzustellen. Nein, Deutschland sei gut, die Trotts auch, aber er hätte drei Jahre Zeit gehabt, zu überlegen. Er sei auch dankbar für alles, aber er will zu seiner Mama.

Nun kapiert das doch endlich mal, und lasst den armen Kerl in Ruhe, ich habe doch selbst drei Jahre lang beobachtet, dass er bei uns nicht glücklich ist, mit der Situation nicht fertig wird. Und vielleicht habe ich da auch noch ein Wörtchen mitzureden. Ich habe mich drei Jahre lang intensiv mit diesem Kind beschäftigt, habe ihn lieb gewonnen, und deshalb dürfen wir ihn nicht vergewaltigen. Was Ingo dazu meint, wollen die beiden anderen wissen. Der sagt das Gleiche wie ich, und außerdem müsse ich das entscheiden, denn für die Kinder sei ich verantwortlich. Ich trüge die Hauptlast. Also. Es war doch auch vorher bei uns zu Hause schon alles ausführlich sowohl mit dem Jungen, als auch mit Freunden und erfahrenen Eltern besprochen. Und schließlich sei da auch noch Allah.

Abends sitzen wir wieder alle bei Ali. Rahim vor dem Fernseher, obwohl er kein Wort versteht, denn hier in Pakistan laufen nur Filme auf Paschtu oder Urdu oder indische Filme. Nach drei Jahren ist ihm das wichtiger, als bei seinem Vater zu sein. Eigenartiges Kind. Ebenso wundert mich seine Bemerkung auf dem Weg zu Ali – die letzten 300 Meter, des von den hohen Mauern eingesäumten Sandweges, legten wir immer zu Fuß zurück – als er mich anzischt: „Mama, du musst deinen Schleier enger ziehen, man kann dein Gesicht sehen.“ Da war ich doch etwas erstaunt, denn zum einen war es dunkel, zum anderen keine anderen Leute auf dem Weg und außerdem hatte doch noch vor kurzem genau dasselbe Kind behauptet, ich könne sogar in T-Shirt und Bermudashorts hier herumlaufen.

Für den nächsten Tag, unseren letzten mit Abdullah vorerst, ist nichts geplant, denn es ist alles gesagt. Als Ingo und ich von irgendwelchen Touren ins Hotel zurückkehren, steht dort ein völlig aufgelöster Abdullah und sagt immer nur: „Nasru, Nasru. Nasru, Nasru!“ Ich verstehe kein Wort und frage ihn: „Was heißt Nasru?“ Er antwortet: „Nasru, Nasru“, und scheint völlig fertig mit den Nerven. Es muss ein Dolmetscher her, beschließe ich, denn ich verstehe ihn nicht, weiß folglich nicht, was er will. Was ist mit dem afghanischen Ladenbesitzer im Hotel? Der ist da, vertreibt hier afghanische Souvenirs, spricht Dari und Englisch. Der kriegt raus, Nasru ist Nasrullah, und den will Abdullah sofort sprechen, denn er müsse uns was erzählen, was er aber nur Nasru anvertrauen könne, und der solle es uns übersetzen. Er kann Nasru aber nirgends finden. Okay. Danke, das kriegen wir schon hin, und in den nächsten Tagen kommen wir auch mal in deinen Laden. Vielen Dank. Ab ins Hotel gegenüber. Nasru ist nicht da. Ist aber noch nicht abgereist. Kommt wohl irgendwann. Da ich permanent das Dari-Wörterbuch unter dem Arm habe, erkläre ich Abdullah, dass wir hier jetzt vor Nasrus Zimmer warten, bis er kommt. Das beruhigt Abdullah. Ingo hat Coca Cola von der Straße geholt, denn Service gibt es in diesem Laden nicht, und ich rauche eine Zigarette nach der anderen.

Nach drei Stunden kommt Nasru. Abdullah druckst rum: „Ich muss euch was erzählen, aber ich weiß nicht, ob ich es euch erzählen darf. Ich habe solche Angst. Ich weiß nicht. Ich weiß nicht, was ich machen soll. Ich habe solche Angst. Ich habe drei Tage überlegt, ob ich es euch sagen soll. Morgen muss ich zurück nach Kabul, aber ich habe solche Angst." Und er fängt an zu weinen. So geht das eine Stunde, ohne dass wir rauskriegen, wovor er solche Angst hat. „Ihr seid so kluge, gebildete Leute, ihr müsst mir helfen. Ich bin ein alter Mann, ich weiß nicht, was ich machen soll. Ich habe furchtbare Angst." Nun erzählt er langsam, Stück für Stück, und er schildert folgendes: Ende Januar diesen Jahres (die Monate sind zwar anders, aber man kann das alles nachrechnen), also vor zwei Monaten, waren Bassam und Navid Khan in Kabul und haben Abdullah nahe gelegt, nicht nach Peshawar zu kommen, wenn Rahim, die Trotts und die OHA dort einträfen. Es könne schließlich während seiner Abwesenheit von zu Hause etwas passieren. Nun sei er doch gekommen – seine Angst sei nicht der Grund seiner Verspätung – Bassam hätte ihn hier gesehen, und seine Familie sei seit vier Tagen allein, und Bassam sei zwischendurch weggewesen, also nicht mehr in Peshawar, und er hätte jetzt solche Angst, seiner Familie sei in der Zwischenzeit etwas passiert. Immer wieder fängt er an zu weinen. Armer alter Mann. Wenn ich hier immer von "alter Mann" rede, sollte ich an dieser Stelle klarstellen, dass Abdullah so alt ist wie mein Mann. Ein kleiner untersetzter, beleibter, grauhaariger, zurückhaltender, ruhiger, ganz doll liebenswerter, einfacher – alter Mann. (Den Wahrheitsgehalt dieser Schilderung kann ich natürlich nicht überprüfen.)

Ingo und ich zeigen Verständnis, beruhigen ihn dahingehend, dass seiner Familie bestimmt nichts passiert sei, weil wir davon längst Kenntnis erhalten hätten, denn die wüssten schließlich alle, wo man uns hier finden würde, und auch für die Zukunft bräuchte er sich keine Sorgen zu machen, denn Bassam würden wir so etwas nicht zutrauen. Der hätte lediglich versucht, ihn einzuschüchtern, da Bassam und die OHA bei diesen Menschen eine Autorität seien, und letztlich hätten sie ihnen auch einiges zu verdanken, denn ohne sie wäre Rahim nie gesund geworden. Außerdem wusste Bassam, dass wir nun fürderhin ein Auge auf die Familie haben würden, denn wir wollten ja, dass der Kontakt bestehen bleibe, um zu sehen, wie Rahims Ausbildung lief und wann und wen er heiraten würde. Nach der Ausbildung natürlich erst. Bassam würde es also nicht wagen, Abdullah und seiner Familie auch nur ein Haar zu krümmen, wissend, dass Ingo als Rechtsanwalt und Notar schützend die Hand über eben dieser Familie haben würde. Er könne beruhigt morgen mit Asludin des Weges ziehen, würde die Seinen wohlbehalten vorfinden, am Sonnabend Rahim in Empfang nehmen und eine Woche darauf wieder hierher zurückkehren können. Da würde gar nichts passieren. Versprochen. Bei Allah. Er schien beruhigt. Und erleichtert war er auch, dass er sich uns anvertraut hatte. Dieses Gespräch zog sich über vier Stunden. Nun aber ab ins Bett, denn morgen früh um vier Uhr musste er sich mit Asludin auf den Weg nach Kabul machen.

Den Freitag verbringen wir irgendwie mit Rahim teils bei Ali, ich erinnere mich nicht mehr. Ab Sonnabend sind wir allein. Ingo und ich. Das bedeutet aber längst noch nicht, dass wir nun eine Woche der Besinnung, des Müßiggangs, der Erholung vor uns haben. Oh nein, weit gefehlt. Wir haben einige Aufträge aus Deutschland zu erledigen.

Der erste lautet, das über ein Jahr verdiente und auf Heller und Pfennig gesparte Geld von Mohammad Rudolff bei seinem Vater, der in einem Flüchtlingslager in Abottarabat bei Islamabad als Mullah lebt, abzuliefern. Sonst hat Mohammad alles per Post dorthin geschickt. Meistens hatte es wohl geklappt. Alle drei Jahre flog er selbst, und diesmal hatte er es uns anvertraut. Das sind nur drei Stunden mit dem Auto von Peshawar, hatte er uns zu Hause erklärt. Klar können wir das machen. Kleiner Tagesausflug und Sightseeing-Tour. Dafür musste Papa Ramon wieder ran. Der wiederum kannte einen afghanischen Taxifahrer, der sich da oben auskennen würde. Aber drei Stunden? Inschallah, eher fünf. Also morgens um acht Uhr Abfahrt Green Hotel.

Papa Ramon hatte für uns einen Festpreis für das Auto und den Fahrer ausgehandelt. Sein Honorar kam obendrauf. Es wurden acht Stunden ob der unwegsamen Strecke, einer Fresschenpause am Straßenrand und einer Reifenpanne kurz vor dem Ziel. Der letzte Rest, die letzte Stunde gingen durch so unwegsames Gelände, dass unser PKW trotz frischer Reparatur das nicht durchgestanden hätte. Also wurden wir wie Vieh hinten auf einen Laster verladen. Das gab mir den Rest, denn mein Steißbein kam mir schon zum Bauchnabel heraus. Als es auch mit dem Laster nicht mehr weiterging und ich aus diesem krabbeln musste, hatte ich nirgends mehr auch nur annähernd irgendein Gefühl. Auch eine Art von Gefühl. Ein mir bis dato unbekanntes. Na ja, man lernt eben ständig dazu. Nun ging es weiter per pedes. Über schmale Pfade immer bergauf. Aber hier konnte ich endlich Luft holen. Klare, saubere, frische Luft. Herrlich! Klar, keine Auspuffgase mehr in dieser Höhe. Ein tolles Gefühl. Überhaupt war die Fahrt hierher – von den körperlichen Strapazen, steißbeinmäßig, und den Ausdünstungen der Männer über sieben Stunden eng zusammen auf engem Raum, wo ich doch so ein Nasen- und Riechmensch bin, mal abgesehen – für mich geprägt von Dingen, die ich bisher noch nie gesehen hatte: Kamelkarawanen, ganze Eselherden und Eseltrecks. Während wir nun so bergauf krabbelten, holte Ingo seine Videokamera hervor, um für Mama und Papa Rudolff alles festzuhalten, damit auch sie sich ein Bild machen können, wie ihr Sohn hier leben würde. Ein Pulk von ungefähr 20 Menschen mit Kindern, zum Teil bettelnd, schloss sich unserem Viererkonvoi an.

Ein alter, wirsch dreinschauender Mann begrüßte uns sehr förmlich und stellte sich als Mohammads Vater vor. Neben ihm sein nach Mohammad nächstgrößter Sohn, der einen aufgeweckten und wesentlich freundlicheren Eindruck als sein Vater machte. Die Frauen und Mädchen, die aus irgendwelchen Luken guckten, wurden sofort barsch angefahren und hatten zu verschwinden. Aha, so läuft das hier also. Wir standen eine halbe Stunde rum, als wir endlich gebeten wurden, in die Hütte von Mohammads Vater zu treten. Eine Hütte bestehend aus einem Lehmraum mit einem Teppich und einigen Matratzen am Rand. Alles blitz-blank. Als Lichtquelle der Holzverschlag, der als Tür diente, und ein kleines Fenster. Man hieß uns, Platz zu nehmen. Ingo holte einen Brief und Fotos von Mohammad hervor, die gingen die Runde. Es waren hier ungefähr zehn Männer im Alter zwischen 16 und 60 Jahren anwesend. Alles Cousins von Mohammad. Nun hielt der Vater eine lange, betonungslose Rede. Allah sei Dank. Alle müssten an Allah glauben. Alle müssten lernen, fleißig und gläubig zu sein. Immer wieder dasselbe. Nach einer Stunde wurde uns Milch mit dicken Fettaugen drauf gebracht. Sie war süß und – salzig. Fast wäre sie mir aus dem Mund gefallen. Äaahhh. Jeder von uns, also von den Gästen, bekam noch ein gekochtes Ei. Serviert wurde von Mohammads Bruder. Bloß keine Frauen zu den Fremden lassen. Mein Ei gab ich Papa Ramon. Mehr bekamen wir nicht nach der langen Reise, obwohl Mohammad uns angekündigt hatte. Sie hatten wohl nicht mehr.

Ingo bedeutete Mohammads Vater, mit ihm nach draußen zu gehen. Nein, nein, allein! Hier überreichte er ihm das Paket mit dem Geld und ließ es sich quittieren, denn dieser Mann war des Lesens und Schreibens mächtig. Als Ingo wieder eintrat, bat ich ihn, diese Stätte schnell wieder zu verlassen. Ich fühlte mich hier äußerst unwohl und nicht willkommen. Beim Abschied, wieder sehr förmlich, bat Ingo den Vater, noch ein paar Worte für seinen Sohn in Deutschland ins Diktaphon, welches wir immer dabei hatten, zu sprechen. Das tat er dann auch. Sehr emotionslos, laut, barsch: „Mein Sohn, denke stets an Allah, lerne, sei fleißig, sei gehorsam und gläubig. Sei ein guter Moslem." Das Ganze über eine Viertelstunde.

So, nun nichts wie weg hier. Danke und tschüss. Den selben Weg retour. Inzwischen ist es dunkel. Inschallah, werden wir heil zu Hause ankommen. Das taten wir dann auch und verabredeten gleich für übermorgen eine Fahrt zu Mohammads Onkel, der allerdings nur 15 Minuten im Südteil der Stadt auch in einem Lager wohnte. Der Taxifahrer hatte unsere Sympathie, sollte er doch auch an dieser Fahrt verdienen. Morgen bräuchten wir jedoch mal einen Tag für uns. So fielen wir, wie immer, restlos ausgelaugt und verdreckt gegen 1.00 Uhr morgens ins Bett.

Etwas außerhalb von Peshawar gibt es einen Golfclub. Ja. Wirklich. Den wollten wir aufsuchen und mal für ein paar Stunden die Seele baumeln lassen. Aber erst mal ausschlafen. Denkste. Um 8.00 Uhr morgens polterte es an unserer Tür. „Sir, sir, Besuch für Sie." Ingo schlüpft in Jeans und T-Shirt, geht raus, da steht Mohammads Vater. Was will er nur? Wie ist der so schnell hierher gekommen? Nach einer Minute ist er wieder fort, und Ingo hat keine Erklärung für sein plötzliches Auftauchen und schnelles Verschwinden. Sehr merkwürdig. Mohammad erzählte uns später, als wir wieder in Deutschland waren, sein Vater hätte sich wahnsinnige Sorgen um uns gemacht. Wir hätten uns in eine riesige Gefahr begeben. Die Tatsache, dass Europäer sich in diesem Flüchtlingslager blicken lassen, sei schon gefährlich genug, da man bei ihnen immer viel Geld vermutete und nicht davor zurückschrecke, sich dies, auf welchem Weg auch immer, zu beschaffen. Aber als Europäer auch noch offensichtlich eine Videokamera dabeizuhaben, sei der reinste Wahnsinn und eine klare Aufforderung zum Überfall. Deshalb sei sein Vater mitten in der Nacht aufgebrochen, um sich zu vergewissern, dass uns nichts zugestoßen sei.

Die paar Stunden auf dem Golfplatz waren lustig. Man bat uns zwar, das nächste Mal nicht wieder mit der Rikscha vorzufahren, die hätte hier nichts zu suchen, aber ansonsten gab man sich Mühe, es uns recht zu machen. Ausrüstung? Klar, fünf Dollar. Für die Lady gibt's keine, die ist so groß (165 cm hihi), die kann auch einen Herrensatz spielen. Caddies? Klar. Aber lebende, echte Menschen. Ein Dollar den ganzen Tag. Bälle? Haben die Caddies. Und auf ging's. In dieser grauen, umweltbelasteten Stadt eine saubere grüne Oase. Keine Menschen, keine golfspielenden Menschen. Menschen schon. Mitten auf dem Platz. Sie sammelten Holz unter den Bäumen. Ob die da nicht weggehen könnten, baten wir, denn sie hockten genau in Schlagrichtung und -entfernung. Immer draufhalten, geboten uns die zwei Caddies, die hätten hier nichts zu suchen. Au weia, dachte ich. Na toll. Und schon zettelte ich eine Diskussion über Menschenwürde und -rechte und so an. Ich glaube, sie lachten sich innerlich kaputt über mich. Egal. Ich musste das mal loswerden. Dann spielten wir 18 Loch. Jeder, aber auch jeder Ball, egal wie gut er lag, wurde von unseren Caddies noch besser gelegt. Das gehörte sich hier so.

Ansonsten lernten wir eine ganze Menge, denn die zwei gaben uns viele gute Tipps. Und am Ende der Kommentar, die Lady spielt viel besser als der Mister. Solche Charmeure. Dafür gab's natürlich gleich noch einen Dollar obendrauf. Damit hatten wir hier die Preise versaut, wie wir später erfuhren. So einen Caddie hat man nicht zu belohnen, sondern nur zu bezahlen. Aha, so läuft das hier also, die Hierarchie. Nächsten Sonntag sei hier ein Turnier, da sollen wir mitspielen. Es kommt die ganze Prominenz aus Peshawar. Wir seien Ehrengäste. Nein, nein, danke, da können wir nicht, da kommen unsere Freunde aus Kabul.

Abends probieren Ingo und ich ein Lokal in unserer Straße aus. Ein Raum, Neonlampe an der Decke, einfachste Tische und Bestuhlung. „Ich hätte gern irgendwas ohne Fleisch, aber mit Soße, Joghurtsoße oder so. Keinen Salat bitte." Kriege ich. „Können wir auch bitte einen Löffel oder eine Gabel haben." Kriegen wir. Und reichlich kleines, leckeres, dickes, warmes, frisches Fladenbrot. Schmatz. Das war ein schöner Tag.

Ganz, ganz früh, um 21.00 Uhr oder so krabbeln wir ins Bett. In ein anderes allerdings, denn das Hotel hatte uns gebeten, in den dritten Stock zu ziehen. Kein Problem. Es war auch etwas billiger. Nicht ganz so groß und ohne Sitzecke, aber auch mit Klimaanlage und Bad. Sogar etwas moderner.

Montag erfüllen wir Auftrag Nummer zwei, nämlich einen Onkel von Mohammad zu besuchen, wofür wir uns bereits mit Papa Ramon und unserem netten afghanischen Taxifahrer verabredet haben. Nach langem Suchen finden wir das Lager. Kleine, aneinandergebackte, erdgeschossige Lehmbauten wie Reihenhäuser. Unser Taxifahrer will nicht mit rein. Es dauert eine Stunde, bis man den Onkel für uns gefunden hat. Herzliche Begrüßung. Kommt rein, husch husch, alle Frauen weg hier. Die waren aber nur fortgeschickt worden, um ihrer Gastgeberfunktion nachzukommen. Und schon wird serviert: Tee, Gebäck, Nuckel – eine afghanische, in weißem Rohrzucker gebrannte Mandel oder Erdnuss, ähnlich wie unsere gebrannten Mandeln, nur viel weicher in der Kruste. Wir erzählen von Mohammad, seiner Ausbildung zum Speditionskaufmann, unseren Kindern. Alles auf Englisch. Diese Familie ist recht gebildet, hat ob der unerträglichen Lebensumstände Kabul verlassen und lebt nun hier. Ärmlich, aber zufrieden, da in Sicherheit. Die Frauen und Töchter sind bildschön, aufgeschlossen, lernen und sprechen Englisch, haben rote Fingernägel.

Sie fragen mir Löcher über das Leben in Deutschland in den Bauch. Ob ich Ärztin sei, weil ich medizinisch so gut Bescheid weiß. Nach zwei Stunden fasst sich eine der jüngeren Mut und fragt mich, ob ich krank sei, wegen meiner kurzen Haare. Da muss ich lachen. Und wieder erzähle ich vom Westen, der Rolle der Frau in unserer Gesellschaft. Sie hören aufmerksam zu und sind fasziniert. Als wir nach drei Stunden aufbrechen, werden wir zurückgehalten. Man beschenkt mich mit Armreifen aus buntem Glas und ein paar Lapislazulisteinen. Als wir gehen, drückt Ingo dem Onkel noch schnell 50 Dollar in die Hand. Der strahlt. Das war eine Familie, wie ich sie hier schätzen gelernt habe. Herzlich, gastfreundlich, sich in ihr Schicksal ergebend und wenig zeternd. Ein schöner Tag; und die haben es, glaube ich, auch genossen. Abends essen wir wieder in dem kleinen Lokal von gestern. Ohne zu bitten, erhalten wir Besteck und Servietten.

Den Dienstag verbringen wir auf der Straße. In den Basaren und beim afghanischen Teppichhändler. Einmal Teppichgucken dauert ungefähr zwei Stunden. Interesse bekunden beansprucht vier Stunden mit Teetrinken, sabbeln, wieder gucken. Bloß nicht kaufen, dann sind die beleidigt. Erst handeln, dann reden, dann Teetrinken, dann handeln, reden, weggehen, wiederkommen. Ein Teppich hat es uns angetan. Aber viel zu teuer. Wir kommen wieder. Wir haben auch noch ein paar Tage Zeit. Abends wollen wir die Gastronomie im Green Hotel ausprobieren. Im Frühstücksraum. Ob man mir nur einfach gebratenen Reis machen könnte, ohne Fleisch, aber ruhig schön scharf, will ich wissen. Mit dieser leckeren Joghurtsoße dazu. Klar, kein Problem. Es wird serviert. Lecker. Echt lecker. Da traue ich meinen Augen nicht: „Iiihhh, Ingo, guck doch mal, da bewegt sich doch was auf meinem Teller." Und plötzlich kam da richtig Bewegung rein in meinen braunen Reis. Lauter kleine Würmer. Beige Würmer mit dunklen Köpfchen. Der Wurm genau in der Größe eines Reiskorns, daher anfangs schwer auszumachen. Auch farblich passten sie sich hervorragend ihrer Umgebung an. „Herr Ober, kommen Sie doch mal schnell." Der kam angeschlurft. „Ja, bitte?" „Sehen Sie mal! Was ist das denn?" Der guckt, schaut mich an, dann wieder den Teller. „Was das ist, will ich wissen!", artikuliere ich mich schon etwas bestimmter. „Moment mal", sagt er, nimmt den Teller und verschwindet.

Nach ein paar Minuten kommt er wieder und versucht, mir glaubhaft zu machen, das seien die Hülsen der Reiskörner gewesen. Das sei ungeschälter Reis gewesen. Deshalb. Ach, und wieso die sich bewegt hätten, wollte ich wissen. Wegen der Hitze in der Pfanne. Die fangen an zu springen. Ach so, tolle Materie, die springt. Habe ich auch noch nicht gewusst und in meiner Küche auch noch nicht erlebt. Aber man lernt ja, wie gesagt, nie aus. Ob ich was anderes haben möchte? Nein, danke, mir war der Appetit vergangen. „Guten, Ingo!". Er ist da etwas härter verpackt als ich.

Der Mittwoch war für unseren dritten Auftrag vorgesehen: Abdul Hamid, den Ingo auf seinem ersten Flug kennen gelernt hatte, sollte von uns besucht werden. Eine Pflegefamilie, zu der wir auch Kontakt hatten, hatte uns gebeten, ihren Schützling, dem sie nach der Rückführung nach Afghanistan hier in Peshawar eine Schulausbildung in einem Internat finanzierten, zu besuchen und nach dem Rechten zu sehen, weil sie wissen wollten, ob ihre finanzielle Unterstützung von 300,00 DM monatlich sinnvoll angelegt sei. Wir finden die Schule, die einen ausgesprochen guten Ruf in dieser Gegend genießt, und unterhalten uns erst mit dem Direktor, da wir auf Leib und Seele geprüft werden müssen, bevor wir ins Innenleben der Schule und des Internats vorgelassen werden können. Wir erklären unsere Mission und dass wir eventuell beabsichtigten, auch Rahim hier unterzubringen, falls eine Beschulung in Kabul völlig aussichtslos sei. Der Direktor erklärt uns den Tagesablauf, den Lehrplan und das Lernziel. Wie bei uns gibt es auch hier unterschiedliche Abschlüsse, je nach Begabung, Intellekt und Zeitaufwand. Es gibt in- und externe Schüler. Nur Jungen, meist aus gehobenen gesellschaftlichen Schichten. Klar, wegen der Kosten. Während der Ferien – sechs Wochen im Sommer, wegen der Hitze – dürfen die Jungen im Alter von neun bis 19 Jahren das Internat verlassen. Tja, Abdul Hamid, das sei ein Problem. Gut, dass wir da sind, der soll nämlich die Schule verlassen. Im Klartext: Er soll gefeuert werden. Er ist seit einem Jahr hier und spricht kein Wort Urdu. Das geht nicht, da alle Unterrichtsfächer in Urdu abgehalten werden.

Urdu ist die Sprache der Gelehrten Pakistans. Folglich kann er dem Unterricht nicht folgen und versteht rein gar nichts. Das sei rausgeschmissenes Geld, so der Direktor. Er macht auch keine Anstalten, diese Sprache zu lernen. Man hätte ihn wiederholtermaßen aufgefordert, mit den anderen Kindern zu spielen, in der Freizeit, abends, und freitags, sprich feiertags, denn beim Spielen lernt jeder eine fremde Sprache. Das klang einleuchtend und vernünftig. Er würde sich aber ständig absondern. Er unternehme nichts, sich zu integrieren. Überhaupt sei er ein schwieriges Kind. Ob wir mal mit ihm reden wollten, er hätte jetzt zwei Stunden Mittagspause. Klar wollten wir, deshalb waren wir hier. Man lässt ihn rufen, und wir begleiten ihn in sein kleines Zimmerchen: Bettgestell, Stuhl, Tisch, Glühbirne von der Decke, aber sauber, dazu wird er täglich angehalten und kontrolliert, sonst knallt's. Er hat sofort Vertrauen zu uns und klagt über sein Leid. Auf einem Auge blind, dann die Sprachprobleme, gehänselt wird er auch und dazu das Heimweh, und das Essen schmeckt auch nicht, und überhaupt sei alles ganz furchtbar hier. Er möchte gern lernen, aber weiß nicht wie. Er kann doch kein Urdu. Er möchte ein schlaues Kerlchen werden und Medizin studieren. Aha. Aber dafür muss man was tun. Man kann nicht nur dasitzen und rumjammern, versuche ich ihm klarzumachen. Mit 18 Jahren müsse man langsam so vernünftig sein, dass man sein Leben selbst in die Hand nimmt und was daraus macht. Nicht viele haben so eine Chance wie er. Andere in seinem Alter waren schon verheiratet und hatten eigene Familien.

Er tut mir wahnsinnig Leid, bloß wenn ich jetzt auf dieser Schiene mitschwimme, ist ihm damit später auch nicht geholfen. Also versuche ich rauszukriegen, ob er lesen kann. Ja. Und schreiben. Ja, aber nur Dari und Paschtu. Kannst du Englisch, denn das wird hier auch gelehrt. Ja. Auch lesen? Also unsere Schrift? Ja, kein Problem. Na prima, dann besorgen wir dir Bücher, Lexika, Kassetten, dann kannst du selbst lernen. Von Urdu ins Paschtu (Dari-Paschtu oder Dari-Urdu gibt es nämlich nicht) und umgekehrt. Das Gleiche mit Englisch. Paschtu-Englisch, Englisch-Urdu und dann kannst du lernen, büffeln und dir das selbst beibringen. Dann geben sie dir hier noch einmal eine Chance. Willst du das? Oh ja! Machst du das dann auch? Natürlich! Okay, dann kommen wir Freitag wieder, das ist dein freier Tag, bringen dir die Bücher und fragen deinen Direktor, ob wir uns mit dir einen schönen Tag machen dürfen und gehen essen. Oh ja, das wäre toll, strahlt er uns an. Draußen spielen lärmend zwanzig Jungen. Die Hälfte spielt Fußball. Warum er nicht mitspiele, will ich wissen. Die lassen mich nicht. Aha. Beim Rausgehen spreche ich den größten an, auf Englisch, warum Abdul Hamid nicht mitspielen darf. Der will ja nicht, sitzt immer nur rum und heult. Aha. Armer Kerl, was soll man da machen?

Donnerstag stöbern wir die Büchereien durch und werden fündig. Paschtu-Urdu-Wörterbuch, Urdu-Paschtu. Englisch-Paschtu, Paschtu-Englisch. Englisch-Urdu, Urdu-Englisch. Anfängerkurs auf Kassette: Paschtu-Urdu, vier Bänder. Super, ich freue mich. Kassettenrecorder hat er. Dann kann's ja losgehen. Freitag bringen wir alles zu Abdul. Der ist nicht so begeistert, wie ich es mir gewünscht hatte. Wir nehmen ihn mit auf den Golfplatz, damit er in den nächsten Ferien seiner Familie von einem besonderen Erlebnis erzählen kann. Außerdem haben wir uns nicht so fürchterlich viel zu sagen, da die Gespräche mit ihm sehr runterziehend sind. Nur negativ. Alles schlecht. Ich versuche, ihm noch mal klarzumachen, wie ich die Sache angehen würde. Wie ich systematisch versuchen würde, Urdu zu lernen mit den nun vorhandenen Hilfsmitteln. Dann bestellen wir das Essen, denn Abdul hat Hunger. Hähnchen und Reis, Salat. Er isst nicht. Es schmeckt nicht. Hm? Mir schmeckt es, Ingo auch, die Hälfte wandert retour. Er fordert Eis. „Ich will Eis", auf Deutsch. Okay. Soll er haben. „Was denn?" „Vanille und Erdbeer." Bekommt er. Einen riesigen Becher. Er isst nicht. Schmeckt nicht. Hm. Wir bringen ihn zurück und versprechen ihm, wieder reinzuschauen, wenn wir die Eltern von Hadji haben und mit diesen wieder hier sind. Da freut er sich.

Am Sonnabend bleiben wir im Hotel, denn ab jetzt kann jederzeit Abdullah mit seiner Familie aufkreuzen. Zwar war der abgemachte späteste Termin Sonntag, aber falls eine endgültige Entscheidung vorher fallen würde, könne man uns diese auch eher mitteilen. Wir säßen hier schließlich nicht zum Vergnügen, das hatten wir Abdullah und Rahim ziemlich klar gemacht. Je eher wir hier wegkämen, desto besser. Beruflich, finanziell und auch privat.

Sonntagmittag waren sie dann da. Sechs Personen, Vater Abdullah, Mutter Moshegome, großer Sohn Hakim, mittlerer Rahim, kleiner Asludin und ein böse dreinschauender Onkel, der die Ungläubigen, die seinen Neffen "versaut" hatten, kennen lernen wollte. Moshegome und ich nehmen uns herzlich in den Arm wie alte Freundinnen. Abdullah begrüßt mich mit Handschlag, Hakim auch, mit zusätzlichem Augenzwinkern, ein richtiger Charmeur, blendend aussehend. Rahim wird erst einmal kräftig gedrückt und Asludin kriegt die Hand. Der Onkel verweigert sie mir. Gibt ein Moslem einer Frau, die nicht zur Familie gehört, die Hand, verbrennt diese unter Höllenschmerzen in der Todesstunde, wie Papa Ramon mir gegenüber später behauptete. Na, dann hinterlasse ich ja das reinste Händeinferno bei meiner Abreise.

Wir stellen Tische zusammen, setzen uns, bestellen grünen Tee und Gebäck. Ich rauche. Soll dieser Onkel von mir doch denken, was er will. Dann kriegt er jetzt eben den Rest und das bestätigt, was er schon lange wusste. Moshegome, eine vom Leben gezeichnete alte Frau – wie sich später herausstellte, so alt wie ich – mit dünnen, langen Haaren, aber wachen, blitzenden Augen, war mir sofort sympathisch. Wenngleich ich merkte, die hat Haare auf den Zähnen. Trotzdem stimmte die Chemie zwischen uns. Abdullah und Moshegome legen sofort los. Erst das ganze Begrüßungsgeschwafel, das verstand ich, dann wurde es konkreter. Das verstand ich nicht. Also war Rahim gefragt. Dari brabbeln – auf Aufforderung natürlich erst, versteht sich – und so viel verstand ich auch, klappte. Deutsch auch. Aber hin- und herdolmetschen. „Was hat sie gesagt?", fragte ich. Seine Antwort: „Also, sie sagt, also... ähm, äh... sie sagt, dass äh... also äh..., sie hat gesagt... ähm...." „Also was denn nun?" „Ähm..., also sie sagt äh..." „Okay", sage ich, das wird nichts, so kommen wir nie voran. Ich hole den Ladenbesitzer, bitte ihn, den Laden zu schließen, erkläre ihm warum und dass wir ihn bezahlen. Der hilft sofort. Es geht also darum, dass Rahims Eltern uns inständig anflehen und bitten, Rahim mit nach Deutschland zu nehmen. Der Onkel ist zwar dagegen, der ist mitgekommen, um eine Seele zu retten, aber entscheiden würden wir afghanischen und deutschen Eltern das. Wir seien schließlich auch Rahims Eltern.

Nun geht die ganze Diskussion wieder von vorn los. Das hatten wir doch alles schon. Na gut, dann eben noch mal. „Rahim, willst du mit uns zurück nach Wolfsburg?" „Nein." Na bitte. Wieder lasse ich erklären, diesmal an Moshegome gerichtet, dass es mir das Herz bräche, mit anzusehen, wie Rahim tagtäglich Heimweh schöbe. Würde er nicht mehr, verspricht Moshegome. Sie kennt ihren Sohn. Der wird älter und vernünftiger. Und außerdem, wenn er schlechte Laune hat, soll ich ihn versohlen. Das hilft. Ob sie ihn geschlagen hätte, wollte ich wissen. Natürlich, alle kriegen was, wenn sie nicht funktionieren. Ich blicke zu Rahim mit hochgezogenen Augenbrauen, denn er hatte bis vor einer Woche noch das Gegenteil behauptet. Er wird knallrot bis hinter die Ohren. Ich schlage vor, das alles erst einmal zu überschlafen. Das muss nicht gleich beim ersten Kennenlernen der Mütter geklärt werden. Viel wichtiger sei mir die Stelle in Asludins

Gesicht, die ist nämlich gewachsen und schon walnussgroß. Ob sie das mit der Medizin nicht gemacht hätten. Nein, lautet die Antwort von Moshegome, keiner hätte ihr sagen können wie. „Rahim", sage ich sehr laut und vorwurfsvoll: „Du warst doch dabei. Wir haben dir doch alles erklärt. Auf Dari und Deutsch." „Habe ich vergessen", seine Antwort. „Sag mal, spinnst du?", pfeife ich ihn an, breche aber ab, weil es eh keinen Sinn hat. Gut, dann geht's eben morgen noch mal zum Arzt, und Moshegome passt schön auf. Verstanden? Ja.

Nachdem wir so vier Stunden zusammengesessen hatten, schicke ich Rahim und Asludin zu Nasru. Wir wollten jetzt essen gehen, ob er mitkäme, dann würden wir ihn abholen. Das klappte. Abdullah freut sich riesig, Nasru wiederzusehen, das war schön zu beobachten. Nun konnten wir das Gespräch ohne englischen Umweg weiterführen. Fast erholsam. Im Restaurant gab es Probleme. Hakim wusste mit dem Stuhl nichts anzufangen. Er kniete drauf. Das ging nicht wegen der Rückenlehne, er versuchte es im Schneidersitz, dafür war die Sitzfläche zu klein. Immer wieder versuchte er, die Füße an der Tischkante abzustützen. Da war ich dagegen. In der Hotelhalle hatte er doch auch normal gesessen. Wieso ging das hier nicht? Ich sagte dem Ober, um unsere Gäste nicht der Peinlichkeit auszusetzen, wir essen heute alle mit den Fingern, bloß kein Besteck. Was der wohl über uns dachte? Egal. Wir ließen alles kommen, was die Küche hergab. Huhn, Reis, Kartoffeln (in Spalten, vor Fett triefend, scharf gewürzt, gebacken, dennoch sehr lecker), Lamm, Yoghurtsoße, Salat, Brot. Wir gingen davon aus, dass die Familie völlig ausgehungert sei. Nicht nur von der langen, anstrengenden achtstündigen Busreise. Hakim langte auch ziemlich zu, Nasru ebenfalls, Rahim hielt sich zurück – klar, wegen der Eltern – doch Abdullah und Moshegome wollten nicht so richtig. Ungewohnt? Peinlich? Oder die Mägen schon so klein, dass nichts mehr hineinging? Dafür aß Asludin mit Appetit.

Ich musste aufs Klo, das ich hier vorher noch nicht aufgesucht hatte. Das war leider ein Fehler. Auf dem Weg dorthin kam ich an der offenen Küche vorbei und konnte es nicht lassen, neugierig hineinzusehen. Oh Graus! Die Wände voller Kakerlaken. Auf dem Klo auch. Nun ging in mich nichts mehr hinein, und fürderhin ernährte ich mich von grünem Tee mit Zitrone, Brot, Granatäpfeln und Melonen. War ja nicht für immer. Unser Aufenthalt hier wurde absehbar.

Die Hälfte des Essens blieb übrig. Und das mir, wo ich nichts wegschmeißen kann, obwohl ich kein Nachkriegskind bin und nie Hungersnot kennen gelernt habe, nur selbstverschuldeten Hunger in Abspeck- und Fastenzeiten. Das konnte ich so nicht mit ansehen. Also, Herr Ober, bitte eine Schüssel Wasser und eine Plastiktüte. Und schon machte ich mich dran, das Fleisch von den Hühnchenbeinen zu ziehen und von den scharfen Gewürzen zu waschen. Die Lammreste brauchte ich nur zu waschen. Ich entsann mich nämlich der kranken, verwahrlosten, halbverhungerten, streunenden Hunde mit ihren Jungen in Peshawars Straßen. Das erklärte ich unseren Gästen und überhaupt meine Einstellung zu Tieren und dass ich es unmöglich fände, wie man auf die klapprigen, schwachen Pferdegerippe eindreschen würde, damit sie bei der Hitze auf den asphaltierten Straßen, die übervoll beladenen Karren in noch rasenderem Galopp hinter sich herziehen, und wie man die armen Hühner in den Basaren behandelt, Beine zusammengebunden, zu fünft oder sechst in einem Korb mit 50 cm Durchmesser zusammengezwängt, der sengenden Hitze ausgesetzt, nicht einmal in den Schatten gestellt, stundenlang, den ganzen Tag bis zum Abend, wenn nicht der erlösende Käufer kam und sie vor weiteren Qualen bewahrte, indem er ihnen den Kopf abhackte. Die verstanden mich natürlich nicht, und Moshegome lachte, als ich tatsächlich die Fleisch- und Brotreste einpackte, als wir gingen.

Von nun an hatte ich neue Freunde in dieser Stadt, nämlich die Straßenköter, die mir, wann immer ich ihnen begegnete, schwanzwedelnd entgegenkamen. Einen glaube ich sogar, vor dem Tod gerettet zu haben. Der berappelte sich zusehends. Ob das nun ein gutes Werk war, denn wie sollte es nach unserer Abreise weitergehen? Aber bis dahin hatten wenigstens einige für ein paar Tage das Paradies kennen gelernt.

Wir brachten die Familie in Nasrus Hotel unter. Die Kids zusammen, die Eltern und Hakim mit dem Onkel.

Am nächsten Tag zog die ganze Korona los, Abdullahs Brille abzuholen. Die steckte er aber erst mal in die Tasche. Dann ging das Gesabbel – Deutschland ja oder nein – mit dem Doktor wieder los. Ich unterbrach das, um ihn zu bitten, noch einmal einen Termin bei seinem Kollegen für Asludin zu machen. Diesmal schrie er nicht ganz so doll, und diesmal wurde alles Moshegome erklärt. Der Rest war dann wirklich Allah.

Zurück in unserem Hotel beschlossen wir, alle auf unser Zimmer zu gehen, da Moshegome mir zeigen wollte, wie man richtig Mangos isst. Nun mussten wir in den dritten Stock, weil wir umgezogen waren. Hierhin gelangte man durch eine Glastür. Abdullah ging voran. Ein lautes Scheppern und Klirren ließ uns erstarren. Abdullah war voll durch die Glastür gekracht. Das Glas splitterte, Abdullah war durch, Blut floss. Ich konnte mir nicht verkneifen, zu sagen: „Mit Brille wäre das nicht passiert." Es verstanden mich aber nur Ingo und Rahim. Ingo benachrichtigte den Portier. Moshegome und ich brachten Abdullah in unser Zimmer. Es war halb so schlimm. Ich holte meinen Medikamentenkoffer und verarztete ihn. Platzwunde auf der Stirn. Desinfizieren, prüfen, dass keine Splitter mehr vorhanden, etwas drücken, Jod drauf, Pflaster drüber. Hand her. Gleicher Vorgang plus

Verbinden. Abdullah, Moshegome, Hakim und Asludin waren beeindruckt. Der Onkel war im Hotel geblieben. Rahim war solche kleinen Eingriffe von mir schon gewohnt. Notoperationen nannte ich diese und war stolz. Richtiger Doktor, sagte Moshegome immer wieder, richtiger Doktor. Abdullah war das peinlich. Nicht meine Behandlung, der Vorfall. Ingo beruhigte Abdullah. Abends war die Tür wieder drin. 15 Dollar. Na also, war doch nicht so schlimm. Aber die Brille wollte Abdullah dennoch nicht tragen. Jahre später erfuhr ich, dass er einem Journalisten gegenüber geäußert hatte: „Die hätten mir lieber das Geld für die Brille geben sollen. Was soll ich mit dem Ding?“ Da fiel es mir wie Schuppen von den Augen (nach anfänglicher Enttäuschung), wir hätten ihm wirklich keinen Gefallen getan, vielleicht wollte dieser alte Mann das ganze Elend um sich herum gar nicht sehen.

Abends trafen wir uns bei Nasru auf seinem Zimmer. Hakim war mit den Jungs unterwegs und der Onkel in der Moschee. Da erfuhr ich den wahren Grund, warum Rahim nicht mit zurück nach Deutschland wollte. Nasru erzählte, dass Moshegome nach ihrem Wiedersehen mit Rahim diesen gefragt hätte, warum er so dünn sei. Rahim habe darauf geantwortet, er würde bei den Trotts nichts zu essen bekommen. Und wenn es mal was gäbe, so hätte er vor lauter Heimweh keinen Hunger. Mir blieb die Spucke weg. So ein kleines mieses Miststück, dachte ich. Ich berichtete, nachdem ich mich einigermaßen gefasst hatte, welche Anstrengungen ich unternommen hatte, die Jungs am Anfang sogar landestypisch zu bekochen, dass es nur ein paar Tage gedauert hätte, bis sie kapierten, dass Kinder bei uns dieselben Rechte wie Erwachsene haben und nicht hinten anstehen und nur bekommen, was übrig bleibt. Dass ich zentnerweise Lebensmittel herangeschleppt und mir dann täglich die Seele aus dem Leib gekocht habe, nicht nur um sie satt zu kriegen, dreimal am Tag, sondern auch ihre Lieblingsgerichte zubereitete. Wie sie bei Klaus und Marianne geradezu gemästet wurden, bis nichts mehr hineinging und dass ich dreimal Rahim auf Bandwürmer untersuchen ließ, weil auch ich nicht verstand, wie jemand, der solche Unmengen in sich hineinschlingen konnte, dennoch nicht zunahm.

Moshegome war erst entsetzt ob der Aussage ihres Sohnes in Kabul, aber nun, nachdem sie mich kennen gelernt hatte als jemanden, der selbst streunende Tiere auf der Straße versorgte, könne sie der Aussage Rahims keinen Glauben mehr schenken. Und da sei noch so eine Sache gewesen, berichtete Nasru. Rahim hätte behauptet, er würde von uns eingesperrt, dürfe nie raus und nicht in die Stadt. Ach so sieht das also aus. Ich erzählte die Story von seiner täglichen Rumlungerei in der Stadt. Dass wir ihm das wirklich verboten hätten, bis auf ein oder zwei Mal in der Woche, und gab die entsprechenden Erklärungen dazu ab. Alle konnten nur noch die Köpfe schütteln. Und nun seht doch endlich ein, dass Rahim todunglücklich in Deutschland ist, sonst würde er wohl kaum mit solchen horrormäßigen Lügengeschichten aufwarten. Versteht endlich, dass er zu euch und nicht zu uns gehört.

Abends im Bett habe ich wirklich ein bisschen die Nase voll. Ich will nach Hause, jetzt habe ich nämlich Heimweh.

Am nächsten Tag teilen wir Rahim unseren Entschluss mit. Er geht mit nach Kabul, wir fliegen übermorgen nach Deutschland. Alle vier Wochen wollen wir kurz telefonieren. Er soll uns anrufen, da es von Kabul nur die Hälfte kostet. Wir geben den Eltern so viel Geld mit, dass sie davon sehr lange sehr gut leben können. Abdullah soll sich einen neuen Laden kaufen, und Rahim soll zur Schule gehen. Ingo erklärt Hakim, wie man mit so viel Geld umgeht und es anlegt. Das kann man auch in Kabul. Dort gibt es Banken. Wenn ihr das auf einmal ausgebt, euer Problem. Nachschub gibt es nicht. Ich bin von dieser Version nicht so begeistert. Mir wäre es lieber gewesen, ihnen monatlich regelmäßig ausreichend Geld für den Unterhalt zu schicken, vielleicht auch eine einmalige Summe für den Erwerb eines neuen Geschäftes. Bloß soviel Geld auf einmal? Aber in Finanzangelegenheiten war Ingo der Boss.

Wir würden uns wahrscheinlich wiedersehen, wenn wir Hadjis Vater hätten, den sollten sie in Kabul bitte mit suchen helfen, denn einmal im Jahr lässt er sich dort blicken. Die beiden Väter kennen sich aus dem Indira-Ghandi-Childrens-Krankenhaus in Kabul. Dann soll er sich bloß endlich melden. Ihr wisst jetzt, wie das geht per Telefon und so. Abends sind wir noch mal alle bei Ali zum Abschiedsessen. Der kann nun getrost der OHA berichten, dass die Trotts tatsächlich nicht adoptieren. An diesem Abend nimmt sich Ingo Rahim noch mal ganz in Ruhe vor. Für den Fall, dass er erkennt, dass Deutschland und vor allem die Trotts doch die bessere Entscheidung für ihn sein sollten, hat er dafür genau vier Wochen Zeit. Danach wäre für immer der Zug abgefahren. Er erklärt ihm, warum. „Hast du das verstanden, Rahim?" „Ja, Papa." Weiterhin erläutert er ihm ausführlich, dass diese Entscheidung für ihn bedeuten würde: büffeln, büffeln und noch mal büffeln. Keine schlechte Laune mehr. Lesen, lesen, lesen, jeden Abend vor dem Einschlafen. Mama im Haushalt helfen, wenn gefragt, ohne Muffen. „Ist das klar, Rahim?" „Ja, Papa." Was soll das, denke ich, der will doch gar nicht zurück. Er macht jetzt seinen Frieden mit Kabul. Da gehört er hin. Das weiß er selbst.

Wir verabschieden uns von Ali und seiner Familie, mit Dollars natürlich, und werden uns wiedersehen, wenn es mit Hadji so weit ist.

Am nächsten Morgen kommt die Abdullah-Familie noch mal zu uns, denn nun gilt es, diese Massen Geldscheine zu verstauen. Dafür muss Moshegome herhalten. Für den

Löwenanteil zumindest. Die wird als Frau nicht untersucht. Also binde ich ihr die ganzen Dollarscheine auf den nackten Bauch. Kleid drüber, Burka drüber, fertig. Der Rest wird zwischen Abdullah und Hakim aufgeteilt. „Die machen das schon", sagt Rahim. Wir bringen sie runter durch die Rezeption, durch die Tür, raus auf die Straße. Moshegome weint. Ich halte es gerade noch so aus. Rahim zeigt keine Reaktion. Ich drücke ihn ganz doll. Da werden meine Augen nass. Und nun schlurfen sie davon. Ich stehe da mit weichen Knien und winke. Nach ein paar Sekunden kann ich sie in der Menschenmasse nicht mehr ausmachen.

„Lass uns Golf spielen, Ingo", sage ich. Den darauf folgenden Tag, unseren letzten, verbringen wir mit Einkäufen: Mütze für Hadji, und pakistanische Kassetten, Nuckel, Granatäpfel und Mangos und einen Teppich. Der allerdings wird uns geschickt. Tschüss von Papa Ramon, der mich bittet, das nächste Mal einen Rollstuhl für ein behindertes Mädchen in seinem Dorf mitzubringen, und ein Jackett von Ingo möchte er haben. Tschüss beim Augenarzt und 50 Dollar für seine Leute in Kabul. Tschüss von Nasru und 100 Dollar für seine Eltern. Tschüss vom Ladenverkäufer und eine afghanische Messingkanne (zum Händewaschen) als Souvenir. Abends im Bett bete ich: Lieber Gott, bitte bitte mach, dass Rahim seinen Frieden findet. Bitte bitte mach, dass er endlich glücklich wird. Lass es ihm und seiner Familie gut gehen. Beschütze sie. Danke für alles, was du bisher für uns getan hast. Dank dafür, dass hier doch noch alles gut geworden ist. Danke, lieber Gott. Amen.

Ganz ganz früh am Morgen geht es los. Nach Hause, endlich nach Hause, zu Friedrich von Hotzenplotzen, Philline Rüben-Rackerzahn, Max dem Schnutzel und Hadji.

Kapitel 9

Zainu hatte als Willkommen ein superleckeres indisches Schmatzfresschen vorbereitet. Max führte sich wie ein Wahnsinniger auf, als er uns begrüßte, und Hadji strahlte und drückte mich, dass ich fürchtete, er würde mir die Rippen zerquetschen. Er hatte damals schon durch sein Hanteltraining Kräfte wie ein Bär, obwohl er mir nur bis zur Brust ging. Wir erzählten und erzählten. Zu Hause musste ich dann dringend erst mal einen Wein trinken. Ich glaube, nach einem Glas war ich dun. Schnell kehrte der Alltagstrott wieder ein. Aber es herrschte eine andere Stimmung im Haus, eine entspanntere. Hadji zeigte sich von einer anderen Seite. Er wurde redselig beim Essen. Er diskutierte, lachte viel, war ausgelassen, teils frech bis hin zur Respektlosigkeit. Dann verwies ich ihn in seine Schranken, ohne dass es die Stimmung trübte. Für drei Tage war er wieder höflich, schlug dann über die Stränge, bekam wieder eins aufs Dach, und so verging die Zeit. Es kehrte eine schon fast in Vergessenheit geratene Fröhlichkeit zurück in dieses Haus.

Nach vier Wochen blieb der verabredete Anruf Rahims aus. Nach sechs Wochen rief ich in Kabul an. Wie es denn so ginge, wollte ich wissen. „Gut, Mama", ertönte leise von weitem die kleine Kinderstimme. „Warum hast du dich nicht gemeldet, wie verabredet, wir haben uns Sorgen gemacht." „Vergessen." „Okay, ist es schön in Kabul?" „Ja, Mama." „Ich werde jetzt dein Zimmer umräumen. Ich will für mich ein Büro daraus machen und die Afghanistan-Story weiterschreiben." „Weiß nicht, Mama, will Mama noch bisschen gut sehen", radebrechte die Piepsstimme an der anderen Leitung. Er sprach kein Deutsch mehr nach sechs Wochen. Ach du meine Güte. „Rahim, das geht nicht. Wir haben dir das doch alles erklärt. Nach vier Wochen ist die Zeit vorbei. Wir kriegen keine Einreiseerlaubnis mehr für dich. Jetzt sind schon sechs Wochen rum. Gehst du in Kabul zur Schule?" „Ich geh in den Kurs." „Rahim, du musst dich jetzt entscheiden." „Nein, Papa Rechtsanwalt, der macht das." „Rahim, das hat mit Rechtsanwalt nichts zu tun. Das sind die Behörden. Es ist zu spät, Kind!" „Nein, Papa macht das." Tut tut tut, das Gespräch ist vorbei. Mist, was soll das denn nun heißen, will Mama noch bisschen gut sehen? Wie lange? Will er doch zurück? Das ist doch hier kein Wanderzirkus. Und wenn ihm das hier erfahrungsgemäß wieder alles zu stressig ist, will er nach zwei Monaten wieder Mama bisschen gut sehen, oder wie? Ich will hier Ruhe haben und eine klare Linie.

Im Mai holt Kurt Liebl Fatima aus Kabul nach Deutschland zum Zweck der Adoption. Fatimas Mutter hatte die Liebls in einem Brief gebeten, ihre Tochter nach Deutschland zu holen. Ingo hatte hier schon präventiv für einen solchen Fall alles eingeleitet, außerdem stand es uns mit Hadji bevor, der nach wie vor bei uns bleiben wollte. Die inzwischen gemachten Erfahrungen konnte Ingo hilfreich an Kurt weitergeben. Letzterer besuchte Rahim in Kabul und konnte uns auch nichts Konkretes sagen außer, dass er das Gefühl hatte, dort kein glückliches Kind vorgefunden zu haben. Ebenfalls im Mai ist ein Reporter vom NDR in Kabul und bringt uns eine Zehn-Minuten-Kassette von Rahim, dem Haus und Abdullah mit. Als wir uns den kleinen Film ansehen, bin ich hin- und hergerissen. Rahim steht da vor der Kamera, ausdruckslos und traurig wirkend, zeigt den Reportern – die er von uns kannte – das Haus in unzureichendem Deutsch und sagt am Ende: „Ich hab denen lieb." Abdullah gibt seine Dankes- und Allahs Segen-Litanei in die Kamera. Später erzählen mir die Kinder, was ich nicht verstanden hatte, dass auf die Frage des Reporters, was möchten Sie den Trotts noch sagen, Abdullah geantwortet hat: „Sagen Sie denen, was die hören wollen. Sie wissen das besser."

Im Juni, wir sitzen Sonntag beim Frühstück, läutet das Telefon. Hier klingelt oft das Telefon, auch sonntags, aber in diesem Moment weiß ich sofort, was die Stunde geschlagen hat, Mutterns Instinkt. „Ja, Trott." „Mama, ich bin's, holt mich hier raus. Du und Papa. Ich das nicht mehr aushalten. Ich Angst, ich verrückt." „Rahim, das geht nicht mal so eben. Es ist zu spät, das hättest du dir eher überlegen müssen." Mir rast das Herz bis in die Schläfen, was soll ich denn bloß machen? „Rahim, was ist passiert?" „Mama, hier kein Kurs. Ich will schlaues Kerlchen werden. Hier nicht gut. Will lernen. Nie wieder muffen. Mama, bitte bitte." „Rahim, das sind nicht deine Worte, das sind die Worte deiner Eltern." „Nein, Mama, ich schwören vor Allah." „Okay, Rahim, ich bespreche das mit Papa, rufe nächsten Sonntag wieder an. Okay?" „Ja, Mama, grüß Papa und Hadji und Max." Weg.

Tja, Ingo, was nun. Diese kleine Kinderseele klang am Telefon wie ein Fünfjähriger, und Deutsch sprach er eigentlich auch nicht mehr. Toll. Was sollen wir bloß machen? Ich war ratlos. Eigentlich sah ich hier für ihn keine Chance. Das Leben hier war gerade ganz nett und trotzdem mit Hadji immer noch anstrengend und aufreibend genug. Und nun sollten alle Erziehungsprobleme wieder von vorn anfangen, die Stimmung wieder den Bach runtergehen? Andererseits, vielleicht hat ihm das Leben in Kabul die Augen geöffnet, therapeutisch einen Sinn gehabt und einen Sinneswandel herbeigeführt. Ingo meint, „wir klopfen sofort ab, ob es zeitlich überhaupt noch geht. Dann fliegen wir runter und besprechen alles vor Ort mit ihm. Wir haben ihm das angeboten, also müssen wir dazu stehen." Nicht wir, du, denke ich, und nun hänge ich als wir mit drin.

Am nächsten Sonntag kann ich Rahim grünes Licht geben. Das mit den Papieren könnte klappen, wir sind aber noch nicht sicher. Aber wir kommen, und dann sehen wir weiter. Wir landen am Sonntag, dem 16.07., in Peshawar. Er und beide Eltern müssen dann da sein. Wir können nur sechs Tage bleiben. Also, pünktlich, nicht wie beim ersten Mal mit drei Tagen Verspätung, dann sind wir wieder weg. Ich würde ihm das alles noch genau faxen und Samstag, den 08.07., ein letztes Telefonat mit ihm führen.

Ingo hat am 01.07.1995 seinen 50. Geburtstag. Sein einziger Wunsch: Hamburg. Das passt, denn es ist ein Samstag. Den möchte er segelnderweise mit Hadji auf der Alster verbringen. Während die zwei wie Schlumpf und Latsch bei herrlichstem Sonnenschein segeln, laufe ich mit Max um die Alster und verfolge das Geschehen auf dem Wasser mit beiden Beinen auf der Erde. Ich habe nämlich Angst vorm Wasser. Am Wasser zu sein, das liebe ich. Aber nicht drin oder drauf oder gar drunter: Panik. Ich bin so ein bodenständiger Typ und als Kind und Mädchen leidenschaftlich und sehr erfolgreich geritten. Ingo hat Angst vor Pferden. So kamen wir zum Golfspielen, als Kompromiss, um gemeinsam einen Sport neben der Skilauferei ausüben zu können. Deshalb nämlich! Den Abend verbringen wir natürlich in der Martini-Pizzeria. Ein rundum toller, gelungener, harmonischer, fröhlicher Tag für alle.

Ein ausführliches Fax geht nach Kabul, in welchem wir all unsere Bedenken nochmals zum Ausdruck bringen und mit dem dringenden Hinweis, an unserem Ankunftstag in Peshawar zur angegebenen Zeit diesmal wirklich rechtzeitig am Flughafen zu sein. Wir hätten nämlich nur begrenzt Zeit. Das sei eh ein wahnsinniger Aufwand, der hier betrieben würde, zeitlich wie kostenmäßig, denn man darf nicht verkennen, dass mit jedem Tag, den Ingo im Büro nicht präsent ist, auch kein Umsatz seinerseits gemacht werden kann. Das ist so bei Selbständigen. Hoffentlich kapieren sie das diesmal. Ich musste mich da ein bisschen auf Rahim verlassen, er hat das hier schließlich drei Jahre lang miterlebt und noch nicht ganz vergessen. Hoffentlich.

Im letzten Telefonat, genau eine Woche vor unserem Abflug, wird alles nochmals festgezurrt. Hadji und Max gehen wieder zu Zainu. Gerda versorgt wieder die Katzen. Reiseroute die gleiche wie das letzte Mal. Frankfurt – Lahore – Peshawar. Einen Rollstuhl für Papa Ramons Bekannte hatte ich auch dabei. Für den guten Zweck verursachte er nicht einmal Mehrkosten.

Kapitel 10

Wir landen in Peshawar. Aus dem Flugzeug tretend prallt mir eine solche Hitzewand entgegen, dass es in der Lunge brennt. Nicht zu vergleichen mit dem, was wir vor drei Monaten erlebt hatten. Ich ziehe meinen Schleier fester vor Mund und Nase und halte angestrengt Ausschau nach Rahim und Family. Das Gepäck kann warten. Kein Rahim, kein Abdullah, niemand Vertrautes oder auch nur Bekanntes. Na prima, das fängt schon wieder gut an. Ingo holt das Gepäck, ich suche weiter. Nichts. Wir fahren ins Green Hotel. Vielleicht warten sie schon dort. Missverständnis oder so. Aber nein, keiner da. Wir werden wie alte Bekannte begrüßt. Sind wir ja fast auch schon. Selbes Zimmer wie vor drei Monaten? Ist in Ordnung. Nachricht für uns? „No, sir." Das kannten wir. Also trinken wir in der Halle Tee und warten ab. Nichts geschieht. Der Ladenbesitzer begrüßt uns. Wir erklären ihm, warum wir wieder hier sind und ob wir mit seiner Hilfe – dolmetschermäßig – rechnen können. Selbstverständlich freut er sich und beneidet Rahim, mit dem er gern tauschen würde. Wir begeben uns auf die Straße und halten nach Papa Ramon Ausschau. Finden ihn. Riesengroßes Hallo. Viele auf der Straße und aus den Geschäften grüßen uns jetzt. Irgendwie gehören die zwei komischen Deutschen in ihrer Verkleidung dazu. Meine Schritte werden immer afghanischer, gezwungenermaßen bei 43 Grad Celsius im Schatten.

Montag immer noch nichts von Rahim. Mir stinkt das. Ich habe die Faxen dicke. Ich will sofort abfliegen. Sollen die doch bleiben wo sie wollen. Die spinnen wohl. Was glauben die eigentlich, wer sie sind? Und wer wir sind? Das kann man mit mir nicht machen. Nicht mit mir! Eine wahnsinnige Wut kocht in mir hoch. Kein Wunder bei der Hitze. Ingo beschwichtigt mich. Nun seien wir einmal hier, nun würden wir auch noch ein paar Tage bleiben. Er fände das ganz schön hier. Außerdem fliegt PIA nur einmal die Woche. Wir können noch mal Teppiche gucken – also fährt er jetzt die Einlull-Taktik –, Ali zum Zeitvertreib haben wir auch und außerdem wieder ein paar Aufträge zu erfüllen. Als Erstes fahren wir raus zu Abdul Hamid. Da hat sich nichts, aber auch gar nichts geändert. Der spricht kein Wort Urdu. Will aber immer noch ein schlaues Kerlchen werden. Das kenne ich doch irgendwoher. Er heult rum, nichts geht, er kann gar kein Englisch, deshalb helfen die Lexika auch nicht. Er möchte gern lernen, weiß aber nicht wie usw. Das ist Wasser auf meine Mühlen. Dem ist nicht zu helfen. Dann muss er eben zurück nach Kabul. Ich habe jetzt andere Sorgen.

Dienstag kaufe ich mit Ingo einen knalligen lachsfarbenen Seidenstoff und bitte "meinen" Schneider, mir einen Hosenanzug maßzuschneidern. Aber europäisch. Macht er gern, das ist mal was anderes. Kann ich in zwei Tagen abholen.

Als wir ins Hotel zurückkommen, stehen sie da. Abdullah, Moshegome, Hakim und Klein Rahim mit Asludin. Am liebsten hätte ich Rahim gleich rechts und links ein paar Backpfeifen ins Gesicht verpasst. Aber das mache ich natürlich nicht. Erst mal hören, was sie zu ihrer Entschuldigung vorzubringen haben. Außerdem überwog natürlich die Wiedersehensfreude. Da regte sich schon was in Petras Solarplexus. Das nun Folgende kennen wir bereits: Tee und Gebäck in der Halle, mit unserem Ladenbesitzer als Dolmetscher. Ewiges Begrüßungszeremoniell, danke, danke, hin und her, Allahs Segen usw. Asludins Laschmonia ist weg.

Moshegome hatte das also kapiert. Ich lobe sie. Nun aber meine Frage an Rahim, warum sie erst heute, Dienstag, statt Sonntag hier angekommen seien. Böser Blick dazu. „Mama wollte nicht früher“, lautet sein Kommentar. Sollte ich nun Moshegome anmachen? Also, no Comment dazu. Dann fahren wir erst mal zu Ali. Wir hatten uns bereits bei ihm zurückgemeldet, und nun erwartete er die ganze Korona. Bei Ali lief alles wie bekannt. Rahim saß wieder vor dem Fernseher, diesmal mit Asludin, wir Erwachsenen sabbelten. Ich hatte reichlich Dari gelernt, und Moshegome und speziell Hakim und auch Alis Frau hatten die Begabung, zu spüren, zu ahnen, was ich sagen wollte, wenn ich auf der Suche nach einem Begriff in meinem mittlerweile zerfledderten Wörterbuch war.

Untergebracht wurde die Abdullah-Family wieder im selben Hotel wie vor drei Monaten. Rahim auch. Der wollte zwar lieber in unserem “Luxushotel“ übernachten, aber das musste wirklich nicht sein. Oder?

Am nächsten Tag waren wir wieder mit unserem Ladenbesitzer verabredet. Wir hatten hier schon Vorarbeit geleistet. Denn jetzt ging es darum, dass Rahim einen Pass brauchte. Einen afghanischen Pass mit Passbild, Stempeln, Unterschriften, eben einen richtigen Pass, mit dem wir nach Islamabad auf die Deutsche Botschaft – zum Zweck des Einreisevisums für ihn nach Deutschland – fahren müssten. Die Voraussetzungen hierfür hatten wir bereits in Wolfsburg geschaffen. Jetzt brauchten wir nur noch das Kind mit gültigem Pass und die Eltern zur Bestätigung und Einwilligung per Unterschrift zur Adoption in die Botschaft zu schaffen, denn eine Aufenthaltsgenehmigung in Deutschland würde ihm nur befristet erteilt, wenn die Voraussetzungen für eine Adoption geschaffen waren. Auch das hatten wir in den letzten vier Wochen vorbereitet.

Unser Ladenbesitzer hat einen Cousin, der sich mit der Beschaffung von Pässen auskannte. Kann man in Kabul besorgen. Dauert ungefähr drei Tage, kostet 300 Dollar. Wir lassen Passfotos von Rahim machen und fahren mit unserem Freund zu diesem besagten Mann. Nur Ingo und ich. Unseren ganzen Clan wollten wir bei diesem Gespräch nicht dabei haben. Dieser Mensch erklärt uns, er könne das nicht allein, da müssten noch zwei Cousins zur Unterstützung mit, die sollten wir gleich besuchen. Wir fahren also durch eine wilde Gegend in einem klapprigen Auto weiter zu den Cousins. Was das Verwandtschaftsverhältnis anbelangt, muss man wissen, dass jeder Afghane, der geschäftlich oder emotional engeren Kontakt zu einem anderen Afghanen pflegt, diesen nach geraumer Zeit als Cousin bezeichnet. Das hat also nichts mit Blutsverwandtschaft zu tun. Dort angekommen, begrüßen uns zwei finstere Typen. Au weia, denke ich, wenn wir hier mal lebend rauskommen. Aber die drei Cousins entpuppen sich als tüchtige, gewiefte, kompetente Geschäftsleute. Mich faszinierte, dass hier nicht stundenlang rumgelabert wurde, sondern wir gleich das Gespräch auf den Punkt brachten. Nach einer Stunde waren wir handelseinig.

Da hatten sie plötzlich eine Idee: Wir nehmen Petra mit, so eine Frau mit so viel Selbstbewusstsein und Engagement, die raucht und so schnell eine fremde Sprache lernt und sich der ungewohnten Umgebung anpasst, die müssen wir unseren Leuten in Kabul vorstellen. So wie die sich benimmt, kriegen wir sie problemlos über die Grenze. Und viel Spaß werden wir mit ihr haben... Wie haben die denn das jetzt gemeint? Oh nein, das geht zu weit. Ich fühle mich zwar geschmeichelt und geehrt, fast als Mann oder Cousin akzeptiert, aber mit drei wildfremden Kerlen allein nach Kabul, ist wirklich nicht der Sinn dieser Reise. Da interveniert auch schon mein Mann, das hat mehr Gewicht als meine Bedenken. Wir verhandeln noch über Preis und Zahlungsmodalitäten und sehen uns in drei, vier Tagen wieder. Morgen früh starten die Cousins. So gruselig sich die Sache anfangs darstellte, so viel Spaß hat sie am Ende bereitet.

Wir berichten Abdullah und Co. Die Zeit bis zur Passübergabe wollen wir sinnvoll nutzen, um unsere Aufträge zu erfüllen. Einer hiervon lautet, in Katchaghari, einem afghanischen Flüchtlingslager vor Peshawar, einen Teil von Amins Familie zu besuchen, um ihnen Geld von Frau Obermeier zur Weiterleitung an Amin zu übergeben. Frau Obermeier hatte inzwischen einen Verein gegründet, dessen Aufgabe es war, bei Kunduz – Amins Heimatstadt im Norden Afghanistans – eine Schule zu errichten, in der auch Mädchen unterrichtet werden sollten. Amin war der Verwalter dieser Einrichtung. Er hatte seinen Leuten unseren Besuch angekündigt. Da Ingo zum Zweck des Brotkrumenstreuens dieses Lager schon einmal im Oktober letzten Jahres bei seinem ersten Besuch aufgesucht hatte, war es diesmal ein Leichtes, den Weg zu finden. In einer Rikscha kommen wir, Ingo, Petra, Abdullah, Moshegome und Rahim, vormittags bei sengender Hitze an.

Wir wurden auf Leib und Seele nach Waffen und Rauschgift von der Wache am Lagertor untersucht und eine Stunde lang nach dem Anlass unseres Besuches ausgefragt, bis sie den Eindruck hatten, dass wir harmlos und ungefährlich waren. Dann schickte man nach dem Ältesten von Amins Familie, der wiederum ausgefragt wurde. Erst als der unseren Besuch rechtfertigen konnte, wurden wir in Begleitung zu seiner Behausung geführt. Durch nasse (nicht vom Regen), enge, matschige, stinkende, dreckige, rotlehmige Gassen, rechts und links von mannshohen Lehmmauern gesäumt, gelangten wir, umzingelt von ärmlichen, schmutzigen und erbärmlich gekleideten dennoch fröhlichen Kindern, in den kleinen Hof von Amins Onkel. Moshegome wird sofort von uns getrennt und in den Frauenraum gebracht. Ich darf noch eine Weile bei den Männern bleiben. Dann werde auch ich zu den Frauen und deren Kindern gebracht. Alles hier ist ärmlich, staubig, unsauber, obwohl sich die Menschen herzlich und interessiert geben. Mit Hilfe Moshegomes und meines Wörterbuches sind wir sogar in der Lage, ein bisschen Smalltalk zu betreiben.

Durch die Tür unseres kleinen Lehmraumes, in dem eine furchtbar schwüle und stickige Luft lag, nehme ich wahr, wie eine der Frauen sich auf dem Frauenhof daran macht, das Essen zuzubereiten. Sie hatte vorher eines der Babys von seinen Exkrementen befreit, sich danach ordentlich in der Nase gepopelt und fing jetzt an, Knochen in einen Topf mit kochendem Wasser über offenem Feuer zu schmeißen, dazu eine handvoll mir unbekannter Blätter, Knollen und Gewürze. Dabei pulte sie ständig den Schorf aus ihren Pickeln und Pusteln an den Unterarmen. Sie hatte sich seit dem Verlassen unseres Zimmers bis zu den Kochvorgängen nicht ein Mal die Hände gewaschen. Nach einer Stunde brachte sie den Topf ins Zimmer und stellte ihn in unsere Mitte. Wir saßen auf dem Fußboden drum herum. Jetzt wurde an jede von uns Brot verteilt.

Oh Gott, was mache ich nun? Das kann ich unmöglich essen. Ich hatte jetzt schon Schweißausbrüche vor Ekel und mit meiner Magenperistaltik heftig zu kämpfen. Die anderen Frauen zerrissen ihr Brot und warfen es in die graue Wasserbrühe. So wurde die Flüssigkeit nach und nach von dem Brot aufgesogen, kühlte dabei ab, bis eine dicke Brotpampe übrig blieb. Nun griffen die Frauen in den Topf und holten sich mittels ihrer Finger – keine hatte sie vorher mit Wasser in Berührung gebracht –, die sie wie eine kleine Kelle benutzten, die durchgeweichte Brotbrühenpampe aus dem Topf und stopften sie sich hungrig in den Mund. Mir drehte sich der Magen um, und als ich aufgefordert wurde zu essen, wurde ich schlagartig so kreidebleich, dass man meine schnell erfundene Notlüge, ich sei als Deutsche diese Hitze nicht gewohnt und hätte damit solche Probleme – die ganzen Tage schon –, dass ich nicht essen könne, akzeptierte. Ich solle nur viel trinken, hätte man mir geraten. Ob meiner Bleiche im Gesicht haben sie mir das wohl abgenommen, und so ging der Kelch noch einmal an mir vorüber. Moshegome war auch nicht sehr glücklich, kämpfte sich aber tapfer durch und wahrte somit für uns zwei die Höflichkeit. Nach Beendigung des Essens bat ich, nach Rahim zu schicken. Dem machte ich klar, dass ich hier sofort raus müsse, sonst würde ich umkippen – obwohl ich saß – und mich auf der Stelle übergeben. Das möchte er schnell und eindringlich Papa ausrichten. Es funktionierte, denn er hatte bei meinem Anblick sofort begriffen, worum es ging.

Ein paar Minuten später holte er seine Mutter und mich ab. Wir verabschiedeten uns, was mir ob der von mir überstürzten Hektik peinlich war, außerdem taten mir diese im wahrsten Sinne des Wortes armen Menschen Leid, sie hatten wirklich nichts anderes als Wasserplörre mit Brot, aber ihre Unsauberkeit verzieh ich ihnen dennoch nicht. Draußen auf der Gasse versagten mir die Beine. Atme Petra, atme, suggerierte ich mir, wenn du hier jetzt umkippst, schleppen die dich wieder da rein und flößen dir die Plörre ein. Und schon war es um mich geschehen. Schlagartig hatte ich kein Gefühl mehr in den Beinen und sackte einfach zusammen. Glücklicherweise stand Abdullah dicht hinter mir und fing mich auf. Der arme Kerl, jetzt würde alles an ihm verbrennen, bevor er in den Tod hinübergleiten konnte, wann immer es so weit sein würde. Ich kam sofort wieder zu mir, weil ich hörte, wie Rahim schrie: „Mama, Mama, was ist?“ „Bringt mich hier raus, schnell, bringt mich hier raus, bitte“, flehte ich.

Im Taxi auf der Rückfahrt erzählte ich, wie es zu dieser kleinen Ohnmacht gekommen war. Moshegome verstand alles, sie hatte es selbst miterlebt und erklärte uns, dass in unserer Suppe die Überreste der Männermahlzeit schwammen. So sei das hier eben. Die Frauen und Kinder mussten sich mit dem begnügen, was von ihren Männern für sie übrig gelassen wurde. Aber die Art der Zubereitung und vor allem der Dreck, dafür hatte auch sie kein Verständnis und ich hatte darob ihr vollstes Mitgefühl.

Ingo fuhr ein paar Tage später noch mal mit Hakim in dieses Lager und entschuldigte sich für den kleinen Vorfall. Ich hätte zwei Tage krank im Bett gelegen. Da sei wohl schon vorher was in meinem Körper nicht in Ordnung gewesen. Aber nun sei ich wieder okay. Damit war diese peinliche Situation gerettet.

Den nächsten Tag verbrachte ich damit, mit Moshegome von Stoffgeschäft zu Stoffgeschäft zu schlendern, da ich ihr gern ein neues Kleid geschenkt hätte, was ich ihr von meinem Schneider anfertigen lassen wollte, da sie in ihrem tagein tagaus getragenen Kleid bereits jetzt schon recht streng roch. Sie war begeistert, und ich erhoffte mir Geruchslinderung auf dem langen Weg nach Islamabad, sobald der Pass da sei. Da sie auf den Basaren aus mir unverständlichen Gründen nichts fand, blieb mir nichts anderes übrig, als sie in die feinen Läden zu führen. Ja, die gab es hier tatsächlich. Anscheinend für die gehobene, feine Bevölkerung Pakistans. Für die Golfspieler? Moshegome benahm sich sehr befremdlich. Die Verkäufer bemühten sich redlich, obwohl keiner verstand, was sie eigentlich suchte. Ich auch nicht. Ich erklärte ihnen auf Englisch, dass sie aus Afghanistan käme. Ob ihnen das stilistisch weiterhelfen würde? Ach so, ja. Flink wurden die nächsten Stoffproben und -ballen herangeschleppt und vor Moshegome ausgebreitet. Sie grabbelte alles stundenlang an und wischte es dann mit einer verächtlichen Handbewegung vom Tisch. Dieses Verhalten war mir richtig peinlich, denn sie gerierte sich wie die Firstlady persönlich, vermittelte aber nach außen nicht nur durch ihre Aufmachung, sondern auch ihr Gehabe und ihr Benehmen, den genau gegenteiligen Eindruck. Man schleppte immer teurere Stoffe heran, so dass mir ganz schwindelig wurde, denn 500 DM nur für Stoff wollte ich nicht ausgeben. Das machte ich dann endlich den Verkäufern klar mit dem Argument der Verhältnismäßigkeit. Im dritten Geschäft schließlich wurden wir fündig.

Mit dem Stoff unter dem Arm zogen wir zu meinem Schneider. Als Moshegome den Mann erblickte, gab sie mir zu verstehen, von einem Mann würde sie sich nicht anfassen lassen. Ich versuchte ihr begreiflich zu machen, dass er sie nicht anzufassen brauchte, er würde im Abstand von circa zehn Zentimetern zu ihrem Körper die erforderlichen Längen und Breiten messen. So hatte ich das vorher mit ihm besprochen. Nein, Moshegome blieb stur, dann näht sie sich das selber in Kabul. Ihre Cousine hat eine Nähmaschine. Na toll, dachte ich, dann fahren wir eben im alten Kleid nach Islamabad. Das werde ich dann auch noch überleben. Ich tränkte eh jeden Morgen meine Tücher mit Parfüm, um damit von dem alltäglichen Gestank einigermaßen abzulenken. Dann müsste ich mich für Islamabad auch dieses Tricks bemühen.

Nach diesem partiellen Einkaufsfiasko bat ich Ingo, mal einen Tag ohne die Familie im Schlepptau verbringen zu dürfen. So beschlossen wir, den nächsten Tag mit Papa Ramon in seinem Dorf zu verbringen und dabei gleichzeitig den Rollstuhl abzuliefern. Unser Freund, der afghanische Taxifahrer, brachte uns dahin. Es bot sich uns ein erbärmlicher Anblick voller Armut, Elend und Krankheiten. Dennoch war hier alles sauber. Also sauber im pakistanischen Sinne meine ich. Die junge Frau, um die es hier ging, war ab Hüfte gelähmt. Dadurch, dass Papa Ramon von der Rettung der Beine meiner Jungs erzählt hatte und ich nun noch einen

Rollstuhl mitbrachte, war ich automatisch Frau Doktor und angehalten und aufgefordert, die junge Frau zu untersuchen. Ich konnte mich dem nicht erwehren, geschweige den hier vorliegenden Irrtum meines Berufsstandes aufklären.

Na, dann wollen wir mal, dachte ich, vielleicht tut ihr einfach nur ein bisschen Zuwendung und Aufmerksamkeit gut. Zumindest seelisch. Also, Hosen runter, Strümpfe runter, Wasser, Seife und Lappen her, denn der Anblick und Geruch, der sich mir bot, war Ekel erregend. Es bedarf wohl kaum der Erwähnung, dass bei dieser Prozedur keine Männer zugegen waren. Ich seifte die Beine des Mädels ab, erst heiß, dann kalt, dann heiß, dann kalt. Die quietschte vor Vergnügen. Anschließend massierte ich die Beine mit einer fetten Creme, noch aus Rahims Beständen zur Zeit des Fixateurs. Da kam richtig Farbe in die durch ständiges zu festes Eingewickeltsein inzwischen grau und labberig gewordene, sich abpellende Haut, die auch nie mit Luft in Berührung gekommen war. Das Mädchen grunzte und girrte vor Genuss. Nun versuchte ich noch etwas Krankengymnastik mit ihr, denn Gefühl hatte sie in den Beinen. Beugen, halten, strecken, halten usw. Das ging ganz gut. Zuletzt verabreichte ich ihr Multivitamin-, Magnesium- und Kalziumtabletten. Spaß hatte es ihr gemacht, dem armen Geschöpf. Gut hatte es ihr getan, ihrer Seele. Helfen würde es nichts. Aber sie hatte nun den Rollstuhl und konnte sich damit fortbewegen. Ein Rollstuhl ist natürlich auch ein Statussymbol! So Papa Ramon, bitte weg hier und bloß nichts essen, war meine letzte Bitte. Sehr unhöflich von mir, aber Katchaghari war noch zu frisch in meiner Erinnerung. Also fuhren wir zu Papa Ramon nach Hause.

Dort gab es Tee und weich gekochte Eier. Er pellte sie uns. Ich darf keine Eier. Allergie, lautete meine Ausrede, denn Papa Ramon hatte Dreck aus meiner Teetasse mittels seines Zeigefingers geholt, mit dem er zuvor kräftig in seiner

Nase rumgefuhrwerkt hatte. In die Tasse hatte sich lediglich ein Blatt verirrt. Nachdem er es rausgefischt hatte, sagte er stolz: „So, nun ist dein Tee sauber, jetzt kannst du trinken.“ Nach dem von mir verschmähten Essen wurde gebetet. Also Petra, ab zu den Frauen. „Du musst jetzt auch beten“, befahl Papa Ramon. Okay, mache ich doch glatt.

Am nächsten Tag erhielten wir eine Einladung ins Haus unseres Ladenbesitzers. Die drei Cousins waren mit den Pässen gekommen, und das sollte gebührend festlich gefeiert werden. Oh ja, dazu hatte ich richtig Lust.

Man empfing uns in einem richtig stattlichen Haus am Rande Peshawars. Aus der Küche strömten verführerische Düfte. Es wurde aufgetafelt, zwar auch auf dem Fußboden, aber alles wirkte reinlich und ästhetisch. Eine Tafel wie in 1001 Nacht bot sich unserem Auge. Männer, Frauen und Kinder, fast alle englischsprachig, gepflegt, kultiviert. Ich genoss und schwelgte. Jegliche meiner bereits abgestorbenen Sinne wurden wiederbelebt. Was für ein Tag! Auf einmal vernahmen wir ein lautes Grummeln, wie es von einem schweren Laster auf unbefestigter Straße herrühren würde. Alle sprangen auf und rannten raus. Der Casablanca-Quirl an der Decke schwankte, die Tassen im Schrank schepperten, da sah auch ich zu, dass ich Land gewann, ohne zu wissen warum. Vor der Tür erklärte man uns, das sei eben ein kleines Erdbeben gewesen. Das käme hier häufiger mal vor. Ingo und Rahim hatten sogar ein Zittern in ihren Popos verspürt. Das alles hatte ich in meinem Rausch des Schwelgens nicht wahrgenommen.

Wir gingen wieder rein, beendeten dieses fürstliche Mahl und schritten über zur großen Tat. Rahims Pass. Ein richtiger Pass. Mit Foto, Namen, Stempeln und Unterschriften, inklusive einem Visum für Pakistan, sonst hätten wir ihn gar nicht außer Landes bringen können. Die drei Cousins hatten einfach an alles gedacht. Absolut perfekt. Ingo hielt diesen Eintritt in einen neuen Lebensabschnitt mit der Kamera fest. Rahim maß dem keinerlei Bedeutung bei. Er saß teilnahmslos daneben.

Seit unserem Wiedersehen hier in Peshawar hatten wir natürlich mehrere Gesprächsanläufe unternommen, um rauszufinden, woher Rahims Sinneswandel rührte. Wir blieben ziemlich im Unklaren. Bis auf dass er ein schlaues Kerlchen werden wollte, was er uns schon telefonisch angekündigt hatte, war nicht viel aus ihm herauszukriegen. Gleich am ersten Tag war uns aufgefallen, dass er stark humpelte. Nach der Ursache gefragt, lautete seine Antwort, wie später überhaupt: „Nix." Also besah ich mir das Bein und bekam einen Heidenschreck. Der gesamte Unterschenkel stand in einem Winkel von circa 15 Grad nach außen. Man stelle sich das wie ein extrem abgeknicktes X-Bein vor. Die Kniescheibe hingegen bog sich entgegengesetzt nach innen. Das war also der Effekt von dreimonatigem Humpeln und darob ständig einhergehender Fehlbelastung. Das musste eine Ursache haben. Was hatten die bloß in Kabul mit dem Jungen veranstaltet? Allein sein Erscheinungsbild war für Ingo und mich Grund genug, ihn mit nach Deutschland zu nehmen. Auch für seine ständigen Beteuerungen, er wolle nie wieder schlechte Laune haben, er wolle fleißig sein, nicht nur in der Schule, musste es einen Grund geben. Also war der Entschluss gefasst, nachdem wir Rahim alle Einzelheiten, Anforderungen des an ihn künftig in Deutschland gestellten Lebens ausführlichst dargelegt hatten, ihn zu adoptieren. Er wollte alles, alles, alles machen, was wir von ihm erwarteten, Hauptsache wir würden ihn mitnehmen.

Morgen würden wir nach Islamabad fahren. Diesmal aber mit dem Bus. Telefonate und Faxe, die unser Anliegen und unseren Besuch ankündigten, waren vorbereitend gelaufen. 5.00 Uhr morgens Abfahrt. Fünf Stunden lang lautes, permanentes, pakistanisches Musikgedudel aus den Lautsprechern im Bus. Für mich die reinste Folter, obwohl der Musik grundsätzlich nicht abgeneigt, solange ich Zeit, Dauer, Lautstärke und Art der Musik bestimmen oder mitbestimmen darf. In diesem Fall fühlte ich mich vergewaltigt und hatte keine Chance zu fliehen, um mich der akustischen Dauereinwirkung zu entziehen. Endlich am Ziel, lief für uns alles ziemlich reibungslos. Eben mit deutscher Akribie. Abdullah und Moshegome unterzeichneten die Adoptionspapiere – obwohl es den Begriff der Adoption im Islam überhaupt nicht gibt – mit ihren Daumenabdrücken, da des Schreibens unkundig. Drei Stunden später backte das Visum für Deutschland und die Aufenthaltsgenehmigung in Rahims Pass.

Bis zur Rückfahrt hatten wir noch zwei Stunden Zeit. Die verbrachten wir in der Nähe der Botschaft im "Kabul-Restaurant". Hervorragendes Essen, nette aufmerksame Bedienung und endlich mal alle zufrieden. Gegen 20.00 Uhr kamen wir erschöpft in Peshawar an. Die Family wollte in ihr "Hotel". Da fragte mich Ingo, ob ich Lust hätte auf einen Drink in der Bar des Nobelhotels "Pearl" in Peshawar, die abends gegen Vorlage des Passes für Non-Moslems Alkohol ausschenkte. Und ob ich Lust hatte! Ab in die Dusche, rein in frische Klamotten und auf ins Pearl. Bourbon-Cola mit viel Eis und Zitrone, danach war mir jetzt. Das Eis wurde aus Mineralwasser ohne Kribbel bereitet wegen der Infektionsgefahr. Was für ein Service!

Unseren letzten Tag verbrachten Ingo und ich wieder mit Einkäufen. Einen weiteren Teppich, Nuckel, Mangos und Mitbringsel für die Freunde. Da lief uns Papa Ramon über den Weg. Er würde uns schon seit zwei Tagen suchen. Seine Verwandte mit dem neuen Rollstuhl aus seinem Dorf hatte ihm zwei Hühner als Dankeschön für mich mitgegeben. Ach du meine Güte, was sollte ich denn damit? Da hatte ich eine Idee: Erst mal zu Ali, damit sie aus ihrem Schuhkarton mit den zusammengebundenen Beinen rauskämen. Wir waren abends eh zum Abendessen bei Ali eingeladen. Da sollten sie erst mal hin und sich in seinem Hof die Füße vertreten. Dann würde ich einen richtigen Korb besorgen und sie Moshegome mit nach Kabul geben. Allerdings mit der Auflage, sie nie zu schlachten. Deshalb bekamen sie auch sofort Namen: Chick und Chuck. Moshegome könnte ihre Küken großziehen und mit denen machen, was sie wollte, und ihre Eier, also die der Henne, kochen, aber nicht die zwei.

Sofort brachten wir Chick und Chuck zu Ali. Der lachte sich schlapp, als er von meiner Idee erfuhr, erklärte sich aber sofort bereit, ihnen bis übermorgen, dem Abreisetag der Abdullah-Familie, Asyl zu gewähren. Alis Kinder waren begeistert und Chick und Chuck glücklich über die neue Lebensqualität. In unserer Hauptstraße fand ich sofort einen geeigneten Transportkorb, den ich Moshegome brachte und ihr Instruktionen gab, damit Chick und Chuck die Reise quallos nach Kabul überstanden, und ihr das Versprechen abnahm, die beiden nicht zu schlachten. Abends bei Ali gab es, wie meist, Palau mit Hühnchen. Ich konnte das heute nicht essen. Ansonsten verlief der Abend fröhlich, wie immer in diesem Haus. Beim Abschied versprachen wir, uns zu melden, wenn wir in Sachen Hadji wieder vor Ort wären.

Die gesamte Abdullah-Familie begleitete uns am nächsten Morgen zum Flughafen. Sie selbst wollten erst am darauf folgenden Tag die Rückreise nach Kabul antreten. Alle machten einen sehr gefassten Eindruck. Doch als wir durch die Passkontrolle mussten und es nun galt, Lebewohl zu sagen, für wer weiß wie lange, da hielt Moshegome es dann doch nicht mehr aus. Hemmungslos liefen ihr die Tränchen über die Wangen.

Diesmal flogen wir über Karachi. Auf dem Weg dorthin erzählte Rahim im Flugzeug, dass er froh sei, endlich fort zu sein. Er hätte solche Angst gehabt, weil man ihm zu Hause eingebläut hätte, niemandem zu erzählen, dass er Schrauben in seinem Bein hätte. Wenn das jemand erfahren würde, würden die ihm das Bein nämlich abhacken, weil die Afghanen wussten, dass er in Deutschland operiert worden war und glaubten, dass die reichen Deutschen nur Schrauben aus Gold verwenden würden, und das wollten sie natürlich haben. Oh Gott, das ist nicht nur grausam, das ist abartig, barbarisch, meinte ich zu Ingo und sagte Rahim gleichzeitig, dass er spinne. „Nein, nein, Mama, wirklich wahr. Die haben mir gedroht." Hatten die mit ihrem Sohn Psychoterror betrieben? Kam daher der Sinneswandel? Was hatten sie noch mit ihm gemacht? Na, die Zeit würde es schon ans Tageslicht bringen.

Eine Stunde später sagt Rahim zu mir: „Mama, ich will Pferd." Was? Ja, er wollte reiten, so wie ich früher. Okay, können wir uns drüber unterhalten, aber ich will, gab's bei mir noch nie und wird es auch nie geben. Das als Erstes. Als Zweites will ich erst mal, dass er ordentlich deutsch lernt! Das Thema hatten wir nun schon oft genug. Jetzt mussten wir damit mal langsam anfangen. Also, einmal in der Woche Reitunterricht sei okay, denn erst mal müsse man reiten lernen und putzen und füttern und Stall ausmisten, bevor man ein eigenes Pferd bekäme. Dafür sei im Moment wohl keine Zeit, denn um so ein Pferd muss man sich täglich zwei bis drei Stunden kümmern. Da gäbe es jetzt vorerst wirklich Wichtigeres. Aber wenn alles gut läuft, schulisch wie privat, und er sich, wenn die Zeit es hergäbe und übrig wäre, entsprechend für diesen Sport interessiere und engagiere und Begabung und Verantwortung zeige, könne man sich in einem Jahr über die Anschaffung eines eigenen Pferdes unterhalten. Vielleicht würde ich dann auch wieder anfangen. Ingo und Hadji würden Golf spielen, und wir zwei hätten ein Pferd, vielleicht auch später zwei. Ich war dem Gedanken gegenüber nicht abgeneigt.

Das Gespräch verlief natürlich in sehr viel einfacherer Ausdrucksweise denn hier dargestellt, weil – wie bereits erwähnt – Rahim der deutschen Sprache kaum mehr mächtig war. Rahim aber blieb beharrlich: „Ich will Pferd oder nix." Ich äußerte mich nicht mehr dazu, wollte ich doch nicht gleich am ersten Tag unseres "Familienlebens" streiten. Das gehen wir zu Hause alles in Ruhe an. Kurz vor Karachi erzählt mir Rahim noch, dass Moshegome anfangs erstaunt, verwirrt und etwas beängstigt sich gefragt hatte, was so eine junge Frau wie ich mit zwei so großen Jungs wollte. Als Rahim ihr erzählte, dass ich genauso alt wie sie sei, fiel sie fast vom Glauben ab, war dann aber beruhigt.

Karachi: 17 Stunden Aufenthalt. Riesengroßer Flughafen. Alles klimatisiert, alles sauber! Aber kein Restaurant. Also dösen, Coca Cola aus dem Automaten ziehen, dösen, Cola trinken, dösen. Abwechselnd musste immer einer von uns, Ingo oder ich, wach bleiben, um auf unser Gepäck, das nicht durchgecheckt war, aufzupassen.

Weiterflug nach Düsseldorf. Dort hatten wir uns für eine Nacht bei Charly angekündigt. Ute, meine ehemals beste Freundin, die Mutter von Rupert und Felix, war auch da. Sie fragte mich als Erstes, ob ich schon einen Therapeuten für Rahim hätte. Nee, hatte ich natürlich nicht. Das würde ich wohl allein hinkriegen. Ich halte nichts von diesem Psychokrempel und schon gar nicht als Präventivmaßnahme. Das verstand Ute nicht. Man könne doch so ein Kind nicht hilf- und schutzlos der Welt ausliefern. Also so was, ich war doch auch noch da. Gedanken hatte ich mir natürlich schon in dieser Richtung gemacht und bin zu dem Tenor gelangt, erst wird einmal Liebe, viel Liebe und noch mal Liebe, die ich reichlichst zum Ab- und Weitergeben in mir hatte, in dieses Kind investiert. Das wird mehr bewirken denn aller Psychiaterbeistand oder?

Zu Hause ging es dann gleich in die Vollen: Es war mit Rahims Klassenlehrer abgesprochen, dass er nach den großen Sommerferien, die noch zwei Wochen andauerten, nahtlos in seine alte sechste Klasse integriert werden sollte. Er sei kein dummes Kind, und wenn ich sofort, noch in den Ferien, täglich drei bis vier Stunden mit ihm arbeiten würde und ab Beginn der Schulzeit täglich ein bis zwei Stunden zusätzlich zu den Hausaufgaben, dann hätte er nach ein bis zwei Monaten den Anschluss. Es sei nämlich pädagogisch und psychologisch wichtig, dass er in seine alte vertraute Klasse käme. Außerdem sei er schon drei Jahre älter als die anderen, also Zurückstufen wäre ganz schlecht. Überdies hatte er nur zwei Monate Schule versäumt, denn die letzten vier Wochen waren schon Schulferien. Wir würden das schon schaffen. Also, erstens Krankengymnastiktermine für sein Bein, zweitens Reitunterricht, drittens Stundenplan: 8.00 Uhr aufstehen, das ist zwei Stunden später als zur Schulzeit, 9.00 Uhr bis 10.00 Uhr Deutsch, 10.15 Uhr bis 11.15 Uhr Mathe, 11.30 Uhr bis 12.30 Uhr Englisch. Mittagspause bis 16.00 Uhr. Dann noch mal zwei Stunden irgendwas, je nachdem wie der Vormittag gelaufen ist und wie es sich mit Krankengymnastik und Reiten vereinbaren lässt. Wie gehabt, 19.00 Uhr Abendbrot. 22.00 Uhr schlafen, vorher eine halbe Stunde lesen, von mir aus im Bett. Das war das Programm. Die ersten zwei Tage ließ ich Rahim noch in Ruhe, da mussten wir natürlich auch Mama und Papa Rudolff besuchen, aber dann ging es los, denn Ferien hatte er nun drei Monate über Gebühr gehabt.

Ernste Probleme gab es allerdings schon am ersten Abend. Als ich zum obligaten Gutenachtküsschen nach oben gehe, liegt Rahim mit Klamotten im Bett. Das hat es hier noch nie gegeben. Das haben wir drei Jahre lang anders gelebt. Den ersten Abend war ich noch verständnisvoll, aber nachdem sich das dreimal wiederholt hatte, rastete ich ein bisschen aus. Dasselbe galt für die Hausschuhe, mit denen es nicht erlaubt war, in den Garten oder gar auf die Straße zu gehen und umgekehrt, zieht doch jeder bei uns, auch die Besucher der Kinder, draußen seine Straßenschuhe aus, um in Hausschuhen das Haus zu betreten. Deshalb heißen Hausschuhe nämlich auch so. Das hatte er in drei Monaten anscheinend vergessen. Drei Jahre lang hatte alles von Anfang an geklappt. Nun artete das in einen Machtkampf aus.

Das erste und zweite Mal fuhr ich ihn zum Reiten und holte ihn auch wieder ab, weil er nicht wollte, dass ich während der Stunde da blieb. Beim Abendbrot gefragt, was sie gemacht hätten, kam die Antwort, nix. (Das war wieder so eine neue Masche von Rahim auf Fragen nur noch mit „nix" zu antworten.) Ab nun sollte er mit dem Fahrrad (20 Minuten ein Weg) bei schönem Wetter selbst fahren. Als Reitklamotten reichten für den Anfang Jeans, hohe Turnschuhe und Sweatshirt oder T-Shirt, bis sich herausstellen würde, ob die Anschaffung einer Reithose und -stiefel angebracht sei. So war es mit dem Lehrer abgesprochen. Da die Kinder auch in die Pflege der Pferde eingewiesen wurden, waren dunkle Klamotten angesagt. Rahim stand auf Weiß und wollte jedes Mal in weißen Jeans und seinem besten weißen Baumwollpullover mit Zöpfchenmuster dorthin. Das untersagte ich, da ich diese Sachen nie wieder weiß kriegen würde, waren sie erst einmal vom Pferdespeichel grün eingesabbert, vom Putzen und Hufeauskratzen grau oder braun verdreckt. Außerdem musste man bei so einem Sport keine Gigoloallüren an den Tag legen, fand ich. Und ich wusste, wovon ich redete, war ich doch selbst passionierte Reiterin gewesen. Im selben Alter übrigens. In einem Alter, wo auch ich eitel war. Rahim sah das anders.

Ich pflegte nach dem Essen, von 15.00 Uhr bis 16.00 Uhr, Mittagsschlaf zu halten und dann mit Max auf die Gassirunde zu gehen. Heute kehrte ich aber schon um 16.30 Uhr von der Runde zurück, und was sehe ich: Mein Kind – mich im Wald vermutend – in den beschriebenen weißen Klamotten auf dem Weg zum Reiten. Das sei wohl die Höhe, schimpfte ich und forderte ihn auf, sich sofort umzuziehen. Muffend und trödelnd zog er sich um. Er würde zu spät kommen, also fuhr ich ihn und nutzte die Gelegenheit, mit dem Reitlehrer zu sprechen. Rahim sei nett, aber im Unterricht mache er nicht, was man ihm sage, daher seien auch keine Fortschritte zu verzeichnen, und bei der Arbeit sähe er lieber den anderen zu, als selbst anzupacken. Eine Beziehung zu den Tieren hätte er auch nicht. Er schätze, das sei nicht der richtige Sport für ihn. Ich schaute mir die Stunde an. Rahim saß auf dem Zossen wie ein Stück Butter auf 'ner heißen Kartoffel (Spruch von meinem alten Reitlehrer). Abends sagte er, er würde da nicht mehr hingehen. Das macht keinen Spaß. Das Pferd macht nicht, was er will und dann die Arbeit und überhaupt. Okay, dann eben nicht. Schade. „Was wählst du stattdessen als Hobby", lautete unsere Frage, denn ein Hobby muss jeder haben. In unserer Familie zumindest. „Willst du Golf spielen?" „Nee." „Das heißt nicht nee, sondern nein, Rahim. Bei uns jedenfalls." Hadji hatte gerade angefangen, Golf zu spielen. Das wäre doch toll, wenn beide Brüder zusammen über den Platz laufen könnten oder die drei Männer der Familie oder alle vier Trotts. „Nee." „Das heißt nein, Rahim. Warum nicht?" „Weiß nicht." „Dann kommst du einmal mit und probierst es." „Nee." „NEIN! Doch!"

Gesagt, getan. Auf der Driving Range (der Übungswiese, denn spielen darf man nicht sofort auf dem Platz, dafür muss man erst die so genannte Platzreife beim Pro – das ist der Golflehrer – machen) traf er von hundert Bällen fast keinen. Dazu gehört schon was. Da wir nun einmal draußen waren, Hadji musste wegen Max zu Hause bleiben – das war auch gut so, da war Rahim konkurrenzlos – nahmen Ingo und ich ihn auf ein paar Löcher mit, damit er erst mal sehen konnte, was sich da draußen so auf der Runde abspielte und wie abwechslungsreich das sein konnte. Muffend, trödelnd und humpelnd latschte er hinter uns her. Nun ist Golf ein flottes Spiel, allemal, wenn andere Spieler hinter einem sind. Die darf man nicht aufhalten, sonst muss man sie durchwinken. Also sagte ich ständig, nach jedem Schlag von mir oder Ingo auf dem Weg zum Ball: „Rahim, leg doch mal einen Schritt zu, wir müssen etwas schneller gehen. Siehst du nicht, wir sind nur zu zweit (also zwei Spieler gleich zwei Bälle), und die vier hinter uns müssen ständig warten.“ Nach drei Loch war ich so entnervt, dass wir abbrachen. Das war also auch nichts.

Wir stellten ihm frei, sich selbst eine Freizeitbeschäftigung zu suchen. Ein Hobby, über das wir uns aber auch mit ihm unterhalten wollten, denn geredet werden müsse schon bei den Trotts. In seinem und auch Hadjis Fall der Sprachübung und -bildung wegen und darüber hinaus zum Zweck der Kommunikation und Diskussionsfähigkeit. Das war in diesem Haus schon immer so, was nicht bedeutet, dass hier permanent gesabbelt wird. Gott bewahre. Aber ab und an bei den Mahlzeiten und am Wochenende beim ausführlichen Frühstück. Vier Wochen sollte er Zeit haben, sich zu überlegen, mit welchem Hobby er seine Freizeit verbringen wolle. Und wenn dieses Hobby Michael Jackson lauten würde, okay, dann würde ich aber erwarten, dass er sich nicht nur aus Bequemlichkeit die Musik reindröhne, sondern sich Hintergrundwissen aneigne, wie zum Beispiel, wie viele Geschwister hat Michael Jackson, wann begann seine Karriere, wie viele verkaufte Schallplatten, größter Erfolgshit etc. Darüber könne man natürlich reden, gern sogar. Also sollte er sich was überlegen. Wie gesagt, vier Wochen Zeit, denn es galt hier, dreizehn versäumte Jahre nachzuholen. Hadji war auf dem besten Weg. Der verbrachte seine Freizeit bastelnd. Jede Form von Holz- und Sägearbeiten. Baumhaus im Garten bauen, Treppe aus alten Regalen vom Garten auf den Balkon zu uns in den ersten Stock für die Katzen installieren. Einbrecherungeeignet! Mit Elektronik- und Stabilbaukästen experimentieren. Alles von und über Karl May lesen; und nun natürlich die Golferei.

Ähnlich wie die Freizeitgestaltung verliefen unsere Unterrichtsstunden. Gelangweilt gähnend, ständig auf die Uhr schauend, kamen wir in unserem Pensum kaum voran. Er hörte mir nicht zu, also verstand er nichts. Weil er nichts verstand, hörte er mir nicht zu. „Also, wir hatten doch alles besprochen. Du wusstest, was auf dich zukommt, du wolltest doch ein schlaues Kerlchen werden. Nun reiß dich bitte ein bisschen zusammen. Es ist nicht viel, was ich von dir verlange. Du sollst dich nur konzentrieren und aufpassen." Gähn, Blick auf die Uhr, Ausdruck, so nach dem Motto: Wann ist die Alte endlich fertig? Es war schwierig und zum Teil sehr deprimierend. Als Schülerin in Hamburg habe ich meinen Reitunterricht und den Nagellack und Lippenstift durch Nachhilfe verdient. Mit all diesen Kindern, egal welch geistigen Niveaus, hatte ich viel viel Spaß. Bei Rahim hingegen war es die reinste Tortur, und endete fast jedes Mal im beiderseitigen Frust. Die Kinder aus Neuhaus kamen früher oft zu mir ebenso wie die von Schwägerin Elke und baten mich: „Petra, kannst du mir das mal eben erklären."

Die Krankengymnastik verlief genauso. Die Physiotherapeutin war übrigens entsetzt, als sie Rahims Bein sah. Wie war denn das möglich? Wir hatten ihn mit einem gut geheilten, funktionsfähigen Bein nach Kabul entlassen und nun so was. Also täglich zehn Minuten selber machen, neben der Krankengymnastikstunde einmal wöchentlich. Kann er selbst machen, Frau Trott, das müssen Sie nicht auch noch. Machte er aber nicht.

Die Schule beginnt. Nach vier Wochen ruft mich Rahims Klassenlehrer an. So ginge das nicht weiter. Rahim verstünde kaum etwas. Er würde nun doch die Wiederholung der fünften Klasse empfehlen, sonst sei der Frustrationseffekt zu groß. In der Wiederholung hätte er Erfolgserlebnisse, weil alles schon mal da gewesen. Ich begrüße das sehr, denn bisher hatte er wirklich nur Frust, sowohl in der Schule, weil er nichts verstand, als auch zu Hause, weil hier nichts klappte, was das Alltagsleben anbelangte. Die Vier-Wochen-Frist in Sachen Hobby war auch abgelaufen. Dazu befragt, antwortete er: „Nix." Na bravo, das fing ja gut an. Ich hatte bis dahin die Leinen lang gelassen, von wegen erst mal Seele baumeln lassen und so, und das sah so aus, dass Rahim seine Freizeit im Bett verbrachte. Waren wir Golf spielen, Ingo, Hadji und ich, und kamen abends nach Hause, hatte Rahim sage und schreibe den ganzen Tag lang nichts gemacht, außer nachmittags 30 Minuten Gassirunde mit Max. „Nix", lautete die nicht anders erwartete Antwort. Und das stimmte, dem grauen Teint und den mit roten Äderchen durchzogenen Augäpfeln nach zu schließen.

So, das hörte ab sofort auf. Gingen wir am Wochenende Golf spielen und er wollte nicht mit, bekam Rahim seinen Beschäftigungskatalog: 11.00 Uhr Gassirunde mit Max 30 Minuten. Danach Zapfen aufsammeln im Garten, zwei blaue Säcke voll. Dann alle Socken aus dem Trockner sortieren und zusammenrollen. 16.00 Uhr Gassirunde mit Max, und zwar eine Stunde oder am Fahrrad 30 Minuten. Als Alternative hätte er mit auf den Golfplatz kommen können, was er jedoch ablehnte. So war er wenigstens beschäftigt. Er tat mir Leid, aber er nutzte die vorhandenen Alternativen nicht. Mama Rudolff hatte mir geraten, ihn zum Golfspielen zu zwingen. Das sei nun mal ein Familiensport, und da könne einer sich nicht so einfach ausklinken. Aber dazu hatte ich echt keinen Nerv. Ich wollte diese Lustlosigkeit, die er täglich mit sich herumtrug, nicht auch noch auf den Golfplatz mitnehmen. Außerdem ist dieser Sport mit Eintrittsgebühr, Jahresbeitrag (wenn auch für Jugendliche erheblich ermäßigt), Ausrüstung, Trainerstunden zu teuer für jemanden, der nicht will. Ingo hat zwar die besseren Nerven, sieht das aber ähnlich wie ich.

Nach weiteren vier Wochen, Gespräch mit dem Klassenlehrer der Wiederholungsklasse. Fazit: nicht beschulbar. Unter Hilfsschulniveau. Selbst in der Wiederholung, in Fächern, in denen er ein Jahr zuvor Dreien und Vieren geschrieben hatte, folgen jetzt sechs, unzensierbar, sechs, unzensierbar. Okay, dann muss eben doch ein Therapeut ran. Sorry, Ute. Gerda, Ingos Schwester, gelernte Lehrerin, bot sich an, die Nachhilfe für Rahim zu übernehmen. Tolle Idee. Täglich zwei Stunden. Dafür müsse ich sie aber im Gegenzug im Garten entlasten und ihre Nachhilfestunden abarbeiten. Sie zwei Stunden pauken, ich zwei Stunden Gartenarbeit zusätzlich zu den von mir zu bearbeitenden 2.000 qm. Okay.

Ich rufe die bekannte Kinderpsychologin Christa Thewes an. Sie braucht meine Probleme schriftlich. Also formuliere ich einen kleinen Roman. Ergebnis: Sie hat keine Zeit, sieht aber dringend Handlungsbedarf und empfiehlt uns deshalb eine sehr gute Kollegin bei uns in der Nähe.

Parallel läuft das Adoptionsverfahren.

Da klingelt Sonntagmorgen das Telefon. Kabul. Hadjis Vater. Er ist in Kabul. Hadji bekommt keinen Ton raus, geschweige auf Dari, da muss Rahim ran. Der Vater soll in Kabul bleiben, wir melden uns nächsten Sonnabend, dann gibt es mehr Infos. Jetzt geht dieses Hickhack mit der OHA wieder los. Aber das sind wir schon gewohnt und behalten dieses Mal die Nerven. Folglich geht auch diesmal alles schneller; wir fliegen nämlich am 08.10.1995, einem Sonntag, wieder über Lahore. Prima. Diesmal soll die

Übergabe Hadjis aber nicht in Kabul, sondern in Jalalabad, einem Nobelurlaubsort in Afghanistan für die wohlhabenden Afghanen, stattfinden. Macht nichts, da kommen wir mit hin, wir wissen jetzt, wie das geht. Und Jalalabad ist für uns nicht gefährlich. Faruk, Hadjis Vater, faxen wir über Abdullah, dass wir versuchen, mit nach Jalalabad zu kommen, um ihn dort zu treffen. Für den Fall, dass das schief geht, er mit Hadji, der in Deutschland bleiben will, nach Peshawar kommen soll. Als Guide kann er Hakim mitnehmen, den würden wir dann dafür bezahlen, und überhaupt kann Hakim ihn in alles Weitere einweisen.

Über die jetzt ausbrechende Hektik – nur noch zwei Wochen bis zum Abflug – komme ich ob der erforderlichen Vorbereitungen natürlich nicht dazu, mich um einen Termin bei der Therapeutin für Rahim zu kümmern. Das muss dann eben warten, bis wir wieder zurück sind.

Alles andere wie gehabt. Max und Rahim gehen zu Zainu. Gerda versorgt die Katzen, und ansonsten ist diesmal alles undramatisch, weil wir nun schon Profis in Sachen Peshawar, Islamabad etc. sind und deshalb auch wahrscheinlich in elf Tagen wieder zurück. Inschallah!

Kapitel 11

Der Flug verläuft unproblematisch, alles normal. Wir liefern Hadji bei Ali ab. Ich bleibe bei ihm, und Ingo holt diese Sondergenehmigung für Afghanistan, da es noch am selben Tag weitergehen soll. Alles funktioniert reibungslos. Hadji kommt aus dem Staunen nicht mehr heraus. Die bunten Busse, auf deren Dächern sich sogar die Fahrgäste festhalten, andere auf den Stoßstangen und Trittbrettern, Rikschas, der Lärm, das war seine Welt. Trotzdem fragte er immer wieder: „Papa, ihr nehmt mich doch wirklich mit zurück?“ Das war ihm äußerst wichtig. Ali, auch die Frauen, haben Spaß mit ihm, finden ihn lustig. Ist er ja auch, wenn er will.

Und weiter geht's mit Jeep, Bassam und Gunmen über vier Stunden nach Jalalabad. Das ist wieder so eine Art Zwischenstation für die Kinder, die noch nicht weiter nach Kabul können. Man bringt uns Tee, und wir warten. Nach zwei Stunden kommt ein alter Mann, humpelnd herein. Hadji springt auf und ruft: „Padar, Padar (Vater)!“, und wirft sich ihm an den Hals. Na bitte, es geht also doch, das mit der Wiedersehensfreude zwischen Vater und Sohn. Puh, war ich froh, noch die vergleichbare Situation mit Rahim vor Augen. Bassam steht die ganze Zeit wie ein Aufpasser daneben. Nach zehn Minuten mache ich ihn an. Ich fände es angebracht, nach drei Jahren Trennung hier mal eine Intimsphäre zu schaffen und die zwei allein zu lassen. Wenigstens für eine Stunde. So lange hätten die Formalitäten wohl noch Zeit. Die brabbelten nämlich heftig aufeinander ein. Hadjis Dari war weitgehend versiegt, soviel verstand selbst ich inzwischen, aber irgendwie kriegten die beiden eine Verständigung hin. Bassam war nicht sehr begeistert, willigte dann aber auf mein wiederholtes Drängen ein. Ingo und ich verabschiedeten uns so, als wäre es für immer – so war es besprochen – von Hadji und seinem Vater. Die sollten am nächsten Tag mit Hakim ins Green Hotel zu uns kommen.

Es war alles besprochen und geprobt, so dass wirklich nichts mehr schief gehen konnte. Ingo und ich machten uns von dannen. Erst wollten wir uns aber noch einen Eindruck von Jalalabad machen. Es ist keine sehr große Stadt, keine hohen Häuser, überall recht gepflegt und den Eindruck von Wohlstand ausströmend. Richtig nett hier. Wir hatten im Sommer mit Moshegome besprochen, der Familie ein neues Zuhause in Peshawar zu schaffen, um den ständigen Kriegswirren auszuweichen. Das lehnte Moshegome ab. Ihr sei hier alles zu heiß, zu dreckig und zu laut. Also lieber im zerbombten Kabul der ständigen Angst ausgesetzt sein, nur weil es das gemäßigtere Klima hat und die Luft nicht so schlecht ist und es kaum Rikschageknatter gibt? Ja. Da boten wir ihr Jalalabad an. Wurde auch abgelehnt. Zu heiß. Gut, Kabul liegt 1.800 m hoch und scheint im Sommer wirklich erträglich. Und Jalalabad hat im Sommer auch 40 Grad Celsius, weil es in der Ebene liegt. Aber hier würde ich es sogar aushalten können, wenn mir mein Leben lieb wäre. Na ja, nicht mein Problem. Ferner finden wir eine hervorragend organisierte Schuleinrichtung der OHA, in welcher Kinder, deren Eltern unauffindbar sind, betreut, versorgt und unterrichtet werden. Ingo erkannte einige von ihnen aus seiner ersten Reise. Mit Jeep und Gunmen fuhren Ingo und ich zurück nach Peshawar ins Green Hotel.

Am nächsten Morgen kontakten wir sofort unseren Freund, den Ladenbesitzer, in Sachen Passbeschaffung für Hadji. Okay, geht in Ordnung. Ist nur teurer geworden.

500 Dollar, dafür habt ihr ihn wieder in drei Tagen. Alles klar, wunderbar, da kommen auch schon Vater und Sohn. Der Vater klein, zierlich, schmächtig. Der linke Fuß ist so weit abgeknickt, dass er auf dem Außenknöchel läuft. Granatsplitter vor zehn Jahren. Aha. Ich finde einfach keinen Draht zu diesem alten Mann, obwohl er mich höflich behandelt und uns natürlich auch mit Dankeshymnen überschüttet. Trotzdem bleiben wir uns fremd. Hadjis Mutter konnte er nicht mitbringen, die darf das Dorf in Badarschan, an der Grenze zu Tadschikistan, nicht verlassen. Außerdem sei die lange, dreiwöchige Reise zu beschwerlich. Schade. Ich hätte es Hadji so sehr gegönnt, obwohl er im Gegensatz zu Rahim nie von seiner Mutter gesprochen, geschweige erzählt hat. Wenn er überhaupt jemals von seinen Leuten erzählte, dann von seinem älteren Bruder. Dessen Adresse hatten wir dabei. Der besuchte hier bei Peshawar eine Koranschule. Wir wollten ihn besuchen. Nun warten wir eigentlich nur noch auf Hakim. Der hat die zwei tatsächlich heute Morgen in Jalalabad getroffen und ist mit ihnen hierher gekommen. Wollte nur noch schnell was erledigen. Also, das klappt alles hervorragend, da kommt er auch schon, strahlend wie immer. Was für eine Begrüßung.

Also heißt es jetzt, die Koranschule von Hadjis Bruder ausfindig zu machen. Wem immer wir die Adresse zeigen, hören wir sofort ein Raunen: „Oh, Talib, Talib!!!“ (Das ist die Abkürzung für Taliban). Papa Ramon kommt natürlich auch mit. Wir finden den Bruder. Die Geschwister freuen sich riesig, sich wiederzusehen. Bloß hat der Bruder keine Zeit, er muss weiterlernen. Keine Ausnahme. Ob Hadji in der Schule bleiben dürfe über Nacht, will der Bruder wissen, wir könnten ihn morgen wieder abholen. Mir ist das egal, aber Ingo ist strikt dagegen. Hadji bleibt bei uns. Der Bruder kann am Freitag, wenn er schulfrei hat, gern zu uns kommen. Aber hier bleibt Hadji nicht! Ingo kommt mit diesem Bruder überhaupt nicht klar. Da stimmt die Chemie vorn und hinten nicht. Das beruht auf Gegenseitigkeit, denn der Bruder sieht Ingo nicht einmal an, wenn er mit ihm redet (alles per Dolmetscher natürlich). Auch ich werde mit ihm nicht warm, und das Verhältnis zu seinem Vater scheint mir alles andere denn herzlich. Hadji gibt seinem Bruder schnell sein Erspartes in einem Moment, als die Aufpasser mal unaufmerksam waren. Ingo begrüßte das nicht, wissend, wo das Geld abbleiben würde, aber es war Hadjis Geld, und so konnten wir es ihm nicht verbieten. Also okay, Freitag 11.00 Uhr Green Hotel. Sein Bruder bräuchte Geld für die Busfahrt, gibt mir Hadji zu verstehen. Ja spinnt der denn, er hat doch eben so viel von Hadji bekommen. Aber für so ein paar Rupien lasse ich mich nicht lumpen, zeige mich großzügig und rücke das Fahrgeld raus.

Wieder "zu Hause" checken wir Vater, Sohn und Hakim in "Nasrus" Hotel ein und gehen dann in das "Kakerlaken-Restaurant". Hadji haut rein wie ein Berserker. Gott, muss das lecker gewesen sein. Endlich mal wieder vertrautes Essen. Denn egal, wie viel Mühe ich mir auch gebe – und die Kinder lieben meine Küche – vom Original ist sie natürlich weit entfernt.

Am nächsten Morgen kommt Hadji in unser Hotel und sieht ziemlich traurig aus. Was vorgefallen sei, wollte ich wissen. Es dauert ewig, aber dann rückt er mit der Sprache raus: Abends im Hotel wollte er seinem Vater mit seinem Wissen imponieren und erzählte und erklärte ihm, was er unter anderem alles in Deutschland bisher gelernt hätte. Nämlich, dass die Erde rund sei und sich um die Sonne drehe und wie Blitz und Donner entstehen, dass dem physikalische Gegebenheiten zugrunde lägen. Da hätte der Vater einen Riesenkrach geschlagen, so was solle er nie wieder behaupten. Das sei alles Quatsch. Die Erde ist nicht rund, und Blitz und Donner, das sind die bösen Geister! Hadji war ziemlich verzweifelt, verstand die Welt nicht mehr. Wir beruhigten ihn und erklärten ihm, dass sein Vater das eben nicht besser wissen könne. Woher denn auch, da oben in 4.000 Meter Höhe im Gebirge ohne Strom, ohne Medien, als Analphabet. Trotzdem brach für Hadji eine kleine Welt zusammen. Er verstand seinen Vater nicht mehr und, viel schlimmer, dieser seinen Sohn auch nicht. Statt stolz zu sein, schimpfte er mit ihm. Seit diesem Vorfall reden sie auch nicht mehr miteinander. Ich fand diese Erkenntnis für Hadji mit seinen 14 Jahren zwar schlimm, aber andererseits begrüßte ich diesen Zwischenfall, sollte er doch vielleicht dazu verhelfen, kein so großes Heimweh zu schieben wie Rahim. Denn eins war Hadji bei dem Gespräch mit seinem Vater klar geworden: In Badarschan hatte er nichts mehr verloren, denn mit seinen alten Freunden dort oben würde er dieselbe Erfahrung machen. Die würden ihn zwar vielleicht nicht so sehr unter Druck setzen, da hätte er sich auch wehren können, aber auslachen und verachten würden sie ihn, und das tat mindestens ebenso weh.

Wir verbringen den Tag in Peshawars Basaren mit einem inzwischen wieder fröhlichen und ausgelassenen Kind. Abends erfahren wir, der Pass sei da und die Übergabe sollte wieder im Haus unseres Freundes geschehen. Wie beim letzten Mal wurde ebenso reichlich wie kulinarisch aufgetafelt. Was für ein Schmaus. Diesmal jedoch ohne Erdbeben. Da hatten wir Hadji nicht zu viel versprochen. Und ich genoss es natürlich ganz besonders ob meiner einseitigen Ernährung mit Brot und Tee aufgrund der bisher gemachten Erfahrungen. Hier wie bei Ali waren die Essenssitten auch ästhetisch. Man kann nämlich sehr wohl mit den Fingern essen, ohne dass einem allein schon bei diesem Anblick übel wird. Aber das ist bei uns in Deutschland auch nicht anders. Auch bei uns gibt es Leute, die, obwohl sie sich zivilisiert schimpfen, mit Messer und Gabel nicht umzugehen verstehen und viel Kritikwürdiges mehr, was jetzt nicht hierher gehört.

Tags darauf flogen wir mit Vater, Sohn und Hakim nach Islamabad. Wir wollten Hakim die Freude des Fliegens gönnen. Außerdem ging es viel schneller und war nicht so sehr teuer. Wie schon beim ersten Besuch wieder Prügelszenen vor den Toren der Botschaft. Wir erhielten jedoch sofort Einlass. Alles verlief ähnlich wie beim letzten Mal, nur dass diesmal die Mutter zur Adoptionseinwilligung fehlte. Auch das hatten wir – wie bereits vom Vater erklärt – begründet und noch eine Krankheit dazu erfunden. Uns wurden keine Steine in den Weg gelegt. Puh, auch das war geschafft.

Statt wie verabredet um 11.00 Uhr, pochte es am nächsten Morgen um 9.00 Uhr an unser Hotelzimmer. Hadjis Bruder in Begleitung eines Mannes. Ich bat sie, in der Halle auf uns zu warten. Dann gingen wir mit ihnen zu Hadji. Die Begleitung hatte der Bruder dabei, weil es ihm verboten war, allein die Koranschule zu verlassen. Interessant. Die drei wollten den Tag in Peshawars Straßen verbringen, weil der Bruder dazu so oft keine Gelegenheit hatte. Um 18.00 Uhr müsse er zurück sein. Hör gut zu, Hadji, dachte ich, so läuft das nämlich. Und der ist immerhin schon 18 Jahre alt! Sie zogen ab. Wir trafen Papa Ramon, der uns gleich fragte, ob wir einer öffentlichen Hinrichtung beiwohnen wollten. Ich fragte ihn, ob er noch ganz bei Sinnen war, da brachte er das Fass zum Überlaufen. Dann wolle er mit Ingo in ein Bordell. Schöne 13-jährige Mädchen. Das war auch für Ingo zu viel.

Am Nachmittag – wir hatten wieder das große Zimmer im Erdgeschoss mit der Sitzecke – saßen wir gerade gemütlich mit Hakim zusammen und klönten, so weit es ging, da kam Hadji gesenkten Hauptes und machte einen ziemlich verstörten Eindruck. Er müsse uns mal dringend sprechen, stotterte er. Es täte ihm Leid, der ganze Aufwand und so, aber er könne nicht mit zurück nach Deutschland. Wieso das denn nicht? Tja, also, ähm, er hätte ein längeres Gespräch mit seinem Bruder gehabt – aha – seine Mutter sei sehr krank, und deshalb müsse er nach Badarschan, denn wenn sie stirbt, sei er schuld. Wie bitte? Wer sagt das denn? Sein Bruder. – Aha – . Und wieso hätte der Vater nichts von der kranken Mutter erwähnt? Wieso weiß der Bruder in Peshawar, wie es der Mutter in Badarschan geht? Ja, also, die ist seelisch krank. Die macht sich solche Sorgen, dass sie mich nie wieder sieht. Und wenn sie daran stirbt, bin ich schuld. Deshalb muss ich zu ihr.

Mir blieb der Atem stehen. – Und das, wo er doch immer schon ein so "tolles" Verhältnis zu ihr gehabt hat, wie wir aus seinen ausführlichen, anschaulichen Erzählungen wissen, denke ich, behalte es aber für mich. An die Mutter hatten wir auch gedacht. Die ganzen Fotos und Kassetten, die wir für sie vorbereitet hatten. Die dafür erforderlichen Geräte, die wir angeschafft haben, damit sie sogar seine Stimme hören kann in Badarschan? So egoistisch ist fast keine Mutter, dass sie ihrem Kind eine solche Chance verbauen würde. Außerdem, wie soll er leben in Badarschan mit seinem Bein? In einem Jahr kann er vor Schmerzen nicht mehr laufen, weil sich seine Hüfte, sein Rückgrat, alles verschiebt. Und im Gebirge da oben kann er nichts mit einem Rollstuhl anfangen. All das wusste er, aber es ist ihm egal. Den Tod der Mutter könne er nicht verantworten. Also wirklich, ich glaube, ich spinne. Der Bruder soll herkommen, beschlossen wir. Der "Feigling" war nämlich draußen geblieben. Hakim holt den Bruder, Ingo diskutiert mit Hadji, ich hole Verstärkung. Unser Freund muss ran.

Ich schnappe mir den Bruder und frage ihn, warum er nicht nach Hause ginge und sich um seine Mutter kümmere, schließlich sei sie doch auch seine Mutter. Und der ältere Sohn sei viel wichtiger. Wieso er überhaupt noch hier säße und nicht schon längst, nämlich seit Monaten, bei seiner kranken Mutter sei? Hadji sei auch krank, und in Deutschland hätte man sein Bein gerettet. Das seien übrigens die Ärzte gewesen und nicht die Gebete. Und ob dies allein und das, was sein Vater und sein großer Bruder über Hadji berichten könnten, nicht zur Genesung einer liebenden Mutter beitragen könnte. Nein. Er könne nicht, er müsse lernen, antwortete er. Ach so, und Hadji soll verblöden und über sein krankes Bein verrecken, dachte ich. Er hat noch sein ganzes Leben vor sich, dafür aber keine Perspektive mit 14 Jahren, wenn er sich jetzt nach Badarschan begibt. Es ist doch gar nicht gesagt, dass wir mit Hadji nicht in ein, zwei Jahren, vorausgesetzt, es herrscht Ruhe in diesem Land, uns auf den langen Weg machen, um seine Familie zu besuchen. Hadji ist dieses Gespräch peinlich. Er sagt ständig: „Hör doch auf, Mama." Der Bruder ging, sagte aber noch, er würde draußen warten, bis Hadji mitkäme.

Erfolglos versucht Ingo noch mal sein Glück. Ob er das Gespräch mit seinem Vater schon vergessen hätte. Ob er nicht wüsste, was ihn in Badarschan erwartete. Ob er an sein Bein und an die Folgen ohne orthopädische Versorgung dächte. Dass er der Familie viel mehr helfen würde, wenn er in Deutschland einen ordentlichen Beruf erlernte und mit einem winzig kleinen Teil seines Verdienstes seine ganze Familie ein Leben lang ernähren könne. Ja, das wüsste er alles, das hätte er alles überlegt, er will uns auch nicht wehtun (davon war bisher noch gar nicht die Rede, sollte auch nicht darauf kommen), er würde uns lieben, aber Allah würde es ihm nicht verzeihen, wenn seine Mutter stürbe und er schuld daran sei.

So geht das ungefähr drei Stunden lang. Hakim und unser Freund redeten auch auf das Kind ein. Armer Kerl. Mit 14 Jahren schon solchen Gewissenskonflikten ausgesetzt. Bloß leider können wir ihm nicht dasselbe Recht wie Rahim zusprechen, nämlich morgen mit seinem Vater mal eben nach Badarschan zu gehen, Mama ein bisschen gut sehen, und zurückkommen. Zum einen drängt der Vater schon zum Aufbruch, da jederzeit der Schnee einsetzen könne, dann käme er bis zum Frühjahr nicht mehr durch, denn der Weg dauert unter guten Witterungsumständen drei Wochen. Das hieße drei Wochen hin, den ganzen Winter über dort, dann zurück, womit die ganze Aktion sechs Monate dauern würde, nur um Mama persönlich zu beruhigen. Zum anderen wussten und erlebten wir nun täglich, wie sich ein solcher Abstecher persönlich und schulisch auswirkte. Bei Fatima gab es übrigens ähnliche Probleme, allerdings nicht schulisch, da war sie prima, aber im seelischen Bereich gab es arge Störungen. Also, nein danke, nicht mit mir!

Ich bin inzwischen so weit, dass ich sage, okay. Wir haben ihn gesund gemacht, wir haben ihm alle Chancen eingeräumt, für den Rest ist jetzt wirklich Allah zuständig. Aber Ingo kämpft weiter. Schließlich hat er das Kind so weit. Hadji fällt ihm um den Hals und weint: „Okay, Papa, du hast Recht, ich bleibe doch bei euch!“ Puh. Aber er will heute Nacht bei uns bleiben, ob das geht, er will nur noch schlafen. Hierzu seinen Vater gefragt, willigt dieser ein, er will sowieso um 4.00 Uhr früh aufbrechen, dann kann man sich auch gleich verabschieden. Ingo gibt ihm 2.000 Dollar, den Fotoapparat, das Diktiergerät und Kassetten, damit er einmal im Jahr, wenn er in Kabul ist, über Hakim alles aus der Heimat an uns schicken kann. Er bekommt auch von Hadji besprochene Kassetten mit, die er dann mit seiner Frau und seiner Familie anhören kann (wir haben von ihnen seitdem nichts mehr gehört). Der Abschied ist förmlich. Wir bringen Hadji gemeinsam zu seinem Bruder vors Hotel, um zu verhindern, dass das Spiel von vorn losgeht. So viel verstehe ich, dass Hadji sagt, ich bleibe hier, ich komme nicht mit. Der Bruder guckt uns böse an. Wir schauen böse zurück.

Hakim will zu Freunden hier in Peshawar und Hadji nur noch ins Bett. Der ist fix und fertig. He, he, mein Freund, aber erst duschen, Zähne putzen, Schlafanzug an. Hier geht es nicht mit Klamotten ins Bett. Die Bar des Pearl Hotels hat bis 24.00 Uhr geöffnet. Da muss ich sofort hin. Ich brauche jetzt 1 bis 100 Bourbon, wenn ich das in einer Stunde schaffe. Mal sehen. Hadji legen wir die Telefonnummer hin für den Fall aller Fälle. So viel Englisch würde er wohl gerade noch schaffen. Ich schaffe zwei Bourbon.

Unseren letzten Abend verbringen wir mit Hakim bei Ali. Irgendwie kommt das Thema auf diese Hühner Chick und Chuck. Ich glaube, ich fragte Hakim danach. Der wusste aber gar nicht, wovon ich spreche. Da fängt Ali an zu lachen und erklärt, dass wir die selbst gegessen hätten am letzten Abend das letzte Mal. Oh Gott, wieso denn das. Das sei eine lebensnotwendige Ernährungsquelle für so arme Leute in Kabul. Ich verstand die Welt nicht mehr. Moshegome sei der Transport zu aufwändig gewesen.

Hakim bleibt noch ein paar Tage in Pakistan. Er will Essig in Lahore einkaufen. Dort sei er besser und billiger als in Kabul. Wir fliegen diesmal wieder über Karachi zurück. Wegen des langen Aufenthaltes über Nacht sei ein Hotel in der Nähe des Flughafens für die Passagiere gebucht. Leider alles voller Kakerlaken. Die Anlage an und für sich ganz hübsch. Lauter kleine Bungalows, exotische Pflanzen und Bäume, Geckos an den Wänden. Warum die nicht die Kakerlaken fressen, frage ich mich. Vielleicht zu viele. Bei dem Klima. Karachi ist nämlich das reinste Sumpfgebiet und Moskitonest. Daher auch das Erfordernis der Malariaimpfung. Also beschließe ich, da auch das Bettzeug keinen Vertrauen erweckenden Eindruck macht, heute geht's mit Klamotten ins Bett, und das Licht bleibt an, dann bleiben die Viecher wenigstens in ihren Ritzen. Für die paar Stunden geht das ausnahmsweise mal. Bloß leider konnten wir auch am nächsten Morgen nicht duschen, da auch hier alles voller Kakerlaken war. Ääähhh. Also, man hätte natürlich duschen können, aber ich eben nicht, trotz meiner Tierliebe.

Einchecken, Weiterflug nach Frankfurt. Ein Beamter verschwindet mit Hadjis Pass und kommt nicht wieder. Nach einer Stunde erklärt er uns, Hadji dürfe nicht weiter. Ausreiseverbot für Afghanen. Na prima, und nun? Ingo verhandelt. Verlangt seinen Vorgesetzten. Der verschwindet ebenfalls. Kommt nach einer Stunde zurück. „No, sir, das Gesetz hat sich geändert, kein Afghane darf das Land verlassen. Auch Pakistan nicht." Da raste ich aus. Der Junge hätte Osteomyelitis und Tbc. Schon mal gehört? Wenn der nicht regelmäßig seine Injektionen bekäme, und das sei in der nächsten Stunde fällig, würde er krepieren. Ich sei Ärztin und hätte nur noch eine Notration für den Flug dabei. In Afghanistan und Pakistan gäbe es die Medikamente, die er bräuchte, nicht und wenn das hier noch lange dauern würde, müsste ich an Ort und Stelle eine Notoperation starten. Ob sie das wollten? Und wehe es ginge schief, mein Mann sei Jurist, dann könnten die hier alle was erleben. Ob sie das wollten?

Ich hatte mir beim Durchbrennen meiner Phantasien schon überlegt, wie ich das anstellen sollte, damit es glaubhaft aussähe, ordentlich Blut spritzte und dennoch das Kind nicht zu Schaden käme. Werkzeug und Instrumentarien hatte ich eingeschweißt und steril für den wirklichen Notfall dabei. Da wurde es Ingo mulmig, der wusste, dass mir das zuzutrauen war. Wenn's eng würde, war ich zu allem in der Lage. Der kannte seine Frau. Hadji, der schon heulte, weil er trotz Verständnisschwierigkeiten, denn dies hier spielte sich auf Englisch ab, ahnte, worum es ging und seine Felle davonschwimmen sah, bereitete ich schon vor: „Du musst jetzt ganz tapfer sein, heul weiter, tue so, als hättest du Schmerzen. Wir holen dich hier raus, versprochen, vor Allah. Ich tue dir auch bestimmt nicht weh. Es muss nur ein bisschen Blut spritzen. Denk an Winnetou." Da verschwand Ingo mit dem Chef. Nach fünf Minuten kamen sie wieder. Ingo strahlte. „Alles okay. Schnell, schnell, die Maschine startet schon.

Platzkarten haben wir keine, das müssten wir an Bord klären. Los, kommt schnell, bevor die sich das anders überlegen."

Im Flugzeug, wir bekamen Plätze zusammen, fragte ich Ingo, wie er das denn angestellt hätte. Tja, er hätte hoch gepokert. Entweder es klappte – und das hat es – oder er wäre in den Knast gegangen, dann hätte ich ihn da rausholen müssen, er wollte bloß vermeiden, dass ich tatsächlich das Messer wetzte, so hätte er dem Chef 100 Dollar angeboten. Oh backe. Hadji flog seinem Vater um den Hals und drückte ihn, dass er rot anlief: „Danke Papa, das war ganz schön knapp, oder?"

Kapitel 12

Nun gilt es erst einmal, die Kinder zu versichern, denn hier ist der Alltag eingekehrt. Wir haben genug Geld ausgegeben in diesem Jahr, wenn jetzt was passiert, könnte es uns finanziell das Genick brechen. Bisschen 'ne kleine Herzoperation oder so. Es kommen nur Privatversicherer infrage, denn Ingos Einkommen ist zu hoch, somit haben die Kinder keinen Anspruch auf eine gesetzliche Krankenkasse. Aber alle winken ab. Keiner will sie haben. Mit den Beinen, nein danke. Auch nicht mit Risikozuschlag. Also letzte Chance, seine eigene Privatversicherung. Entweder die nehmen die Kinder oder er wechselt. Das wollen die nicht. Okay, wir versichern Ihre Jungen, aber unter Ausschluss der Beine mit 20 % Selbstbeteiligung bei allen ambulanten Behandlungen. Okay, 400,00 DM im Monat pro Kind, besser als gar nicht versichert. Versicherungsbeginn aber erst ab 01.02.1996. Okay, bis dahin ist dann wieder Allah dran.

Rahim bereitet nach wie vor Kummer und Sorgen. Hadji jetzt auch. Der ist mir gegenüber respekt- und rücksichtslos. Drei Wochen nach unserer Rückkehr aus Pakistan lag hier schon der erste Brief von seinem Bruder. Schicke Geld, war die Forderung. Hadji war wütend. Wovon denn? Bloß musste er seine Wut nicht an mir ablassen, fand ich. Als ich nicht mehr dagegen ankomme, bitte ich Ingo um Hilfe. Er empfindet das aber nicht so. Na gut, dann werde ich damit eben allein fertig. Deshalb verbringen Ingo und ich ein Wochenende in Hamburg ohne die Kids, damit ich mal durchatmen kann.

Bei Rahim ziehe ich die Leinen wieder straffer. Dieses Rumgehänge geht mir richtig auf den Zeiger. Seele ausbaumeln hat nun also nach über drei Monaten nicht gefruchtet, dann versuchen wir es anders. Mal mit ein bisschen Strenge. Parallel beschwert sich Hadji, seine Nase sei ständig zu. Na kein Wunder, wer bei Null Grad Celsius im November immer noch im T-Shirt rumläuft, sollte sich darüber nicht wundern. Zieh dich warm an, dann kannst du auch wieder Luft kriegen. Es wird aber immer schlimmer. Gut, dann muss wohl doch der Hals-Nasen-Ohren-Arzt gucken. Macht er auch, findet aber nichts. Neuerdings bekommt er immer öfter Nasenbluten. Ja, das ist so in der Pubertät, sagt der Hals-Nasen-Ohren-Arzt. Im Dezember ist es so schlimm, dass Hadji sich beklagt und sagt: „Mama, ich kriege wirklich keine Luft mehr, ich ersticke." Dabei gewahre ich einen kleinen Piepton in seiner Lunge. Also ab zum Lungenspezialisten. Der findet nichts. Ich mache den ziemlich an, weil ich finde, seine ganzen Tests kann er in der Pfeife rauchen, wenn ich als Laie schon mit bloßem Ohr höre, dass da was piept. Da piept nichts. Also piept's bei mir. Bin ich schon so fertig? Und das Kind spinnt doch auch nicht. Hadji ist doch kein Hypochonder. Er ringt und japst nach Luft und kriegt diese nur noch durch den offenen Mund. Folglich bekommt er Kortisonpüster. Halte ich gar nichts von. Hilft auch nicht, und ich setze das eigenmächtig wieder ab. Allergietest: negativ. Ich rauche schon nicht mehr in seiner Gegenwart. Aber irgendwie bin auch ich ausgepowert, alles schleppt sich so dahin. Ich warte eigentlich nur darauf, dass Weihnachten vor der Tür steht und wir wieder zu den Perktholds fahren. Auch ich muss mal Seele baumeln lassen.

Weihnachten ist schön. Schon allein, wie der lange Ingo mit dem mittleren Rahim, dem kurzen Hadji und dem stets zerrenden Max, eben einem typischen Glatthaar-Foxterrier, der es nie erwarten kann, wenn es rausgeht, loszieht, um im Wald den Weihnachtsmann zu suchen. Ein zu und zu schönes

Bild. Sie führen auch jedes Mal wichtige Männergespräche auf diesem Weg. Ob sie das auch noch in zehn Jahren machen? Hoffentlich. Es gehört zur Einstimmung einfach dazu. Und dann das Gedichtevortragen. Das machen sie alle beide. Sehr niedlich. Auch Rahim. Ist alles filmisch festgehalten. Die lachen sich schlapp, wenn sie das später mal ihren Kindern vorspielen, die mit Sicherheit keine Gedichte mehr vortragen werden. Oder? Anschließend lese ich eine von meinen für meine Patenkinder (Laureen, Siegmar, Friederike) jedes Jahr selbst verfassten Weihnachtsgeschichten vor.

Biberwier bei den Perktholds ist toll wie immer. Elsa bekocht uns nach allen Regeln der Kunst, und ich lasse nur die Seele baumeln.

Wieder zu Hause geht am zehnten Januar kurz vor Mittag das Telefon: „Frau Trott, kommen Sie schnell, Ihr Mann ist gerade umgekippt, der Krankenwagen ist schon unterwegs. Ihr Mann hat nur gestöhnt, er möchte seine Frau noch mal sehen." Das war das Büro. Ich düse ins Wolfsburger Krankenhaus. Intensiv-Notaufnahme. Die lassen mich nicht zu meinem Mann. Aber er lebt. Nach einer Stunde raste ich aus und gehe da einfach rein. „Mein Mann hat nach mir gerufen, der braucht mich jetzt, und ich will sofort wissen, was los ist", sage ich ziemlich beherrscht, damit sie nicht denken, oh Gott, die ist hysterisch, die können wir jetzt gar nicht gebrauchen. Sie wüssten nicht, was das sei. Eigentlich sei nichts. Er könne auch gleich wieder nach Hause, heute vielleicht noch ein bisschen Ruhe. Na prima, und wenn das noch mal passiert und schief geht, dann lasse ich in den Grabstein meißeln: „Hier ruht Ingo Trott, eigentlich war nichts, aber nun ist er tot", oder wie, oder was?

In meiner Sorge um Hadji, weil kein Arzt etwas findet, rufe ich unseren Wunderheiler David aus Koblenz an. Der ist auch bereit, zu kommen, wenn ich ihm fünf bis sechs weitere

Patienten beschaffe. David kann Wahrsagen, Karten legen, bezeichnet sich selbst als Medium, ist Quäker und hat mich erfolgreich von irrsinnigen Menstruationsbeschwerden per Akupunktur befreit, kann einen einrenken und überhaupt. Ist nicht ganz billig. Also organisiere ich fünf Interessenten mit allen möglichen Wehwehchen. Das Haus ist groß genug. Behandlungstrakt im Gästetrakt, da kann er sich mit seinem Altar mit Duftlampen, Kruzifixen, Buddhas, Energiesteinchen, Bachblüten und vielem mehr ausbreiten. Als Erstes sieht er sich Rahim an, und dieser ist seit Davids Behandlung völlig frei von seinen Erbrechensanfällen bei allen Autofahrten. Zu Hadji sagt er nur, der muss operiert werden. Er weiß aber auch nicht, was das ist. Nur dass da was ist. Na toll, wie sollen wir denn das feststellen? Kommt Zeit kommt Rat, meint David. Parallel laufen die ersten Gespräche mit der neuen Schule. Wir haben beschlossen, dass die Integrierte Gesamtschule in Wolfsburg (IGS) für Hadji ab der siebten Klasse das Richtige sei. Vor dem ersten Gespräch übrigens bittet mich Hadji, niemandem mehr zu sagen, dass er aus Afghanistan sei. Das würde dann doch keiner merken, weil er aussehe wie aus meinem Bauch. Darüber, dass man seine Herkunft und seine Kultur vor allem nicht verleugnen soll, haben wir später noch oft lange Diskussionen.

Seit einiger Zeit stehe ich morgens mit den Kindern nicht mehr auf, schmiere ihnen nicht mehr die Schulbrote. Ich bin überhaupt kein Morgenmuffel. Bin ich, solange ich denken kann, auch nie gewesen. Ich habe Verständnis dafür, dass viele Menschen morgens noch nicht reden wollen. Ich muss das auch nicht immer haben. Aber man kann den Tag doch wohl mit einem fröhlichen „guten Morgen, Mama" beginnen, wenn bereits der Frühstückstisch gedeckt ist und der Tee auf dem Stövchen vor sich hinbrodelt. Auch wenn ich seit geraumer Zeit, ob des Kummers und der Sorge mit den Kids, nachts kaum mehr schlafe, beginne ich den Tag fröhlich mit positiven Gedanken als Einstimmung. Nun sitze ich bereits am Frühstückstisch, gut gelaunt, da kommen die Jungs. Beide kriegen nur ein knappes Hallo über die Lippen. Dann herrscht Schweigen. Rahim hat heruntergezogene Mundwinkel, Hadji guckt auch nicht gerade vergnügt aus der Wäsche. Das zieht mich runter. Folglich beschließe ich, im Bett zu bleiben. Anmuffen und anschweigen können die sich auch gegenseitig, da muss ich nicht dazwischen sitzen und mir meine allmorgendlich gute Stimmung vermiesen lassen. Das teile ich den Kids mit.

Wenn nun einer denkt, die machen sich gemeinsam ein schönes Frühstück, weit gefehlt. Ab sofort ist Hadji der erste morgens in der Küche, bereitet das Frühstück vor, ist in zehn Minuten fertig und verschwindet, noch bevor Rahim kommt. Der sitzt dann allein am Tisch. Braucht 30 Minuten und räumt anschließend ab. Ich beobachte, dass, wenn sie sich morgens über den Weg laufen, sie sich nicht guten Morgen sagen. Das finde ich nicht in Ordnung und rede mit Ingo darüber. Es ist eine Frage der gegenseitigen Achtung unter Familienmitgliedern, wenigstens die Anstandsformen zu wahren. Ich begrüße sogar meine Tiere, weil sie für mich dazugehören. Auch sonst kommunizieren die Jungs nicht miteinander.

Es ist in unserer Familie so üblich, dass, wenn einer das Haus verlässt und niemand anderes da ist, dem er das mitteilen kann, für die anderen ein Zettel hinterlegt wird. Bin da und da und voraussichtlich dann und dann zurück, mit Anrede und Unterschrift selbstverständlich. Es gibt Situationen – denken wir nur an Ingos Umkippen –, wo man erreichbar sein muss. Dasselbe gilt für Telefonanrufe. Die haben ausgerichtet zu werden. Oder auf Rückfragen des Anrufers, wenn es wichtig ist, kann man dem sogar mitteilen, wo er den gewünschten Gesprächspartner erreichen kann. Das klappt und klappt hier aber überhaupt nicht. Auf solche Versäumnisse wiederholt angesprochen, reagieren beide gleich: „Habe ich vergessen.“ Rahim mit Muffgesicht, Hadji aggressiv, oft noch mit einem Kommentar hintendran, wie „na und?“ oder „ist doch nichts passiert, oder?“ Immer häufiger: „War ich nicht.“

Bei Rahim beobachten wir, dass er unsere Haushaltshilfe, die einmal in der Woche zu uns kommt, und die ich unsere Frau “Putzi“ – weil sie auch ganz putzig ist – nenne, nicht mehr grüßt. Ich spreche Rahim darauf an, beobachte es weiter, nichts geschieht. Ich spreche ihn massiver daraufhin an und sage ihm, dass ich ab sofort von ihm erwarte, dass er Frau Michaelis grüßt, und zwar als Erster. Erstens, weil er ein Kind ist und sie eine Erwachsene, zweitens, weil er männlich ist und sie eine Frau und drittens, weil es sich so gehört und ich es erwarte. Sogar ich als ihr Arbeitgeber würde sie zuerst grüßen. Erstens, weil ich jünger bin als sie und zweitens, weil ich dankbar bin, dass wir sie haben.

Nichts passiert. Rahim grüßt sie einfach nicht. Jetzt reicht es mir. Ich frage ihn, in flagranti ertappt, warum. Seine Antwort: „Die ist doch nur ’ne Putze.“ „Ach so, und du bist was Besseres?“ Aha, das habe ich bisher noch gar nicht gewusst. Na ja, man muss ja nur über alles sprechen. So. Ich habe jetzt wirklich die Faxen ein bisschen dicke. Ich berede mich mit Ingo, dem auch schon diverse Dinge aufgefallen sind, die selbst ihm inzwischen missfallen. Folglich beschließt er, am Sonntag nach dem Frühstück mit den Jungs zu reden. Er würde sich ein Konzept dafür machen und dieses Gespräch auf Kassette aufzeichnen, damit sie hinterher nicht ankämen und behaupteten, das hätte ihnen nie jemand gesagt. Außerdem könnten sie sich die Kassette in ein paar Jahren ruhig mal wieder anhören, wenn sie älter und vernünftiger sind, um dann vielleicht festzustellen, dass Papa damals gar nicht so Unrecht hatte.

Und so läuft es dann auch. Tenor der Standpauke ist, dass hier bei uns gewisse Regeln einzuhalten seien. Wir würden nichts Unmögliches von ihnen erwarten, und was wir erwarteten, sei durchaus angebracht und angemessen. Es müssten wenigstens die Anstandsformen, wie Höflichkeit, Respekt und Rücksichtnahme, eingehalten werden. Wir würden es ihnen schließlich tagtäglich so vorleben. Dazu gehöre auch, dass die zwei untereinander dies einhielten und berücksichtigten. Ferner ginge es nicht an, dass hier bei Tisch keinerlei Gespräche mehr liefen. Dass man nicht immer mit den Eltern über die Schule, die Lehrer und die Klassenkameraden reden mag, sei verständlich, obwohl gerade in ihrer beider schulisch schwierigen Situation durchaus angebracht und notwendig. Aber das heute außen vor. Grundsätzlich müssten hier Gespräche laufen. Egal über was. Dieses sich Anschweigen würden sowohl er als auch insbesondere ich nicht mehr länger aushalten. Das sei hier eine Stimmung, eine Atmosphäre, in der es keinen Spaß mehr mache, sich überhaupt noch anzustrengen und sich zu überlegen, womit man den Kindern wohl eine Freude machen könne.

Und zum Thema Freude sei nun mal ganz wichtig, dass man die Dinge, die man nicht so gern tut, auch mit guter Laune mache. Jeder Mensch hat jeden Tag Dinge zu verrichten, sowohl im Privat- als auch im Berufsleben und in der Schule, die ihm keinen Spaß machen. Er zählt Beispiele aus allen Berufen auf. Und es hilft und erleichtert einfach die Situation, wenn man diese Dinge gleich, schnell und gut gelaunt erledigt. Dann geht es nämlich schneller von der Hand, und übrig bleiben die Dinge, zu denen man Lust hat. Das sollten sie sich mal ruhig von einem erfahrenen gestandenen Mann anhören und als Tipp umsetzen. Dann bekommt noch jedes Kind einzeln sein Fett weg, und Ingo schließt damit, dass auch uns manches schwer fiele, wir aber alles erdenklich Mögliche versuchen möglich zu machen, weil wir die Kinder sehr lieb hätten und es auch viele schöne Tage mit ihnen gäbe. Aber wenn sie meinten, es sei hier alles unerträglich und sie könnten es mit uns nicht mehr aushalten, dann gäbe es immer einen Weg zurück, wenn sie dies wollten, wir hätten sie nicht gekauft wie einen Gegenstand. Grundsätzlich müsse sich hier aber einiges entscheidend ändern.

Es ändert sich wenig. Hadji versucht ein wenig in Kommunikation, rutscht aber schnell in das Schema, ständig das letzte Wort zu haben, alles besser zu wissen und mir über den Mund zu fahren. Aber er redet wenigstens wieder. Bei Rahim ändert sich, dass er Frau Putzi durch Kopfnicken grüßt.

Wir schreiben den 27.01.1996, es ist ein Sonnabend. Die Liebls kommen und wollen mit ihren und unseren Kindern in die Eishalle zum Schlittschuhlaufen. Hadji will lieber zu Hause bleiben, er hätte Angst, wenn dieses Nasenbluten auf dem Eis losginge, alles voll zu sauen. Er fühle sich auch nicht so gut. Okay, dann machen wir es uns hier gemütlich. Um 20.00 Uhr kommt Rahim nach Hause, wir essen Abendbrot, die Kinder gehen vor die Glotze, Ingo und ich hören Musik. Um 21.00 Uhr mache ich eine Flasche Wein auf. Um 23.00 Uhr geht Ingo mit Max los auf die Gassirunde. Ich bleibe hier, weiß auch nicht warum. Da kommt Rahim ins Wohnzimmer und ruft: „Mama, Mama, komm schnell, Hadji verblutet.“ Ich stürze aus dem Wohnzimmer rüber in den anderen Trakt des Hauses. Da hängt Hadji über dem Waschbecken im Bad, und dickes Blut schießt in Strömen wie Fontänen aus seiner Nase. Ich renne in die Gästeküche, hole Eis, drücke es ihm in den Nacken, zerre ihn aufs Klo damit er sitzt, reiße ihm den Kopf in den Nacken und sage: „Klemm die Nase zu, drück sie zu, Hadji, gleich hört es auf.“ „Habe ich schon versucht, geht nicht. Mama, Mama, ich sterbe.“ „Du stirbst nicht, mein Kind, das werde ich verhindern. Verspreche ich dir. Bleib ruhig. Mir fällt gleich was ein.“ Es spritzt weiter aus Hadjis Nase. Ich reiße Badelaken aus dem

Schrank und wickele sie ihm um seinen Kopf, denn es ist schon alles eingesaut. Und denke. Denke nach. Denke ganz angestrengt nach. Drei Badelaken sind durchgeblutet. Die pfeffere ich in die Badewanne. Ich schreie: „Rahim, schwing dich auf dein Rad. Papa ist auf der Gassirunde. Der soll sofort abbrechen und herkommen. Ich bleib hier bei Hadji. Los, los, mach hin!"

Das Kind ist nicht mehr weiß im Gesicht, es wird langsam grün. Verdammt, der klappt mir gleich ab. Wie viel Liter Blut hat ein Mensch? Drei Liter hat er bestimmt schon verloren. Der muss sofort ins Krankenhaus. Ingo komm doch. Denn Krankenwagen rufen, bis der hier ist und wieder retour, das schafft er nicht, und ich kann mit ihm nicht allein fahren, der hält sich nicht mehr auf den Beinen. Da kommt Ingo, sieht sofort, was los ist. „Halte den Jungen, ich hole nur was Warmes" – draußen waren Minusgrade, und Lungenentzündung obendrauf konnten wir jetzt nicht gebrauchen – „und dann fahren wir sofort los." Ich wetze die Treppe hoch, reiße ein altes, dickes Sweatshirt aus dem Schrank, schmeiße das ins Bad: „Drücke ihm ein Handtuch ins Gesicht und Sweatshirt drüber, Rahim hol Hadjis Turnschuhe und ziehe sie ihm an. Dann hol einen großen Eimer und bring ihn schon mal ins Auto, hinten rein. Ich sag dem Krankenhaus Bescheid, dass wir sofort drankommen ohne Aufnahme." Ich renne rüber, die Krankenhausnummer hatte ich noch im Kopf und schreie nur ins Telefon: „Trott, in zehn Minuten kommen wir mit unserem Sohn, der verblutet aus der Nase. Sofort Hals-Nasen-Ohren-Arzt informieren. Bahre bereitstellen. Wir kommen über die Feuerwehreinfahrt. Krankenwagen schafft er nicht mehr!", knalle den Hörer auf, zerre Bettlaken aus dem Schrank und stürze die Treppe hinunter. „Rahim, du bleibst hier!"

Hadji und ich sitzen hinten im Golf. Das Kind eingewickelt in Bettlaken, um die größte Schweinerei zu verhindern.

Mit einem Arm halte ich ihn, denn das kann er selbst nicht mehr, mit der anderen Hand versuche ich, den Eimer zu halten, in den unaufhörlich Blut strömt. Auf den Straßen ist kaum was los. Gott sei Dank ist es trocken und deshalb auch kein Glatteis. Ingo knallt mit 80 km/h durch unseren Ort, in dem ich vor fünf Jahren für die 30 km/h-Zone gesorgt hatte. Hat die Warnblinkanlage und Fernlicht an. Durch die Stadt rast er mit 120 km/h über alle roten Ampeln. Ich glaube, in diesem Moment hätte er auch Polizisten überfahren. Mit quietschenden Reifen nehmen wir die Feuerwehrauffahrt.

Da stehen schon zwei Pfleger. „Rollstuhl, schnell. Geht schneller", rufe ich. „Oh mein Gott", sagt nur der eine Pfleger. Fahrstuhl steht auch schon bereit. Ab in den dritten Stock. Da kommt bereits ein Arzt angerannt. „Meine Kollegin kommt sofort, wir können gleich in den Operationssaal", sagt er. Da kommt die Kollegin, sieht Hadji und kippt um. Zwei Schwestern tragen sie fort. „Können Sie mir assistieren, bis weitere Hilfe kommt, Sie sehen so aus?" „Ja natürlich", antworte ich. „Also, erst mal heben wir ihn auf den OP-Tisch. Sie hinten, ich vorne." Gemacht. Da kommt ein anderer Arzt mit zwei Pflegern. „Dankeschön, warten Sie bitte draußen."

Wir warten. Schade, denke ich, ich hätte so gern mit operiert. Jetzt erst sehe ich, dass mein Mann kreidebleich ist. „Ingo, brauchst du ein Glas Wasser?" „Nein, danke." Ich beruhige ihn, jetzt sei doch das Schlimmste vorbei. Jetzt würde ihm doch geholfen. Nach zwei Stunden geht die OP-Tür auf, der Doktor kommt raus: „So, jetzt muss ich mich erst mal vorstellen. Mein Name ist soundso. Kriegen Sie jetzt bitte keinen Schreck, Ihr Sohn hat einen Tumor. Das sagt aber noch nichts, es gibt auch gutartige Tumore." Mir bleibt die Luft weg. Mein Herz knallt mir fast aus der Brust. „Was für einen Tumor?", frage ich. „Es ist ein Tumor im Nasen-Rachen-Bereich. Wir haben die Blutung erst einmal gestillt. Mehr kann ich noch nicht sagen. Er bekommt jetzt Blutkonserven, weil er zu viel Blut verloren hat, und dann müssen wir sehen, was unser Chef am Montag sagt." „Danke, Herr Doktor. Darf ich zu ihm?" „Ja, und dann geht er auf Station, die ganzen Formalitäten müssen aufgenommen werden." Ich gehe zu Hadji. Der liegt da, verschlaucht mit dicken weißen Turbopfropfen in den Nasenlöchern. Ich nehme ihn in den Arm und erkläre ihm, dass ich schnell nach Hause fahren würde, Schlafanzug etc. holen, aber Papa bliebe bei ihm.

Um 4.00 Uhr landen Ingo und ich im Bett. Am Sonntag finden nur Routineuntersuchungen statt. Am Montag bespreche ich mit einem absolut kompetent wirkenden Chefarzt die weitere Vorgehensweise. Es handelt sich um ein so genanntes Nasen-Rachen-Fibrom. Das sei ein Tumor, aber gutartig. Das tritt selten auf. Meist bei Jungen, meist in der Pubertät. Könne man operieren, man müsse aber erst mal alle Computertomographien etc. abwarten, um das Ausmaß zu erkennen. Außerdem müsse der Junge aufgepäppelt werden, denn für diesen Eingriff bräuchte er sehr viele Bluttransfusionen, die man gern aus seinem eigenen herstellen würde.

So gehen die Tage dahin. Täglich neue Hiobsbotschaften. Der Tumor sei schon in das Gehirn vorgedrungen. Dann müssten Neurologen bei der OP hinzugezogen werden. Nein, Fehlalarm. Der Tumor ist eingekapselt. Doch nicht, der liegt auf einem Augennerv. Nein, das Bild war nur verwackelt. Jetzt reicht es mir, und ich frage den Chefarzt, ob diese Nummer für ein Stadtkrankenhaus nicht zu groß sei, ohne seine Kompetenz anzuzweifeln. Ich gebe das natürlich sehr höflich und vorsichtig, aber doch bestimmt, zu bedenken. Ja, darüber hätte er auch schon nachgedacht, aber er will erst alle Ergebnisse abwarten und dann entscheiden. Er würde sich an keine Sachen machen, die seine Möglichkeiten übersteigen, verspricht er mir.

Am 12.02. will er operieren. Es sieht nicht so schlimm aus, wie er dachte, berichtet mir der Chefarzt. Er will versuchen, den Tumor durch die Nase zu entfernen. Dafür müsse er die Nasenscheidewand entfernen, damit er mehr Platz für den Eingriff hat. Ich gebe meine Bedenken nochmals kund, aber er traut sich das zu.

Als ich nach der OP zu Hadji komme, liegt er in seinem Bett, nicht auf der Intensivstation. Man ruft mich raus. Der Chefarzt erklärt mir, er hätte die OP abbrechen müssen, Hadji sei ihm fast verblutet, er sei auch gar nicht bis zu dem Tumor vorgedrungen. So schlimm hätte er sich das nicht vorgestellt. Da müsse doch lieber eine Universitätsklinik ran. Er würde sich kümmern.

Auch wir recherchierten nach den besten Hals-Nasen-Ohrenkliniken in Deutschland, und wir einigten uns auf Hamburg. Das ist für mich natürlich toll, speziell im Hinblick auf die Kostenfrage, denn wir haben die kleine Bude in Hamburg, in der ich wohnen könnte, weil ich mein Kind bei einem solchen Eingriff natürlich nicht allein lassen würde, egal, wo er stationär behandelt würde. Montag, den 19.02., kann ich ihn selbst nach Hamburg bringen mit dem PKW. Er braucht keinen Krankentransport. Nein, er fängt nicht wieder an zu bluten. Na, Inschallah, kann ich da nur hoffen.

Die Woche bis zu unserer Hamburgfahrt nutzte ich, für die beiden zurückbleibenden Männer ordentlich vorzukochen, damit sie gut versorgt sind, da ich nicht weiß, wie lange unser Hamburgaufenthalt dauern wird. Ich koche und produziere alles, was sich einfrieren lässt. Der Deepfreeze ist gerammelt voll. Der Vorratskeller ebenfalls. Dasselbe gilt für Hunde- und Katzenfress. Bloß Frisches, wie Milch, Butter,

Brot und Salami fürs Schulbrot, kann ich nicht lagern. Also nehme ich mir meinen Jüngsten zur Brust. Ich erkläre ihm die Notsituation und dass ich jetzt für circa drei Wochen seine volle Unterstützung bräuchte. Er muss also richtig mit anpacken. Das heißt: Einmal in der Woche kommt Frau Putzi. Die hat aber durch meinen Ausfall unter der Woche so viel mit dem allgemeinen Haushalt und Papas Wäsche zu tun, dass er in dieser Zeit seine Wäsche allein machen müsse. Das ist doch kein Problem. Waschmaschine voll machen, anstellen, fertig. Wäsche in den Trockner, anstellen, fertig. Das kann aber Frau Putzi nicht auch noch machen. Verstanden? Ja, Mama. Prima. So, jetzt zum Essen. Rahim kommt zweimal in der Woche um 13.00 Uhr aus der Schule. Dann ist er mit Essenmachen für sich und Papa dran. Es ist nur aus dem Deepfreeze zu holen, aufzutauen, warm zu machen, Ofen oder Mikro, habe ich alles draufgeschrieben, fertig. Einmal kommt er erst um 15.00 Uhr. Dann hat Papa gekocht, und es steht dann irgendwas auf dem Herd für ihn. Und zweimal kommt er um 14.00 Uhr, dann ist es ganz einfach. Wer zuerst zu Hause ist, Papa oder er, der kocht. Man kann auch mal, wenn es ganz schnell gehen soll, eine Dose aufmachen. Und Papa bringt aus der Stadt bestimmt mal ein halbes Hähnchen und Pommes Frites mit. Und am Wochenende kommt ihr nach Hamburg. Dann gehen wir, wie immer, schön essen. Als Belohnung sozusagen.

Aber nun das Wichtigste: Wenn du keine Salami oder Milch mehr hast, komme bloß nicht auf die Idee, zu sagen: Papa, bring mir Salami mit. Die kannst du selbst besorgen. Dann gehst du nach der Schule ins Geschäft und sagst: Zehn Scheiben Rindersalami, bitte. Und wo es Milch, Butter, Käse und Brot gibt, weißt du ja. Ich lasse dir 200,00 DM dafür hier. Und für alles, was du einkaufst, bringst du einen Beleg mit, damit wir hinterher abrechnen können. Natürlich darfst du dir Schokolade auf meine Kosten mitkaufen. Mir ist das sehr wichtig, dass genau dieser Punkt klappt, denn Papa hat viel zu tun und dadurch, dass ich ausfalle, noch mehr. Da kannst du ihm nicht auch noch zusätzliche Arbeit aufhalsen, sondern musst ihn unterstützen. Kann ich mich da auf dich verlassen? Ja, Mama. So, und nun zu Max. Der muss leider hier bleiben. Die Operation wird so schlimm, dass ich vielleicht den ganzen Tag bei Hadji sein muss. Deshalb geht Papa morgens und abends mit ihm die Runde und du bitte mittags. Klappt das? Ja, Mama. Ich mache ihm klar, wie wichtig das alles ist, wie sehr wir jetzt zusammenhalten müssen und ich mich auf ihn verlassen können muss. Ich habe das Gefühl, er hat alles geschnallt und wird das ordentlich machen. Er hat jetzt Verantwortung und kann mir zeigen, was in ihm steckt, damit ich doll stolz auf ihn bin.

Montag, den 19.02., zuckeln Hadji und ich gen Hamburg. Gleich zum Krankenhaus. Er bekommt ein Bett auf der Kinderstation. Ich lerne sofort den Operateur kennen. Ein netter Mann, mittleren Alters, also mit Erfahrung, und noch nicht tatterig. Die Untersuchungen gehen von vorn los. Abends telefoniere ich mit Ingo. Der erzählt mir, dass Rahim ihn mittags gefragt hätte, ob sie sich für die Zeit, wo ich in Hamburg sei, nicht ein Hausmädchen leisten könnten. Da kam bei mir richtig Freude auf.

Ich verbringe den ganzen Tag auf dem Gelände des Unikrankenhauses Eppendorf (UKE). Eine richtige kleine Stadt mit Straßen und Straßennamen. Ich werde ständig von den Schwestern zu Botengängen eingesetzt. Können Sie die Röntgenaufnahmen holen, bringen Sie Hadji zur Computertomographie, bringen sie ihn zum Kernspin. Alles Wege von zehn bis 15 Minuten Fußmarsch durch die inzwischen eingesetzte Winterkälte. Aufenthalt vor Ort, zwei bis drei Stunden inklusive Wartezeit. Fußmarsch zurück. Als ich um einen Kaffee bei den Schwestern bitte, bekomme ich zur Antwort: Der ist nur fürs Personal und Patienten, nicht für Angehörige. Ach, und wessen Job mache ich hier tagein tagaus von morgens bis abends? Da bin ich etwas ausgerastet. Fand ich unverschämt. Ich bekam keinen Kaffee. Dafür machte ich ihren Job nicht mehr. Es war auch keine Zeit mehr, denn die Operation war für Montag, den 26.02. angesetzt, und ich hatte täglich Gespräche mit den Ärzten.

Der Tumor hatte ein unglaubliches Ausmaß. Er guckte vorne durch die Nasenlöcher raus. Ging bis in den Rachen, fast bis zum Zäpfchen runter. Lag rechts und links hinter den Jochbeinen bis unter die Augenhöhlen, füllte den gesamten Stirnbereich aus und stieß an die Hirnschale. Ob er teils durchgestoßen sei, würde man erst erkennen, wenn man ihn offen gelegt hätte. Ein Tumor dieses Ausmaßes muss so alt sein, dass er den in den ersten Ansätzen bereits zu Hause in Afghanistan hatte. Anders sei diese Größenordnung nicht zu erklären. Na bravo, denke ich, dann hat er mit seinem Granatsplittereinschuss richtig Glück gehabt, denn ohne diesen wäre er nicht nach Deutschland gekommen und jetzt in Badarschan jämmerlich verblutet.

Und weiter noch gehen meine Gedanken: Man stelle sich bitte vor, er wäre im Oktober tatsächlich bei seinem Vater geblieben, um seine Mutter zu retten. Na prima, dann wäre er jetzt tot und wahrscheinlich auch noch wir daran schuld, weil wir Ungläubigen irgendwelche bösen Geister in ihn gezaubert hätten. Au weia, unvorstellbar. Gut. Man würde am Montag wie folgt vorgehen: von außen einen Schnitt, oberhalb der rechten Augenbraue ums Auge herum, an der Naseninnenseite vorbei, unterm rechten Nasenloch durch die Kerbe zwischen Nase und Oberlippe. Stop. Rechte Gesichtshälfte wegklappen, Auge zur Seite legen, Jochbein aufmeißeln. Dann sei man so weit vorgedrungen, dass man mit der Auskratzung des Tumors beginnen könne. Rechts sei mehr als links. Deshalb hätte man auch so viele Fotos von seinem Gesicht gemacht und es mehrmals vermessen, damit man nach dem Eingriff alles wieder so zunähen könne, dass nichts schief und krumm aussieht. Es gingen sieben Ärzte an die Arbeit: zwei Hals-Nasen-Ohren-Ärzte, der Oberarzt und der Professor, ein leitender Augenarzt, ein leitender Neurochirurg, ein Mikrochirurg, ein Radiologe und der Anästhesist. Die Operation würde circa acht Stunden dauern. Dann folgten die Aufklärungsgespräche, die ich aus den Beinoperationen kannte. Ich wusste, welche Gefahren jeder Eingriff birgt, allemal bei einer so langen Narkose und einem eh schon so geschwächten Körper. Aber da kam ihm seine Jugend zugute. Ich wusste um die Gefahren der Bluttransfusionen und überhaupt und unterschrieb einen Berg von Formularen.

Die Versicherungsfrage war immer noch nicht geklärt. Denn Versicherungsbeginn war der 01.02.1996. Den Blutsturz hatte er aber am 27.01. Nun, das heißt im Moment alles nichts. Erst musste operiert werden, dann würde abgerechnet. Ingo war hinterher dafür zuständig, diese Frage zu klären.

Ich bat darum, für Samstagabend ein paar Stunden Urlaub für Hadji zu bekommen, damit wir noch einmal schön essen gehen könnten. Nüchtern bräuchte er erst ab Sonntag zu sein und so wäre er abgelenkt und könne noch mal Kraft tanken. Er hatte einen Heidenbammel vor der Operation oder besser gesagt Riesenschiss. Verständlich. Er pöbelte mich nur noch an. Sollte er, der arme Kerl, wenn es ihm half, mit der Situation fertig zu werden. Er bekam den Urlaub. Ingo und ich versuchten, gelassen den Abend mit ihm und Rahim in unserer geliebten Martini-Pizzeria in Eppendorf zu verbringen. Wir standen alle ganz schön unter Strom. Aber das Thema von Montag vermieden wir krampfhaft. Jeder versuchte auf seine Art, damit klarzukommen.

Ingo und Rahim fahren Sonntag wieder nach Wolfsburg. Ich begleite Hadji am Montagmorgen in den OP.

Da nimmt der Operateur mich noch mal zur Seite, er müsse mich dringend sprechen. Sie hätten sich alle am Wochenende auf diese OP vorbereitet, aber es sähe schlimmer aus, als geschildert. Die Risikofaktoren seien noch mal gestiegen. Zu 80 % würde Hadji sein rechtes Auge verlieren, da der Tumor dick auf dem Hauptnerv säße. Zu 90 % würde er bei Nichterblinden dieses Auges aber den grauen Star bekommen. Das sei das kleinere Übel, den könne man später durch Einsetzen einer neuen Linse per Laser beheben. Aber große Sorgen mache ihnen, dass während der OP ein Schlaganfall eintreten könne, und das würde keiner merken. Die Folge daraus könnte sein, je nachdem wie schwer der Schlaganfall ausfiele, halbseitige Gesichtslähmung, ständig tränendes Auge rechts mit hängendem Unterlid, Hängelippe, permanent nicht kontrollierbares Laufen der Nase. Gefühlsnerv- und Geschmacksverlust. Im schwersten Fall Gehirnschäden mit entsprechendem Wahrnehmungsverlust. Also, bisschen Idiotie. Und schlimmstenfalls würde er die OP nicht überleben. Man wollte mich nur noch mal vorwarnen, damit es nicht zu überraschend käme. Er versuchte, es mir mit viel Takt und Einfühlungsvermögen zu verklickern. War für ihn auch kein toller Job, morgens um 7.00 Uhr. Ich frage ihn, was ich nun machen sollte, außer beten. Ob diese Nummer auch für dieses Haus zu groß sei und ob es auf dieser Welt niemanden gäbe, der sagen würde, klar, mache ich jeden Tag, kein Problem. Nein, sie seien schon die richtigen und optimal vorbereitet, aber sie würden auch mit schlotternden Knien in den OP gehen, aber natürlich ihr Bestes geben. Schlotternde Knie seien die nächsten Stunden nicht angesagt und kaum hilfreich, rutschte es mir raus, aber er wusste, dass auch ich nur Nerven hatte.

Heulend fuhr ich in die kleine Bude. Hör auf zu heulen, Petra, das hilft jetzt gar nichts, sammle Kraft und gib sie weiter. Du liegst doch nicht unterm Messer. Du wachst doch nicht entstellt aus der Narkose auf. Du wirst doch nicht halbblind und plemplem. Ich rief schnell Ingo im Büro an, schilderte ihm das Gespräch. Der reagierte sofort und sagte: „Okay, damit lasse ich dich nicht allein. Bis heute Mittag, 14.00 Uhr, muss ich hier bleiben. Danach kann ich alles absagen. Dann komme ich nach Hamburg. Gegen 16.00 Uhr bin ich im UKE, damit du die Hiobsbotschaft nicht allein in Empfang nehmen musst, falls was schief geht." „Danke Ingo, fahr bloß vorsichtig", waren meine letzten Worte, denn jetzt hatte ich dringend anderes zu tun.

Es war ein wunderschöner Tag. Knallblauer Himmel, strahlender Sonnenschein. Das Bett in unserer Einzimmerbutze unterm Dach stand unter einer Schräge. Darüber ein riesiges Velux-Fenster. Die ersten Sonnenstrahlen fielen gerade auf eine Ecke dieses Bettes. Ich legte mich auf dem Rücken auf das Bett und begann, tiefe Atemübungen zu machen. Ich ließ die Strahlen der Sonne in meinen Körper eindringen. Ganz tief in mich hinein. Dann leitete ich sie weiter an Doktor Guth und die anderen Ärzte. Ich stellte mir vor, wie Kraft, Energie, Ruhe und Zuversicht über diese Sonnenstrahlen aus meinem Bauch in ihre Gehirne und Hände strömten. Alles würde gut werden. Jeder Gedanke, jeder Handgriff, jede Bewegung präzise ausgeführt und perfekt sitzend. Dann gab ich Kraft an Hadji, durchzuhalten. Ich dachte nur positiv und merkte, wie ich zunehmend entspannter wurde. Auch dies beruhigende Gefühl versuchte ich, auf den Strahlen, die nicht abrissen, weiterzuleiten an die Ärzte, die Schwestern, mein Kind. Begonnen hatte ich mit dieser Art Meditation, oder wie soll ich es nennen, genau um 8.00 Uhr. Ich fuhr nämlich nur zehn Minuten ins UKE, also just zu Beginn der Narkose. Ich unterbrach sie lediglich, um auf die Toilette zu gehen. Ich war die ganze Zeit bei vollem Bewusstsein, hochkonzentriert und dennoch entspannt. Eine unglaubliche Erfahrung, die ich hier machte. Um 16.00 Uhr klingelte es unten an der Tür. Ich drückte den Summer. Ingo. Hadji war noch im OP, hatte er erfahren, man würde uns anrufen. 17.00 Uhr, es klingelt das Telefon. „Dr. Guth, Frau Trott.“ Nein, nein, schoss es durch meinen Kopf. Nein. Wenn der persönlich anruft, ist was schief gelaufen. „Es ist alles gut gegangen, Frau Trott. Wir sind gerade fertiggeworden. Es sieht so aus, als hätte er keinen Schlaganfall erlitten, verblutet ist er uns auch nicht, aber zu dem Auge kann ich noch nichts sagen. Ich wollte Ihnen die Nachricht gern selbst mitteilen. Jetzt will ich nur noch nach Hause, ich kann nämlich auch nicht mehr. Sie können jetzt kommen, morgen reden wir ausführlicher. Aber der leitende Arzt der Intensivstation kann Ihnen auch schon berichten.“ „Vielen vielen Dank, Herr Doktor. Vielen vielen Dank.“ Mehr kann ich nicht sagen und lege den Hörer auf. Tränen der Erleichterung kullern über meine Wangen. Ingo, der das Gespräch nicht mithören konnte, wir hatten in Hamburg noch so ein altes Telefon mit Drehscheibe und ohne Lautsprecher, war kreideweiß geworden. Jetzt kehrte Farbe in sein Gesicht zurück. Wir fuhren sofort los.

Wir betraten den Gang zur Intensivstation gerade, als Hadji reingeschoben wurde. Er ist noch nicht ganz wach, und man hätte noch etwa eine Stunde an ihm zu tun. Wir könnten dann bitte wiederkommen. Ingo und ich überbrücken die Zeit in einer nahe gelegenen Cafebar und gehen zu Fuß zurück. Nun liegt er da, ein Häufchen Elend an Schläuchen und Geräten angeschlossen. Er kann noch nichts sagen, drückt aber meine Hand immer wieder ganz doll. Wir sind froh, bei ihm zu sein. Ich flüstere ihm zu, es ist alles gutgelaufen. Da drückt er wieder meine Hand. Na also! Der Chef der Intensivstation bemüht sich verständnisvoll, sehr viel Ruhe und Gelassenheit ausstrahlend, um uns. Er beantwortet verständlich und ausführlich all unsere Fragen. Absolut professionell.

Nach drei Tagen ist Hadji über den Berg, wird zurück auf seine Station gelegt. Dr. Guth berichtet mir, dass man ein kleines Stück des Tumors, der auf dem Sehnerv lag, zurückgelassen hätte, um das Auge zu retten. Erfahrungsgemäß würde er von selbst verkümmern. Dies müsste alle 14 Tage in Wolfsburg kontrolliert werden. Die dicke große Narbe durch Hadjis Gesicht verheilt und ist in ein paar Monaten, so er sie gut pflegt – Mittel dafür bekommt er mit – kaum mehr wahrnehmbar. Das Triefen des Auges würde über kurz oder lang aufhören, da der Tränenkanal verletzt sei, aber wieder zuheilen würde. Unangenehm die vermehrte Krustenbildung in der Nase. Dafür müsste er täglich dreimal mit einem Vaseline-Präparat salben und je nach Bedarf, aber mindestens einmal die Woche, zum Absaugen gehen. Nicht popeln! Die Absaugabstände würden immer größer, das merkte er selbst. Hauptsache salben, salben, salben. Je öfter, desto besser. Ja, er könne mit zum Skilaufen Ende März, bloß die Narbe vor Sonne schützen. Phantastisch. Eine Woche später fahre ich mit Hadji nach Hause. Er ist entsetzt über sein Äußeres. Die riesige Narbe, seine Nase sei völlig schief, und das Auge würde hängen. Er bepöbelt mich in diesem Zusammenhang, wo er nur kann. Anfangs lasse ich es noch über mich ergehen und versuche, ihm die Perspektiven so einleuchtend wie möglich zu erklären und ihn zu beruhigen, aber er weiß das besser. Er ist entstellt für sein ganzes Leben. Dann wäre er lieber gestorben, als so rumzulaufen. Da platzt mir der Kragen, und er erfährt ein riesiges Donnerwetter in Richtung Undankbarkeit, und er solle jetzt etwas objektiv sein, ob er die Fortschritte der Narbe nicht täglich im Spiegel beobachten könne, außerdem könne er ruhig etwas mehr salben. Bisschen mithelfen müsse er schon.

Zu Hause erzählt mir Frau Putzi, dass Rahim nichts gemacht hätte. Im Haus hätte sie nur das Notdürftigste erledigen können, da sie erst mal mit Aufräumarbeiten und dem Abwasch der Töpfe der Woche beschäftigt gewesen sei, und außerdem hätte sie freitags Berge von Rahims Wäsche waschen müssen, die er ihr ins Bad geschmissen hätte. Na prima, da hat sie die richtigen Prioritäten gesetzt, voll in meinem Sinne. Hatte ich nicht alles vorausschauend, die Situation erahnend, mit ihr besprochen? Na ja. Und Ingo hätte natürlich gekocht. Jeden Mittag. Und eingekauft. Super Rahim, es gab kein Donnerwetter, ich war fertig genug mit den Nerven, aber eine Belohnung, mit der er sicher stark gerechnet hatte, natürlich erst recht nicht. Kommentarlos schluckte ich und machte mich daran, den Haushalt auf Vordermann zu bringen und unser Nest wieder behaglich und gemütlich herzurichten.

Nun hat mich der Alltag wieder: Ehrenamtliche Tätigkeiten im Tierheim, dem Deutsch-Arabischen Freundschaftskreis, der Deutsch-Indischen Gesellschaft, Bewerbungen und Besprechungen für Hadji bei der Integrierten Gesamtschule (IGS), Krankengymnastik für beide Kinder, Hals-Nasen-Ohrenarzt-Termine Hadji, Nasensalben-Rezepte besorgen, einkaufen, kochen, sauber machen, Garten, gesellschaftliche Verpflichtungen, Gesicht im Büro zeigen, um für gute Stimmung zu sorgen und sich Probleme anzuhören und zu lösen, am Wochenende klassische Konzerte, Gassirunden und Tierarzt, auch die Freunde wollen meine Stimme mal wieder hören und ab und an sollte man auch mal ein Buch vor die Nase kriegen, um nicht zu verblöden.

Die Versicherungsfrage in Sachen Tumor hatte sich Gott sei Dank zu unseren Gunsten geklärt.

Die Osterferien stehen vor der Tür und damit auch die Zeugnisse. Ganz ordentlich bei Hadji, verheerend bei Rahim. Selbst in Religion eine Vier. Ich hatte dafür plädiert, die Kinder an dieser einen Stunde in der Woche teilnehmen zu lassen, auch wenn sie Moslems seien, weil dies wieder eine zusätzliche Stunde mehr war, in der sie mit der deutschen Sprache konfrontiert wurden. In dieser Stunde wurde nicht über die Bibel gesprochen, deshalb hieß das Fach auch neuerdings Werte und Normen. Man brauchte lediglich zuzuhören und ein wenig Intcresse zu bekunden. Keine Arbeiten, fast keine Hausaufgaben. Eine Vier empfand ich als absolute Frechheit und Ignoranz. Es folgte also mal wieder ein langes Gespräch. Ich wusste, dass ich Rahim durch Hadjis Krankheit stark vernachlässigt hatte. Andererseits musste er sich dafür auch nicht mein ständiges Gezeter anhören.

Mal wieder hatten wir so eine kleine Grundsatzdiskussion über die Farbzusammenstellung von Rahims Garderobe. Da er nicht farbenblind war, das hatte er bei dem Spiel: “Ich sehe was, was du nicht siehst“ häufig genug unter Beweis gestellt, eigentlich kein Problem. Doch er schaffte es mit einer nicht vorstellbaren Treffsicherheit Farben so zu kombinieren, dass ich ihn mehrfach an einem einzigen Morgen bitten musste sich umzuziehen, weil nichts zueinander passte. Er war sauer. Aber da musste er leider durch, denn auch Geschmack muss erlernt werden.

Also beschloss ich, die Zügel wieder in die Hand zu nehmen, zu powern. Mir musste für die Zukunft etwas einfallen, denn die Seele-Baumelnlassen-Strategie hatte nicht gefruchtet.

Aber jetzt ging es erst mal in den wohlverdienten Wintersporturlaub nach Zermatt. Nur vom Feinsten, man gönnt sich ja sonst nichts. Heinzi, den 17-jährigen Sohn unserer indischen Freundin Zainu, hatten wir eingeladen. Sozusagen als Katalysator und damit Garant für gute Stimmung, denn er konnte hervorragend mit den Kids. Heinz hatte Ingo und mich vor vier Jahren auf die Bettmer Alp/Wallis begleitet und dort Skifahren gelernt. Einzige Bedingung an ihn war, eine Stunde täglich mit Hadji Mathe pauken. Hadjis größter Schwachpunkt, nun noch verschlimmert durch die langen krankheitsbedingten Fehlzeiten in der Schule.

In Zermatt hatten wir ein großes Appartement gemietet und die Devise hieß, wie seit Jahren bei den Trotts erfolgreich praktiziert: Wer kocht, braucht nicht abzuwaschen. Denn was bitte schön ist das für ein Urlaub für die Hausfrau, muss diese nach dem Einkaufen und Kochen, während alle anderen stöhnend ihrem Muskelkater frönen, auch noch den Abwasch erledigen? Also Arbeitseinteilung: Wer morgens die Brötchen holt, bringt gleich schon mal was für den alltäglichen Bedarf mit, damit er nicht mit fast leeren Händen den Weg macht. Zwei andere machen das Frühstück und die beiden übrig gebliebenen den Abwasch. Warm gegessen wird nach dem Skilaufen. Vorher alles einkaufen. Auch die Kids können kochen, der Gerechtigkeit halber, dann machen die Erwachsenen den Abwasch, damit es nicht immer dieselben trifft. Kochen für die Kids bedeutet zum Beispiel, tiefgekühlte Pizza ab in den Ofen, fertig. Oder tiefgekühlte Lasagne ab in den Ofen, fertig. Oder tiefgekühlten Spinat mit Spiegelei und Salzkartoffeln. Muttern ist natürlich bereit, unterstützend und hilfreich zur Seite zu stehen und trotzdem abzuwaschen. So war es besprochen. Jetzt galt es aber erst einmal, am Ankunftstag die wichtigsten Grundnahrungsmittel für fünf hungrige Mäuler ranzuschleppen. Unser Appartement lag in einer großen terrassenähnlichen Anlage, die es über 180 Stufen zu erklimmen galt. Prust, puh, prust, Pause, weiter, puh, angelangt. Bow, tolles Training für die Oberschenkelmuckis. Hätten wir bloß vorher Skigymnastik gemacht.

Nachdem wir unser Gepäck hochgeastet und uns einen Eindruck über die Großzügigkeit der Bude und den herrlichen Ausblick vom Balkon gemacht hatten, hieß es wieder runter, Skier zum Einstellen bringen und einkaufen gehen. Ich vergaß, zu erwähnen, dass es ferner Usus bei den Trotts ist, am ersten, mittleren und letzten Urlaubstag Essen zu gehen. Das sind die Tage, die Ingo als Kochen angerechnet werden. Aber erst musste eingekauft werden, um alles für den Sonntag im Haus zu haben. Heinz konnte sich an der Schönheit des Ortes und der Luxuriösität nicht satt sehen. Hadji schwärmte von der Landschaft und dem Panorama. Fast wie in Afghanistan, fand er. Nach zwei Stunden waren fünf Personen beladen wie die Packesel. Jeder schleppte rechts und links zwei Tüten mit sich. Heinz und Hadji mühten sich zusätzlich mit einer Zwölferkiste mit ein Drittel Cola, ein Drittel Apfelsaft, ein Drittel Wein ab – Wasser gab es aus der Wand, Zermatt-Sekt genannt, da reinstes Bergwasser. Wir schnaubten und prusteten, die Arme wurden immer länger, die dummen Sprüche, mit denen wir uns gegenseitig anzuspornen suchten, immer weniger, dennoch herrschte eine ausgelassene Stimmung. Am Anfang unseres Treppenaufstiegs machten wir ein Verschnaufpäuschen für den Endspurt. Da sagt Rahim zu mir: „Kannst du meine Tüten nehmen, die sind so schwer?“ Ich dachte, ich höre verkehrt. Ich musste erst mal Luft holen, so baff war ich ob dieser Frage und fragte zurück: „Glaubst du, meine Tüten seien leichter als deine? Also bitte!“

Ansonsten war der Urlaub toll. Während einer Liftfahrt ziemlich gegen Ende der Ferien teilte mir Rahim seine neuesten Erkenntnisse mit: Er hätte jetzt begriffen, worum es im Leben ginge. So ein Urlaub sei dazu da, Kraft zu tanken, um dann fröhlich wieder in den Alltag zu gehen. Das wolle er jetzt auch. Er würde ab sofort wirklich nie wieder muffen, wolle immer artig sein, fleißig lernen und mir nur noch Freude bereiten. Ich drückte ihn vor Dankbarkeit so heftig, dass wir aus dem Lift flogen und schreiend vor Lachen bergab purzelten. Der Nachhilfeunterricht mit Heinz lief hervorragend. Er hatte sich ein richtiges Konzept ausgedacht und arbeitete das pädagogisch wertvoll ab. (Ein halbes Jahr später hatte Hadji jedoch alles vergessen, worauf wir später hätten aufbauen müssen.) Gekocht haben Petra achtmal, Heinz zweimal, Hadji einmal. Erholt und brutzelbraun, Heinz rabenschwarz, Rahim dunkelbraun, Hadji indianerbraun, kehrten wir nach Neuhaus zurück.

Rahims gute Laune hielt sage und schreibe eine ganze Woche an. Dann ging das alte Desaster von vorne los. Übel gelaunt mit runtergezogenen Mundwinkeln und Muffgesicht, wortkarg, einsilbig, die Trottschen Regeln nicht einhaltend. Stand ich mittags am Küchenbalkonfenster zur Straße raus, um in dem Moment das Kartoffel- oder Nudelwasser abzugießen sobald ich die Kids sah, konnte ich beobachten, wie Rahim entweder im Schneckentempo mit dem Rad um die Einfahrt bog, dass er fast hätte vom Rad fallen müssen, da dies ob des mangelnden Tempos umzukippen drohte, oder wie er gesenkten Kopfes humpelnd und schlurfend mit krummem Rücken aus dem Bus die paar Meter bis zum Hauseingang einfach nicht hinter sich brachte. Er mochte nicht nach Hause kommen. Das war offensichtlich. Dann öffnete er einen Spalt die Tür, die in unseren Wohnbereich führt und nuschelte ein knappes miesgelauntes kaum verständliches „Hallo", schlich leise davon – so wie er überhaupt neuerdings nur noch schlich, dass ich manchmal aufschrie, da gerade in Gedanken vertieft, mich so erschreckte, weil er unbemerkt plötzlich hinter oder vor mir stand – und kam erst zum Essen wieder angeschlichen. Ganz anders Hadji. Den nahm man schon von weitem akustisch wahr.

Es schien endlich dringend geboten, professionelle Hilfe von außen in Anspruch zu nehmen, und ich vereinbarte einen Termin mit Frau von Pichelstein, der von Frau Thewes empfohlenen Kollegin. Circa zwei Stunden sollte die erste Sitzung dauern, dann könne sie uns mehr sagen. Wir erklärten das Rahim mit den Worten, dass wir uns so große Sorgen um ihn machten, dass wir keine andere Wahl oder Möglichkeit sähen. Er will nicht. Tja, das können wir nun auch nicht mehr ändern. Seit vier Jahren doktern wir erfolglos selber rum. Nun sind wir mit unserem Latein am Ende. Dafür gibt es solche Leute, die das richtig studiert und gelernt haben, um anderen wie uns weiterzuhelfen, wenn sie nicht mehr weiterwissen, so wie Papa seinen Mandanten hilft. Hadji findet das "scheiße" – so wie er vieles in der letzten Zeit mit diesem Begriff betitelt.

Wir kommen in ein bewohntes Waldgebiet mit kleinen, alten Einfamilienhäusern. Klingeln. Es öffnet uns eine ältere Dame. Sympathisch lächelnd, strahlende Augen, zierlich, geschmackvoll gekleidet, begrüßt uns höflich, bittet uns einzutreten, macht ein bisschen Smalltalk mit uns, bietet Rahim etwas zu trinken an und bittet uns, in gut zwei Stunden wiederzukommen. Sie möchte mit Rahim allein sein. Klar, es war so abgesprochen, deshalb hatten wir Max dabei. Nach zwei Stunden bedeutet sie uns, das sei hier ein sehr komplizierter Fall und sie bräuchte noch mindestens eineinhalb Stunden, um ganz sicher in ihrer Beurteilung zu sein. Ich mag sie. Nach weiteren eineinhalb Stunden ist sie so weit. Rahim sei ein ganz komplizierter, schwieriger Fall. Er macht dicht, da sei nicht ranzukommen. Ich täte ihr Leid. Rahim hätte weder eine Bindung nach Afghanistan noch zu uns oder Hadji oder sonst wem. Er wäre labil und unaufrichtig, aber das bisher Erlebte sei erst die Spitze des Eisberges. Darüber hinaus fallen weitere Besorgnis erregende und nachdenklich stimmende Begriffe. Es täte ihr Leid, uns das mitteilen zu müssen und gleichzeitig nicht helfen zu können. Ihr gut gemeinter einziger Rat: Vielleicht gäbe es eine Chance, wenn Rahim in die Heimat zurückkäme, in die ihm bekannte Kultur. Mir schießen die Tränen in die Augen. Sie nimmt mich in den Arm und wünscht mir viel Kraft und alles Gute. Ich sei eine bemerkenswerte, tolle Frau. Da geht's bei mir erst richtig los. Sie bittet Ingo, gut auf mich aufzupassen, denn ich sei ziemlich am Ende.

Entmutigt verlassen wir das Haus. Ich heule auf der ganzen Rückfahrt. Neunzig Minuten lang. Das hatte ich mir anders gewünscht, erhofft, vorgestellt. Ach, was wusste ich in diesem Moment? Ich war davon ausgegangen, dass sie uns raten würde, eine Therapie zu machen. Das dauert so und so lange, egal, und dann ist Besserung in Aussicht oder machen Sie dies, das oder jenes, aber auf diese Botschaft war ich weder vorbereitet noch gefasst. Ich wollte sie auch nicht wahrhaben.

Ich wollte eine zweite, eine weitere, eine andere Person um Einschätzung bitten. Ingo kannte da eine Therapeutin aus seinen Akten, die auf ihn einen kompetenten Eindruck gemacht hatte. Sie hatte ihre Praxis nur 35 Minuten von uns entfernt, und ich vereinbarte einen Termin, ohne Frau von Pichelstein zu erwähnen. Diesmal fuhr ich allein mit Rahim dahin. Ergebnis nach zweieinhalb Stunden: Genau dasselbe, wortwörtlich. Pause. Das muss ich erst mal verkraften, darüber nachdenken, verarbeiten, bis mir dazu eine Lösung einfällt. Aber eins steht fest: Jetzt wird hier Druck aufgebaut. Schluss mit Lustig. Schluss mit Verständnis für Kulturschock, krankes Bein, Kriegstraumata, Heimweh, Konkurrenz zu Hadji, was hat das arme Kind alles durchgemacht, erlebt, der arme kleine Kerl. Nein! Schluss, hier weht jetzt ein anderer Wind! Irgendwo in mir schlummern verborgene Reserven, die muss ich jetzt mobilisieren, aktivieren, bloß nicht resignieren. Da müssen wir jetzt durch. Fortan herrscht ein anderer Ton im Hause Trott: Rahim mach dies, Rahim mach das. Bist du fertig mit den Schularbeiten? Zeig her. Jetzt kannst du eine Stunde machen, was du willst. Von mir aus pennen. Antworte, wenn ich dich was frage. Beeil dich mal ein bisschen. Heb die Füße hoch. Geh gerade. Du hast nichts zu verbergen. Du hast nichts zu verstecken. Du bist ein hübscher Junge, also Kopf hoch, Brust raus. Sprich deutlich. Und natürlich die Frage nach dem Hobby. Nächste Woche will ich ein Hobby hören.

Diesen Kommisston hielt ich nicht lange durch, da es nicht meinem Wesen entspricht, und es hat auch nichts bewirkt. Nach einer Woche kam die Antwort: Fußball. Ach du meine Güte, mit dem Bein. Da ist der nächste Frust jetzt schon vorprogrammiert, war mein spontaner Gedanke. Aber okay, wir machen das. Ich bespreche das Problem Bein mit dem Trainer. Der meint, sie würden das schon machen. Also wird alles angeschafft: Trainingsanzug, Mannschaftsanzug, Kickerschuhe, Stutzen etc. Vorweggenommener Geburtstag. Solche Anschaffungen gibt es nicht mehr ohne Anlass, kannst die jetzt schon benutzen, aber die liegen am 17.07. wieder auf dem Geburtstagstisch.

Wir hatten im Rahmen des Adoptionsverfahrens die Geburtsdaten neu festgelegt. Rahim typisch Krebs, also 17.07.1982, Hadji: 27.07.1981, da ganz klar Löwe.

Nach dem Fußballtraining hatte Rahim, wie gehabt, schlechte Laune. Da er nicht wollte, dass ich mal mitkomme, beobachtete ich ihn heimlich. Die Jungs, alle in seinem Alter, die Hälfte aus unserem Ort, die andere aus dem Nachbarort, begrüßten sich kumpelhaft. Klatschten auch Rahim ab. Nett. Dann standen sie zehn Minuten so rum und blödelten und alberten, bis der Trainer kam. Rahim zehn Meter abseits. Ja, so konnte das nichts werden. Dann das Training. Welch ein Jammer. Rahim kann nicht richtig mitlaufen. Der schleppt das rechte Bein immer nach. Gewisse Übungen lässt er ganz aus, versucht es gar nicht erst, steht wieder abseits. Dennoch motivieren die anderen ihn ständig. Aber er will einfach nicht. Nicht integrationsfähig. Sie spielen ihn an, ganz vorsichtig. Finde ich rührend. Ich spreche das mit dem Trainer an. Der meint: „Lassen Sie ihn mal, das wird schon mit der Zeit, meine Jungs machen das schon."

Damit hier mal wieder etwas Stimmung ins Haus kommt und auch gesellschaftlich was passiert, organisiere ich für den 15.07., einen Sonnabend, ein riesiges Gartenfest als Dankeschön für alle Beteiligten, die mit viel Verständnis, Geduld und Unterstützung die letzten vier Jahre mitgetragen haben nach dem Motto: Bald sind wir eine richtige Familie. Deshalb auch ein Fest mit Kindern, bitte schön, ich manage das schon, keine Sorge, die kriegen ihr eigenes Fest mit Programm und Babysittern, damit die Erwachsenen ungestört feiern können. Ob der Größe des Grundstücks lässt sich das sogar machen. 160 Erwachsene und 40 Kinder sagen zu. Familie, Freunde, Ärzte, Lehrer, Mitarbeiter, Nachbarn, Mandanten, die sich ein Jahr lang anhören mussten: Wir müssen Ihren Fall verschieben, ich muss nach Pakistan, und die dem Büro und ihrem Rechtsanwalt und Notar trotzdem die Treue hielten, nicht nur, weil sie aus Erfahrung wussten, Ingo Trott ist ein guter Jurist, nein, auch aus Verständnis.

Diese 200 Menschen galt es nun, einen Abend lang von 18.00 Uhr bis open end aufs Feinste zu verwöhnen. Da viele von ihnen aus anderen Anlässen meine Küche hatten genießen können, wollte ich ihre Erwartungen nicht enttäuschen und beschloss, alles selbst zu machen, denn ich bin bisher von noch keinem Partyservice überzeugt worden. Es erklärten mich zwar alle für verrückt, aber das scherte mich wenig. Ich organisiere und koche aus Leidenschaft. Und Begabungen soll man nutzen. Natürlich hatte ich zwei tolle Helferlein, die mich drei Tage lang unterstützten gegen geringe Bezahlung, aber nach meinen Anweisungen und Rezepten.

Drei Wochen lang vorher organisierte ich Geschirr, Bestuhlung, Zelte, falls Regen auch fürs Büfett, Kinderprogramm, live Musik, selbst gemalte Schilder, die die Toiletten nach männlich und weiblich getrennt auswiesen, Helferlein; Illuminationen über 3.000 qm Grundstück, speziell an den Stolperfallen, kistenweise Eis für eisgekühlte Getränke die ganze Nacht hindurch, Dekorationen, Aschenbecher, aus denen keine Asche weht, Übernachtungsmöglichkeiten für die weit Hergereisten etc. Alles lief wie am Schnürchen, die Kinder halfen toll. Sie haben Gartenmöbel geschleppt, aufgebaut, riesen Zelte installiert, die Bäume und Beete illuminiert, das gesamte Geschirr bereitgestellt und vieles mehr, ohne zu meckern und mit viel Späßchen. Das Büfett für 200 Personen bestand aus Grillfleisch, nach Thüringer Rezept, zwölf Stunden vorher plattgeklopft und eingelegt, Baked Potatoes und Sour Creme, Bleche mit Zwiebelkuchen und einem scharfen mexikanischen Maiskuchen, mehrere arabische und italienische kalte Spezialitäten, Kassler kalt mit Frankfurter grüner Soße, diverses Grünzeug mit Dips, verschiedene Brotsorten, kein Nachtisch, der war mir im Keller flüssig geworden, Künstlerpech, und damit um eine Erfahrung reicher, Käseplatte, Obst, deutschen und französischen Weißwein, deutschen Rotwein, zwei verschiedene Biere vom Fass, Cola, Wasser, Brause, Apfelsaft, Orangensaft, Schnasselkram. Für die Kids Würstchen mit Kartoffelsalat, Gummibärchen, Negerküsse, Chips. Ein unglaubliches Fest. Die letzten Gäste gingen morgens um 4.00 Uhr.

Im Juli, ich bin mit Hadji wieder zur Nachuntersuchung im Wolfsburger Krankenhaus, macht der Chefarzt einen sehr betretenen Eindruck: „Der Tumor wächst." „Nein!" „Ja, doch, und zwar unverhältnismäßig schnell. Wenn der so weiter wächst, haben wir in ein paar Monaten den Status quo." „Nein!" Oh, nein! Nicht schon wieder! Ich rufe Dr. Guth in Hamburg an. Sofort her mit dem Jungen, Kernspin machen, das will er selber sehen. Resultat: Es stimmt. Er will aber nicht operieren. Wir können den Jungen auch zu Tode operieren, lautet seine Einstellung, er würde sich was einfallen lassen und sich bei mir melden. Er meldet sich zwei Tage später und schlägt eine Strahlentherapie im UKE vor. Dort sei ein neuer Professor, mit dem hätte er sich besprochen. Der sieht das als einzige Möglichkeit. Ist ein absoluter Spezialist. Ich würde mit dem Jungen durch die ganze Welt fliegen, auch nach Hongkong, wenn man mir nur bestätigen würde, dass die über die einzig richtige Behandlungsmethode verfügen. Wie ich auf Hongkong käme? Nur so, als Hausnummer. Interessant, der arbeitet nach neuesten Erkenntnissen aus Hongkong.

Ingo recherchiert. Der Entschluss ist gefallen: Hamburg, UKE. Sechs Wochen Therapie. Die großen Sommerferien hatten gerade begonnen. Ob man das in dieser Zeit schaffen würde? Wegen der Schule, der neuen, der Integrierten Gesamtschule? Nein. Ob das Ganze stationär durchgeführt werden müsse? Das würde ich dem Jungen gern ersparen. In unserer kleinen Bude hätten wir es gemütlicher, ich könnte ihn bekochen, und wir könnten uns ablenken und gleichzeitig versuchen, etwas für die Schule zu tun. Ja, das ginge. Er müsse nur einmal täglich 15 Minuten bestrahlt werden. Okay. Termin: Freitag, den 09.08.1996 Anreise, Vorstellung beim Professor. Therapiebeginn: am 12.08, einem Montag.

Uns verbleiben noch zwei Wochen bis zu diesem neuen Lebensabschnitt. Die verbringen wir damit, Bücher für die IGS zu bestellen, Rahim zur Schülerhilfe anzumelden, da Gerda und Jürgen ab nun die Zeit aussteigemäßig von September bis Mai in unserem gemeinsamen Haus in Altea verbringen und somit keine Nachhilfestunden mehr gegeben werden können. Wir müssen Probefahren mit dem Bus zur IGS üben, denn den ersten Schultag am Donnerstag kann Hadji gerade noch mitmachen. Ich führe lange Telefonate mit der neuen Klassenlehrerin, einer unglaublich engagierten, hervorragenden Pädagogin, der wir sehr viel zu verdanken haben, darüber, wie man Hadji während des Fehlens schulisch unterstützen kann, damit er gleich den Anschluss findet. Rupert besucht uns auch noch, und ansonsten koche und putze und wasche ich wieder vor für die sechs Wochen und nehme mir Rahim zur Brust, dass es diesmal klappen möge.

Die erste Woche bringen Hadji und ich ganz gut über die Runde. Es kracht zwar ständig, wenn wir lernen, aber ich muss sehen, dass ich so viel Stoff wie möglich jetzt gleich am Anfang in ihn reinkriege, denn ich weiß, er wird im Laufe der Therapie abbauen, müde, unkonzentriert und schwach werden. Das und anderes hatte ich in den Aufklärungsgesprächen erfahren. Und die ersten Stöße fotokopierter Lernzettel lagen bereits in der Post. Jedes Mal mit tollen Briefen seiner Klassenkameraden, die er noch gar nicht richtig kannte, außer dem ersten Eindruck des ersten Schultages.

An den Wochenenden hatten wir wieder Ablenkung durch Ingo, Rahim und Max. Die nächsten zwei Wochen lebte Kathrin, Mama Rudolffs Tochter bei uns, die ein Praktikum in der Rudolf-Steiner-Schule in Hamburg absolvieren musste, sich mit einer Bekannten verkracht hatte und nun quasi auf der Straße stand. Ach, bei Trotts geht alles, wenn sie bereit ist, mit Hadji in einem Bett zu schlafen, und am Wochenende hatte sich die reizende Dame, die unter uns wohnt, bereit erklärt, ihr ihr Gästezimmer zur Verfügung zu stellen. Die zwei Wochen mit Kathrin waren toll, denn ihr gegenüber riss sich Hadji mehr zusammen als bei mir, und so übernahm Kathrin in ihrer Freizeit, während ich uns bekochte, die Nachhilfestunden. Und Späßchen hatten wir auch noch reichlich. Meine Christiane schaute mit ihrer Tochter rein, Papa Rudolff war auch gerade da, so rein zufällig, und wir verbrachten einen Nachmittag in Hagenbecks Tierpark.

Danach ging's bergab. Hadji wollte nicht mehr essen. Es schmeckte alles nicht. Auch nicht seine Lieblingsgerichte. Nach einer weiteren Woche schmeckte nicht nur alles nicht, sondern es schmeckte alles wie "Hundescheiße" – hatte er auch schon so oft probiert – die Geschmacksnerven waren verloren gegangen. Ich prügelte verbal auf ihn ein wie auf einen lahmen Ackergaul. Appellierte an seine Vernunft, flehte ihn an mit bitte, bitte, weil er ohne Ernährung mit Vitaminen, Mineralien, Ballaststoffen und Proteinen die Therapie nicht überstehen würde. Nichts half, kein gutes Zureden, keine Vernunftappelle, er wollte nicht. Ich sprach den Professor hierauf an. Er muss, lautete die Antwort. „Du musst", sagte ich ihm, „sonst bringe ich dich ins Krankenhaus, dann hängen die dich an den Tropf", drohte ich ihm. „Nein, Mama, nein, aber ich kann nicht. Ich will nicht ins Krankenhaus." Er verlor überhaupt langsam die Nerven, da nun auch die ersten Haare ausfielen. Ich kochte inzwischen nur noch Süppchen, da er meinte, alle Zähne wackelten, was Quatsch war. Er bekam Panik, glaubte auf dem rechten Auge nichts mehr sehen zu können, was ebenfalls Quatsch war, hielt sich ständig die Hand vors linke Auge und behauptete, er könne mich nicht mehr sehen. Er wollte da auch nicht mehr hingehen. Ich könne ihn nicht zwingen. Oh doch, das konnte ich sehr wohl. Er war minderjährig, und ich hatte die Verantwortung für sein Leben. Ich hatte ihm schon mal versprochen, ihn nicht sterben zu lassen, und das gelte nach wie vor. Wir hätten jetzt schon Halbzeit, den Rest würden wir auch noch schaffen.

So quälten wir uns die nächsten drei Wochen. Manchmal schrie ich ihn hysterisch an, weil auch bei mir die Nerven nur noch an seidenen Fäden hingen. Man darf nicht vergessen, ich hockte 24 Stunden mit 15 Minuten Unterbrechung mit diesem schwer kranken Kind auf 20 qm zusammen. An Lernen war schon gar nicht mehr zu denken, denn er baute täglich mehr und mehr ab. Aber wir überstanden auch dies.

Drei Tage durfte Hadji sich noch zu Hause erholen, dann ging's ab in die neue Schule. Die Haare waren ihm Gott sei Dank geblieben, der Geschmack kam nach und nach wieder, die Zähne wackelten nicht mehr. Entwarnung für das Auge. Kein grauer Star, alles okay.

Dafür hat sich sein Wesen verändert. Es raschelt jetzt auch öfter mal zwischen Ingo und Hadji, der sich immer häufiger im Ton vergreift. Meine Cousine Susann aus Hamburg kommt. Sie kann gut mit den Kindern und umgekehrt. Da bepöbelt auch Hadji sie, dass sie fast vom Glauben abfällt, weil sie bisher, wenn ich ihr telefonisch erzählte, was hier mal wieder vorgefallen sei, immer geglaubt hatte, ich würde ein wenig übertreiben. Nun war sie live dabei und selbst betroffen. Sie fragt Hadji, ob er ihr mal erklären könne, was sie ihm eigentlich getan hätte, dass er sie so anginge. Nach zwei Stunden entschuldigt sich Hadji bei ihr.

Die Herbstferien stehen vor der Tür. Wir haben beschlossen, mit dem Auto nach Altea/Spanien zu fahren via Frankreich, um den Kindern Avignon zu zeigen. Dank Davids Behandlung muss Rahim sich im Auto nicht mehr übergeben, so dass wir alle, samt Max, die Fahrt stressfrei überstehen. Das Haus ist wieder bewohnbar nach der Renovierung. Das Wetter herrlich. Wir unternehmen viele Ausflüge, manchmal setzen sich die Kids allein ab. Hadji liebt Altea, das Gebirge erinnere ihn an Afghanistan, und das laute Geknatter der Mopeds, die hier alle Jungen fahren, findet er toll. Zurück geht's per Autoreisezug.

Ingo schnarcht nachts so doll, dass ich mal für ein paar Tage ausziehen muss. Ich schlafe seit Jahren kaum mehr, und wenn ich dann wieder einschlafen will, gelingt mir das nicht, weil neben mir ganze Urwälder abgesägt werden. Zu diesem Zweck baue ich den Gästetrakt um, in welchem bisher so ein auf dem Fußboden ausklappbares Sofa für die Gäste herhalten musste. Das hält mein Rücken nicht aus, der mir seit geraumer Zeit schon Schwierigkeiten bereitet. Das Sofa geht auf die Mülle, ein altes 1,20 x 2 m Bettgestell aus dem Keller kommt hoch. Dafür brauche ich Rahims Matratze, die auf einem Sockel unter der Schräge seines Zimmers als Bett dient. Er soll für die paar Tage, die ich versuchen will, mal durchzuschlafen, die Kinderbesuchermatratze nehmen. Sie ist nicht ganz so dick, dadurch kann man sie zusammenrollen, 1 m breit und 1,80 m lang. Rahim ist 1,60 m. Ich bitte ihn, zu tauschen, da zickt er mich an: „Dann kann ich ja gleich auf dem Fußboden schlafen." „Ja, soll ich vielleicht auf dem Fußboden schlafen mit meinem kaputten Rücken?", gebe ich zurück. Keine Antwort. Ich hatte mit ja gerechnet. Nach ein paar Tagen krabbele ich wieder in Ingos Bett. Drüben schlief ich auch nicht besser. Rahim bekommt eine neue Matratze.

Hadji hat ständig Bauchschmerzen und klagt über Übelkeit. Der Kinderarzt empfiehlt eine Generaluntersuchung im Krankenhaus. Sie untersuchen alles: Leber, Galle, Niere, Bauchspeicheldrüse, Leukämie, Schilddrüse, Hypophyse. Sie finden nichts. Gespräche mit dem Strahlenprofessor aus Hamburg ergeben, dass es keine Nebenwirkungen der Strahlentherapie sein können. Wir fahren wieder nach Hamburg ins UKE. Der Neurochirurg will Hadji untersuchen. Nichts.

Die Mutter von Hadjis neuem Freund ruft mich an. Hadji hätte ihr zu verstehen gegeben, er wolle zurück nach Afghanistan. Wieso, hätte sie nicht rausbekommen, wollte mir das aber mitteilen. Lange Gespräche mit dem Kind folgen, die Ingo führt, denn meine Einflussmöglichkeit ist stark reduziert. Hadji schneidet mir das Wort ab, wenn ich etwas sagen will oder verbietet es mir. Ich bekomme zu hören: Halt du dich da raus oder sei doch mal ruhig und das geht dich nichts an. Ingos Gespräch zielt auf Hadjis Psyche, da uns neuerdings seine Lustlosigkeit aufgefallen sei und wir uns Sorgen machen, wo seine Fröhlichkeit geblieben wäre. Er sah auch ziemlich grau aus, obwohl er gut aß und ich sehr aufwändig mit viel Salat und frischem Gemüse kochte und die Obstschüssel auf dem Küchentresen, die immer täglich nachgefüllt wird, denn Hadji haut so nebenbei täglich zwei bis drei Äpfel, Bananen, Apfelsinen und fünf Mandarinen weg, ist ständig leer. Außerdem fände Ingo es zum jetzigen Zeitpunkt nicht richtig, Deutschland verlassen zu wollen, seine Gesundheit müsse sich erst mal stabilisieren. Er solle mal versuchen, noch ein bisschen durchzuhalten. Vier Jahre lang hätte das doch ganz anders geklungen. Der erste Liebeskummer? Nein. Was denn? Alles scheiße. Was? Alles. Er rückt mit der Sprache nicht raus. Ich telefoniere mit seiner Klassenlehrerin. Ihr ist nichts aufgefallen. Im Unterricht ist er rege wie immer, bei den Klassenkameraden und -innen beliebt. Tja...

Hadjis Schreibtisch kracht zusammen. Er bekommt Ingos alten von IKEA, so eine Platte, die auf zwei Böcken steht. Aus dem Büro besorgen wir einen Schubladencontainer. Das findet er jetzt richtig "scheiße". Das sei doch kein Schreibtisch. Was denn? Was hat denn dein Vater jahrelang nachts hier zu Hause daran gemacht? Seitdem hat Hadji richtig schlechte Laune. Dafür blüht Rahim etwas auf. Nach circa drei Wochen beruhigt sich Hadjis Stimmung.

Es ist Sonnabend, der 07.12. Wir sind bei Mama und Papa Rudolff eingeladen. Wie immer schlemmen wir bis zum Abwinken. Die Stimmung ist heiter und gelassen. Gegen 22.00 Uhr fahren wir nach Hause. Kaum hier angekommen, fliegt Hadji ein solcher Blutschwall aus der Nase, dass wir alle nur noch wortlos reagieren. Ich reiße wieder Bettlaken aus dem Schrank. Eimer unter die Nase, ab ins Auto. Gleich hoch in den dritten Stock des Krankenhauses. Die sehen uns und bringen ihn sofort in den OP. Nur erst mal um die Blutung zu stillen. Hadji bleibt dort. Ingo und ich fahren heim. Am Montag telefoniert sich Ingo die Seele aus dem Leib. Er will, dass Hadji sofort per Hubschrauber nach Hamburg gebracht wird. Der Chefarzt lehnt die Verantwortung hierfür ab. Hadjis Hämoglobinwert (roter Blutfarbstoff) sei so schwach, dass er nicht transportfähig sei. Jetzt spricht Ingo per Konferenzschaltung mit Hamburg und Wolfsburg parallel. Gemeinsam beschließen die drei, dass Hadji per Hubschrauber am Mittwoch nach Hamburg verlegt wird. Bis dahin würde man sich Gedanken machen, wie es weitergehen solle.

Mittwochmorgen im Wald auf der Gassirunde fliegt ein Hubschrauber über uns gen Norden. Darin ist mein Kind, spüre ich. Dann muss ich auch los.

Diesmal liegt Hadji bei den Erwachsenen auf der HNO-Station. Er hat die Nase voll, im wahrsten Sinne des Wortes. Ich kann ihn so verstehen. Da eröffnet man uns, dass man nicht operiert, sondern eine neue, inzwischen erfolgreich erprobte Behandlung an ihm ausführen würde. Angiographie. Man schießt durch die Aorta in der Leiste tausende von Plastikplättchen nach oben in den Kopf, die sich dann vor alle Gefäße und Blutzufuhren des Tumors setzen und somit verhindern, dass dieser weiterhin mit Blut versorgt und gefüttert wird. Sehr unangenehm, aber aushaltbar. Damit würde erreicht, dass der Tumor stillgelegt würde und bestenfalls austrocknet. Ja, da muss er dann wohl noch mal durch. Mit Glück ist er bis Weihnachten so weit hergestellt, dass er Heiligabend zu Hause verbringen kann. Er erträgt alles ganz tapfer und Montag, den 23.12., dürfen wir nach Hause fahren. Dieses Weihnachtsfest steht unter dem Stern: Demut und Dankbarkeit, denn das hätte auch alles anders ausgehen können.

Kapitel 13

Es wird zum Jour fix, dass meine Cousine Susann über Silvester nach Neuhaus kommt und circa zwei Wochen, auch während meines Geburtstages, bei uns bleibt. Das ist meist sehr entspannend, weil sie den Kids gegenüber viel Nachsicht walten lässt und diese sich in ihrer Gegenwart etwas mehr zusammennehmen als sonst. Rahim hat neuerdings die Angewohnheit, sich mit Gel und Haarspray seine Frisur so zu gestalten, dass es nicht nur ungepflegt aussieht, sondern auch noch den Effekt hat, als sei er in einen Eimer mit Tapetenkleister gefallen. Da er nicht die typische Haarfülle der meisten seiner Landsleute besitzt, entsteht eine unschöne Optik dergestalt, dass die bloße Kopfhaut durchschimmert. Da leider alle meine Vorschläge in dieser Sache von ihm nicht einsehbar waren, daher auch nicht umgesetzt wurden, konfiszierte ich die gesamten Produkte. Er wich ganz keck einfach auf meine aus und darauf angesprochen, behauptete er dann auch noch, es nicht gewesen zu sein. Na prima! Wieder Ärger, Lügen und endlose unschöne Diskussionen. Ich war nahe dran, die Beherrschung zu verlieren, startete aber eines abends noch einen letzten Versuch. Ich fragte ihn, warum er eigentlich nicht macht, worum wir ihn bitten, was wir ihm sagen und als Ultima Ratio dann verbieten. Er würde sich selbst mit seinen Reaktionen das Leben nur noch schwerer machen. Da antwortet er mir: „Weil ich es nicht einsehe." Ach so, wenn er etwas nicht einsieht, macht er es nicht. Ja. Gut, dann können wir uns ja warm anziehen.

Fürderhin trägt Rahim permanent ein Baseball-Cappi. Auch im Haus. Auch bei Tisch. Das ist hier aber auch nicht erwünscht. Darauf spricht ihn nun wenigstens Ingo an: kurz und knapp. „Nimm das Cappi ab bei Tisch, Rahim." Jeden Tag aufs Neue.

Die Osterferien stehen vor der Tür, und weil sie wie immer in Niedersachsen so spät liegen, haben wir wieder Zermatt wegen seiner Höhe und Schneesicherheit als Skiurlaubsziel gebucht. Hadji möchte gern Snowboard fahren. Soll er versuchen. Skilaufen kann er gut genug dafür. Problem: Wir müssen Snowboardstiefel für ihn kaufen, denn unter Geliehene darf man keine Schuhsohlenerhöhung machen lassen. Er bekommt die schicksten und teuersten, schon ein Modell für die nächste Saison, und beschwert sich, dass wir das Brett nur mieten. Er will ein eigenes. Ich kann das mit Mühe und Not noch so gerade verhindern. Wer weiß denn, ob ihm Snowboarden überhaupt liegt. Wer weiß, wie viel er noch wächst und was vielleicht im nächsten Jahr gerade in ist. Also man kann das Geld auch zum Fenster herausschmeißen. Das liegt mir aber nicht. Jetzt wird ein Brett geliehen, und nächstes Jahr wird das Thema neu diskutiert. Basta.

Wie immer haben wir auch diesmal ein Chalet gemietet. Wie immer lautet das Motto: Wer kocht, braucht nicht abzuwaschen. Ingo holt morgens die Brötchen, ich mache das Frühstück, die Kids sind im Bad. Nach dem Frühstück geht's raus auf die Piste. Hadji in die Snowboardschule vormittags. Rahim mal mit uns, mal allein. Mittagspause auf der Hütte. Da Hadji immer weiß, wo wir sind, findet er uns und läuft anschließend mit uns oder Rahim oder allein. So gegen 14.00 Uhr brechen die Jungs manchmal schon ab und gehen nach Hause, während Ingo und ich noch mal einen Anlauf nehmen, die Zeit auszunutzen. Das Wetter ist, wie immer hier, herrlich.

Nun haben Ingo und ich die Angewohnheit, wenn wir nach Hause kommen, meist so gegen 16.00 oder 17.00 Uhr, auf der Terrasse unseres Chalets noch einen Schweizer Kaffee mit viel Sahne zu trinken, die Beine hochzulegen, bevor wir dann wieder losstratzen, das einzukaufen, was ich abends zum Brutzeln benötige. Wir kommen nach Hause, da liegen beide Kinder im Bett. Mit Klamotten versteht sich. Hadji liest, Rahim guckt Löcher in die Decke. Das schmutzige Frühstücksgeschirr steht noch unabgewaschen in der Küche. Nun ist es in diesen Chalets so, dass die Geschirrausstattung meist auf die Personenanzahl beschränkt ist, also nur begrenzt Tassen und Teller etc. zur Verfügung stehen. Ingo und ich wollen aber einen Kaffee trinken, und ich will die Tassen hierfür nicht erst abwaschen müssen, und ich will überhaupt nicht, wenn ich nach Hause komme, noch das Geschirr vom Frühstück vorfinden, zumal in dieser Wohnung alles offen ist, die Küche vom Wohnzimmer, das per Schrankbett gleichzeitig als unser Schlafzimmer und Esszimmer dient, einsehbar ist. Die offene Küche ist darüber hinaus sehr klein, und ich lehne es ab, in vollgekramten Küchen rumzuwerkeln. Also erhalten die Kinder einen Rüffel. Warum das Frühstücksgeschirr noch nicht abgewaschen sei. Daraufhin beschwert sich Hadji, das sei hier alles "scheiße". Hotel sei viel besser, da würde man wenigstens bedient.

Da raste ich aus, so nach dem Motto, das sei wohl die Höhe, wir lebten hier in Saus und Braus in einem ungeheueren Luxus und dann solche frechen, aufmüpfigen, renitenten Äußerungen. Da unterstützt ihn Rahim, wieso, das sei doch ganz normal, so würden schließlich alle leben. Ach so, das war mir neu. Das hatte ich bis dahin noch gar nicht realisiert, darüber hatten wir natürlich auch in den letzten Jahren noch nie gesprochen. Na gut, könnt ihr haben, in Zukunft Hotel und Bedienung und so leben wie alle anderen, aber bitte von eurem eigenen Geld. Büffelt und lernt was Ordentliches, damit ihr dann so viel Geld verdient, dass ihr euch den entsprechenden Urlaub im Hotel leisten könnt. Mit uns jedenfalls war es der letzte. Das lassen wir uns nicht mehr bieten. Nie wieder. Kann ich auch verstehen, dass das ab einem gewissen Alter mit den Eltern alles nur ätzend ist. Ingo und ich gehen diesen Abend essen. Sollen sie doch sehen, wie sie satt werden oder auch nicht. Der Kühlschrank ist voll. Brot und Nudeln sind vorhanden. Der Rest ist heute nicht mein Problem. Nun hatten wir richtig dicke Luft im Chalet. Draußen war sie nach wie vor klar und rein.

Den letzten Abend in Zermatt verbringen wir gewohnheitsgemäß in einem tollen Restaurant bei einem umwerfenden Spaghettifestival. Fünf verschiedene Spaghettigänge, alles frisch am Tisch zubereitet. Ein lukullischer wie optischer Genuss. Das wollten Ingo und ich uns aber nicht durch zwei Muffgesichter vermiesen lassen. Wir rüschen uns alle auf, sind alle vier fertig, da gibt Ingo Hadji 20 Fränkli und sagt den beiden, dass sie heute Abend zu Mc Donalds gehen könnten, aber jedenfalls nicht mit uns. Das Geld würde reichen für zwei Burger, einmal Pommes, einmal Cola und einen Milchshake für jeden. Danach dürften sie gern noch in die Disko von ihrem Taschengeld, das sie als Extraration für den Urlaub bekommen hätten, und morgen früh um 7.00 Uhr sei Aufstehen angesagt für die Abreise mit fertig gepackten Koffern. Tschüss, viel Spaß, und amüsiert euch schön. Ein Denkzettel für diese zwei kleinen "Möchtegern-Luxusgeschöpfe“ musste sein. Ob sie das kapieren?

Wieder zu Hause, geht durch die Medien, dass ein neues Phänomen in den Schulen unter den Jugendlichen eingekehrt sei: Mobbing. Da rempeln ältere Schüler jüngere, schwächere an: „Haste mal 'ne Mark?“ Tags drauf sind es dann schon fünf oder zehn. Und das steigert sich so weit fort, bis die bedrohten Kids – denn leisten sie nicht Folge, würde es ihnen an den Kragen gehen – in ihrer Not die Eltern beklauen oder sonst wie versuchen, die Forderungen der Halbstarken zu erfüllen. Das geht hin bis zum Drogenhandel, und funktioniert der Schwächere nicht, wird er brutal zusammengeschlagen.

Darüber diskutieren wir ausführlich mit Hadji und Rahim, machen ihnen die damit verbundenen Probleme und Konsequenzen klar und bitten sie, sich nie auf eine solche Situation einzulassen oder uns rechtzeitig davon in Kenntnis zu setzen, damit wir Entsprechendes unternehmen könnten. Sie bräuchten keine Angst zu haben, die Mitteilung an uns würde ihnen nicht schaden. Wir würden das schon so schlau einfädeln, dass sie nicht als Petzer dastünden. Denn sei man erst mal in diesem Kreislauf, nähme es kein Ende. Das finge ganz klein und anfangs harmlos erscheinend an und eskaliere dann so weit, dass man keinen Ausweg mehr wüsste und es dann auch häufig schon in einem so fortgeschrittenen Stadium sei, dass die meisten Angst hätten, dann ihre Eltern einzuweihen. So weit wollten wir es gar nicht erst kommen lassen. Wir fürchteten insbesondere um Rahim, der in seiner Labilität das gefundene Fressen für solche Typen war. Das Gespräch dauerte über zwei Stunden, und Ingo und ich waren uns ziemlich sicher, dass es gefruchtet hatte, weil die Jungs davon schon wussten und sich oh Wunder rege an dieser Diskussion beteiligten.

Drei Wochen später bedeutet mir Rahim, dass er ein neues Portemonnaie bräuchte. Warum? Sein altes gebe langsam den Geist auf. Ob er das gleiche, die gleiche Art wieder haben wollte? Ja. Na dann zeig mal her, damit ich weiß, was du brauchst. Er holt sein Portemonnaie. Wir sitzen am Esstisch über Eck. Ich links von ihm. Er reicht mir das Portemonnaie, ich klappe es auf, um zu prüfen, ob es tatsächlich so hinfällig, wie geschildert, ist, denn bei Rahim kann man nie wissen. Der behauptet auch, Dinge seien kaputt, nur weil er sie nicht mehr mag. Ich schaue rein, und was guckt mich an: eine Zigarette. Eine von meinen Zigaretten. Ich rauche nämlich eine seltene Marke. Ich kenne auch niemanden sonst, der diese Marke raucht und da so selten und hier nicht im normalen Laden erhältlich, beziehe ich sie über einen Tabakladen in Vorsfelde, dem nächsten Ort, in welchem ich meine täglichen Einkäufe erledige.

Ich sehe also (meine) Zigarette und frage Rahim noch völlig wertfrei und ohne Hintergedanken: „Rauchst du?“ „Nee!“ Wom, wie ein Reflex, knallte meine rechte Hand an seine linke Backe. Rahim war so verdattert, nach fünf Jahren die erste geklebt zu kriegen, dass er gar nicht reagieren konnte. „Wie kommt dann die Zigarette in dein Portemonnaie?“ „Weiß nicht.“ Zack, klebte ihm die nächste Backpfeife im Gesicht. „Rahim, letzte Chance, das ist meine Zigarettensorte. Die hast du mir geklaut!“ „Nee.“ Wom, saß die dritte. „Also, pass mal auf Rahim, ich lasse mich von dir nicht verarschen. Das ist eine Zigarette aus meiner Schachtel, die Marke gibt's hier nämlich nicht, das ist keine Marlboro, Camel oder Lucky, das ist eine Rothmans King Size, die rauche ich, und nur ich hier in dieser Gegend. Die Backpfeifen hast du nicht bekommen, weil du vielleicht heimlich rauchst. Das ist mir egal. Das Thema hatten wir schon. Dass das etwas ist, was ich euch nicht verbieten kann, weil ich da selbst dummerweise mit schlechtem Vorbild vorausgehe und euch erzählt habe, dass auch ich sehr früh damit angefangen habe. Ich habe lediglich an eure Vernunft in Sachen Gesundheit, speziell bei Hadji mit seinem Tumor im Kopf, appelliert. Aber verboten habe ich es euch nicht. Die Backpfeifen sind für das Lügen und dafür, dass du mich beklaut hast. Und wenn du jetzt nicht gleich die Wahrheit sagst, dann Gnade dir Gott, was mir dann noch einfällt. Also, Rahim, wie und warum kommt diese Zigarette von meiner Packung in dein Portemonnaie?“

Es dauert eine Weile, er stottert erst rum, dann rückt er mit der Sprache raus. Da sei so ein Junge gewesen, der hätte ihn nach 'ner Zigarette gefragt. Er hätte aber keine gehabt.

„Ach so, der fragt dich, weil du Nichtraucher bist. Ich würde auch immer Nichtraucher um ’ne Zigarette anschnorren. Okay. Erzähl weiter. Und dann?“ Dann hätte er ihm eine für den nächsten Tag versprochen. „Ach so, und dann hast du sie mir geklaut?“ „Nee.“ Zack, hatte er wieder eine im Gesicht. „Hör auf, mich anzulügen. Wie kommt meine Zigarette in dein Portemonnaie?“ „Ich hab sie mir genommen.“ „Nein, du hast sie geklaut, denn du hast mich nicht gefragt.“ „Die liegen hier immer so rum.“ „Eben, das sind aber keine Äpfel oder Bonbons für alle, sondern meine Zigaretten. Und Geld liegt hier auch immer so rum, das nimmst du dir dann auch, wenn’s dir grad mal so in den Kram passt, oder wie? Und das nächste Mal nimmst du dir ’ne ganze Schachtel, merke ich doch auch nicht, weil hier immer ganze Stangen rumliegen.“ „Nee.“ „Du glaubst doch nicht, dass ich dir noch was glaube, Rahim. Wie war denn das mit dem Haarspray. Aber egal, das ist jetzt hier eine völlig andere Sache. Wer war der Junge?“ „Weiß nicht.“ Batsch, hatte er die nächste sitzen. „Wo hat er dich gefragt, und denke erst nach, bevor du antwortest.“ „Hier an der Bushaltestelle.“ „Wann?“ „Vor der Schule.“ „Ach, und du weißt nicht, wer das war? Du kennst hier jeden im Ort. Wenn du es mir nicht auf der Stelle sagst, gehen wir zwei gleich gemeinsam von Haus zu Haus und klären, wer dich gefragt hat. Das wird schön peinlich. Und komme nicht auf die Idee, mich wieder anzulügen, ich werde das nämlich hinterfragen. Also raus mit der Sprache.“ Grübel, grübel. „Das war der XY.“ XY war genau der Richtige. „Okay Rahim, das hat Konsequenzen. Und zwar richtige. Ich weiß noch nicht welche, das bespreche ich heute Abend mit Papa, und dann sehen wir weiter. Jetzt gehst du in dein Zimmer. Wenn wir dich rufen, kommst du runter.“

Abends erzähle ich Ingo von dem Vorfall. Der war entsetzt. Wir besprachen das Strafmaß: ein Vierteljahr Fernseh- und Musikverbot. Das Taschengeld verwahren wir die nächsten drei Monate. Hätte er was Dringendes zu besorgen, entscheiden wir, wie viel er bekommen sollte. Ein Vierteljahr absolutes Ausgehverbot, außer Fußballtraining. Und das Härteste: Die Reise mit der Fußballgruppe nach Spanien würde gestrichen. Ingo hatte Angst, er würde sich dort, weiß der Himmel wozu, verführen lassen. Das war zwar hart, aber irgendwann musste der Bengel mal spüren, wo lang es hier ging. Bisher waren noch keine Strafen verhängt worden. Unser Fehler vielleicht. Dafür traf es ihn jetzt eben umso härter. Außerdem erhofften wir uns gleichzeitig eine Fernwirkung auf Hadji, mit dem wir später noch unsere Probleme kriegen würden, so wie der sich jetzt schon benimmt, befürchtete und prognostizierte Ingo.

Das Gespräch abends führte vorwiegend Ingo, indem er sein Entsetzen und seine Enttäuschung zum Ausdruck brachte. Zum einen darüber, dass Rahim seine Mutter beklauen würde, egal, ob eine oder zwanzig Zigaretten, zum anderen darüber, dass das Gespräch vor drei Wochen über das Mobbing anscheinend überhaupt nicht gefruchtet hatte, im Gegenteil, voll an ihm vorbeigegangen sei. Was er eigentlich glaube, weshalb wir diese Gespräche mit den Kindern führen würden. Dann unterbreitete er ihm die Strafliste und empfahl Rahim insgesamt, mal endlich über sein Leben hier nachzudenken.

Fortan hatte ich ein zugängliches Kind. Rahim zeigte sich von einer Seite, wie ich sie nur stundenweise an ihm kennen gelernt hatte. Er war freundlich, half unaufgefordert im Haushalt, war gesprächig. Ach, das ist ja merkwürdig. Das ist also die Sprache, die er braucht und versteht. Bloß leider ist das nicht meine Sprache. Aber vielleicht haben wir Glück, und es hält an. Einen Ausrutscher leistete er sich noch. Es war grundsätzlich verboten, aus Sicherheitsgründen im Straßenverkehr auf dem Fahrrad Walkman zu hören. Ich kam vom Einkaufen aus Vorsfelde mit dem Mini. Ich war etwas spät dran, und Rahim wähnte sich sicher. Als ich in unserem kleinen Neuhaus um die Ecke bog, gewahrte ich meinen Sohn vor mir auf dem Fahrrad. In den Ohren die Stöpsel vom Walkman. In Blitzesschnelle brachte ich den Mini zehn Meter quer vor Rahim zum Stehen. Mit einem Satz war ich aus dem Auto, riss ihm den Walkman vom Kopf, klebte ihm rechts und links eine und sagte nur: „Eine fürs Musikverbot und eine dafür, dass du im Straßenverkehr auf dem Rad den Walkman benutzt“, steckte den Walkman ein und konfiszierte die Kassetten. Ich sabbelte mich nicht mehr ab.

Ich erzählte beide Vorfälle einer gestandenen und erfahrenen Mutter hier aus dem Ort und, nachdem wir uns besprochen und ich mir, wie schon häufiger, ihre Ratschläge angehört hatte, beschlossen wir, dass ich mit den Backpfeifen aufhören sollte, damit ich nicht zur Schlägerin würde. Seitdem habe ich Rahim nie wieder eine gelangt, obwohl es noch oft genug angebracht gewesen wäre. Dieser Kelch ist übrigens an Hadji völlig vorübergegangen, aber nur weil er in entscheidenden Situationen immer ausreichend weit genug weg von mir stand, und außerdem hatte ich Angst, er würde zurückhauen. Ich traute ihm das zu. So wie der mich in Krisensituationen ansah, böse, verachtend, vernichtend, mit so einem zynischen Grinsen um den Mund, rechnete ich damit, mir selbst eine einzufangen. Und das bei seinen Bärenkräften. Das wollte ich nicht riskieren. Obwohl Ingo, bei dem Hadji nahezu Narrenfreiheit hat, mir mal sagte, wenn es so weit käme, dass Hadji mir gegenüber handgreiflich würde, dann würde selbst ihm die Hand ausrutschen.

Einmal war Ingo kurz davor, Hadji zu verprügeln, obwohl mein Mann dazu noch viel weniger neigt als ich. Hadji hatte eine Einladung zu einer Feier vom Vorsitzenden einer Jugendgruppe erhalten mit der Bitte, sich an- oder abzumelden, aus organisatorischen Gründen. Hadji rührte sich nicht. Am letzten Tag der Frist fragte ich ihn nach dem

Mittagessen, er war schon im Begriff, auf sein Zimmer zu gehen, ich saß noch am Tisch und rauchte mein Rettchen, ob und wie er sich entschieden hätte und ob er es dem Verein mitgeteilt hätte. Da pöbelt er mich in seiner berühmten Art an: „Scheiß Weishaupt (so heißt der Vorsitzende), was soll ich da?“ Da gingen mir die Nerven durch und ich belehrte ihn, dass die Betitelung des Vorsitzenden als scheiß Weishaupt eine solche Respektlosigkeit sei, dass mir dazu nicht mehr viel einfiele, dieses Wort in unserem Haus und erst recht in diesem Zusammenhang absolut daneben sei. Ferner, dass dieser Herr Weishaupt einen akademischen Titel führe und damit Herr Dr. Weishaupt sei, und letztlich er ihn überhaupt nicht kenne und es ihm daher auch nicht zustehe, so über diesen Herrn zu urteilen. Ich würde sofort eine Entschuldigung mit Begründung von ihm erwarten, und zwar schriftlich, über eine DIN A4 Seite, nur für mich. Er solle sich sofort Gedanken über das soeben Geäußerte machen und diese in dem Entschuldigungsschreiben, das nur für unsere Familie bestimmt sei und nicht nach außen ginge, sondern lediglich dazu diene, sich mal darüber im Klaren zu werden, wie man mit Respektpersonen, die einem nur Gutes wollen, umzugehen hätte, artikulieren. „Mach ich nicht“, bollerte er zurück, knallte die Tür hinter sich und war verschwunden.

Ingo hatte das Ganze vom Wohnzimmer zeitunglesend aus verfolgt, stand von seinem Knollsessel auf und folgte Hadji mit großen, schnellen Schritten. Die Tür knallte zum zweiten Mal. Völlig atypisch für meinen Mann. Oh oh, dachte ich nur. Eine Minute später vernahm ich ein solches Gebrüll zwischen Vater und Sohn in unserem Haus, wie noch nie zuvor. Ingo neigt überhaupt nicht zum Lautwerden, aber das war wohl auch für ihn zu viel. Ich bekam die Auseinandersetzung ob der räumlichen Trennung nicht wörtlich, nur akustisch mit. Aber ich spürte am Tonfall und vor allem Ingos Lautstärke, dass es hoch her ging. Lass dir das nicht bieten Ingo, dachte ich. Wie kommt der dazu, nun auch dich so anzupöbeln. Nach fünf Minuten kam Ingo wieder. Dunkelrot im Gesicht, erzählte mir nichts von deren Anbrüllerei, nur dass er kurz davor gewesen sei, Hadji richtig durchzuhauen. Er hätte lediglich davon abgesehen, weil er befürchtete, nicht mehr aufzuhören, hätte er einmal angefangen. Ich dachte nur, gut, dass du mal live erlebst, was mir hier täglich geboten wird. Vielleicht verstehst du nun einige meiner Reaktionen ein bisschen besser. Eine Stunde später hatte ich das geforderte Entschuldigungsschreiben. Sehr ordentlich. Drei Jahre danach treffe ich zufällig besagten Dr. Weishaupt, der zwischenzeitlich Hadjis Entwicklung verfolgt hatte und erhalte folgendes Kompliment: „Also, das muss ich Ihnen wirklich mal sagen, Frau Trott, ein richtig netter Bengel. Das haben Sie gut hingekriegt." Danke Herr Doktor...

Nach vier Wochen hob ich das Musik- und Fernsehverbot für Rahim auf und sagte ihm, ich sei stolz auf ihn, mit welcher Stärke er diese vielen Verbote ertragen würde. Ich fände das ganz toll von ihm, deshalb würde ich vorzeitig einen Teil der Strafe erlassen und hoffe, dass es nun so weiterginge, wir seien wohl auf dem richtigen Weg. Rahim freute sich und ich mich mit ihm.

Während dieser ganzen Zeit wird Hadjis Tumor ständig kontrolliert. Die Ärzte sind zufrieden.

Im Frühsommer kommen Ingo und Hadji von einer Golfrunde zurück und müssen dringend mit mir sprechen. Ich hätte doch schon gehört, da sei ein neuer Golfclub in Wolfsburg entstanden. Nur 15 Minuten von unserem Ort entfernt (nach Gifhorn fahren wir mindestens 35 Minuten). Den hätten sie heute mal angesehen und Hadji sei begeistert. Ob wir da nicht eintreten wollten? Ich frage, ob wir einen Goldesel im Garten hätten, was das denn solle, drei Personen in zwei Golfclubs, wie wir das bezahlen wollten, ob es da nicht Wichtigeres gäbe? Ich finde es auch übertrieben und pädagogisch unklug, noch mehr Luxus und noch mehr Luxus. Die Jungs würden völlig das Gefühl zum Geld verlieren, hatten sie sowieso schon. Die Forderungen wurden immer größer. Ich sah da keine gute Entwicklung. Da erklärt Ingo mir, er findet es für Hadji ganz wichtig. Der sei in Gifhorn nicht glücklich, weil er durch seine ständigen Ausfälle letztes Jahr keinen Anschluss an die Gifhorner Jugend gefunden hätte. Im Wolfsburger Club seien aber noch nicht so viele und die, die da seien, wären absolute Anfänger, somit hätte Hadji mit seiner Spielstärke denen was voraus und sei schon wer und hätte darob automatisch Anerkennung. Er würde es dem Jungen wünschen, der doch bisher wahrlich nicht auf der Sonnenseite des Lebens gestanden hätte. Na gut, wir spielen ihn mal Probe, gebe ich nach. Nach der Proberunde bearbeiten mich beide so lange, bis ich nicht mehr nein sagen kann. Wir treten ein. Ingo, Petra und Hadji Trott.

Hadji schließt sofort Freundschaft mit einem gleichaltrigen Jungen, dessen Vater Ingo ganz gut kennt. Dieser lädt Hadji ein, mit ihm und seinem Sohn die großen Sommerferien in seinem Holzhaus in Schweden zu verbringen. Toll. Drei Männer am See. Keine Weiber, kein Gezeter. Super. Die Reise geht von Travemünde über die Ostsee per Fähre nach Trelleborg/Schweden. Von dort wieder weiter mit dem Auto. Wir besorgen das Visum für Schweden. Freitagmittag holen Vater Klein und Sohn Tobias unseren Hadji mit ihrer Jaguar-Limousine bei uns ab. Er freut sich wie ein König.

Abends sind Ingo und ich hier im Ort auf einer Gartenparty. Die Stimmung ist heiter, wir sind gelassen, der Wein fließt. Da stürzt Rahim in den Garten (wie gut und sinnvoll, wenn die einen wissen, wo die anderen sind!): „Papa, Papa, Herr Klein hat angerufen, du musst sofort nach Hause kommen, der ruft gleich wieder an.“ Oh nein, nein, nicht schon wieder. „Nein, nein, ist nichts mit dem Tumor.

Irgendwas mit weiß nicht, klappt nicht.“ Ingo rennt davon, ich bleibe erst mal aus Rücksicht auf die Gastgeber, die wollen schließlich auch erfahren, was passiert ist. Nach einer halben Stunde kommt Ingo zurück und klärt uns auf. Vater Klein sei mit den Jungs nach Travemünde gefahren. Als sie auf die Fähre wollten, stellte sich bei der Passkontrolle heraus, dass Hadji kein Visum für Dänemark hätte, man jedoch durch dänisches Gewässer müsse. Das Visum für Schweden reiche nicht aus. Es gäbe die folgende Möglichkeit: Ingo käme sofort nach Travemünde, das könne er schaffen, wenn er gleich losfahre, sich Hadji schnappe, und mit diesem nach Stralsund weiterdüse. Dort könnte er ihn auf eine andere Fähre bringen, die nicht durch dänisches Gewässer muss, sondern direkt nach Schweden fahren würde. Sie, Vater und Sohn, würden die nächste Fähre nach Trelleborg nehmen, und Hadji dann am nächsten Tag an dem Ort abholen. Er müsste nur am Pier circa zwei Stunden auf die beiden warten. Aber so entstehen nur neue Mehrkosten für Hadji und nicht für drei Personen. Hadji sei schon eingewiesen. Für die Rückfahrt würden sie sich was überlegen.

Ingo und ich pesten zurück. Ich kochte starken Tee, schmierte “Schulbrote“ und machte ein Lunchpaket. Ich sollte hier bleiben, Ingo würde das allein machen. Er sei dann Sonnabendmittag wieder zurück. So fuhr er los, ich ging zurück auf die Party, blieb aber nur eine Stunde und bedankte mich bei Rahim für seine prompte Reaktion. Völlig erschöpft und übermüdet kehrte Ingo am Samstag wieder heim.

Kaum ist Hadji fort, fragt mich Rahim, ob er es nicht doch noch mal mit dem Golfspielen versuchen könnte. Klar, gern. Aber was ist mit Fußball? Macht keinen Spaß. Hm. Dass er aber erst viel üben müsse, um die Platzreife zu erlangen, bevor er auf die Runde gehen darf. Ja, wüsste er. Er wolle erst mal nur probieren. Ich informiere den Bokensdorfer Trainer, einen jungen begabten Iren, erzähle ihm von Rahims

Schwächen und Problemen, von denen er schon gehört hatte und sich wunderte, dass ein Junge seines Alters diesen Sport ablehne, wo doch die ganze Familie ihn spielt. Er sagt bloß: „Bring ihn morgen mit, ich mach das schon." Rahim will aber nicht gleich zum Trainer, sondern bittet mich, ihm das alles noch mal im Garten zu zeigen. Mache ich. Er bekommt ein altes Eisen sieben von Ingo, ich zeige ihm Griff, Haltung, Stellung, Schwung und schlage ein paar Kiefernzapfen. Dann will er. Stellt sich hin, holt aus, haut drauf, und der Zapfen fliegt über das ganze Grundstück. Mir fällt der Kinnladen runter. Bow, ich klatsche Beifall. Rahim strahlt. So geht das eine Stunde lang. Einen Zapfen nach dem anderen befördert er in Nachbars Garten. Kein Fehltreffer. Ästhetisch wunderschön anzusehen. Er machte alles exakt so, wie ich es ihm gesagt hatte. Ich bin begeistert. Na, dann kann es morgen losgehen. Wir fahren nach Bokensdorf, ich übergebe Rahim dem Trainer und gehe selbst auf die Runde, damit die zwei ungestört und unbeobachtet arbeiten können.

Als ich nach neun Loch zurückkomme, steht mein Kind auf der Driving Range (Übungswiese) und drischt einen Ball nach dem anderen fort und strahlt. Das hätte vielleicht Spaß gemacht. Er kann schon alles und John hätte ihm gesagt, er sei viel begabter als Hadji. Den würde er bald locker einholen. Schlauer John. Ob wir morgen wieder dürften? Klar, gern. Die Stunde wird sofort gebucht. Wir berichten abends Ingo von diesem wunderschönen erfolgreichen Tag. Tags drauf dasselbe. Da steckt wirklich Talent in diesem Jungen. Das sieht man. Er macht einfach alles richtig, und der Erfolg bleibt nicht aus. Es ist wunderschön, seinen Bewegungsablauf zu beobachten. Nach einer Woche hat er die Platzreife und darf mit mir auf die Runde. Er wird süchtig. Wie wir alle. So, sage ich Ingo, wir haben es endlich geschafft. Der Knoten ist geplatzt. Jetzt muss er nur noch kapieren, dass das Leben neben Golfspielen auch noch aus anderen Dingen besteht. Das bespreche ich mit ihm, er kapiert.

Die Mundwinkel hängen erst wieder runter, als er erfährt, dass er nicht sofort einen neuen Schlägersatz bekommt, sondern vorerst mit Papas altem spielen muss. Alt heißt zwei Jahre. Ingo würde einen neuen bekommen, den er schon lange haben möchte. Das hätte Vorrang. Hadji hat auch mit einem alten angefangen, und zwar von mir. Aber Schuhe würde er sofort bekommen und die Eintrittsgebühr in den Club. Zum Geburtstag versteht sich. Nach anfänglichem Muffen schluckt er das. Da wird Hadji aber staunen, wenn er aus Schweden zurückkommt. Und ein Babysitter für Max muss auch her, wenn wir jetzt alle Golf spielen. Wer soll dann die Gassirunden mit ihm machen? Die Petersens. Die hatten hier schon ein paar Mal eingehütet, wenn wir im Wintersport waren. Das machen sie gern. Nun hieß es, vormittags wird gebüffelt, nachmittags wird Golf gespielt. Rahim macht gewaltige Fortschritte. Hadji freut sich, als er davon erfährt und will sofort eine Runde mit seinem Bruder spielen. Ich fahre die zwei raus, lasse sie allein und hole sie abends wieder ab. Das Eis scheint gebrochen.

Ich freue mir die Seele aus dem Leib. Mir ist natürlich auch klar, wie es zu Rahims Sinneswandel gekommen ist. Dem stank es fürchterlich, die Wochenenden mit Max, Gartenaufräumarbeiten und Sockenzusammenlegen beschäftigt zu werden. Egal, wie dem auch sei, es hat gefruchtet. Am Wochenende gehen wir zu viert auf die Runde und haben gewaltig Spaß und beschließen, wenn jetzt vier Trotts Golf spielen und wir zu Turnieren antreten, geben wir uns alle so viel Mühe, dass mindestens einer von uns immer auf dem Siegertreppchen steht. Wollen doch mal sehen, ob wir nicht auch mal positiv von uns reden machen können. Das spornt die Jungs an. Abgemacht? Abgemacht. Von da an stehen wir regelmäßig in der Zeitung, denn unsere Abmachung tritt ein. Ein Trott gewinnt immer. Was für eine Familie. Da kommt doch wieder Frohsinn auf, den wir so gut gebrauchen können, denn die letzte Zeit war doch reichlich gespickt mit so mancherlei Schwierigkeiten.

Ich höre unabhängig von unseren Golferfolgen sowieso ständig, wie sehr man uns bewundert. Was wir da gemacht hätten. Worauf wir uns da eingelassen hätten. Das würde keiner fertig bringen. Ich kann dazu nur sagen, dass das alles gar nicht so geplant war. Wir wollten eigentlich nur mal für drei Monate soziale nette Menschen sein und die Jungs gesund pflegen. Wir seien regelrecht in die ganze Sache reingeschliddert. Und wenn man erst mal im Boot sitzt, mitten auf dem großen Teich des Lebens, dann rudert man es doch auch an Land und ließe es trotz aller Unwetter und Stürme nicht plötzlich kentern, sondern rudere und paddele bis zur Erschöpfung in der Hoffnung, doch noch Land und Boden unter die Füße zu bekommen. Außerdem hätte es zwischendurch auch immer wieder schöne Phasen gegeben. Es war nicht immer alles nur schrecklich mit den Kindern. Wollen wir doch mal gerecht bleiben. Darüber hinaus haben auch wir, mein Mann und ich, viel von den Kindern gelernt, auch wenn sie unser ganzes Leben umgekrempelt haben. Außerdem habe ich Demut gelernt. Ohne die Kids wäre ich freiwillig nie nach Pakistan gekommen. Oh nein. Ich bin doch ein viel zu bodenständiges Schaf. Und wenn ich heute sehe, worüber sich Leute aufregen, beschweren, beklagen, schimpfen, würde ich die am liebsten ins Flugzeug setzen und mal eine Woche nach Peshawar schicken. Eine Woche würde schon genügen, und die kämen mit anderen Einstellungen zurück.

Auffallend in diesen Ländern ist nämlich, wie strahlend die Menschen trotz all des Elends, der Not, dem Leid und der Armut auf einen wirken. Kaum kommt man jedoch zurück in unsere so genannte zivilisierte Welt, am Flughafen Frankfurt zum Beispiel, trifft man auf “Damen” in Pelzen, voll beklunkert, aber in die Gesichter darf man ihnen nicht schauen. Verbiestert, mürrisch, unzufrieden. Das ist doch eine Erkenntnis, die ich ohne die Jungs vielleicht erst viel viel später gewonnen hätte. Theoretisch war mir das schon alles klar. Aber nun habe ich diese Gegensätze leibhaftig erlebt. Ich bin weder oberflächlich, noch materiell erzogen, strebte schon als Kind nach Ehrlich- und Gerechtigkeit, doch ist es ein großer Unterschied, dies nur verbal zu vertreten oder es tatsächlich zu leben und vorgelebt zu bekommen. Das war mir der ganze Aufwand schon wert, auch wenn ich die Kids nach wie vor ab und an mal "an die Wand klatschen" möchte. Aber welcher Mutter geht es nicht manchmal ebenso? Why – because.

Noch in den letzten Tagen der großen Sommerferien erhalten wir Post und einen Anruf aus Kabul. Rahims Eltern brauchen Geld. Sie wollen flüchten. Die Zustände würden immer unerträglicher. Dafür bräuchten sie Geld. – Ja, spinnen die denn? Was haben die denn mit unseren ganzen Dollars gemacht? Die kriegen keinen Pfennig. Glauben die denn, sie hätten hier in uns die Kuh, die man nur zu melken bräuchte? Wir hatten ihnen doch alles ausführlich erklärt. Das mit den vielen Dollars. Ich glaube, ich bin auf der falschen Vorstellung. Wenn wir jetzt nachgeben, hört das nie mehr auf. Hätten sie außerdem alles anders haben können. Wir wollten ihnen doch eine neue Zukunft in Peshawar aufbauen. Aber nein, da war es ihnen zu dreckig, zu laut und zu heiß. Trifft jetzt auch noch alles zu: laut, dreckig, heiß... Das schrieb ich ihnen zurück, schickte aber doch 300,00 DM für die Flucht mit. Danach müssten sie aber selbst klarkommen. Ohne unsere Finanzspritze. – Sie flohen nicht.

Nach den Ferien sollte nun auch Rahim die siebte Klasse der IGS besuchen. Aufgrund der Beobachtungen mit Hadji, den engagierten Lehrern, den Förderkursen, schien uns genau diese Schule auch für Rahim die richtige zu sein. Damit gab es nur noch selten ein gemeinsames Mittagessen, da die Jungs dreimal in der Woche acht Stunden hatten, in denen, sofern man es schaffte, die Hausaufgaben erledigt werden sollten, wodurch sie erst um 17.00 Uhr zu Hause eintrafen. Wir experimentierten nun so ein bisschen herum. Entweder ich kochte für Ingo und mich so viel, dass die Jungs es sich dann nur noch aufzuwärmen brauchten oder aber ich kochte auch mal Dinge für Ingo, die sie nicht so gern mochten, dann bekamen sie Geld mit in die Schule und aßen dort in der Kantine. Das war manchmal sogar ganz lecker.

Nun verfällt Rahim aber wieder in seine Lethargie. Beim Käseabendbrot, das seit jüngstem die Kinder bereiten, – was sie auch recht ordentlich machen – wollen wir natürlich wissen, was in der Schule gelaufen ist, da sich sonst keine Kommunikationsthemen ergeben, außer dem, was Ingo und ich zu berichten haben. Hadji erzählt ein bisschen. Dann geht die Frage an Rahim: „Und was habt ihr gemacht?" Antwort: „Nix." „Was nichts, acht Stunden lang nichts? Das kann nicht sein." „Doch." Ich will Bücher und Hefte sehen. Die seien alle in der Schule, weil er zu Hause nichts zu machen bräuchte. Ach so. Ich bedeute ihm, mir aus allen Fächern alles mitzubringen. Wenn er schon nicht reden will, möchte ich mir wenigstens selbst ein Bild machen. Und zu Hause gar nichts mehr tun, läuft nicht. Zumindest nicht an den beiden Tagen, an denen man um 15.00 Uhr nach Hause kommt. Das gilt auch für Hadji. Der verbringt seine Freizeit nämlich nur noch vor dem Fernseher und zieht sich so Action- und Brutalofilme rein und bedient sich seitdem zunehmend dieser dort benutzten Ausdrucksweise, Sprache und benimmt und äußert sich mir gegenüber meist entsprechend und mit Gutturallauten. Kann er mit dieser Art von Filmen nicht umgehen und unterscheiden, dass das bei uns zu Hause nicht so läuft, dann werden diese Filme eben nicht mehr gesehen. So. Erledico.

Was Rahim betrifft, mahne ich ihn erneut zu mehr Fleiß, denn wenn man ihn fragt, was er mal beruflich machen will, antwortet er mit absoluter Selbstverständlichkeit: Rechtsanwalt. Zu und zu drollig wie "Klein Moritz" sich die große weite Welt vorstellt.

Rahim hat wieder Probleme. Diese spiegeln sich in seiner Haut wider. Er kämpft mit fürchterlicher Akne. Die Hautärzte behandeln mit schweren Präparaten. Nichts hilft. Er darf keine Schokolade mehr essen. Unterstützend behandle ich ihn jeden Abend, indem ich ihm eine Packung mit Heilerde auf sein Gesicht schmiere. Rahim, du darfst nicht pulen. Schon gar nicht mit ungewaschenen Händen. Wenn es juckt, komm zu mir oder schmiere deine Salbe drauf, sonst behältst du lauter Narben übrig, versuche ich auf ihn einzugehen. Es wird immer schlimmer. Ich gehe mit ihm zur Kosmetikerin. Die ist entsetzt. Quetscht erst einmal zwei Stunden lang alles aus. Verordnet ihm Salben für Tag und Nacht und in erster Linie Hygiene und keine Süßigkeiten. In zwei Wochen will sie ihn wiedersehen. Keine Besserung. Ich verordne ihm Rotlicht. Macht er auch ganz artig. Hilft auch nichts. Seine Gemütsverfassung drückt sich in seiner Haut aus. Mal wird es besser, dann denke ich, sind wir über den Berg, dann sprießt er wieder wie ein Streuselkuchen mit Blaubeeren. Keiner weiß Rat. Ich schalte sogar eine Heilpraktikerin ein. Auch ohne Erfolg. Das sei so in der Pubertät, sagen die meisten. So ein Quatsch. So muss man wirklich nicht rumlaufen, sage ich, weiß aber auch nicht weiter, außer noch gesünder zu kochen und seinen Süßigkeitsbedarf mit noch mehr Obst und jetzt im Winter mit Bratäpfeln und Applecrisp mit Honig und Ahornsirup gesüßt als Nachtisch zu stillen.

Kapitel 14

Die neue Schule von Rahim hat einen positiven Nebeneffekt. Er gewinnt Freunde. Lauter nette, gepflegte Jungs aus ordentlichen Familien. Das begrüße und unterstütze ich sehr. Er hat seine erste Einladung zu einer Silvesterparty. Ich lehne eigentlich diese abartige Rumknallerei zu Silvester ab. Von der Verschmutzung der Umwelt in dieser einen Nacht abgesehen, finde ich, muss man das Geld nicht so zum Fenster rausballern und schon gar nicht im Anblick der Hungersnöte auf dieser Welt. Da sollte man lieber spenden oder wenigstens halbe-halbe machen. Letztes Jahr war es ausnahmsweise noch ein letztes Mal Ingos Wunsch, die Kinder knallen zu lassen, um der Freude Ausdruck zu verleihen, dass Hadji seine Krankheit scheinbar besiegt hatte und er für die Zukunft mit den Knallern die bösen Geister vertreiben sollte. Dieses Jahr nun wollten wir vernünftig sein. So war es besprochen. Jetzt konnte doch aber Rahim nicht ohne Feuerwerkskörper auf seiner ersten Silvesterparty erscheinen. Klar, sah ich ein. Also letzte Ausnahme. Nächstes Jahr wird genau die in diesem Jahr verballerte Summe nach Afghanistan geschickt.

Nun gilt natürlich gleiches Recht für alle. Also marschierten Ingo und die Jungs los, Kracher kaufen. Natürlich auch für Hadji. Berge von Knallkörpern schleppten sie hier an. Mir wurde ganz schlecht. Ich dachte auch an den Müll des nächsten Tages auf den Straßen, in den Gärten, ich Spielverderber. Rahim verschwindet, Hadji bleibt bei uns Alten. Susann ist auch wieder da. Wir machen es uns gemütlich, wie immer, und um 24.00 Uhr, nachdem wir Erwachsenen mit Sekt aufs neue Jahr angestoßen hatten, verschwanden Ingo und Hadji und ballerten sich die Seele aus dem Leib. Mir tat Hadji etwas Leid, so allein mit 17 Jahren mit seinem Vater rumzuknallen. Aber er hatte den Anschluss an andere Jugendliche nicht richtig bekommen. Wohl auch dadurch, dass er seine Freizeit überwiegend auf dem Golfplatz verbrachte. Mit großem Erfolg übrigens. Rahim schaffte ihn golferisch natürlich nicht. Außerdem zeigte Hadji ein richtiges Phlegma, wenn es darum ging, anderen gegenüber mal die Initiative zu ergreifen, eine Party zu organisieren. Und aufgrund seiner großen Klappe mir gegenüber – er wusste grundsätzlich alles besser, hatte immer das letzte Wort – lehnte ich es inzwischen ab, mich hier einzubringen.

Ingo und ich fahren, wie angekündigt, allein in den Wintersport. Diesmal nach Wengen in den beiden ersten Märzwochen, da wir nun nicht an die Osterferien gebunden sind. Die Kinder sind groß genug und bleiben mit Max dem Hund, Friedrich von Hotzenplotzen und Philline Rüben-Rackerzahn, den beiden Katzen, allein zu Haus. Das bedeutet, dass sie dreimal am Tag die Runde mit Max gehen müssen. Das erste Mal bereits vor der Schule, dann immer der, der als Erster nach Hause kommt und noch einmal kurz vor dem Schlafen. Diese letzte Runde gehen sie gemeinsam, weil sie sich nämlich doch abends im Dunkeln allein fürchten, auch wenn dieser Weg durch unsere beleuchteten Straßen führt. Mittagessen bekommen sie in der Schule, ansonsten ist das Haus voller Vorräte. Die Golfsaison hat noch nicht begonnen, so dass sie unseretwegen hierauf nicht verzichten müssen.

Wir kommen in Wengen an, da ist alles grau. Kaum Schnee. Schlechte Verhältnisse auf den Pisten. Ein für meinen Geschmack grässliches Chalet. Alle Möbel aus auf

Lederimitat getrimmtem Plastik. Dafür aber ziemlich teuer. Auch das Panorama ist nicht so, dass ich Jubelschreie aussto-ße. Das ist nicht mein Ort. Abwechselnd legen Ingo und ich uns jeweils für drei Tage mit Grippe ins Bett. Dann unternehmen wir einen Ausflug nach Grindelwald. Das ist schon besser. Und immer wieder frage ich Ingo, was das da drüben auf der anderen Bergkette für ein Ort sei. „Ach vergiss es, das ist Mürren, da trainiert die Weltelite. Sauschwere, nur schwarze Pisten. Das berühmte Kanonenrohr, das in dem James Bond Film "Im Auftrag ihrer Majestät" eine große Rolle spielt, alles eng und steil, nichts für uns", meint Ingo. Dieses Mürren lässt mich aber nicht los. Ingo erklärt sich bereit, mit mir einen Tagesausflug dorthin zu machen. Ich traute meinen Augen nicht. Schon während der Fahrt mit dem Bähnle schlug mein Herz höher und höher. Und als wir ankamen und ich an der Terrassenreling eines Restaurants stand, da wusste ich: Hier hat der liebe Gott das Paradies erschaffen, nicht in der Gletscherlandschaft Zermatts, wie ich ehedem dachte. Nein, hier und nur hier. Ich war beeindruckt und überwältigt. Eine unglaubliche, von der Natur unberührte Landschaft, dort wo die Menschen nicht mehr hinkamen. Darunter Pisten für jedermanns Können und Geschmack. Gut gekleidete Menschen mit sportlichem Flair. Hier wurde Ski gelaufen und nicht, wie häufig in Zermatt, Vermögen zur Schau getragen. Das war mein Ding. Hier wollte ich einmal in meinem Leben auf den Brettern stehen. Wir nahmen Prospekte mit, um meinen Wunsch eventuell nächstes Jahr zu realisieren.

Wieder zu Hause, stellten wir fest, dass die Jungs ihre Aufgabe hervorragend gemeistert hatten. Das war doch für alle Beteiligten eine gute Lösung. Ingo und ich konnten entspannen, ohne uns zu ärgern, und die Kids waren froh, uns mal los zu sein. Wir lobten sie sehr. Man merkte, sie wurden größer, sprich älter. Manchmal hatte ich daran nicht mehr geglaubt.

Aus irgendeinem Grund oder vielleicht auch ohne, bloß so, verbringen wir mal wieder ein Wochenende in Hamburg. Diese Besuche in unsere kleine Bude hatten sich stark reduziert, wohl weil die Wochenenden dem Golfspielen gewidmet wurden. Nach dem obligaten Essen in der Martini-Pizzeria gehen Ingo und Hadji ins Bett. Ich bin noch weinselig, mache mir eine Flasche auf, Rahim setzt sich zu mir, und wir kommen ins Klönen. Ab und an gab es diese Stunden der Vertrautheit zwischen uns, wenn die beiden anderen schon schliefen und nur wir zwei es uns gemütlich machten. Ich genoss diese Zweisamkeit mit Rahim immer sehr, zumal ich jedes Mal hoffte, das Eis brechen zu können, ihm verständlich zu machen, worum es im Leben meines Erachtens eigentlich ging. Dass man nicht immer nur Spaß haben könnte und man sich diesen zeitweiligen Spaß erarbeiten müsse, um dann in weniger spaßigen Zeiten davon zehren zu können. Ich hatte auch jedes Mal das Gefühl, dass er wohl verstand, was ich meinte, bloß er konnte es nicht umsetzen. Außerdem konnte ich nicht jedes Wochenende mit ihm die Nacht zum Tag machen, da mir zum einen nicht immer danach war und zum anderen es auch andere Vorhaben gesellschaftlicher Natur in unserem Leben gab. Nicht zu vergessen der Tag danach, an dem von der Stimmung der vorangegangenen Nacht aber auch nicht das kleinste Fitzelchen mehr bei Rahim wahrzunehmen war.

Aber nun hatten wir seit längerer Zeit mal wieder so eine Nacht. Ich bei Wein, Rahim bei Cola, wir beide Nüsse und Chips schnasselnd. Da sagt Rahim zu mir: „Du Mama, jetzt weiß ich, warum Papa und du keine eigenen Kinder habt. Das hat der liebe Gott extra so gemacht. Der wusste, dass wir zu euch kommen. Und wenn ihr eigene Kinder gehabt hättet, hättet ihr uns nie genommen, weil ihr gar keine Zeit für uns gehabt hättet.“ Bow, ich wäre fast vom Essstuhl gekippt, hätte nicht die Küchenzeile so dicht hinter mir gestanden, die dies verhinderte. Ich war baff. Was für ein Kind.

Der lag also doch nicht das ganze Wochenende und in seiner Freizeit nur im Bett und guckte Löcher in die Decke. Nein, er dachte nach und kam zu solchen Erkenntnissen. Dafür schrieb ich ihm innerlich einiges gut.

Ich habe die Angewohnheit vor dem Zubettgehen meine Katzen, so sie noch draußen sind, für die Nacht ins Haus zu rufen, um nicht Gefahr zu laufen, sie an Tierfänger zu verlieren, wie das grausame Schicksal es wahrscheinlich Minnie Mausehuhn, Phillines Vorgängerin, ereilt hatte. Meine Katzen kannten dieses Ritual des Reinpfeifens und richteten sich danach. Friedrich, mein Friedrich, seit 17 Jahren schon mein bester, treuester und verschmustester Freund und Gefährte, zeigte seit einiger Zeit die Spuren seines stattlichen Alters. Diese Nacht, Freitagnacht, kam er nicht nach Hause. Ich konnte seit sechs Jahren nachts nicht mehr richtig schlafen, turnte so fünf- bis sechsmal im Haus rum, futterte Schokolade, tafelweise, – Nervennahrung – rauchte, versuchte es wieder eine Runde, bis der Morgen zum endgültigen Aufstehen rief.

In dieser Nacht stand ich stündlich auf. Ging auf den Balkon, rief meinen Kater, der sich vielleicht in einem Anfall von Frühlingsgefühlen beim Mauertreff auf dem Friedhof vertrödelt hatte, ging wieder ins Bett, stand wieder auf. Der Kater kam nicht. Ingo war an diesem Wochenende nicht zu Hause. Demzufolge machte ich die Samstagmorgen-Gassirunde mit Max. Trete vor die Tür, kein Kater da. Bei Gerda konnte er nicht sein und Schmidts behielten ihn nie über Nacht. Zurück von der Gassirunde ging ich, wie immer, durch den Garten, um zu sehen, ob ich wieder irgendwelche Mäuse oder ähnliches Getier noch lebend aus unserem Swimmingpool retten musste. Da gewahrte ich ein schwarzes Fell an der Oberfläche des Wassers und dachte, oh nein, bitte nicht der schwarze Kater von nebenan. Und plötzlich, auf einmal, war mir klar, das ist nicht der Kater von nebenan.

Das ist dein Friedrich. Das ist Fritz. Fritz war zwar getigert, aber ganz dunkel und auf dem Rücken schwarz mit weißen Vorderpfötchen, weißer Brust und weißen Hinterbeinen bis an den Po. Ein Bild von einem Kater.

Ich trete an den Rand des Pools, der noch voll vom verbrackten Winterwasser war, und sehe genauer hin, obwohl schon alles klar war. Die vergangene Nacht, sein Nichterscheinen, meine düstere Vorahnung. Da erkenne ich dies geliebte Wesen, die weißen Hinterbeine senkrecht in die Tiefe des Wassers gestreckt. Ich brülle wie am Spieß, schreie, stoße laute gutturale Laute aus, stürze in das Gerätehaus, um etwas zu suchen, womit ich ihn aus der Brühe fischen kann, denn ich mag ihn nicht anfassen, nicht wissend, wie sich dieser so geliebte Körper jetzt anfühlt. Aber er muss raus aus dem Wasser, sofort, obwohl mir klar ist, dass er tot ist, längst die Leichenstarre eingesetzt hat. Ich schreie weiter, immer nur seinen Namen, kriege mich nicht unter Kontrolle, renne völlig kopf- und planlos am Pool auf und ab, den Tränenströmen aus meinen Augen keinen Einhalt gebieten könnend. Da stürzt Hadji herbei, erfasst und begreift sofort die Situation. Kniet sich an den Beckenrand, das linke Bein davongestreckt, weil er es doch nicht richtig beugen kann, greift mit beiden Armen ins Wasser, holt den aufgeblähten Kater heraus und legt ihn behutsam ins Gras. Ich schreie nicht mehr, bin schlagartig verstummt, stehe da, schlottere, zittere, kann vor Tränen nichts erkennen.

Wortlos nimmt Hadji mich in die Arme und muss auch weinen. Der kleine Mann. So stehen wir eine Weile, bis ich mich beruhigt habe. Da sagt Hadji: „Komm Mama, ins Haus. Rauch erst mal eine, dann sehen wir, was zu tun ist.“ Nach der Zigarette beschließen wir, Fritz am Ende des Grundstücks, was an den Friedhof grenzt, neben Tigger, Gerdas alter Katze, die dort schon liegt, einzugraben. Ich besorge einen Karton, lege sein Lieblingskissen hinein, Hadji buddelt schon ein tiefes Loch. Jetzt kann ich den Kater auch anfassen, lege ihn in den Karton, decke ihn zu, versenke ihn in seinem ewigen Grab. Sehr vorsichtig gibt Hadji die Erde wieder zurück in das Loch. So einfühlsam habe ich diesen Jungen selten erlebt. Wir standen noch ein paar Minuten mit Max und Philline von weitem am Grab, ich spreche ein kleines Gebet, dann sage ich zu Hadji, er könne gehen, wenn er wolle, ich müsse noch etwas bleiben, käme dann aber auch zum Frühstück. Nie werde ich diesen Tag vergessen. Den Tod meines Katers sowieso nicht. Aber auch nicht die prompte tatkräftige, beherrschte, einfühlsame Reaktion meines Sohnes. Dafür werde ich dir ewig danken, Hadji.

An Rahim ging dieser Tag ohne jedwede Reaktion, geschweige denn Anteilnahme vorbei. Ich fahre sofort los, ein rotes fleißiges Lieschen für Fritz' Grab zu kaufen. Als ich zurückkomme, begegnen mir Schmidts. Auch die müssen weinen. Meine Trauer bewältige ich mit Hilfe meiner Cousine, die am Telefon völlig fassungslos ist. Alle neben mir lieben meine Tiere und wissen, was sie mir bedeuten. Nach dem Frühstück – es ist längst Mittag – beschließe ich, auf den Golfplatz zu fahren – und zwar nach Gifhorn, wegen der schöneren Landschaft – sonst höre ich nicht mehr auf zu heulen, denn es kommt immer wieder in Schüben. Ich erkläre das Hadji und frage ihn, ob er mit mir kommt, denn ich will nicht allein sein, in Begleitung beherrsche ich mich vielleicht und nach anderen Menschen steht mir nicht der Sinn. Er kommt mit. Das tut gut. Auch die Konzentration auf den kleinen Ball. Wortlos aber in Harmonie spielen wir 18 Loch. Ein neuer Kater muss her, sofort. Ich habe seit Fritz immer zwei Katzen. Eine männlich, eine weiblich. Das ausfallende Geschlecht wird ersetzt. Bisher waren es immer Mädels. Philline ist die dritte an Fritz' Seite. Nun brauchen wir für Philline und mich ein männliches Wesen. Es ist Mai, da sind die ersten Katzenkinder da. So lerne ich Harry-Baby-Zwergenkind kennen, als er gerade eine Woche alt ist. In sechs Wochen soll er kommen. Friedrich hat dafür Verständnis.

Das Adoptionsverfahren ist inzwischen abgeschlossen. Das Jugendamt braucht uns nicht mehr zu besuchen, den Jungs nicht mehr zu erklären, was sie uns alles zu verdanken haben, dass sie diese große einmalige Chance nicht missbrauchen sollen etc. Die Gerichtsverhandlung, die für einen solchen Prozess unumgänglich ist, verläuft fast wie die auf dem Standesamt bei der Hochzeit. Man wird noch mal aufgeklärt, auch die Jungs, und muss auf die Frage, ob man will, mit ja oder nein antworten. Wir wollen. Anschließend treffen wir uns auf ein Glas Champagner bei Trotts mit den Linkes und den Rudolffs, um dann diesen Anlass bei einem sehr noblen, eleganten Italiener zu feiern. Auch Hadji und Rahim, beide todschick herausgeputzt, trinken Champagner. Hadji hatte sich kürzlich anlässlich eines Golfturniers so betrunken und war so hackevoll aber niedlich dabei, dass ich am nächsten Tag Schweinekoteletts briet mit dem Argument, wer so saufen könne, könne nun auch Schweinefleisch essen, da bräuchte ich wohl kaum mehr Rücksicht zu nehmen und getrennte Küche anzubieten. Rahim brauchte sich nicht zu beteiligen, aß aber dennoch mit. Ihm war das mit dem Islam egal. So tranken sie dann auch Alkohol an diesem, wie wir glaubten, auch für sie bedeutenden Tag. Nun waren wir eine richtige Familie. Sechs Trotts: Eltern, zwei Kinder, ein Hund, eine Katze. Alle Trotts. Ingo und ich hofften, dass nun ein wenig Stabilität in unsere Beziehung käme, da diese neue Situation den Kindern mehr Sicherheit und Selbstvertrauen geben würde.

Harry-Baby-Zwergenkind kommt. Cousine Susann ist auch mal wieder da. Harry wickelt sofort alle um den Finger. Ein unglaublich schöner, zwar sehr kleiner, aber dafür umso intelligenterer Kater. Hellgrau gestromt, in breiten Streifen mit dicken beigen Abständen, langen Beinen und einem für Hauskatzen enorm langen Schwanz, den er stets steil nach oben, im letzten Drittel abgeknickt, trug. Optisch eher ein Luchs denn Kater. Eh ein sehr stolzes Tier. Sehr redselig, sehr verschmust. Ein Alpha-Kater, der alle, den ganzen Ort eingeschlossen, für sich einnahm. Hadji schloss sofort Freundschaft mit ihm und spielte stundenlang Wollknäueljagen. Nach anfänglichen Schwierigkeiten mit Max, der ihn die ersten Tage als Beute betrachtete, begleitete Harry uns auf den Gassirunden in den Wald, wobei er häufig Max als Pferd benutzte, ihn von hinten ansprang, sich an seinem Hals festkrallte, die Hinterbeine um Max' Leib schlang und auf ihm galoppierte. Max fand das rasend. Die Leute im Ort kamen aus den Häusern, um diesem Spektakel beizuwohnen, denn es hatte sich schnell rumgesprochen, die Trotts hatten einen neuen Kater, der in Fritz' Fußstapfen tritt und die Gassirunden mitgeht und "reitet". Auch zu Hause gab das Zwergenkind ständig Vorstellungen, sodass eine schon wieder in Vergessenheit geratene Fröhlichkeit diese Räume erfüllte. Nur Philline war sauer. Die zog erst mal runter zu Gerda und Jürgen, die die heißen Sommermonate Spaniens im gemäßigteren Niedersachsen verbrachten. Nur Rahim zeigte sich wenig beeindruckt. Der sagte gleich nach ein paar Tagen: „Den finde ich doof, den hab ich mir ganz anders vorgestellt."

Nun, da die Adoption abgeschlossen ist, können wir uns Rahims Zähnen widmen. Durch den entfernten Dracula-Zahn kann sich auf Dauer das Gebiss verschieben. Das wollen wir nicht. Er bekommt diese neue Zahnregulierungsmethode, "Breckies" genannt. Die muss er enorm intensiv pflegen. Das macht er! Zwei Jahre soll die Prozedur dauern.

Wir haben große Sommerferien und außer Golfen nichts geplant. Ingo möchte gern eine Woche mit uns nach Hamburg und dort Plätze der Umgebung mit uns bespielen.

Dann lernen die Kinder auch mal was anderes kennen. Ob das gut geht mit Rahim, gebe ich zu bedenken, denn diese Woche Hamburg wird wahnsinnig teuer, da möchte ich nicht noch schlechte Stimmung haben, denn Rahim hatte bereits einige aggressive Ausraster auf dem Platz von sich gegeben, wenn ein Ball nicht so flog, wie er wollte. Ich hatte ihn sogar schon einmal anlässlich eines solch unkontrollierten Benehmens vom Platz gewiesen. Ihm war der letzte Schlag vorm Grün misslungen. Er hatte nur noch eine Distanz von zehn Metern zum Loch, da haut er voller Aggression auf den Ball, dass der 150 Meter weiter auf der nächsten Bahn landet. Das hätte schief gehen können, wären dort andere Spieler gewesen. Da schickte ich ihn vom Platz. Nein, nein, meinte Ingo, der wird einen riesigen Spaß haben, wenn er diese tollen neuen Plätze sieht und bespielen kann. Hat doch auch was von Luxus, worauf Rahim besonders großen Wert legt. Brachte ich ihm einen neuen Pullover mit, war seine erste Frage: „Was hat der gekostet?“ War dies ein reduziertes Stück von 239,00 DM auf 69,00 DM gefiel es ihm nicht. Kostete es aber tatsächlich nur 39,00 DM und ich sagte 200,00 DM, war alles okay. Das Prinzip durchschaute ich natürlich sofort, fand es aber ziemlich schlimm.

Der erste Tag in Bad Bevensen war noch schön. Den zweiten Tag in Schloss Lüdersburg hatte Rahim schon schlechte Laune. Den darauf folgenden in Ahrensburg – Hadji sollte diesen Platz kennen lernen, da er ihn im August für die Gifhorner Mannschaft, in der er inzwischen war, spielen sollte – war es nicht mehr auszuhalten, so dass Ingo und ich abends allein essen gingen, um unser Gleichgewicht wiederzufinden. Hadji blieb aus Solidarität zu Rahim mit ihm in der Bude. Sie holten sich eine Pizza von nebenan. Den vierten Tag begaben wir uns auf den Heimweg über Mölln. Dort spielten wir noch einmal auf Ingos Wunsch. Dann ging's ab nach Hause. Ich wollte dieses Muffgesicht keine weiteren 48 Stunden um mich herum haben. Es war ein absoluter Flop. Warum hatte ich mich nur breitschlagen lassen, fragte ich Ingo, der auch enttäuscht war, aber so was besser wegstecken kann als ich. Es hatte schon seinen Grund, als ich letztes Jahr in Zermatt beschloss: Nie wieder!

Wir spielen ein großes Turnier in Bokensdorf über zwei Tage. Wieder klappt unsere Absprache, mindestens ein Trott steht auf dem Treppchen. Diesmal, wie schon so oft, sogar wieder zwei. Mutter hat von zehn Platzierten unter 200 Teilnehmern den fünften Platz. Rahim den zweiten. Eine tolle Leistung. Alle gratulieren ihm. Gönnen es ihm. Freuen sich für ihn. Der ist völlig ungerührt. Ich drücke ihn immer wieder: „Toll, Rahim, supertoll!“ Es kommt zur Siegerehrung. Ein Pullover mit Golflogo, Wert: 289,00 DM, aus dem Pro-Shop. Er geht auf die Bühne, nimmt seinen Preis und die Glückwünsche entgegen. Die Teilnehmer applaudieren kräftig. Was für ein Gefühl. Er kommt zu mir zurück, Mundwinkel runter, böser Blick. Ich gratuliere ihm. Da knallt er seinen Gewinn auf den Fußboden, stampft mit dem Fuß auf und schimpft: „Was soll ich mit den scheiß Pullover, ich will den Putter“ (ein spezieller Schläger, nur auf dem Grün am Loch zu benutzen). Da wäre mir fast die Hand ausgerutscht. Ich wollte ihm die Schmach aber coram publico ersparen, folglich sage ich nur: „Also, Rahim, erstens heißt es dem Pullover, denn “mit“ steht meist mit dem Dativ, und zweitens ist es eine riesige Sauerei, wie du dich hier aufführst. Ich finde das ganz, ganz schlimm. Denk mal darüber nach, ob hier nicht ein bisschen Freude über den Erfolg angesagt wäre und vielleicht auch mal ein bisschen Dankbarkeit dafür, dass du hier überhaupt teilnehmen durftest.“ Ich bin richtig wütend, denn er hatte gerade einen neuen Putter bekommen. Zwar nur für 189,00 DM, aber für einen Jungen im zweiten Spieljahr ist das schon sehr edel. Doch der da oben, der Hauptgewinn, der Putter für den Sieger, der war 329,00 DM wert. Das wusste unser Luxusgeschöpf. Rechnen konnte er zwar nicht. Aber Preise, die hatte er im Kopf.

Ich ziehe die Bettwäsche der Kinder ab und denke bei Hadji, ups, was ist das denn? Die Tagesdecke ist völlig verklebt, mit runden, verschmierten Flecken, tellergroß, angetrocknet. Ist es also so weit, denke ich. Armer Kerl. Na ja, sprich ihn mal lieb und vorsichtig darauf an, beschließe ich, ziehe die Decke mit spitzen Fingern vom Bett und wickele sie in das restliche abgezogene Bettzeug. Aufgeklärt waren die Jungs. Das hatte ich bereits bis ins kleinste Detail erledigt, noch vor unseren Pakistanreisen, weil ich wollte, dass sie wussten, was da demnächst auf sie zukäme, und ich wollte gleichzeitig, dass sie den ihnen anvertrauten Mädchen in Afghanistan nicht wehtaten. Und dass auch die Frauen ein Recht auf Spaß und Gefühl hätten, nicht nur die Männer.

Abends nach dem Abendbrot, Rahim ist schon in seinem Zimmer und Ingo sitzt im Wohnzimmer, liest und hört Musik, spreche ich Hadji auf die von mir entdeckte Bescherung an. Er guckt mich an und sagt: „Was willst du eigentlich? Ich rotze da immer rein, weil mir ständig die scheiß Vaseline-Salbe rausläuft. Nicht was du denkst." Mir entgleiten in dem Moment alle Gesichtszüge: „Wie bitte, was machst du?" „Wieso, ich putze mir meine Nase damit." „Igitt, pfui Teufel, das ist ja widerlich, das ist ja Ekel erregend. Sonst so etepetete und nachts im Bett so was. Das ist ja wohl unver schämt. Deine Klamotten schmeißt du mir nach einem Tag zum Waschen hin und hier nimmst du die Tagesdecke, statt die dafür vorgesehenen Papiertaschentücher, die ich zuhauf hier ranschleppe, zu benutzen." Er grinst süffisant und sagt: „Reg dich doch ab. Die kannst du doch waschen." „Kann ich nicht", brülle ich ihn an, „weil ich mich wahnsinnig ekele!" Ich muss erst mal Luft holen, bevor ich weiterbrülle: „Ich verbiete dir diese Sauerei ab sofort, und wenn ich das noch einmal erlebe, dann kracht es hier, aber so gewaltig, wie du es noch nie erlebt hast. Und jetzt verschwinde!" Er schüttelt den Kopf, grinst und geht.

Einen Monat später sollen Mohammad und ein afghanischer Freund von ihm zum Essen kommen. Ich koche natürlich afghanisch. Zu trinken gibt es Dogh, ein Yoghurtgetränk mit Salz und Minze. Hadji deckt den Tisch, holt das Besteck aus der Schublade und sagt mit wichtiger Miene zu Rahim: „Die Afghanen kommen, wir müssen das Besteck noch mal putzen, das ist nicht sauber genug." Diesmal schüttele ich den Kopf, denke mir meinen Teil, sage aber nichts.

Kapitel 15

Die Tage sind geprägt von den Renovierungs- und Modernisierungsarbeiten im Büro. Die Rechtsanwälte ziehen unter das Dach, welches völlig neu ausgebaut wird. Das Notariat bleibt einen Stock darunter. Alles wird größer, moderner, exklusiver und somit viel schöner. Das soll gefeiert werden. Mit Mandanten, Geschäftspartnern, den Mitarbeitern selbstverständlich, die die größte Last während dieser Monate zu tragen hatten, Geschäftsnachbarn, Kollegen, Freunden, Bekannten, auch vom Golf, und Verwandten. Also bin ich wieder gefragt. Planen, organisieren, denn so eine Veranstaltung außerhalb der eigenen vier Wände, da darf nichts fehlen, was man mal eben schnell aus dem eigenen Fundus holen kann. Das will bis ins kleinste Detail durchdacht sein. Und die Gäste, da aus verschiedenen Interessengruppen zusammengewürfelt, sollen sich amüsieren, nicht nur rumstehen, essen, trinken und gucken. Nein, Spaß sollen sie haben. Also erarbeite ich zusätzlich ein Animationsprogramm: Der Kicker aus dem Keller muss ran, die Dartscheibe und ein Putting-Turnier sollen die Kommunikation ankurbeln, mit Preisen und Spenden für "Heidi", Förderverein für krebskranke Kinder e.V. Wolfsburg.

Vor dieser Feier fahren Ingo und ich nach Mürren. Ja, Mürren. Zwei Wochen Akku aufladen. Skilaufen, lecker kochen, und abends sitze ich wieder über meinen seitenlangen Zetteln in mentaler Vorbereitung für den 19.03.1999. Mürren war das reinste Gedicht. Einmal Mürren, immer Mürren, beschließe ich nur so für mich.

Sonntag kommen wir zurück. Die Kids hatten hier wieder prima den Laden geschmissen. Und schon reist Cousine als Haupthelferlein an. 200 Gäste haben wir zu bewirten. Da heißt es, eine Woche lang Tag und Nacht ranrauschen. Tagsüber arbeiten, einkaufen, vorbereiten, rüberschleppen, nachts Punkte von der Liste abhaken, Brainstorming machen. Donnerstagabend kommen Christiane, Günter und Friederike als Verstärkung dazu. Die klotzen auch die ganze Nacht mit ran. Hadjis und Rahims Aufgabe besteht darin, die Garderobe der Gäste in Empfang zu nehmen, Nummern – wie im Theater – auszugeben und die richtige Garderobe wieder rauszusuchen. Alles klappt wie am Schnürchen, bis auf das Geschirr, das dreckig geliefert wird. Da hauen die Mitarbeiter noch einen Schlag mehr rein. Toll. Ein super Team. Hadji und Rahim machen ihren Job perfekt. Gegen Bezahlung, wie alle Helferlein. Die letzten Gäste verlassen morgens um 3.00 Uhr das Büro. Ein riesiger Erfolg.

Ich erwähne dieses Fest lediglich, um aufzuzeigen, dass Hadji und Rahim auch mit gesellschaftlichen Ereignissen konfrontiert werden. Dass sie erleben, was es bedeutet, selbständig zu sein. Dass der Job ihres Vaters nicht nur darin besteht, morgens ins Büro zu fahren, mittags zu Hause zu essen und nachmittags wieder ein bisschen zu arbeiten und im Sommer den Abend auf dem Golfplatz zu verbringen, ebenso wie das Wochenende. Dass ihr Vater häufig zu Fortbildungsveranstaltungen fahren muss, und zwar am Wochenende, in der Freizeit, dass Vorträge gehalten werden müssen und man an gewissen Veranstaltungen aus aquisitorischen und gesellschaftlichen Gründen teilnehmen muss. Dass ein Haus unserer Größenordnung mit einem Grundstück von fast 3.000 qm instand gehalten werden muss. Dass dies in der Freizeit zu geschehen hat. Und dass einem ohne Fleiß, Arbeit und Spaß nichts von allein in den Schoß fällt. Dass Muttern nicht nur ein bisschen kocht, putzt und dann Golfspielen geht, sondern dass auch sie zu allen Erfolgen tüchtig beiträgt, ohne zu muffen und zu murren. Das versuchen wir den Kindern vorzuleben. Dass man erst säen und wässern und düngen und pflegen muss, bevor man das Korn erntet. Und dass damit das Brot noch längst nicht geschmiert auf dem Teller liegt.

Rahim hat eine neue Angewohnheit: Fragt man ihn, egal was, ob belanglos oder von Bedeutung, artikuliert er seine Ablehnung mit so einem Zischlaut, der als Unmutsäußerung zu verstehen ist oder mit dem er seine Missfallensbekundung ausdrückt. Das ist so ein Zischen, wie es entsteht, wenn man die Zunge an den Oberkiefer hinter die vorderen Schneidezähne legt und trockene Spucke einzieht. Wir kennen dieses Geräusch von Müttern oder Omas, wenn sie mit erhobenem Zeigefinger, den sie ein paar Mal von rechts nach links gleiten lassen und dabei dreimal diesen Zischlaut von sich geben, wenn das Kind bei etwas Ungutem ertappt wird.

Ich drücke diesen Zischlaut hier mal optisch aus mit „tsn." Fragt man Rahim also, was in der Schule war, antwortet er: „Tsn." Hast du gestern Abend im Bett noch gelesen? „Tsn." Warum hast du nicht gemacht, worum ich dich gebeten habe? „Tsn." Es ist also keine Kommunikation mehr möglich. Nach ein paar Monaten geht mir das richtig auf die Nerven, von seiner Laune mal ganz abgesehen, aber es gibt im Zusammenleben Momente, in denen man sich verständigen muss. Ansonsten ging ich ihm schon ziemlich aus dem Weg. Darauf angesprochen bekomme ich zur Antwort: „Tsn, lass mich in Ruhe, Mann."

Nun ist Rahim bereits in der achten Klasse. Fortschritte sind keine zu verzeichnen. Eher das Gegenteil. Worüber machen die besorgten Eltern sich also Gedanken? Über die Zukunft. Um die Ausbildung. Von der Schule ist im nächsten Jahr ein zweiwöchiges Praktikum vorgesehen. Das wird, um einen Eindruck in die Berufswelt zu bekommen, nicht reichen. Folglich müssen wir die nächsten großen Sommerferien schon mal nutzen, selbst was auf die Beine zu stellen. Also versuchen wir, dieses Thema mit ihm zu erörtern. Wo liegen seine Fähigkeiten? Handwerklich völlig ungeschickt, zu Hause häufig erprobt, fällt schon vieles raus, das für einen Jungen mit Hauptschulabschluss – Inschallah – infrage käme. Alle kaufmännischen Berufe ob der mangelnden Sprachfähigkeit ebenfalls.

Rahim ist ein absolutes Schleckermaul und hat eine sehr feine Zunge. Mache ich Bratkartoffeln und ist mir ein Stückchen Zwiebel angebrannt, stellt er sofort fest: „Mama, das schmeckt alles verbrannt." Also Koch. Ich hatte aufgrund seiner Essensleidenschaft schon ein paar Mal versucht, ihn zum Beikoch zu motivieren. Das war jedes Mal ein Drama. Zwei linke Hände gepaart mit seinem Schneckentempo, da musste man morgens anfangen, Kartoffeln zu schälen, damit sie abends gar auf den Tisch kamen. Aber was bei Muttern nicht klappt, schafft vielleicht der Ausbilder. Wir haben Beziehungen auch zu dieser Branche. Man rät mir ab. Die Ausbildung sei hart und anstrengend, der Ton ein so derber, das würde jemand, der diesen Beruf nicht aus Leidenschaft wählte, nicht durchstehen. Abgehakt.

Rahim steht stundenlang vorm Spiegel, um sich zu stylen – ich hatte das mit dem Pomadenverbot längst aufgegeben – also Friseur. Dafür müsste er sehr kreativ sein als Voraussetzung. Ist er eher nicht. Also abgehakt. Vielleicht Krankenpfleger für Kinder, mit denen er – vergangenheitsbedingt – sehr gut kann. Außerdem war immer Rahim derjenige, der, wenn ich aus gesundheitlichen Gründen das Bett hüten musste, zu mir kam und mich fragte: „Mama, brauchst du was?“ Voraussetzung: gute Leistungen in den naturwissenschaftlichen Fächern. Prima, hat er nicht. Er lehnt diesen Beruf auch ab. Kann ich sogar ein bisschen verstehen, nach all den eigenen Erfahrungen im Krankenhaus. Auch wenn es letztlich zu seiner Gesundung geführt hat, aber vielleicht ist das Thema eben doch negativ geprägt. Okay, abgehakt. „Was willst du denn?“ „Tsn.“ „Ja, tsn ist kein Beruf, damit können wir nichts anfangen, also?“ „Rechtsanwalt.“ „Das Thema hatten wir schon, der Zug ist abgefahren, das wird nichts, also?“ „Tsn, nix.“ „Nix geht auch nicht, Rahim, wir wollen dich nicht zwingen, aber dann gehst du in den Kindergarten.“ Erzieher ist – auch für Hauptschüler – ein Zukunftsberuf, gerade für Jungs.

Ich besorge diesen Praktikumplatz für zwei Wochen in den großen Sommerferien. Arbeitszeit 8.00 Uhr bis 13.00 Uhr. Das ist doch human. Ich teile ihm dies am Wochenende mit, als er gerade einen Freund zu Besuch hat und die zwei bei uns im Wohnzimmer sitzen. Da rastet Rahim völlig aus. Er gehe da nicht hin. Schon gar nicht in den Ferien. Und mit Kindern, was soll das? Macht er nicht. Kann ich gleich wieder absagen. Da greift sein Freund ein. Also, so schlimm sei das nun auch nicht. Er soll sich mal nicht so aufregen. Macht doch Spaß und hat Zukunft. Kinder gibt es immer. Ist doch niedlich. Außerdem wäre er froh, wenn er eine Mutter hätte, die sich so engagieren würde. Er müsse sich selbst um solche Dinge kümmern, und Beziehungen hätten seine Eltern auch nicht. Was er eigentlich wolle? „Tsn.“ Aber ich hatte dank dieses vernünftigen Jungen, der zwei Jahre jünger ist als Rahim, Ruhe.

Für Hadji war der Weg schon klar. Der hatte bereits ein Praktikum beim Elektriker und eines beim Tischler absolviert. Tischler war okay. So hatten wir ihn auch eingeschätzt. Denn auch Hadji verließ die Schule nur mit dem Hauptschulabschluss. Den allerdings würde er dieses Jahr wohl problemlos schaffen. Eine Zeit lang, so Ende der achten Klasse, sah es fast nach Realschule aus. Sensationell dafür, dass er fast die ganze siebte Klasse im Krankenhaus verbracht hatte. Aber dann kam der Einbruch. Okay, was soll's, wäre schön gewesen, aber vielleicht kommt später mit der Vernunft die Einsicht, dann kann man immer noch nachschulen. Und Handwerk hat goldenen Boden.

Das Praktikum für Rahim hatte ich gleich in den Beginn der Sommerferien gelegt, damit das arme Kind es hinter sich hat. Schlecht gelaunt erschien er zum Mittag. „Wie war's?“ „Tsn, scheiße.“ „Was habt ihr gemacht?“ „Tsn, nix.“ Nach einer Woche fragte ich im Kindergarten nach. Der sei super, der Rahim. Alle Kinder lieben ihn. Er sei nett, höflich, aufmerksam und kümmere sich toll um die Kleinen. Sie würden ihn gern behalten. Na bitte, da kommt doch Freude auf in Mutterns Herz. Das sage ich Rahim, lobe ihn, vor allem dafür, dass er sich so toll benimmt und bringe meine Anerkennung zum Ausdruck in der Hoffnung, ihm damit eine Freude zu machen. Seine Reaktion: „Tsn.“ Die zwei Wochen sind schnell vorbei. Nun hat Ingo beschlossen, da das Zeugnis katastrophal ist und es auch ihm langsam über die Hutschnur geht, dass jedes Kind nach dem Abendbrot etwas vorliest. Umschichtig. Ab und an auch mal Mama, dann mussten die Jungs daraus eine Nacherzählung machen. Mündlich. Wir müssen üben zu reden, sonst wird das hier nie was. Und ohne Gespräch geht das nun mal nicht in diesem Haus. Das gehörte hier einfach dazu. Und außerdem müssten sie langsam lernen, mit 17 und 18 Jahren, die Zeitung zu lesen. Wenigstens unsere Lokalblätter und wenn es erst mal nur der Sport- und Klatschteil sei. Aber ganz und gar ohne, das ginge nicht.

Hadji fängt an. Eine Geschichte aus Till Eulenspiegel. Zehn Minuten. Das klappt. Wir reden über die Geschichte. Rahim hat fast nur Bahnhof verstanden. Und Till Eulenspiegel ist doof, das ist was für Kinder. Okay, ich suche dir für morgen was anderes raus. Ich finde einen kurzen zweispaltigen Artikel über einen Menüvorschlag des neuen Besitzers eines kleinen Nobelrestaurants oberhalb unseres Kunstmuseums. Das muss ihn als Schleckermaul und Luxusgeschöpf interessieren. Er liest, liest zu Ende, und ich merke, er weiß gar nicht, was er da liest.

Gut, dann hinterfragen wir mal einige Begriffe, denn diese Vorleserei dient auch der Erweiterung des Wortschatzes. Fangen wir mit etwas ganz Einfachem an. Da fiel der Begriff Stroh. „Rahim, was ist Stroh?“ Pause, keine Antwort. „Weißt du nicht, was Stroh ist?“, frage ich ganz lieb, ohne Vorwurf selbstverständlich, ich will den Jungen nicht einschüchtern. Bloß nichts kaputt machen. Keine Antwort. „Rahiiim!“ „Tsn.“ „Also, das kann’s ja wohl nicht sein. Wir leben hier auf dem Land, fahren im Herbst an den geernteten Feldern vorbei. Jedes Mal erzähle ich euch, was es dort zu sehen gibt. Als ihr noch klein wart, bin ich mit euch durch die Felder gelaufen und habe euch alle Kornarten erklärt und was man damit macht, auch mit den Abfällen. Und du bist geritten, Rahim. Du hast damit jeden Tag im Stall zu tun gehabt. Und auf Kindergeburtstagen und Weihnachten haben wir auch damit zu tun. Weißt du was ich meine?“ „Tsn.“ „Hadji, du bist still, ich weiß, dass du das weißt. Okay, Rahim, ich schreibe es dir auf, und morgen frage ich dich ab, wie Vokabeln.“ Der nächste Begriff: Hering. Dazu hatten Ingo und ich den Jungen schon ein-, zweimal dieses Lied vom kleinen Harung (von Hering) vorgesungen. Sehr zum Amüsement der Kinder. Auf die Frage nach dem Hering: „Tsn.“ Da platzt Hadji der Kragen: „Mensch Rahim, haben Mama und Papa uns doch vorgesungen, weißt du nicht mehr?“

Ingo und ich singen wieder los. Hadji lacht sich schlapp, denn eigentlich können wir beide nicht singen. „Okay, Rahim, und was ist ein Aal?“ Keine Antwort. „Denk mal nach, denk an die Blechtrommel“ (verfilmt nach dem gleichnamigen Roman von Günter Grass). Die hatte ich zwei Wochen vorher mit den Jungen gesehen. Hinterher erzählte ich ihnen von meinem Vater, wie der mir früher aus seiner Jugendzeit von der Aalfängerei vorgeschwärmt hat. Sehr anschaulich die ganze Angelegenheit. Er war nämlich zum Abdecker gegangen, hatte sich einen Pferdekopf geholt, diesen in die Saale, den Fluss, der durch Jena/Thüringen seine Heimatstadt fließt, geworfen und ein paar Tage später wieder rausgeholt, voll mit Aalen, die sich da durchgefressen hatten. Außerdem schlugen wir solche neuen Begriffe stets in den entsprechenden Lexika nach, der Veranschaulichung wegen. Rahim wusste es nicht. Tja, so ging das hier natürlich nicht weiter. Da musste was geschehen.

Für meine Seele rief ich erst mal meine Patentochter Friederike an. Sie war damals fünf Jahre alt. Erklärte ihr die Situation und fragte sie: „Friederike, kannst du mir sagen, was Stroh ist?“ Sie erklärte es mir und fügte die Begriffe Strohballen, Strohhalm, Strohstern und das Jesuskind ward in einer Krippe auf Stroh gebettet hinzu. „Und Hering?“ „Ja, meinst du den Fisch oder den Haken vom Zelt?“ Bow! „Und Aal, Friederike?“ „Ihh, die mag ich nicht. Die sind so glitschig und fett.“ „Danke Friederike, du bist toll. Mach weiter so, grüß Mama und Papa, ich melde mich demnächst. Tschüss.“

Um sicherzugehen, fragte ich ebenfalls fünfjährige Kinder hier aus dem Ort. Der gleiche Erfolg. Na bravo, mein Sohn hatte mit 17 Jahren, seit sieben Jahren in Deutschland, nicht mal den Wortschatz eines Fünfjährigen. Prima. Da hatten wir ein Problem. Mir ging langsam der Seifensieder auf. Ich hatte sieben Jahre lang gesabbelt ohne Erfolg. Rechts rein, links raus. In der Schule das Gleiche. Am Schreibtisch ebenfalls. Er machte zwar seine Hausaufgaben, stundenlang, aber er wusste nicht, was er da tat. Er pinselte nur ab. Teils mit Erfolg, wenn es darum ging, in vorformulierten Sätzen nur die Pünktchen durch ein Wort zu ersetzen, wovon man sich auch noch eines aussuchen konnte, da Alternativen über der Aufgabe aufgelistet waren. Das klappte dann manchmal. Aber selbständig definieren unmöglich, oder gar ein Synonym finden. So war es auch in Englisch. Solange nur stures Auswendiglernen gefragt war, bestand er, aber sobald Verstehen und eigenes Formulieren verlangt wurde, versagte sein bisher Erlerntes. An diesem Punkt waren wir in diesem Fach ebenfalls angelangt. In Französisch scheiterte er von Anfang an. Ingo hatte zusätzlich neben meiner Nachhilfe Französisch-Kassetten für Kinder als Anfänger gekauft: „Hör sie dir einfach an, damit du ein Gefühl bekommst." Machte er nicht mit dem Argument: „Versteh ich nicht."

Nach Absprache mit der Klassenlehrerin, mit der er auch nicht klarkam, nahmen wir ihn aus diesem Wahlpflichtfach, und er durfte Ballspiel machen. Aber nun musste erst mal gebüffelt werden. Den Hauptschulabschluss würden wir wohl schaffen. Noch hatten wir ein Jahr lang Zeit, das nachzuholen, was wir die letzten Jahre versäumt hatten. Ich forstete rückwirkend seine ganzen Hefte durch. Ein Grauen tat sich da auf. Die waren teils gar nicht korrigiert, folglich bemerkten die Lehrer seine Fehler nicht, konnten sie nicht monieren, und Rahim wähnte sich im Recht. Langsam, langsam, jeden Tag nur eine Stunde, versuchte ich mit ihm nachzuholen, aufzuholen, zu lernen, wie man lernt. Ich gab mir Mühe, achtete nicht auf sein Muffgesicht, die gelangweilte Miene beim Unterricht. Blieb gelassen, ruhig, nett. Nach drei Wochen fragte ich ihn am Ende unserer Stunde: „Rahim, sag mir doch mal, was ein Hering ist." Nichts. „Rahiiim, Hering!" Er denkt nach. Sagt nichts. „Rahim, Hering?" Da antwortet er zögernd: „So eine Art Mausfalle." Ich denk, mich trifft der Schlag, bleibe aber ganz ruhig und lasse mir nichts anmerken sondern sage nur: „Du, das schreib mir mal bitte auf. Schreib mal die Frage, was ist ein Hering und dann das, was du eben gesagt hast.“ Das wollte ich schriftlich haben. Das musste ich Ingo zeigen. Der würde mir das sonst, sähe er es nicht schwarz auf weiß, nie glauben. Über die “Mausfalle“ rege ich mich gar nicht erst auf, obwohl ständig mit dem Begriff Mäusefalle in diesem Haus konfrontiert, da uns ab und an diese Tiere besuchen. Rahim schreibt, was ist ein Hering: So eine Art Mausfalle.

Da raste ich total aus, verliere völlig die Beherrschung und brülle ihn an, während ich mit der Faust so doll auf den Esstisch haue, dass eines von beiden zu brechen droht: „Sag mal, willst du mich verarschen? Ich fühle mich hier total verscheißert von dir. Was soll das? Kannst du mir mal sagen, was das alles soll? Was glaubst du eigentlich, warum ich das alles mit dir mache? Ich würde es auch in dich reinprügeln, wenn ich wüsste, dass es hilft, obwohl mir das nicht liegt. Aber ich glaube, auch das hätte keinen Sinn. Du willst doch gar nicht. Du hast doch null Bock. Weißt du eigentlich, was du hier mit mir machst? Ich halte das alles nicht mehr aus. Ich kann nicht mehr. Ich weiß nicht mehr weiter. Weißt du, was das bedeutet, wenn du die Schule nicht schaffst? Nicht mal den Hauptschulabschluss. Weißt du das? Kannst du mir mal sagen, wie das hier weitergehen soll? Wie stellst du dir deine Zukunft vor?“ Ich konnte mich keiner anderen Sprache bedienen, denn alles, was ich bisher in gepflegtem Deutsch über die Lippen gebracht hatte, hatte er anscheinend nicht verstanden.

Ich fange furchtbar an zu weinen, denn ich bin wirklich am Ende mit meinem Latein. Da sagt er ganz ruhig: „Mama, reg dich ab. Es gibt keine Zukunft.“ „Was, wie, keine Zukunft?“, frage ich erstaunt. „Ich nehm mir das Leben“, sagt er einfach so. „Ach so, und wann, und wie?“, frage ich und bin schon wieder ruhig. „Ich spring aus dem Fenster.“ „Klasse, das gibt nur einen Beinbruch, davon stirbt man nicht, und dann fangen wir wieder von vorne an: Gips,

Krankengymnastik, ha, das kennst du ja." „Dann spring ich vom Dach." „Reicht auch nicht, vielleicht, wenn du Pech hast und unglücklich aufkommst, brichst du dir nicht nur die Beine, sondern auch die Wirbelsäule. Das bedeutet dann Rollstuhl, ein Leben lang. Dann schiebe ich dich wieder durch die Gegend. Und dann mein Lieber, das schwöre ich dir, wird hier nur noch gebüffelt. Tag und Nacht. Denn dann kannst du nur noch deinen Kopf gebrauchen und vor allem das, was da drin ist. Und das pauke ich in dich rein, so wahr ich hier sitze. Denn ein Leben im Rollstuhl mit Nichtstun, selbstverschuldet, das läuft bei mir erst recht nicht. Da musst du dir schon was anderes einfallen lassen." „Dann stürz ich mich von einer Brücke, vor ein Auto, auf die Autobahn", lautet sein nächster Vorschlag. „Und wie stellst du dir das vor? Du springst, die Autos rasen mit 160 km/h über die Autobahn, du landest, die machen alle eine Vollbremsung, krachen ineinander und sterben ebenfalls? Willst du zehn unschuldige Leute mit in den Tod reißen, die gar nichts dafür können, die Spaß am Leben haben? Du spinnst wohl. Das verbiete ich dir" und denke, bravo, weil ich es mir bildhaft vorstelle, da rast ein Familienvater Rahims wegen in den Tod, der kleine Kinder hat, die ihm nicht solche Sorgen bereiten wie dieses hier. Ich tat nur nach außen hin so gelassen, innerlich war ich ziemlich aufgewühlt. „Und was soll ich deiner Mutter sagen? Du hast dich umgebracht oder versucht, dich umzubringen, weil ich dich ständig prügele, einsperre und du nichts zu Essen bekommst? Wohl kaum. Der werde ich nämlich erzählen, was hier so seit Jahren läuft."

Ich muss das Gespräch kurz unterbrechen, um nachzudenken, denn so kann das nicht weiter gehen. Da habe ich einen Geistesblitz: „Was hältst du davon, wenn ich ein Gespräch für dich nach Kabul anmelde und du deiner Mutter mal selbst deine Sorgen erzählst. Dass du sie fragst, als deine Mutter, was du machen sollst, weil du eigentlich nicht mehr leben möchtest. Das ist doch eine gute Idee, Rahim, ruf sie an und bitte sie um Rat und Hilfe." „Nee." „Warum nicht?" „Die sollen sich keine Sorgen machen." „Ach, aber ich kann sehen, wie ich mit all dem fertig werde? Das ist dir egal, dass ich mir seit fünf Jahren ständig um dich Sorgen mache." Keine Antwort.

Ich schicke ihn in sein Zimmer und gehe mit Max erst mal an die frische Luft. Als Ingo nach Hause kommt, erzähle ich ihm von Rahims Drohung mit dem vorangegangenen Ausraster von mir. Ingo ruft sofort unseren Kinderarzt, der mit unserer Situation absolut vertraut ist, an und bittet um Hilfe. Der empfiehlt psychiatrische Behandlung. Es gäbe da einen hervorragenden Kollegen, bei dem würde er sich für uns einsetzen, damit wir möglichst schnell einen Termin bekämen, denn der sei normalerweise über ein Jahr ausgebucht. Drei Tage später erfahre ich, dass ich Herrn Dr. Glanz zwecks Terminvereinbarung am 20. Dezember anrufen soll. Jetzt haben wir Oktober. Das kann ja heiter werden die nächsten zwei Monate.

Da tritt eine plötzliche Wende ein. Hadji hat bereits mit dem berufsbildenden Grundjahr im Bereich Tischler angefangen, das ein Jahr lang seiner Ausbildung vorangehen muss, Rahim hatte Berufsberater vom Arbeitsamt in der Schule und sagt, er möchte ein Praktikum als Maler machen. Ich leiere das sofort an. Zwei Wochen später geht's los. Morgens um 7.00 Uhr muss er antreten, das heißt 5.00 Uhr aufstehen, abends um 17.00 Uhr ist er zu Hause. Na, das gibt ja was, denke ich. Denkste. Schon am ersten Abend des Praktikums kommt ein strahlender Junge nach Hause. Flotten Schrittes, erschöpft und abgespannt, wie ich sofort erkenne, aber fröhlich.

„Hallo Mama, gibt's was zu essen, ich bin am verhungern." „Klar, mein Jung, hab ich mir gedacht, ist in fünf Minuten warm." Und kaum hat er die ersten Bissen runter, fängt er an zu erzählen, wie anstrengend das sei, aber wie viel Spaß das auch macht. Weiß gesprenkelt ist der ganze Kerl. Von Kopf bis Fuß, also durfte er schon witschern. Ich freue mich, denn ich hatte mit dem Schlimmsten gerechnet. Aber nun keine voreilige Euphorie, denke ich mir, damit habe ich schon zu viele Bauchlandungen erlebt. Es ändert sich aber nichts, Rahim zeigt sich von einer völlig neuen, bisher nie erlebten Seite. Fröhlich, gesprächig, ein richtig netter Bengel. Da macht das Leben doch wieder Spaß, da kommt Freude auf. Nach zwei Wochen am Ende des Praktikums sagt uns Rahim, dass er Maler werden möchte. Ich bin begeistert. Ingo gegenüber äußere ich mich dahingehend, dass ich glaube, dass wir über den Berg seien. Jetzt hat Rahim eine Perspektive, auf die er sich freuen kann. Das war die Lösung. Der muss körperlich so ausgepowert werden, dass ihm für schlechte Laune einfach die Kraft fehlt.

Ich spreche mit dem Ausbildungsbetrieb und hinterfrage ganz vorsichtig die Möglichkeit, Rahim im nächsten Jahr als Azubi einzustellen. Gerne doch, lautet die Antwort, so ein netter Bengel, und so gepflegte Umgangsformen. Voraussetzung allerdings sei ein ordentliches Hauptschulabschlusszeugnis. Englisch und Deutsch seien nicht so wichtig, aber Mathe drei, Naturwissenschaften mindestens drei und Werken und Sport ebenfalls. Das berichte ich Rahim und sage ihm, wie stolz ich auf ihn bin, wie sehr ich mich für ihn freue, aber dass er schulisch nun auch mal ranrauschen müsse, sonst ginge das in die Hose. „Weiß ich doch Mama, ich mach das schon, ich schaff das“, verspricht er mir. Den Termin bei Herrn Dr. Glanz behalten wir aber lieber vorerst, sagen Rahim davon jedoch noch nichts.

Harry-Baby-Zwergenkind kommt auf grausame Weise ums Leben und wieder ist es Hadji, der seinen Mann und mir zur Seite steht. Sogar Rahim zeigt sich diesmal betroffen.

Im November knallt es wieder. Hadji und Rahim kommen vom Frisör. Beide fast kahl geschoren. Das war in unserer Familie verboten. Das hatten wir mit Begründung, warum und weshalb, bereits vor sieben Jahren klargestellt. Es gibt gewisse Dinge, die gibt es bei uns nicht und andere Dinge, die eingehalten werden müssen. Da spricht Ingo mal wieder ein Machtwort. Kurz und bündig. Dass das eine riesige Sauerei wäre, und käme das noch ein einziges Mal vor, würden sie ihn kennen lernen. Gott sei Dank, wachsen bei beiden die Haare extrem schnell, und nach zwei Wochen sehen sie schon wieder wie Menschen aus.

Da kommt Rahim aus der Schule an den Mittagstisch, und ich kann ihn kaum ansehen, so entstellt sieht er aus. Beide Seiten rechts und links wegrasiert bis über die Ohren. Er hatte seit zwei Jahren einen elektrischen Rasierer – Hadji rasiert sich lieber nass – und seitdem war es ein niemals endender Kampf. „Rahim, rasier dich bitte." Jeden Tag, tagtäglich. Ich hasse ungepflegte Menschen, dazu gehören auch Un- oder Schlechtrasierte. Das wusste Rahim, das kannte er noch von so einer Phase, die Hadji mal hatte, als Rahim noch nicht so weit war. Das war aber nur eine Phase von ein bis zwei Monaten. Hier lief dieses Thema seit zwei Jahren. Und nun dies. Ingo und ich schütteln den Kopf und sagen nur: „Mach nur weiter so, Rahim." Mehr fällt uns im Moment dazu nicht ein. Die Seiten wachsen auch wieder.

Rahim sitzt mittags bei Tisch, hat so einen weißen Pullover mit weiten, schlabberigen, langen Ärmeln an und landet damit fast in der Soße. Ich nehme den linken Arm und schiebe ihm so ganz lieb, wie bei einem Kleinkind, den Ärmel hoch, um Schaden zu vermeiden, da traue ich meinen Augen nicht. „Sag mal, was ist das denn, seit wann rasierst du dir denn die Arme?" „Tsn." „Warum machst du das?", frage ich ihn. „Ich hasse das", lautet seine Antwort mit Hass in den Augen. „Seit wann machst du das?" „Tsn, schon immer."

„Das stimmt ja nicht, im Sommer waren sie noch dran. Also, Rahim, so geht das wirklich nicht. Erst die Haare, dann die Schläfen, jetzt die Arme. Deinen Bart rasierst du nicht, da haben wir ständig Terz, aber die Arme, was soll das?“ „Ich hasse das alles“, sagt er angewidert. „Du hast das aber nicht zu hassen, Rahim, der liebe Gott hat das alles so geschaffen und sich auch was dabei gedacht. Außerdem hat er dir gratis mitgegeben, dass du ein verdammt hübsches Kerlchen bist. Da solltest du dankbar und froh drüber sein und dich nicht freiwillig verunstalten. Außerdem bist du ein Mann, das gehört nun mal dazu. Oder schneidest du dir demnächst deine Ohren ab, weil du sie nicht leiden magst? Ist das hier der Anfang von einem Selbstverstümmelungsprozess? Wie weit soll das noch gehen?“ Da steht er auf und sagt: „Lass mich in Ruhe, mich kotzt hier alles an.“ „Wie bitte, was hast du da eben gesagt?“, frage ich ihn völlig entnervt. „Mich kotzt hier alles an.“ Gute Ausdrucksweise für einen Jungen oder jungen Mann aus einem so gepflegten, kultivierten Haus. Er geht. „Na klasse“, sage ich zu Ingo „wie gut, dass wir demnächst einen Termin bei Herrn Dr. Glanz haben.“ Ingo ist ratlos.

Abends schnappe ich mir Rahim und bitte ihn, sich doch mal ein bisschen zusammenzureißen. Nur noch ein halbes Jahr und dann würde seine Ausbildung beginnen. Auf die würde er sich doch so freuen. So lange könnte er doch versuchen, sich und uns allen das Leben nicht so schwer zu machen. „Tsn.“

Ich erhalte von Herrn Dr. Glanz einen ersten persönlichen Gesprächstermin für Mittwoch, den 19.01.2000, 8.00 Uhr bis 9.00 Uhr. Mein Mann müsste aber dabei sein. Wissen wollte er sonst gar nichts.

Weihnachten verläuft wie immer harmonisch, wenn wir das erste Jahr abhaken. Cousine Susann ist auch wieder dabei. Rahim hat eine Party-Einladung zu Silvester, Hadji nicht. Und es werden natürlich wieder Knaller in Hülle und Fülle gekauft. Man muss doch das neue Jahrtausend entsprechend einläuten. Ich bin machtlos. Hadji merkt zum ersten Mal, wie teuer diese Dinger sind, denn er gibt sein ganzes Geld dafür aus. Seit er in diesem berufsbildenden Grundjahr ist, haben wir sein Taschengeld von 13,00 DM wöchentlich auf 50,00 DM erhöht. Er befindet sich jetzt im ersten Ausbildungsjahr ohne Vergütung. Das finde ich ungerecht, deshalb habe ich aufgestockt, damit er auch mal ein Bier trinken gehen kann, wie andere Azubis, die schon Geld verdienen. Das verballert er jetzt. Sein Problem.

Nach Neujahr gehe ich Rahim aus dem Weg. Sein Blick wird immer düsterer. Er schleicht unhörbar durchs Haus, es herrscht eine Stimmung tagsüber, wenn er aus der Schule kommt, dass mir die Luft zum Atmen wegbleibt. Immer häufiger benötige ich meinen Asthmapüster. Den Bewerbungstermin bei seinem Maler habe ich gerade noch mit ihm wahrgenommen. Obwohl er noch kein Abschlusszeugnis in der Tasche hat, bekommt er den Ausbildungsvertrag. Ich bin froh.

Mitte Januar unterrichtet Rahim uns von einer Party in der Nachbarschaft. Sonnabend ab 19.00 Uhr. Da gehe er hin. Prima, finde ich gut, ist in Ordnung, aber um 02.00 Uhr bist du wieder zu Hause. Kurz vor 19.00 Uhr steht er noch im Esszimmer und sieht zu, wie ich sein Geschenk einpacke, nimmt es und sagt tschüss. „Tschüss Rahim, viel Spaß", sage ich noch und gehe rein zufällig hinterher, um Katzenfress aus der Vorratskammer des Gästetraktes, also dem Haus nebenan, zu holen. Da stolpere ich über eine Reisetasche und einen Schlafsack, die Rahim gerade greifen will. „Was ist das denn?", frage ich ihn. „Tsn, nix." „Was heißt hier nichts, was soll der Schlafsack?" „Ich penn da." „Bitte?" „Ich penn da heute Nacht." „Das glaube ich nicht, davon wusste ich nichts, davon hast du uns nicht unterrichtet."

„Hab ich doch jetzt, tsn.“ „Komm mal rein, Rahim, mal sehen, was Papa dazu sagt.“ „Nee.“ „Rahim, komm rein, und zwar sofort. Ingo komm mal bitte.“ Ich kläre Ingo auf und der sagt sofort: „Kommt überhaupt nicht in Frage.“ Ich versuche noch mal ganz ruhig, Rahim zu erklären, worum es mir bei dieser Auseinandersetzung ging. Am Freitag hatte er mich von der Party unterrichtet. Das war okay, dafür hatte er die Zeit 02.00 Uhr mitbekommen. Da wäre es angebracht gewesen, mir mitzuteilen, dass er dort zu übernachten gedachte. Oder heute Morgen oder spätestens vorhin beim Geschenk einpacken. Ich hatte noch nie nein gesagt zu einer Übernachtung bei Freunden, ich hatte noch nie nein gesagt zu Übernachtungen anderer Kinder bei uns.

Aber es war eine feste Regel im Hause Trott, so etwas vorher anzukündigen. Das hatten wir sieben Jahre lang so exerziert. Es kam auch mal vor, dass sie hier in der Nacht anriefen und fragten, ob sie über Nacht bleiben durften. Das hatte ich auch nie abgelehnt. Aber dies hier war ob des Gepäcks von vornherein so geplant. Das hätte er doch nur zu sagen brauchen, und alles wäre in Butter gewesen. Das hat auch mit dem Alter nichts zu tun. Das ist ein Gebot der Höflichkeit des Zusammenlebens, das war immer so, das gilt auch zwischen Papa und mir und zwischen uns und den Kindern und überhaupt, und bisher hatte das immer reibungslos geklappt. Was er eigentlich dachte, wie viel Sorgen ich mir bei meinen nächtlichen Wanderungen durchs Haus machen würde, wenn ich wieder nicht schliefe, und nur mal so in die Zimmer meiner Jungs schaute, um mich zu vergewissern, dass es ihnen gut ginge, alle Schäflein im Stall seien und ich ihn heute Nacht nach 02.00 Uhr nicht vorgefunden hätte? Da brüllt er uns an: „Ich geh jetzt und ich schlaf da, weil mich hier alles ankotzt.“ Da sagt Ingo noch ganz ruhig: „So, pass mal auf Rahim, wenn du dich weiterhin so aufführst, gehst du gar nicht. Mama hat dir ganz ruhig erklärt, worum es ihr geht, und entweder du spielst dieses Spiel mit und hältst dich an die Regeln oder du bleibst hier, und noch ein Ton von dir, und das Spiel ist aus."

Inzwischen war die Diskussion ins Wohnzimmer verlegt worden, und ich saß bereits auf dem Sofa, weil mir die Knie weich wurden, da schreit Rahim mit aufstampfendem Fuß, die geballte Faust drohend gegen uns erhoben: „Und eins will ich euch sagen, macht nur weiter so, ich bring mich um, das hab ich euch schon mal gesagt, macht nur weiter so, dann werdet ihr schon sehen." Wie in Trance höre ich mich sagen: „Ja, Rahim, dann mach's." Oh Gott, was ist mir da rausgerutscht??? „Gut Rahim, das hat so keinen Sinn, gehe jetzt auf deine Party, aber um 24.00 Uhr bist du wieder hier", spricht Ingo das Schlusswort. Rahim geht.

Ich mache eine Flasche Wein auf, bin verzweifelt, erschüttert, entsetzt. Was habe ich bloß falsch gemacht? Warum musste das alles so kommen? Aber ich weiß auch, dass es müßig ist, sich darüber Gedanken zu machen, gar Vorwürfe, es ist nun mal so gelaufen. Wir brauchen wirklich Hilfe von außen.

Um 24.00 Uhr klingelt das Telefon. Wir sind natürlich noch wach. „Das ist Rahim, ich gehe da jetzt nicht ran", flüstere ich. Ingo geht. „Ja, aha, ah, ja, okay. Gib mir mal deine Oma." Das war die Gastgeberin, 15 Jahre alt. Die Feier fand im Keller der Oma statt, da dort so viel Platz sei. Ob Rahim nicht doch übernachten dürfte, wollte sie wissen. Ingo holte sich nur das Einverständnis der Oma, und der Fall war erledigt, und Rahim hatte erreicht, was er wollte.

Kapitel 16

Anlässlich dieses Vorfalls legte ich mir einen Golfschläger griffbereit an die Seite meines Bettes. Ich war mir nicht mehr sicher in meinen eigenen vier Wänden, schon gar nicht im Schlaf, und wollte für den Fall der Fälle gewappnet sein. Rahim fragte seit einigen Jahren in regelmäßigen Abständen, ob er mal alles erben würde, wenn wir tot seien. Da hatte ich ihm erklärt, dass das von seinem Betragen abhinge. Außerdem sei noch alles verschuldet, ich übertrieb vorsichtshalber gewaltig. Es gäbe da auch noch ein Testament, in dem bestimmt sei, dass er keinen Pfennig erben würde – was wusste er denn von Pflichtanteilen etc. –, sollte er sich nicht ordentlich, respektvoll und erwartungs- und vereinbarungsgemäß verhalten, was der stets informierte Testamentvollstrecker, mein Freund Udo, entscheiden würde, und letztlich sei da auch noch sein Bruder Hadji, mit dem das, was für sie bestimmt sei, zu teilen wäre. Ansonsten hätten wir vor, noch locker 30 Jahre zu leben.

Ein bis zwei Mal im Jahr erhalten wir eine Weinlieferung von der Nahe. Je nach gesellschaftlichen Anlässen sind das dann zehn Kartons Weißwein und zehn Kartons Rotwein. Die gilt es, im Weinkeller, in dem Ingo wertvolle, für besondere Anlässe gedachte Weine lagert, zu verstauen. Das Leergut nimmt der Händler wieder mit. Zu diesem Zweck sind die Jungs gefragt und gebeten, mit anzupacken. Da sagte Rahim schon vor zwei Jahren, bei eben einer solchen Lieferung, was soll denn das, den braucht ihr doch gar nicht mehr (er meinte den neuen Wein, der als Gebrauchswein weggeschlabbert wird), der ganze Keller ist doch voll (da lagern rund 100 Flaschen), das reicht doch. Ihr seid doch schon so alt, ihr sterbt doch sicher bald, da braucht ihr nicht immer neuen Wein zu bestellen. Damals lachte ich noch über dieses kindsköpfige Argument und rechnete ihm vor, wie lange wir mit den Vorräten auskämen bei nur durchschnittlich einer Flasche Verzehr pro Tag, denn man müsse den Konsum unserer häufigen Gäste mit berechnen, das würde gerade für ein Jahr reichen und 30 Jahre wollten wir doch noch leben. Heute sehe ich das Argument Rahims mit anderen Augen. Also schnappte ich ihn mir nach dem letzten Vorfall und gab ihm zu bedenken, dass, wenn ihn hier alles so ankotze, er nicht auf die Idee zu kommen bräuchte, uns umzubringen. Das mit dem Hackebeilchen könne er getrost vergessen, denn unsere Kripo sei so gewieft, dass man ihn sofort stellen und ins Kittchen stecken würde. Und zwar lebenslang. Die Erbschaft sei in einem solchen Fall ohnehin perdu, auch wenn er unsere Beseitigung durch andere durchführen ließe. Daher wähnte ich mich jetzt mit meinem alten Eisen sieben am Bett etwas sicherer.

Am Dienstag, dem 18.01.2000, weihen wir Rahim in unser Vorhaben mit Dr. Glanz für den nächsten Tag ein. Ich hatte ihn bereits in der Schule bis 10.00 Uhr wegen eines ärztlichen Termins entschuldigt, denn nach der Sitzung sollte er ruhig wieder am Unterricht teilnehmen, so war es mit Herrn Dr. Glanz besprochen. Rahim lehnte das ab, er wollte da nicht hin, der könne ihm auch nicht helfen, blablabla. Da Rahim aber noch minderjährig war, musste er mit. So fuhren wir am nächsten Morgen zu dritt zu Dr. Glanz. Ein kleiner, sehr sympathischer Mann. Die erste Viertelstunde redeten wir nur so ein bisschen. Dr. Glanz beobachtete uns aufmerksam. Er stellte uns Fragen, wir antworteten. Er machte kleine therapeutische Spielchen mit uns. Rahim blieb einsilbig. Der war verstockt. Die nächste halbe Stunde verbrachte Dr. Glanz allein mit Rahim. Die letzte Viertelstunde diente seiner

Einschätzung der Situation, die er uns mitteilte. Schwierig und sehr unschön die gesamte Lage. Eine Therapie würde bei Rahim nicht fruchten. Das hätte keinen Sinn und sei nur vergeudete Zeit, vom Geld ganz zu schweigen. Er vertrat dieselbe Meinung wie seine beiden weiblichen Kolleginnen vor Jahren. Rahim ist labil, unaufrichtig, aber nicht dumm, der würde mit uns machen was er wolle. Und das sei erst die Spitze des Eisberges. Er könne uns da leider nicht helfen. Mir kullern wieder die Tränen. Ingo ist verzweifelt und will nicht unverrichteter Dinge gehen. Wir brauchen Hilfe, wir sind am Ende, wir wissen nicht weiter. Da hat Dr. Glanz ein Erbarmen und bietet uns eine Familientherapie an. Die könnte uns Entscheidungshilfen für die Zukunft geben.

Vielleicht würde man in den dafür vorgesehenen vier Sitzungen einen Weg finden, wie wir die Tragödie, das Drama, auf ein Niveau bringen, das für uns alle erträglich wird. Ob Rahim dazu bereit sei? Nee. Das findet auch Dr. Glanz nicht so schön. Ob er nicht wenigstens bereit sei, mitzuhelfen, diese unerträgliche Situation in den Griff zu bekommen? Nee. Na gut, dann eben nicht, dann werden wir zu Hause darüber abstimmen, denn auch Hadji muss sich hierzu einverstanden erklären, weil eben Familientherapie. Dazu gehören nun mal alle, und nötigenfalls wird Rahim überstimmt oder einfach ein bisschen gezwungen. Denn irgendwas muss hier geschehen. Und Dr. Glanz ist unsere letzte Hoffnung, zumal er Ingos und mein volles Vertrauen gewonnen hat. Abends besprechen wir das ganze mit Hadji. Der ist total dagegen. Vor allem sieht er nicht ein, was er damit zu tun hat. Nach langem Hin und Her beschließen Ingo und ich, in Ultima Ratio ganz autoritär, völlig gegen unsere Natur, das wird gemacht. Ich bekomme vier Termine für März und April bei Dr. Glanz. Bis dahin müssen wir sehen, wie wir klar kommen.

Hadji hat es nach einem halben Jahr endlich geschafft, sich bei der Fahrschule anzumelden. Zum 18. Geburtstag, letztes Jahr, hatten wir ihm die Finanzierung des Führerscheines geschenkt. Das hatte im Vorfeld großen Ärger gegeben, da er mit den Fahrstunden schon vor dem 18. Geburtstag beginnen wollte, um am 18. Geburtstag bereits den Führerschein auf dem Tisch zu haben. So was gab es bei uns aber nicht. Da wurde Hadji richtig aggressiv. Das sei wohl das Letzte, das würden schließlich alle kriegen. Ja, klar, alle spielen ja auch Golf, laufen Ski, bewohnen quasi ein eigenes Haus im Haus, etc. Das sei nun mal sein Pech, dass er ein Trott sei, die eben genau das nicht machen, was alle machen, dann müsste er nämlich auch Abitur machen, wie nämlich alle in meinem Freundeskreis. Und wenn ihm das nicht passte, gäb's gar keinen Führerschein, das sei nämlich vom Gesetz nicht vorgeschrieben.

Die Auflage zum 18. Geburtstag war, er solle uns drei Angebote ortsansässiger Fahrschulen einholen, damit wir einen Kostenvergleich hätten und eine Vorstellung darüber, was da überhaupt finanziell auf uns zukäme. Sechs Monate brauchte er dazu. Nun war die Entscheidung getroffen. Es war uns zum einen ganz recht, dass er so lange gebraucht hatte, denn wir trauten ihm mental die Verantwortung für ein Auto im Straßenverkehr noch nicht zu und hofften mit jeder Woche, jedem Monat, dass er ein wenig vernünftiger, ruhiger, besonnener würde. Außerdem kam uns der jetzige Zeitpunkt ganz gelegen, da würde er gleich mit Dunkelheit, Eis und Schnee konfrontiert. Seine riesige Klappe wurde während dieser Zeit etwas kleiner, denn er merkte, mit reinsetzen ins Auto, anlassen, Gas geben, losfahren, war es noch lange nicht getan. Er tat sich sehr, sehr schwer.

Für die letzten beiden Wochen im Februar hatten Ingo und ich wieder Mürren gebucht. Das brauchten wir jetzt dringend. Unsere Akkus waren völlig leer. Max gab ich für diese Zeit zu den Petersens. Dadurch, dass Hadji seine Tischlerlehre im Betrieb im August letzten Jahres begonnen hatte, somit voll im Berufsleben stand, wäre Max auf Rahim angewiesen gewesen. Das war mir nicht recht. In seiner derzeitigen Verfassung traute ich ihm allerlei zu. Da war der Max bei den Petersens schon besser aufgehoben. In Mürren angekommen, erfuhr ich von der Diagnose meiner Schwester Heidi aus Hamburg: Brustkrebs, fortgeschrittenes Stadium, sofort Operation, da ärztlicherseits seit vier Monaten fehldiagnostiziert und verschlampt. (Mein Schwager Gerd, Heidis Mann, war vor einem Jahr an Darmkrebs verstorben.) Diese Nachricht bekam ich von meiner Nichte Neli aus Amerika. Ich bräuchte aber deshalb meinen Urlaub nicht abzubrechen, ich solle mal lieber Kraft tanken, nicht wissend, was da noch später auf uns zukäme. Also tanke ich. Wo besser ließe sich dies für mich vollziehen als in Mürren. Oskar leistet uns noch übers Wochenende Gesellschaft, das bedeutet zwar zusätzlich mehr Arbeit für mich, aber es bringt auch Ablenkung.

Wieder zu Hause muss ich dringend zum Gynäkologen, da ich zwei schmerzende Knoten in der Brust habe. Ob der Vorgeschichte meiner Schwester ist man besonders bemüht, stellt aber nur Wassereinschüsse fest. Ich habe Angst, vor allem auch wegen der Schmerzen, und es wird ein zweiter Kollege zu Rate gezogen. Beide beruhigen mich, es sei harmlos und hauptsächlich seelisch bedingt. Es bedarf aber der regelmäßigen Beobachtung.

Nachdem das geklärt ist, begebe ich mich sofort nach Hamburg. Meine Nichte ist schon seit zwei Wochen vor Ort. Sie ist froh und dankbar, dass sie nun seelische Unterstützung hat. Heidi hat bereits drei Operationen hinter sich. Totale Amputation der Brust, dann die Entfernung einer Zyste unter der Bauchdecke, bei deren Eingriff man den Dickdarm verletzt hatte, was die Ärzte nicht gemerkt haben. Erst als ihr der Kot durch den Bauchnabel quillt, stellt man diesen Kunstfehler fest und operiert zum dritten Mal. Wieder tritt kein Heilungsprozess ein, und man will sie das vierte Mal unters Messer nehmen. Da platzt mir der Kragen und ich beschließe, sie zu verlegen, da sie hier wohl im falschen Krankenhaus läge. Stirbt womöglich an einer verpfuschten Darmoperation, obwohl sie ein schwer kranker Brustkrebspatient ist, dem ob dieser neuen Situation keine Bedeutung beigemessen werden kann. Die dringend erforderliche Chemotherapie wird verschoben, denn erst muss der Darm heilen und vor allem meine Schwester wieder auf die Beine kommen.

Nun muss ich aber erst nach Hause, denn die erste Sitzung bei Herrn Dr. Glanz steht an. Von zu Hause aus bemühe ich mich telefonisch um einen Gesprächstermin mit dem absoluten Darmspezialisten in Hamburg, um meine Schwester verlegen zu können. Ich bekomme einen Termin morgens um 6.30 Uhr, damit, für den Fall der Einwilligung meiner Schwester, sie noch am selben Tag operiert werden kann. Für genau diesen Tag nämlich stand der vierte Operationstermin in ihrem alten Krankenhaus auf dem Plan. Das galt es zu verhindern. Ich erfuhr von diesem persönlichen Gesprächstermin beim Professor aber erst am späten Vorabend, so dass ich beschloss, weil ich nachts nichts sehen kann beim Autofahren, morgens um 3.30 Uhr hier loszufahren. Ich nahm Ingos Handy mit. Neli sollte inzwischen Heidi auf das neue Krankenhaus vorbereiten und mich dann über das Handy informieren, ob ihre Mutter grünes Licht für die Verlegung gegeben hätte. So fuhr ich hier zwar auch in der Dunkelheit los, aber mit dem Gefühl, in den Sonnenaufgang hineinzufahren. Nach langem Beknien des Professors willigte dieser ein, die verpfuschte Darmgeschichte meiner Schwester zu versuchen, in den Griff zu bekommen. Heidi aber willigte nicht ein und lag um 10.00 Uhr in ihrem Krankenhaus erneut unterm Messer. Ich fuhr zurück und ließ Heidi allein. Nicht ganz allein, ihre Tochter Neli war noch vor Ort. Auch ich hatte Familie und große Sorgen an den Hacken. Sollte sich Heidis Situation dramatisch verschlimmern, würde ich wiederkommen, aber erst mal wollte ich zu Hause sein.

Die Sitzungen bei Herrn Dr. Glanz waren der reinste Horrortrip. Es kamen da schon sehr interessante Verhaltensmuster und Denkschemata von Rahim zum Vorschein. Einmal rastete er völlig aus und brüllte in dem uns bekannten Tenor rum, es kotze ihn alles an, er hasse alles und alle, auch uns, er verfluche den Tag seines Granatsplittereinschusses, denn ohne den hätte er dies scheiß Deutschland nie kennen gelernt. Ich war über die Explosion eigentlich ganz froh, denn ich hoffte, dass damit alles rauskäme und der Knoten endlich platzen würde. Dr. Glanz hingegen war entsetzt, bekam die Situation aber jedes Mal schnell wieder in den Griff. Dafür hatte ich mich gewaltig getäuscht. Rahims Verhalten, seine Stimmung, sein Blick wurden immer schlimmer, bis hin zur Unerträglichkeit. Wir redeten überhaupt nicht mehr. Alles, was wir von ihm erfuhren, erfuhren wir in den Sitzungen bei Herrn Dr. Glanz. Er wollte in Ruhe gelassen werden und hatte null Bock. Er wollte sein Leben im Bett vor der Glotze verbringen. Sozialhilfe würde ihm reichen. Toll, darauf hatte er bloß keinen Anspruch, da würden wir als Eltern zur Kasse gebeten, ein Leben lang.

Nach der dritten Sitzung empfiehlt uns Dr. Glanz dringend, uns räumlich von Rahim zu trennen. Es sei für uns als Familie, insbesondere für mich, als Mutter, ein untragbarer und unzumutbarer Zustand. Er sähe die Gefahr, dass wir uns über kurz oder lang gegenseitig kaputt machen würden. Da galt es, den Schaden so gering wie möglich zu halten und wenigstens von den restlichen drei Familienmitgliedern abzuwenden. Es müsse nur besprochen werden, ob eigene Wohnung, betreutes Wohnen oder Wohngemeinschaft. Er wäre gern bereit, uns dabei behilflich zu sein. Er müsse uns auch leider mitteilen, dass er in seiner 25-jährigen

Berufspraxis die traurige statistisch bewiesene Erfahrung gemacht hätte, dass 80 % aller Adoptionen negativ verliefen, 85 % aller Adoptionen älterer Kinder, 90 % aller Adoptionen ausländischer Kinder und 95 % aller Adoptionen älterer ausländischer Kinder. Da hatten wir den Grund, warum "Terre des Hommes" seit Jahren keine Kinder zum Zweck der Adoption mehr vermittelte. Das saß.

Ein paar Tage später besprachen wir die neue Situation mit Rahim. Der wollte aber wie immer nix, vor allem nicht hier raus. Er will hier bleiben. Klar, war ja auch das Bequemste. Bekocht, bewaschen, beputzt zu werden und den Tag im Bett verbringen, sich Musik und Filme reinziehen. Aber genau das musste nun ein Ende haben. Wir beschlossen, ihm eine eigene kleine Einzimmerwohnung zu besorgen. Wohngemeinschaft hielten wir für ungeeignet, da er dort mit seinem Verhalten und Einbahnstraßengebahren nur den nächsten Stress provozierte, betreutes Wohnen für gefährlich, da bekanntermaßen nicht frei von Drogenkriminalität. Auf die Frage, ob es nicht die einfachste Lösung sei, nach Afghanistan zurückzukehren mit unserer reichlichen finanziellen Unterstützung natürlich, rastete er völlig aus. Alles, nur das nicht. Er wollte in dem ihm so verhassten Deutschland bleiben. Dieses Gespräch hatte Ingo wieder auf Kassette aufgenommen, ob als Erinnerung fürs Familienarchiv, oder um es Rahim später noch mal vorzuspielen, ich weiß es nicht mehr, jedenfalls war dieses Gespräch so furchtbar, dass Ingo hierbei häufiger die Stimme versagte. Es bestand eigentlich nur aus gegenseitigen Vorwürfen und Gepöbel. Ingo war restlos fertig mit den Nerven. Er tat mir zwar Leid, andererseits dachte ich, siehst du, nun machst du endlich einmal das mit und durch, was ich hier tagtäglich seit acht Jahren erfahre.

Ingo befasst sich immer häufiger und intensiver mit dem Gedanken Rahim, natürlich nur mit seinem und dem

Einverständnis seiner afghanischen Eltern, nach Kabul zurückzubringen. Das verwundert mich, denn ich hatte ihm vor drei Jahren, noch vor Abschluss der Adoption, das Ultimatum gesetzt, zu einem Zeitpunkt, als hier mal wieder alles hochkochte und ich am Rande meiner physischen und psychischen Kräfte stand, Rahim oder ich. Da hatte er für seine Verhältnisse sehr böse und wenig einfühlsam reagiert und mir zu verstehen gegeben, wir hätten A gesagt, nun müssten wir auch B sagen. Ein Kind aus dem eigenen Bauch könne man auch nicht so einfach zurückgeben, nur weil es ein paar Probleme gäbe. Mein Argument, das läge hier wohl etwas anders, außerdem würde er in eine Familie, nämlich seine, zurückkehren, wurde verworfen.

Ebenso wenig hatte meine Schwägerin Gerda von unten, die automatisch qua Nähe alles mitbekam, was sich hier oben bei uns abspielte, verstanden, worum es mir vorrangig ging. Sie äußerte stets, dass sie gar nicht verstehe, warum ich mich ständig beschwerte, ich wollte die Kinder doch unbedingt haben. Das war wohl ein Irrtum, den sie ob der vielen Gespräche schon hätte verstehen müssen; was ich unbedingt wollte, das war mal für circa drei Monate, wie aufgefordert, ein netter sozialer Mensch sein und einem afghanischen Kind die Möglichkeit geben, bei uns gesundgepflegt zu werden. Das war auch Ingos ursprüngliche Absicht. Was sich dann daraus entwickelt hat, hat sie doch live mitbekommen. Die ganzen Probleme mit der OHA, nur um sicherzustellen, dass die Jungs auch wirklich in ihre Familien zurückkämen. Ich saß doch nun in diesem Boot und musste es ans Ufer rudern, um vor mir und meinem Gewissen bestehen zu können.

Ich habe sehr früh erkannt, dass der Weg, den wir zwangsläufig beschritten haben und den die OHA wohl vorausgesehen und deshalb zu verhindern bemüht war, wohl eher nicht der richtige war, ich vielmehr mich sogar mit dem

Gedanken getragen habe, mit Hilfe meines Know-hows und meinen Beziehungen im medizinischen Bereich (berufs- wie freundesbedingt) selbst ein Krankenhaus mit europäischem Standard in Afghanistan in einer ruhigen Region zu errichten. Aber davon, dass ich die Kids unbedingt haben wollte, konnte nie, niemals die Rede gewesen sein. Mein Engagement galt, lediglich den Kindern zu helfen und das Richtige für sie, wie auch immer dies aussehen würde, zu tun. Nun hatten sie unsere Namen, nun war ich ihre Mutter, das war ich auch mit Leib und Seele und stand auch dazu, aber forciert hatte ich diese Entwicklung nicht. Was nichts damit zu tun hat, dass ich sie dennoch beide liebe, auch wenn ich mir einen anderen Ausgang unserer Bemühungen gewünscht hatte, aber dazu kommen wir später noch einmal.

Jedenfalls arbeitete Ingo auf eine Rückführung Rahims zu seinem eigenen Wohl, Vorteil und Seelenheil nach Kabul hin. Hierfür jedoch wollte er grünes Licht von Dr. Glanz. Er war zwar überzeugt, dass Rahim in Kabul ohne größere geistige Anforderungen, ohne Diskussionen kurzfristig mit eigener Frau, Familie und Verantwortung eher zur Ruhe käme als hier, brauchte dafür aber für sein eigenes Gewissen Unterstützung. Die wollte er von Dr. Glanz, zu dem er großes Vertrauen hatte und von dem er sagte, er wäre der einzige Mensch, auf den er hören würde, dessen Rat er befolgen würde, weil er absolutes Vertrauen in seine berufliche Kompetenz hatte. Ich möge bitte einen Gesprächstermin nur für uns zwei über dieses Thema arrangieren und klären, ob Herr Dr. Glanz als Vorbereitung dazu das mitgeschnittene Tonband zugesandt haben möchte. Als Termin bietet mir Dr. Glanz unseren vorhandenen letzten Familientermin an, da er keinerlei Notwendigkeit sieht, dass Rahim ihn noch mal konsultiert. Das Band hätte er gern vorab. Prima.

Tags darauf, es ist ein Montag, verbringe ich diesen wie gewöhnlich mit Aufstehen, Gassirunde, Einkaufen, Kochen,

Essen mit Ingo, denn Hadji kommt erst um 17.00 Uhr aus dem Betrieb. Rahim, so er nicht den Bus verpasst, kommt montags um 15.00 Uhr nach Hause, dann brauche ich das Essen nur kurz noch mal heiß zu machen. Normalerweise, wenn ich nicht, wie jeden Dienstag, beim Golfspielen bin, serviere ich Rahim das Essen, bleibe noch bei ihm sitzen, lege mich dann häufig eine Stunde hin, um anschließend die Nachmittags-Gassirunde mit Max in den Wald zu machen, von der ich so zurückkehre, dass Hadji kurz nach 17.00 Uhr sein warmes Essen bekommt. Also, der reinste Hotelbetrieb.

Heute ist mir nicht danach. Ich habe ein ganz komisches Gefühl. Schon seit einigen Wochen fühle ich mich, sobald Rahim das Haus betritt, in meinen eigenen vier Wänden nicht mehr wohl. Bis zum Mittag bin ich bis auf wenige Ausnahmen gut gelaunt, fröhlich, ausgelassen und voller Tatendrang. Ich bin bekannt dafür. Sowohl der Krämer, eine Straße weiter, als auch der Tankwart, die Nachbarn und letztlich auch unser Pro im Golfclub, sprachen mich des Öfteren darauf an, wie man am frühen Morgen schon so gute Laune haben könne. Verstünden sie nicht. Ich auch nicht. Das ist wohl eine Temperamentsangelegenheit und Charaktereigenschaft von mir. Mir tut doch nachts keiner was – außer in den Alpträumen und Horrortrips, die ich fahre, aber die sind nicht mehr greifbar am nächsten Morgen, somit kann ich die Figuren aus den Alpträumen auch nicht anmachen, und von schlechter Laune oder Muffigkeit, ob des Unausgeschlafenseins, wird es auch nicht besser. Da brauche ich mir nur meine Tiere anzusehen und bin automatisch gut drauf. Egal ob grauer Novembertag, Herbststurm oder Schneematschpampe. Auch da bin ich nicht empfindlich. Ich bin überhaupt nicht wetterfühlig und dafür sehr dankbar. Natürlich genieße ich blauen Himmel, strahlende Sonne und die von ihr ausgehende Energie, aber ich liebe die anderen Witterungen und die mit ihnen verbundenen und einhergehenden Stimmungen zu allen Jahreszeiten gleichermaßen. Deshalb könnte ich auch nie zum Beispiel nach Spanien aussteigen.

Aber seit einiger Zeit sinkt mein Gefühlsbarometer schon mit dem Bewusstsein, gleich kommt Rahim. Es geht eine solche Kälte, eine solche Ablehnung von ihm aus, dass mich das Grauen packt, und ich schaffe es nicht mehr aus eigener Kraft, dagegen anzugehen. Für heute habe ich beschlossen, nicht da zu sein, wenn er kommt, sondern meine Gassirunde so vorzuverlegen, dass ich kurz vor 15.00 Uhr bereits mit Max im Wald bin. Ich lege Rahim einen Zettel hin, auf welchem steht, dass er sich das Essen nur warm zu machen bräuchte, weil ich mit Max schon auf der Runde sei. Ich komme zurück und mag nicht ins Haus gehen. Vertreibe mir die Zeit mit Unkrautzupfen und für Max Zapfenwerfen. Immer wenn ein Korb voll ist, bringe ich ihn in die grüne Biotonne, nicht auf den Kompost, denn die Tonnen sind noch fast leer und werden am Mittwoch abgeholt.

Neben den grünen Biotonnen stehen die zwei grauen für den normalen Abfall. Es ist so gegen 17.30 Uhr, ich bringe gerade wieder einen Korb voll fort, als ich zusammenzucke. Da steht Rahim hinter mir. Grußlos. Er hat eine Tüte mit Abfällen aus seinem Zimmer in der Hand, die will er entsorgen. Er guckt mich mit finsterem Blick an, sagt kein Wort. Ich drehe mich abrupt um, dass ich ihm frontal gegenüberstehe. Sein Blick spricht Bände. Hass, Wut, Zorn, Verachtung sprühen aus seinen Augen. Die Physiognomie verkrampft, schmale aufeinander gepresste Lippen mit nach unten gezogenen Mundwinkeln, hart aufeinander beißende, malmende Backenzähne. Dreh dich jetzt bloß nicht um Petra, schoss es mir durch den Kopf. Wenn du ihm jetzt den Rücken zukehrst, hast du das Messer in den Rippen. Ich atme tief durch und sage: „Na Rahim, sagst nicht mal mehr hallo, wenn du deiner Mutter begegnest?“ Ein gequältes, angewidertes mit kaum geöffnetem Mund rausgequetschtes „Hallo" war seine Reaktion. Dann schlich er wieder davon.

Ich begab mich mit weichen Knien von dieser Stelle fort, hinter den Swimmingpool, setzte mich auf einen Stein und fing an zu heulen. Oh Gott, wie furchtbar. Wie traurig, wie schrecklich. Was ist bloß los? Ich gehe mit Sicherheit jetzt nicht in dieses Haus zurück. Ich kann das jetzt nicht betreten, auch wenn mich vielleicht in diesen insgesamt 300 qm Wohnfläche, beide Hausteile zusammengerechnet, über 100 qm von Rahim trennen, ich gehe da nicht hinein, bevor Ingo nicht zu Hause ist. Max kommt ständig mit seinen Kiefernzapfen an und stupst mich, das lenkt ab, und ich spiele mit ihm und lungere tatenlos die nächste Stunde im Garten herum. Endlich kommt Ingo, sieht mich, sieht in welcher Verfassung ich mich befinde und fragt, was los sei. Ich schildere ihm kurz den Vorfall an den Mülltonnen und schon fange ich wieder an zu heulen. Da fasst Ingo spontan einen Entschluss und sagt, er riefe jetzt sofort Mama und Papa Rudolff an, um sie zu bitten, Rahim für ein paar Tage zu sich zu nehmen, bis bei mir etwas Ruhe und Gelassenheit eingekehrt seien, und wenn die damit einverstanden wären, würde er noch heute Abend Rahim zu ihnen bringen, in drei Tagen bekämen sie Osterferien, von ihm aus bräuchte er bis dahin nicht zur Schule zu gehen, da der Schulweg von den Rudolffs weit und umständlich ist. Ich gehe heulend mit ins Haus, Ingo telefoniert.

Mama und Papa Rudolff sind selbstverständlich sofort bereit, Rahim noch heute Abend und über die Osterferien zu nehmen und unterstützen die Einstellung, ich vor allem müsse erst mal zur Ruhe kommen. Ingo geht hoch zu Rahim, klärt ihn kurz auf, und nach 30 Minuten fahren die zwei fort. Er kommt schnell zurück, da auch ihm im Hause Rudolff nicht nach Reden zumute war, hatte dort jedoch angekündigt, dass er morgen wieder vorbeikäme, um noch ein paar

Sachen zum Wechseln für Rahim vorbeizubringen, und dann könne er vielleicht etwas reden. Jetzt bräuchte er Zeit zum Nachdenken.

Für Ingo stand seit ein paar Tagen fest, dass er nach Peshawar reisen würde, um dort Hakim zu treffen. Er bräuchte dies für seine Seele und sein Gewissen, egal wie das mit Rahim hier oder dort weiterginge, egal wie Dr. Glanz' Meinung sei, fliegen würde er auf alle Fälle. Wir beschließen, die gesamte Entwicklung Rahims seinen Eltern in Kabul mitzuteilen, und Ingo will morgen noch einmal einen Ansatz unternehmen, Rahim dahingehend zu beeinflussen, wenigstens besuchsmäßig mitzufliegen. Vielleicht würde Hakim etwas bei ihm auslösen können. Unversucht wollte Ingo nichts mehr lassen. Und wollte Rahim partout nicht in Kabul bleiben, würde er ihn selbstverständlich wieder mitbringen, und dann würden wir eben hier auf Wohnungssuche gehen. Aber diese letzte einzige Bitte würde er schon versuchen, seinem Sohn abzuringen.

Ich setzte mich noch in der selben Nacht hin und formulierte und tippte ein sechs Seiten langes Fax, das die Dramatik und Ratlosigkeit unserer Situation zum Ausdruck brachte. Ich schilderte in diesem Fax Rahims Verhalten der letzten sieben Jahre, inklusive der therapeutischen Bemühungen und deren Einschätzung bis hin zum heutigen Vorfall und dem Wunsch Ingos, in Bälde Hakim zu treffen. Dieses Fax geht am Dienstag nach Hamburg, von dort nach Kabul. Dienstagabend tritt mir ein völlig verwirrter Ingo entgegen. Jetzt ist er mit den Nerven am Ende. Er sei bei Marianne und Klaus gewesen, um noch mal mit Rahim zu reden. Er hätte versucht, die Vorteile eines Lebens in seiner Familie in Kabul darzulegen und hätte Rahim gebeten, ihn wenigstens auf der Reise zu begleiten. Er bräuchte keine Angst zu haben, er sei doch Rechtsanwalt und Notar und sein Vater, wenn Rahim nicht wolle, dürfe er ihn gar nicht dort lassen, da würde er sich strafbar machen. Rahim wüsste doch, dass er nur auf die Deutsche Botschaft in Kabul zu gehen bräuchte, und schwups sei er wieder hier, und zwar auf unsere Kosten. So ein charakterloser Miesling sei Ingo nicht, und so ein Dummkopf schon gar nicht. Und in der Schule würde er auch nichts verpassen, die eine Woche, da seien nämlich Ferien. Da sei Klaus Rudolff dermaßen ausfallend über ihn hergefallen, in einer Ausdrucksweise hätte er ihn bepöbelt, dass er diese Worte niemandem gegenüber, auch mir nicht, in den Mund nehmen könne. Er hätte daraufhin fluchtartig das Haus verlassen, weil die Rudolffs den Tenor des Gesprächs überhaupt nicht verstanden hätten und so aufgebracht waren, dass es auch keinen Sinn machte, sich in weiteren Erklärungen zu ergehen.

Mittwoch bei Herrn Dr. Glanz, der sein Entsetzen über das aufgezeichnete Gespräch zwischen Ingo und Rahim zum Ausdruck bringt, erhält Ingo volle Rückendeckung für sein Vorhaben, wobei Dr. Glanz Rahim so einschätzt, dass dieser sich auf Ingos Vorschlag nicht einlassen wird. Als wir gehen, sagt Dr. Glanz zu mir, dass ich eine sehr schwere Zeit vor mir hätte, dass ich das aber schaffen würde. Er bewundere mich. Ich sei eine sehr starke und liebenswerte Frau. Da fange ich wieder an zu heulen. Weil ich so stark bin?

Drei Tage vor Ostern, nach der doppelten Anzahl der vorgeschriebenen Fahrstunden, wird Hadji endlich zur praktischen Prüfung zugelassen, damit er zu Ostern den Führerschein erhält. Denkste, durchgeflogen. Durch die praktische Prüfung. Mist. Mindestens noch mal zwölf Fahrstunden plus der erneut zusätzlich anfallenden Kosten für Neuanmeldung, neue Prüfungsgebühr, Prüfungshonorar etc. Na, zum 19. Geburtstag wird er ihn dann hoffentlich haben. Hat er auch.

Meine Schwester ist so weit hergestellt, dass sie mit der Chemotherapie beginnen kann und möchte nicht, dass ich sie dabei begleite und unterstütze. Also spiele ich wahnsinnig viel Golf, was meiner Seele gut tut. Aus Kabul ist inzwischen die Antwort auf unser Fax gekommen. Die sind ziemlich sprachlos, bieten aber jede Form der Hilfe an, was immer wir meinen und für richtig hielten, würden sie begrüßen und unterstützen. Zum 01.06.2000 habe ich eine schnuckelige Ein-Zimmer-Dachgeschoss-Wohnung für Rahim gefunden. Der Umzug ist aus organisatorischen Gründen allerdings erst für Pfingsten, also neun Tage später, geplant. So lange kann Rahim bei Familie Rudolff bleiben. Klaus fährt den Jungen jeden Morgen zur Schule und holt ihn nachmittags wieder ab. Welch ein Luxus.

Ingos Flug ist nach Pfingsten gebucht, und ich muss eine Woche nach München. Dort habe ich den Auftrag, das Buch "Die Arche Olaf" von Hermann Schießel, eine sprachlich wie inhaltlich anschauliche Autobiographie – ab der Zeit des ersten Weltkrieges bis in die Gegenwart – ob seiner Leserzielgruppe, als Hörbuch zu sprechen. Da ich eine ganz ordentliche Stimme habe, ein gewisses schauspielerisches Talent und so etwas per Begabung kann, freue ich mich über diesen Auftrag. Mache ich doch glatt. Es ist zwar wahnsinnig anstrengend, und ich zolle jedem Nachrichtensprecher oder Geschichtenvorleser und Synchronsprecher seit dieser Arbeitswoche einen ganz anderen Respekt, es machte aber irrsinnig viel Spaß.

Rahims Umzug steht an. Ich bat ihn, zwei seiner Freunde für Samstag zu mobilisieren, damit wir nicht alles allein machen mussten. Seine Klamotten aus seinem Zimmer, Garderobe, Bücher, CDs, Kassetten, Schreibtisch- und Kommodeninhalt hatte ich bereits gepackt, sowie Geschirr, komplett für sechs Personen. Das hatte ich aus unserem Hamburg-Fundus genommen, weil uns das Budchen

– wie wir es ob seiner Winzigkeit immer nannten – zwecks Eigenbedarfs gekündigt worden war. Tags zuvor hatte ich für die erste Woche für Rahim eingekauft. Sein Lieblingsmüsli, H-Milch, Marmelade, Käse, Brot, Margarine, Öl, Nudeln, fertige Tomatensoßen, Fertiggerichte aus der Dose, Gewürze, Obst, Putzmittel und Lappen, Klopapier, Seifen, Zahnpasta, Deo, Satina Creme und reichlich Schnasselzeug, süß und salzig, Negerküsse, Cola und Saft für den Umzug, und was so an Kleinkram erforderlich ist. Einen Bulli für diesen Tag hatte ich organisiert, denn es mussten seine gesamten Möbel zum Schlafen, Wohnen, Lernen transportiert werden. Ich hatte ihn zwei Monate nicht gesehen, und er hatte sich in dieser Zeit keineswegs verändert. Die Ausstrahlung war immer noch dieselbe. Seine Freunde, die anpackten wie die Schwerstarbeiter, fuhr er in barschem, rüdem Ton an, während er selbst nur da stand und Order erteilte. Da schnappte ich mir den einen und fragte ihn, ob Rahim immer so mit ihnen umgehen würde und dass ich mir das an ihrer Stelle in dem Ton nicht bieten lassen würde, der spinne wohl. Der zuckte nur die Achseln und sagte: „Da müssen wir durch, Frau Trott, der ist nun mal so."

Die gesamte Stimmung war zum Platzen. Die Wohnung lag im Dachgeschoss des zweiten Stockwerkes. Voll durchre noviert. Laminatfußboden in der gesamten Wohnung, neues weiß gefliestes Duschbad mit funkelnagelneuen sanitären Einrichtungen. Flur mit Platz für Regale und Garderobe. Ein klitzekleines längliches Zimmer mit Schrägen und einer Dachgaube mit zwei Fenstern, aber gerade groß genug für sein Bett, seinen Schreibtisch, zwei Korbsessel und Tisch, Kommode und die Stereoanlage sowie den Fernseher, den ich ihm aus dem Gästetrakt zur Verfügung stellte. Einen Computer besaß er nicht mehr, weil er damit nicht umgehen konnte und sich auch keinerlei Mühe gegeben hatte. – Wir waren im Laufe der Jahre natürlich schwach geworden, was die Anschaffung von PCs für die Jungen anbelangt, einsehend, dass diese für die heutige junge Generation sogar erforderlich sind. – Eine sehr große Wohnküche mit reichlich Platz für Esstisch und Stühle, die wir gleich mitgeliefert hatten. Der neue Kühlschrank, – in die Küche gehörte keiner – den ich für ihn gekauft hatte, sollte Dienstag geliefert werden.

Die Wohnung hatte noch ein Zimmer, richtig reell, das war aber zurzeit noch unter Verschluss, weil ein anderer Mieter des Drei-Parteien-Hauses, der in circa einem halben Jahr ausziehen würde, dort sein Fotolabor aufbewahrte, es aber nie benutzte. Gegen eine Mieterhöhung von 100,00 DM würde dieses Zimmer zum Ende des Jahres für Rahim frei. Das fand ich super, dann hätte er sogar zwei Zimmer. Gartenbenutzung war möglich, und zur Wohnung gehörte ein Kellerraum, in dem er sein Fahrrad unterbringen könnte. Der einzige kleine momentane Nachteil dieser Wohnung war die Küche, vorhandene Schränke, Herd und Spüle waren ziemlich dreckig. Die hatte ich ihm vorher nicht durchgeputzt. Das sollte er schon selber machen nach allem, was vorgefallen war. Putzmittel hatte ich ihm reichlich besorgt. Und Zeit hatte er auch, denn es waren Pfingstferien.

Oben, unterm Dach angekommen, zeige ich ihm alles. Da sagt er: „Hier ziehe ich nicht ein.“ „Wieso denn das nicht?“, wollte ich wissen. „Alles zu klein und zu dreckig und kein Kühlschrank.“ „Rahim, der kommt Dienstagfrüh. Das ist in drei Tagen, deshalb habe ich extra H-Milch besorgt, habe ich dir doch eben alles erklärt.“ „Was soll ich bis dahin machen?“, mosert er mich an. Am liebsten hätte ich ihm eine geklebt. Bei diesem Gedanken beließ ich es dann. Wir schleppten und zimmerten und schleppten und installierten. Rahim sagte immer wieder: „Könnt ihr euch alles schenken, ich ziehe hier nicht ein.“ Nach fünf Stunden lässt er sich zu Klaus und Marianne zurückfahren, er wolle hier nicht bleiben und auspacken und einräumen, denn er würde hier nicht wohnen. Es gefiele ihm alles nicht. Du meine Güte, wie kann man nur so undankbar sein, und ich erinnere mich, wie ich angefangen hatte, als ich zu Hause auszog. Studentenwohnheim. Zwei-Bett-Zimmer im Keller mit einer kleinen Japanerin, die die halbe Nacht auf ihrer Fiedel fiedelte und sonst heulte. Gemeinschafts-WCs und -duschen und Küche für 60 Mädels. Keine eigenen Möbel, kein Stück eigenes Geschirr. Sogar Handtücher und Bettwäsche wurden gestellt. Und ich war damals glücklich und zufrieden, weil unabhängig und niemandem mehr Rechenschaft schuldig. Da behauptet dieser Junge, dass ihm hier alles zu piffig sei. Das ist schon sehr anmaßend! Na ja. Noch in derselben Nacht baue ich Rahims Zimmer in ein weiteres Gästezimmer, kombiniert mit Arbeitszimmer für mich, um. Mich soll hier ab sofort nichts, aber auch gar nichts mehr an ihn erinnern.

Ingo ist auch ziemlich entsetzt, der hat nämlich ähnlich wie ich sein Studium in Hamburg begonnen. Möbliertes Zimmer, kein Damenbesuch, kein Kühlschrank.

Am Montag fliegt Ingo nach Peshawar und trifft dort pünktlich, wie verabredet, Hakim. Das pfiffige Kerlchen hatte einen Freund aus Kabul mitgebracht, der als Dolmetscher fungieren sollte. So konnten sie gleich loslegen und zur Sache kommen. Eine Woche später hat Charly sich hier angemeldet. Nur so ein bisschen klönen, bisschen Petras Küche genießen und sich verwöhnen lassen, vielleicht etwas Golf spielen. Abends trudelt auch Ingo wieder ein. Da konnte Charly gleich alles aus erster Quelle erfahren, was Ingo in Erfahrung gebracht hatte. Das war allerdings nicht so sehr erfreulich.

Es stellte sich heraus, dass Rahim schon immer so gewesen war, wie von mir im Fax geschildert und von uns erlebt. Auch als kleiner Junge, schon vor seiner Verletzung. Null Bock, Muffpott, Miesepeter, nicht integrationsfähig, keine Freunde, Außenseiter, obwohl Mamas Liebling, weil der zweite Sohn, ein Mann, kein Mädchen! Auch sie wurden mit ihm nicht fertig und sahen jetzt die große Chance in Deutschland. Die wüssten da, wie man so ein Kind behandelt. Die können nicht nur lesen und schreiben, die haben sogar studiert. Grundvoraussetzung für erfolgreiche Kindererziehung. Dass ich nicht lache. Ha ha. Jedenfalls waren sie froh, ihn los zu sein, denn er sei ein Nichtsnutz. Na bravo. Selbstverständlich hatten sie vor fünf Jahren in Kabul keinen Psychoterror mit ihm veranstaltet, um ihn wieder los zu werden. Hakim war glaubhaft und sichtlich entsetzt, als Ingo ihm von der Beinabhackstory wegen der angeblichen Goldschrauben erzählte. Aber das sei eben typisch Rahim, laut Hakim. Ingo brauchte nur die einschlägigen Sätze Rahims anzufangen zu formulieren, Hakim konnte sie wortgetreu beenden. Lass mich in Ruhe, mich kotzt hier alles an, etc. Das kannten sie nur zu gut. Schade und schlimm auf der einen Seite, beängstigend und furchtbar. Auf der anderen Seite jedoch ganz beruhigend zu wissen, und vor allem die Bestätigung zu haben, dass sein Verhalten nicht von unserer Erziehung, unseren Fehlern, den Kriegs- und Kulturtraumata herrührte. Dennoch eine traurige bittere Erfahrung, die Ingo dort innerhalb einer Woche machen musste. Andererseits positiv betrachtet, hatten wir jetzt die Gewissheit, dass es sich bei Rahim um eine Charakterfrage handelte, und somit war Ingos Reise sinnvoll und gerechtfertigt.

Einige Wochen später meldet sich Rahim über Ingo, der regelmäßig Kontakt zu ihm hält, bei uns an. Er geriert sich ablehnend wie immer und herrscht uns an: „Ich will den Mietvertrag." Den rücken wir aber nicht raus, denn zum einen sind wir die Mieter und zahlen die Miete und seinen Unterhalt und zum anderen sei er noch minderjährig und überhaupt, was er damit wolle. Nach „das geht euch nichts an" – und ob uns das was anging – ahne ich den Fall, und er rückt langsam mit der Sprache raus. Er hätte eine andere

Wohnung gefunden zum Oktober, jetzt wolle er mit seinem 18. Lebensjahr, da sei er volljährig und könne tun und lassen was er wolle, die alte kündigen. Ich kläre ihn über die Kündigungsfrist und -form auf und erkläre ihm, dass er genau drei Tage zu spät dran sei. Somit müsste er für den Oktober doppelt Miete zahlen. Das sei ihm egal. Die neue Wohnung sei toll. Zwei Zimmer, Küche, Bad, Flur. Kosten: 200,00 DM mehr als bisher. Klaus und Marianne hätten sie ihm besorgt. Na klasse, dann leg mal los, mein Jung. Um den Umzug können sich dann auch Klaus und Marianne kümmern, das ist nicht mehr mein Bereich und tschüss du.

Nun hatte ich natürlich gehofft und erwartet, dass mit Rahims Auszug die alte unbeschwerte Fröhlichkeit in Trotts Haus zurückkehren würde. Da hatte ich mich leider getäuscht. Zwar war die Miesepeterstimmung und Aggressivität Rahims verflogen, dafür benahm sich jetzt Hadji mir gegenüber respekt- und rücksichtsloser denn je zuvor. Ich bekochte ihn weiterhin, damit er wenigstens abends was Warmes in den Bauch bekam, denn der Versuch, ihm gebratene kalte Hühnerbeine, mal Kartoffel-, mal Nudelsalat, kalte Pizza und Tortilla mit in die Firma zu geben, war gescheitert. Nun trat es wiederholtermaßen ein, dass Hadji entweder bereits satt nach Hause kam und ich auf seinem Essen sitzen blieb oder er mir den Kochtopfdeckel lüftete, schloss und ging, weil ihm irgendetwas an dem Essen nicht passte. So konnte ich ebenfalls zusehen, was ich mit der einen verbleibenden Portion anstellte. Dazu hatte ich keine Lust. Ganz vorsichtig, denn ich wagte ihn schon lange nicht mehr direkt anzusprechen ob seiner demütigenden Reaktionen mir gegenüber, versuchte ich ihm klarzumachen, dass ich seine neuen Essensgewohnheiten nicht mehr kalkulieren könne und wir uns da besser absprechen müssten oder was anderes einfallen lassen sollten. Da schnauzt er mich nur an: „Du brauchst für mich überhaupt nicht mehr zu kochen."

Oh klasse, ich war begeistert, denn die Folge hieraus sei, ich hätte weniger einzukaufen und somit zu schleppen, und ich könne nach acht Jahren anfangen, Ingos Lieblingsessen, wie Fenchel, Blumenkohl, Pellkartoffeln mit Quark und grüne Bohnen, auf die wir wegen der Kids überwiegend verzichtet hatten, häufiger zubereiten. Darüber hinaus hätte ich dann, wie früher, ab mittags eine ordentliche, saubere, aufgeräumte Küche und müsste nicht mehr, wie bisher, abends noch mal mit Essensgeruch und Abwasch anfangen. Die einzige Sorge bei dieser neuen Regelung bereitete mir Hadjis Umgang mit und sein Verhältnis zum Geld. Er verdiente inzwischen noch mehr als vor einem Jahr und sparte davon nach wie vor keinen Pfennig. Zu Hause brauchte er nichts abzugeben. An seine Familie in Afghanistan dachte er aber auch nicht. Ingo und ich hatten vereinbart, uns die ersten zwei, drei Monate nicht einzuschalten. Sollte er einmal aus dem Vollen schöpfen, sich langjährige Wünsche selbst erfüllen, wie Krösus leben, aber dann musste gespart, gehaushaltet und die afghanische Familie unterstützt werden. Ich traute mich nicht, ihn nach mehreren Monaten an die Abmachung, die mit ihm besprochen war, zu erinnern, wissend, was mich als Antwort erwartete, und Ingo hatte es wohl vergessen. Er verschleuderte also weiterhin sein Geld für Klamotten, Golfsachen, aufwändige Geschenke an Freunde, hohe Rechnungen in den Diskos und nun auch noch fürs Essengehen. Aber vielleicht würde er irgendwann von allein vernünftig. Inschallah.

Nach sechs Wochen kam er an. Ganz kleinlaut. Ganz charmant. Er konnte sowieso sehr charmant sein, das machte ihn auch so liebenswert, wenn er nicht gerade ausrastete. Er konnte flirten, Komplimente machen, lachen, dass es alle ansteckte und so komisch sein, dass einem vor lauter Freude das Herz überlief. Ich habe es am eigenen Leib verspürt: Hadji kommt eine Stunde früher als gewohnt aus der Schule. Ich stehe in der Küche, bereite das Essen und habe das

Gesicht mit Gurkenschalen zugekleistert. Hadji sieht das und fragt: „Was hast du denn da?" Ich antworte: „Gurkenschalen, damit die Falten weggehen." Da charmeurisiert Hadji lächelnd zurück: „Mama, wo nichts ist, kann doch auch nichts weggehen..." Leider hatten sich, seit er Geld verdiente, seine Eigenschaften umgekehrt; die negativen überwogen die positiven. Vielleicht, so hoffte ich, eine Erscheinung nachgeholter Pubertät.

So nahm er mich also in den Arm und bat mich, doch wieder bereit zu sein, für ihn mitzukochen. Klar war ich bereit, es machte mir im Grunde nichts aus, vier Kartoffeln mehr zu schälen, dafür kochte ich zu gern und eh nach wie vor. Außerdem konnte ich so wieder dafür sorgen, dass er gesund ernährt wurde, denn er hatte anscheinend von der Fastfood-Kiste, wie Döner, Croques, Souflaki, Pizza, die Nase gestrichen voll. Aber einen Denkzettel sollte er dennoch erhalten. Ich erklärte mich also bereit, wieder für ihn mitzukochen, aber unter einer Bedingung. Diese lautete, er müsse fürderhin nach dem Essen Töpfe und Pfannen selber abwaschen, da ich dazu dann keine Lust mehr hätte. Natürlich würde ich versuchen, so zu kochen, dass er nicht abends einen Berg Abwasch zu erledigen hätte. Vieles würde ich ihm schon als Tellergericht hinstellen, dann bräuchte er es nur in die Mikro zu schieben und hätte keine Arbeit mehr. Aber manche Dinge sollten schon in der Pfanne oder im Topf bleiben, dann müsste er eben ran. „Klar Mama, kein Problem. Danke."

Das ging vier Wochen gut. In diesen vier Wochen empfahl mir Ingo, einen neuen Mini zu kaufen. Einen Cooper mit mehr PS, Airbag und insgesamt etwas mehr Komfort. Es sollte nämlich im nächsten Jahr ein neuer Mini auf den Markt kommen, der mit dem alten Original nicht mehr viel gemein hatte und den ich darob auch nicht leiden mochte. Folglich galt es, noch schnell einen aus der alten Charakterserie mit

Chromstoßstange etc. zu erstehen. Nun hing ich aber an meinem alten, kleinen, treuen Mini und hätte mich schwer getan, ihn zu verkaufen.

Deshalb besprach ich mit Ingo, ob ich ihn Hadji zu Weihnachten schenken solle. Dann könne er ihn fahren, bis er auseinander fiele, denn er hatte bereits 180.000 km und zehn Jahre auf dem Buckel. Einziges Risiko: Hadji musste wirklich defensiv fahren, sonst käme er nicht mehr lebend aus der kleinen Kiste – und das bei seinem Hauruck-ich-bin-der-Größte-Temperament! Apropos "ich bin der Größte" brauchte ich mich doch über gewisse Äußerungen und Einstellungen Hadjis gar nicht zu wundern. Denn ganz am Anfang ihres Deutschlandaufenthaltes, die Kinder waren erst ein paar Monate in unserer Dorfschule, da hatten wir folgendes Erlebnis mit Hadji: Wir verbrachten ein Wochenende mit den Kids in Hamburg. Zu dieser kleinen Einzimmerwohnung gehörte ein Bad, welches durch eine Tür vom restlichen Wohnbereich abgetrennt war. An dieser Tür hing ein Pappschild, das Ingo während seiner Referendariatszeit im Gericht erstanden hatte mit dem Aufdruck: DIESE VERHANDLUNG IST NICHT ÖFFENTLICH! Als ich das Schild zum Zwecke des Putzens abnahm, gewahrte ich auf der Rückseite den von kleiner kriggeliger Kinderhand verfassten Satz: HADJI DER GRÖSSTE IST. Da hatten wir es also.

Ingo hatte zu Hadjis 19. Geburtstag mit ihm besprochen, dass wir uns einen Twingo für ihn vorstellen könnten. Den wollte er aber nicht. Also gab es gar keinen. Aus diesem Grunde war er auch stets darauf angewiesen, einen Wagen von uns ausleihen zu dürfen. Hätte er einen eigenen, könne er jederzeit zum Golf oder sonst wohin fahren, und ich wusste das alte Minilein weiterhin in unserer Familie. Zu meinen Bedenken hinsichtlich der Sicherheitsfaktoren meinte Ingo, es kann nichts schaden, erst mal mit nur 34 PS anzufangen und als Alternative – da Twingo abgelehnt – käme nur ein alter Polo oder Fiat in Frage, da wäre er auch nicht geschützter, der Rest sei dann Allah. Okay. Ich unterbreite Hadji ganz aufgeregt diesen Vorschlag, hatte mich auch schon erkundigt, ob er als Zweitwagen auf meine Versicherung laufen könne und was für Kosten da monatlich für Hadji entstünden, denn die müsste er selber tragen. Da guckt er mich fassungslos an und fragt: „Was soll ich denn mit der Kiste?" Thema gelaufen. Der Mini wird inseriert. Am Insertionstag – einem Sonnabend – kommt Hadji zu mir, wieder ganz verlegen und fragt, ob mein Miniangebot noch gälte. Er hätte es sich anders überlegt. Da schalte ich auf stur und bedeute ihm, sich bis zum Abend zu gedulden, das müsse ich erst mal mit Papa besprechen.

Ich wusste schon, was da die letzten drei Tage gelaufen war. Entweder ihm war selbst klargeworden, dass der Zug in Sachen Auto ein für alle Mal abgefahrenen war oder seine Freundin hatte ihm den Kopf gewaschen so nach dem Motto: Glaubst du, wenn du erst den Twingo und jetzt den Mini ablehnst wirklich, dass deine Eltern so bescheuert sind und dir Weihnachten einen Ferrari vor die Tür stellen. Jedenfalls meinte Ingo, wenn Hadji mir die Anzeigenkosten erstatten würde, sollte ich ihm das Auto zu Weihnachten schenken. Außerdem hätte auch er in den letzten Tagen mit Hadji gesprochen und es sei nicht so, dass er die "Kiste" nicht haben wolle, sondern sich vor möglicherweise anfallenden Reparaturkosten wegen des fortgeschrittenen Alters dieses Wagens scheue. Ja, das klang doch ganz anders und vernünftig. Darüber könne man sich unterhalten. Führe er ihn nicht wie der letzte Henker, kämen Reparaturen, die auf Verschleiß und Alter und nicht auf seine Fahrweise zurückzuführen seien, würde er ihn schön pflegen, dann übernähme ich diese Kosten. Setze er ihn gegen den Baum, sei das sein Bier. Handel abgemacht. Ich bekomme den neuen, auch schon zwei Jahre alten Mini, er meinen alten.

Kaum ist der neue Mini da, fragt Hadji: „Geile Kiste, kann ich den haben?“ Sobald Hadji sein eigenes Auto hat, ward er nicht mehr gesehen. Kann ich zwar verstehen, bloß klappt das mit den Essensabsprachen wieder nicht. Mal isst er, mal nicht. Den Abwasch macht er auch nicht. Darauf angesprochen meint er, könne er doch später machen. Nein, könne er nicht. Ich will nicht bis abends um 22.00 Uhr in eine schmutzige, unaufgeräumte, nach Essen riechende Küche gucken. Da entwickelt er eine neue Strategie. Er isst, lässt aber grundsätzlich einen Rest so in Teelöffelgröße, maximal Esslöffelmenge, übrig. Klar, ich ahne den Fall, ist noch was im Topf, braucht man ihn natürlich auch nicht abzuwaschen. Ich hasse die nicht mehr verwertbaren Reste, die wirklich nur noch für den hohlen Zahn sind, und von Umfüllen in Tupperschüsselchen und Wegstellen und Bescheid sagen, haben wir in diesem Haus natürlich noch nie was gehört.

Da die Stimmung ansonsten ganz gut ist, riskiere ich es, ihn auf diese neue Masche anzusprechen. Es geht aus wie das Hornberger Schießen, denn er hat das Argument, der letzte Löffel ginge nicht mehr in ihn hinein, mein Argument, dann fülle es um, seine Erwiderung, das lohnt sich nicht für so einen kleinen Rest, was Neues einzuschmutzen. Ich gebe es auf. Es hat doch eh alles keinen Sinn mehr. Diese ständigen wiederkehrenden nerven- und kraftzehrenden Machtkämpfe. Pubertät hin, Pubertät her, ich habe weiß Gott kein Problem mit Auseinandersetzungen, Diskussionen aufgrund von Meinungsverschiedenheiten, das gehört dazu. Wie langweilig, nur Jasager um sich zu haben, aber es kommt doch immer darauf an, wie man sich streitet und ob am Ende einer per Überzeugung und Einsicht nachgibt oder Kompromissbereitschaft bekundet. Geht man aber am Ende einer fruchtlosen Diskussion unverrichteter Dinge auseinander, empfinde ich das als äußerst unbefriedigend und frustrierend. Ich bin weit davon entfernt, immer Recht haben zu wollen oder zu müssen. Oh nein. Oftmals haben mich auch die Kinder überzeugt, dass ich im Unrecht war. Dann änderte ich mein Verhalten oder meine Einstellung. Aber bei Hadji hatte ich einen harten Brocken, der grundsätzlich das letzte Wort hatte, auch wenn der Fall schon erledigt oder abgehandelt war. Er setzte immer noch einen drauf. Meist kurz unterhalb der Gürtellinie. Entscheidend jedoch für mich ist vor allem die Stimmung, in der sich solche Auseinandersetzungen abspielen. Und die endeten zwischen Hadji und mir fast immer im Krach. Dr. Glanz gegenüber hatte er geäußert, er mache, worum ich bäte oder was ich verlange, dann hätte er wenigstens seine Ruhe. Damals war es auch überwiegend so, aber inzwischen klappte immer weniger.

Vor allem störte mich sein Ton, den er mittlerweile auch seinem Vater gegenüber anschlug. Ich hatte mich erkundigt bei seinen Lehrern, im Betrieb und auf dem Golfplatz. Da verhielt er sich korrekt. Höflich, freundlich, zuvorkommend, hilfsbereit. Sogar auf Fragen nach seiner Mutter soll er sich respekt- und hochachtungsvoll geäußert haben. Dafür lobte ich ihn. Das hatte ich früher schon so gehalten, auch noch als Rahim bei uns wohnte. Ich sagte ihnen immer wieder, solange sie sich außerhalb der Familie anständig benehmen, könnten sie hier bei mir ruhig ab und an mal Dampf ab lassen. Ich könne damit schon umgehen und fertig werden, solange der restliche Rahmen stimme und es verhältnismäßig bliebe. Aber zurzeit überspannte Hadji mal wieder gehörig den Bogen, und da galt es, ihm rechtzeitig seine Grenzen aufzuzeigen. Wehret den Anfängen. Das hatte bislang bei ihm gefruchtet. Jetzt biss ich auf Granit.

In meiner Not sah ich keine andere Lösung, als Ingo mal wieder zu Rate zu ziehen. Der vertrat zu diesem Thema die Einstellung, ich solle mal mehr Gelassenheit an den Tag legen. Wenn ich wüsste, mit was für Fällen er im Büro zu tun hätte, dann würde ich vieles anders sehen. Da gäbe es Kinder, die würden verbal ganz anders mit ihren Eltern umspringen, das hätte er live in der Kanzlei miterlebt. Unglaublich. Und da gäbe es Kinder, die sogar Gewalt gegen ihre Eltern anwendeten, sobald ihnen etwas nicht passte oder die Eltern aufzumucken wagten. Da solle ich froh sein, dass unsere so seien wie sie sind, das könne ganz anders rundgehen. Auch eine Möglichkeit der Sichtweise, aber nicht meine. Ich orientiere mich nach oben, nicht nach unten.

Wohl hatte ich Weihnachten vor drei oder vier Jahren nicht vergessen, als ich mich Heiligabend für ein Mädel persönlich eingesetzt hatte. Ich nervte privat Richter und Vormund, um dieses 14-jährige Kind, das von seiner Mutter zwei Tage vor Weihnachten in die geschlossene Psychiatrie eingewiesen worden war – es war nämlich handgreiflich gegenüber der alkoholabhängigen Mutter geworden – noch am Heiligabend aus der geschlossenen Anstalt zu bekommen, um es zu einem Ehepaar zu bringen, mit deren gleichaltriger Tochter es befreundet war. Diese Mandanten von Ingo hatten uns auf diesem Weg um Hilfe gebeten und versprochen, vorerst die Verantwortung zu übernehmen. Die ganze Vorstellung spielte sich bis 22.00 Uhr bei uns zu Hause ab, bis diese Göre, die uns und den Freunden den ganzen Tag prima was vorgespielt hatte, die Nerven verlor, weil ihr das alles zu lange dauerte, da sie nun endlich zu ihrem Freund wollte und so ihren wahren Charakter offenbarte.

Als wir sie loswaren und unser Heiligabend begann, sprachen wir ausführlich mit Hadji und Rahim über das soeben Erlebte und wie dankbar wir seien könnten, dass das bei uns anders liefe. Aber als Vorbild, um bescheiden und zufrieden hinzunehmen, was hier inzwischen an der Tagesordnung war, diente mir dieses Beispiel keineswegs!

Außerdem betonte Ingo, dass ich doch wüsste, dass er immer freche Kinder haben wollte. Wusste ich. Ich hatte das nur anders interpretiert. Frech im Sinne von diskussionsfreudig, auseinandersetzungs- und kritikfähig, aufgeweckt, selbstbewusst und souverän. Aber nicht renitent, rücksichts- und respektlos. Außerdem vertrete ich die Einstellung, ja sagen ist so wahnsinnig bequem. Den Kindern alles erlauben, nur um selbst Ruhe zu haben, egal wie lange sie vor dem Fernseher oder dem Gameboy sitzen, wann sie ins Bett gehen oder aufstehen, wie und mit wem sie ihre Freizeit verbringen, ob sie im Haushalt helfen oder nicht, ob sie sich vor dem Essen die Hände waschen oder es lassen. Bloß keine Auseinandersetzungen, bloß keine Grenzen setzen, Hauptsache ich habe meine Ruhe und ansonsten: Nach mir die Sintflut. Groß werden sie alle irgendwie. Aber nein sagen, gezielt, berechtigt, und es dann auch begründen und vertreten, durchziehen und konsequent bleiben, das ist schon anstrengend, kraft- und nervenaufreibend, und man schafft sich kurzfristig damit auch nicht unbedingt immer Freunde. Aber langfristig? Und wie ist das mit dem Spiegel, vor den ich morgens trete? Schaue ich da auch weg oder ist es nicht schöner, reinzulächeln, sich anzunicken und zu sagen: Ja, ich kann mir mit reinem Gewissen selbst in die Augen schauen.

Meine Schwester Heidi hatte völlig allein, das war ihr Wunsch, heroisch die Chemotherapie durchgestanden, war anschließend zwei Monate zu ihrer Tochter in die USA geflogen und hatte mich nun gebeten, eine gemütliche, harmonische, lukullische Weiberwoche mit ihr in ihrem Haus zu verbringen. Als ich dort nachmittags ankam, beichtete sie mir nach und nach, dass es ihr hundsmiserabel dreckig ginge. Sie hustete ununterbrochen wie ein Kettenraucher – sie war Nichtraucher – und bat mich, sie abends zu ihrem behandelnden Arzt zu begleiten, dort hätte sie einen Termin, wie das alles weitergehen solle, da die ganzen Antibiotika nicht anschlugen und er ihr die jüngst gemachten Röntgenbilder ihrer Lunge erklären wollte. Da hätte sie mich gern dabei. Nach anfänglichem Rumgerudere seitens der Diagnose ihres

Internisten trat ich etwas bestimmter und forcierter auf, bis er damit rausrückte, es seien wohl schon Metastasen in der Lunge zu erkennen. Aber da muss man noch mal dies und das und jenes unternehmen, bis man abschließend was sagen könne. Das war zu viel für meine Schwester. Sie fühlte sich derart geschwächt, dass mir klar wurde, weshalb sie so auf meinen Besuch gedrängt hatte. Nun mit der neuen Wahrheit über ihr Krankheitsbild konfrontiert bat sie darum, sofort, noch heute Nacht in ein Krankenhaus eingewiesen zu werden. Das war dem Arzt nur allzu lieb. Wir erhielten sofort einen Einweisungsschein für ein Krankenhaus, das sich auf Lungenkarzinome spezialisiert hatte.

Ich brachte Heidi nach Hause, packte notdürftig die wichtigsten Sachen zusammen und fuhr mit ihr in das Krankenhaus, welches nur 15 Minuten entfernt lag. Nachts um 2.00 Uhr hatte sie endlich ihr Bett. Am nächsten Tag erhielt ich alle erforderlichen Vollmachten von meiner Schwester, um die entsprechenden Gespräche mit den Ärzten führen zu können, im Notfall auch eine Entscheidung zu treffen. Ich blieb eine Woche in Hamburg, veranlasste die momentan notwendigsten Dinge und organisierte einen Besuchsplan für die wichtigsten Freunde, ohne dass es meine Schwester belasten würde.

Dann fuhr ich nach Hause, denn das könne hier nach Aussage der Ärzte noch Monate dauern – an Operation war nicht mehr zu denken –, um meinen Akku noch einmal aufzuladen, Abstand zu gewinnen. Denn was da demnächst auf mich als nahe Verwandte und eng Vertraute zukommen würde, bedurfte all meiner Kraft, das war mir klar, und außerdem stand der erste Advent vor der Tür, da gab es noch einiges mit Ingo zu besprechen. Nämlich die Frage, ob ein weihnachtliches Schmücken des Hauses dieses Jahr angesagt wäre. Ich hatte eigentlich beschlossen, davon Abstand zu nehmen, nachdem ich mich letztes Jahr fürchterlich über

Hadji geärgert hatte. Aufgrund Hadjis handwerklicher Geschicklichkeit hatte es sich so ergeben, dass dieser immer den Adventskranz band. Jedes Jahr denselben Rohling in einem Durchmesser von circa 80 cm. Tanne hatten wir genug auf dem Grundstück. Da bastelte er einen riesigen Kaventsmann, den benötigten wir auch in unseren großen, hohen Räumen, der dann, nachdem ich ihn geschmückt hatte, über dem Wohnzimmertisch von der Decke herabhing und alle in Staunen und Freude versetzte.

Letztes Jahr, als es wieder so weit war, fragte mich Hadji: „Muss ich etwa wieder diesen scheiß Adventskranz binden?“ Das traf mich wie ein Blitz und ich sagte ganz spontan: „Nein, das musst du nicht, wir können Weihnachten auch ganz ausfallen lassen, wenn das damit verbundene Drumherum für dich scheiße ist.“ Diesen Vorschlag begrüßte aber Ingo nicht. Konnte ich auch verstehen, warum sollten drei Personen darunter leiden, dass einer eine so dämliche Bemerkung macht, aber ich neige nun mal zu solchen Konsequenzen. Folglich erschuf ich einen avantgardistischen Adventskranz, dessen Rohling ich mit Tüll und Klarsichtfolie umtüddelte, denn für Tanne sind meine Hände nicht ruhig und geschickt und vor allem bei dem Umfang nicht groß genug, drapierte die Kerzen, die Porzellanengel und Teddybärchen dran, drauf und drum und war begeistert. Ich richtete das gesamte Haus her wie jedes Jahr, und schon war die Stimmung wieder in Ordnung.

Wie auch in den Jahren davor, schlugen wir uns selbst im Rahmen einer großen Veranstaltung mit Grünkohl und Punsch wieder einen Baum, den die Kinder am 24.12. schmückten, während ich das Essen vorbereitete. Als ich nach vollendeter Tat vor den Baum trat, um vielleicht hier und dort noch einen Handgriff zu tätigen, liefen mir die Tränen runter, und mein Entschluss stand fest: Nächstes Jahr gibt es in diesem Haus kein Weihnachten mehr. So nicht. Nicht mit mir. Da stand ein Baum, in den völlig lieb- und lustlos nur an den Tannenspitzen und auch nicht gleichmäßig verteilt, sondern alles auf einem Haufen, dann riesige Löcher und hinten kaum was, die Figuren geklatscht waren. Deshalb hatte der Vorgang in jenem Jahr auch nur 30 Minuten gedauert, wofür die Jungs die Jahre zuvor schon an die zwei Stunden liebevoll gearbeitet hatten. Bloß jetzt nicht ausrasten, Petra, es ist Heiligabendnachmittag, sag jetzt nichts, rette, was zu retten ist, mach's selbst, dann gibt es eben erst zwei Stunden später als sonst was zu essen, aber ziehe die Konsequenzen.

Ich schluckte meine Enttäuschung hinunter, und es wurde dann auch, wie immer, ein schönes, harmonisches Weihnachtsfest. Bloß diesen Frust wollte ich mir dieses Jahr ersparen und besprach deshalb die Vorgehensweise mit Ingo für die zukünftige Zeit. Bevor die Kinder zu uns kamen, hatten Ingo und ich auch keinen Baum. Aber auf etwas vorweihnachtliche Stimmung wollte Ingo nun doch nicht verzichten, auf einen Baum schon eher. War ja auch kein so großer Aufwand, da ich den Adventskranz des letzten Jahres, so wie er war, wieder verwenden konnte. Das Haus richtete ich her wie immer, für Ingo, nicht für mich. Geschmückte Zweige in großen Krügen und Vasen, Lichterketten- und Bögen in den Fenstern, Figuren und Nippes und Schnickes, was man so eben alles hinstellt, damit eine weihnachtliche Atmosphäre in allen Räumen herrscht. Das Gleiche galt für das Grundstück. Dies allerdings war Ingos Job.

Rahim hatte uns, Ingo und mich, zwischenzeitlich in seine neue Wohnung eingeladen. Völlig aggressionslos, aknefrei, gastgeberisch perfekt – der Tee war fertig, Gebäck stand auf dem nett gedeckten Tisch, sogar Süßstoff für Mama hatte er besorgt – begrüßte uns ein strahlender, gut aussehender, korrekt rasierter, ordentlich gekleideter junger Mann. Von der Einrichtung der Wohnung war ich zwar entsetzt, ließ es mir aber nicht anmerken. Klaus und Marianne hatten ihm fast die gesamte Einrichtung der Vorgänger gekauft, und ihr altes Ledersofa und ihren alten gekachelten Eichentisch für das Wohnzimmer noch dazugegeben. Im Schlafzimmer Spiegelschrankwand mit Ehebetten und Nachttischen. So würde ich mit 80 Jahren nicht leben wollen, geschweige mit 18. Es hatte so gar nichts Jugendliches. Aber sei es drum. Er fühlte sich hier pudelwohl und schien endlich zufrieden, und das war entscheidend. Ein komplettes Geschirr für sechs Personen hatten die Rudolffs noch obendrauf getan. Ja siehst du Petra, so schafft man sich Freunde.

Wir verbrachten einen netten Nachmittag. Rahim plauderte von seiner Ausbildung, die ihm nach wie vor Spaß machte und dass er für Mädels keine Zeit hätte. Das einzige, was ihn nerve sei, dass er morgens Brot frühstücke, zehn Scheiben Schulbrot mit in den Betrieb nehme und abends hungrig nach Hause käme und nicht schon wieder Lust auf Brot hätte. Manchmal schiebe er eine Tiefkühlpizza in den Ofen oder mache sich eine Dose auf, aber meine Küche würde ihm schon fehlen. Sonst nichts. Da machte ich ihm den Vorschlag, dass wenn hier alles in so geordneten Bahnen weiterliefe, ich natürlich nach wie vor seine Mutter sei, auch wenn er Probleme oder Sorgen hätte, wäre ich immer ein Ansprechpartner – das hatte ich ihm auch beim Auszug gesagt – aber in diesem Fall böte ich ihm an, einen Kochkurs mit ihm zu machen, das nachzuholen, was mir acht Jahre nicht geglückt war. So einen Anfängerkurs: Pellkartoffeln mit Quark, so viel Pellkartoffeln, dass man am nächsten Tag Bratkartoffeln mit Spiegelei machen kann; Nudeln mit Lore-Tomaten-Soße, so viel Nudeln, dass man tags darauf Nudelauflauf bereiten kann, und wenn ihm das Spaß machte, Fortgeschrittenenkurs mit indischen Bratkartoffeln, Afghani-Reis etc. Aber erst müsse ich mich um Heidi kümmern, wir sollten das für Anfang nächsten Jahres ins Auge fassen. „Oh ja, Mama, das wäre toll.“ Hmm. Abends zu Hause kullern mir die Tränen. Diesmal vor Glück. Ich bin endlich mal wieder seit langem richtig ein bisschen glücklich. Sollte der Rausschmiss von Rahim tatsächlich die richtige, einzig richtige Entscheidung gewesen sein? Im Moment scheint es so auszusehen. Das wäre zu und zu schön.

Mit meiner Schwester, die ich täglich anrufe, geht es stetig bergab. Die Ärzte sind mit ihrem Latein am Ende, können mir keine Hoffnung mehr machen. Ursprünglich war geplant, dass Heidi über Weihnachten Urlaub bekommt und diesen bei einem befreundeten älteren Ehepaar in der Heide verbringt. Danach sieht es derzeit laut Aussage der Ärzte aber nicht aus. Sie sei kaum transportfähig und was geschieht, wenn in der Heide etwas passieren sollte, womit die Freunde überfordert wären. Ich beschließe, nach Hamburg zu fahren. Sollte sie im Krankenhaus bleiben müssen, bliebe ich ebenfalls. Weihnachten lasse ich meine Schwester nicht allein, schon gar nicht im Krankenhaus. Ich kann in ihrem Haus wohnen und dahin können Ingo und Hadji nachkommen. Dann machen wir es uns eben dort gemütlich. Ein paar persönliche Kleinigkeiten für die letzten Adventstage nehme ich mit, ansonsten wird Heidi wohl auch über einen gewissen Fundus verfügen. So bespreche ich das mit Ingo und fahre am 20.12. los.

Ich möchte hier nicht näher auf die nun folgende Zeit eingehen, außer dass ich für das, was ich im Todeskampf an der Seite meiner Schwester bis zum 10.01.2001 erleben und erfahren durfte, sehr dankbar bin. Es hat mich auf eine Art und Weise bereichert und gestärkt, so traurig, anstrengend und teils furchtbar diese letzten Wochen auch waren, dass ich sie nicht missen möchte. Ingo kam Heiligabend nach Hamburg ohne Hadji. Der blieb allein zu Hause mit dem Argument, er hätte selbst lange genug Zeit im Krankenhaus verbracht, das müsse er nicht mehr haben. Dabei war von Krankenhausbesuch gar nicht die Rede gewesen. Ich hätte lediglich gern Weihnachten meine Restfamilie in Hamburg gehabt. Na ja.

So verbrachten Ingo und ich am 24.12. ein paar Stunden am Bett meiner Schwester. Plötzlich setzt sie sich auf und redet in Versen. Obwohl ich glaube nicht ganz ungebildet zu sein, brauche ich fast bis zum Ende des Vortrages meiner Schwester, bevor ich kapiere, dass sie hier mal eben so aus der la main das Hochzeitlied von Goethe rezitiert. Einwandfrei mit einem schauspielerischen Talent, einer Rhetorik, das ich in dieser Form so perfekt von ihr nicht gewohnt war. So gewahrte ich am Heiligen Abend eine Seite meiner Schwester (Halbschwester, 17 Jahre älter als ich, derselbe Vater), die mir in meinen bislang 47 Jahren unentdeckt geblieben war. Also noch ein Erbe unseres Vaters. Nach der "Vorstellung" verriet sie uns strahlend, dass ihr der Professor zu Weihnachten eine Bluttransfusion geschenkt hatte. Daher rührte also dieser Energieschub, der sie noch einmal in alte Wunschsphären versetzte. Ein bemerkenswerter, erkenntnisreicher, darob erwähnenswerter Heiligabend. Für mich zumindest!

Silvester kam Ingo wieder. Wieder allein. Inzwischen hatte ich Neli gebeten, aus Amerika zu kommen, wollte sie ihre Mutter noch einmal lebend sehen. Nun konnten wir uns gegenseitig stärken. Nichte und Tante im Versuch, unsere Heidi auf dem unbekannten Weg in eine andere Zukunft zu unterstützen. Ihr Kraft und Energie zu geben, loszulassen, Frieden mit dem hier vollendeten Leben zu finden, furchtlos hinüberzugleiten in einen anderen Abschnitt des Seins.

Ingo erschien ein Wochenende später zu meinem Geburtstag, wieder ohne Hadji. Meine Schwester registrierte diesen Tag schon gar nicht mehr. Aber Neli bereitete mir zum Frühstück einen Geburtstagstisch, mit dem ich nicht gerechnet hatte. Ich bat Ingo, an diesem Wochenende Hadji zu veranlassen, das Haus von allem Weihnachtsschmuck zu befreien.

Eine Woche nach dem Tod meiner Schwester fand die Beerdigung statt. Ich hatte hierfür eine Trauerrede von 20 Minuten vorbereitet, die ich selbst vortragen wollte. Alle bis auf meine Cousine und meine Nichte versuchten, mich davon abzubringen. Das würde ich nicht schaffen, das würde ich nie durchstehen, ich würde da oben auf dem Rednerpult zusammenbrechen. Ich musste das aber. Ich war es meiner Schwester schuldig, mir selbst war es ein dringendes Bedürfnis, und ich wusste, dass unser Vater es von mir erwartet hätte. Es wurde eine sehr würdige Trauerfeier, und anschließend drückten mir 80 Personen ihren Dank und vor allem Respekt ob dieser beeindruckenden Rede, ihrem Inhalt und der Art der Darstellung aus. Ingo äußerte schon seit einigen Wochen immer wieder gegenüber Neli und Susann anerkennend, dass er mich, so wie ich das hier alles handhaben würde, nun mit ganz anderen Augen sähe. Ich fragte mich, mit was für Augen er mich vorher gesehen hatte.

Ich erwähne die traurige "Geschichte" meiner Schwester Heidi hier deshalb, weil ich damit zum Ausdruck bringen möchte, dass ich den Kindern – denn auch Rahim nahm trotz seiner räumlichen Trennung von uns am Schicksal meiner Schwester Anteil (er bekam automatisch ob des in der letzten Zeit intensiveren Kontaktes mit, dass und warum ich häufig in Hamburg war) – gegenüber erreichen wollte, dass Familie und familiäre Pflichten und Verbundenheiten ein ganz wichtiges Moment in unserem Leben darstellen. Dass ihnen vorgelebt wird, in diesem konkreten Fall von mir, dass man stets und ständig für andere sich in Not befindende Familienangehörige (dies gilt im Übrigen auch für Freunde, richtige Freunde!) dazusein hat. Der Stärkere hat in Krisensituationen dem Schwächeren unter die Arme zu greifen. Zwar hatte ich das in den letzten Jahren speziell in

Hadjis Tumor-Krankheitssituation vorgelebt, aber wie das so ist bei Kindern und jungen Menschen, bedarf es immer wieder der Methode des "Nürnberger Trichters".

Am 25. Januar 2001 machten Max – der Neli und mir in Hamburg unbeschreiblich viel Kraft, Liebe und damit Energie gegeben hat – und ich uns auf den Rückweg nach Neuhaus. Gegen 18.00 Uhr kamen wir hier an. Völlig erschöpft, ausgelaugt. Kein Mensch da. Ich betrat das Haus und gewahrte ein Chaos. Als erstes stieg mir ein Gestank von vermodertem Wasser in die Nase. Alle Vasen und Krüge waren voll mit vergammeltem, verschimmeltem Wasser, aus denen vertrocknete, geschmückte Zweige hingen. Seit nunmehr zwei Monaten. Ich riss die Fenster auf. Der zweite Eindruck, den ich wahrnahm: Bis auf die Lichterbögen im alten Haus und den Adventskranz war nichts, aber auch gar nichts der Weihnachtsdeko entfernt worden. Auf der Kommode beim Esstisch stand ein Strauß mit 20 rosa Röschen, die mangels Wassers die Köpfe hängen ließen. Ich hatte mir nachträglich zum Geburtstag von Hadji quasi zur Begrüßung zehn lachsfarbene Rosen gewünscht, denn das von mir seit zwei Jahren gewünschte kleine Küchenregal und den Weihnachtsmann – aus einem Birkenstamm mit angeschrägtem Kopf, in den ich das Gesicht selber malen wollte – würde ich wohl nie be kommen. Ich holte tief Luft, schluckte meine Enttäuschung runter und dachte: Na Petra, dann spuck mal in die Hände. Als Erstes versorgst du die Rosen und dann kochst du deinen Männern zur Begrüßung indische Bratkartoffeln, deren Zutaten ich aus Hamburg mitgebracht hatte.

Ich öffnete den Küchenschrank, um eine Bratpfanne herauszuholen und falle vom Glauben ab. Sie glitschte mir fast auf den Fußboden, so troff sie vor Fett. Die Pfanne darunter war entsprechend eingesaut. Als ich den Kochtopf hervor hole, um darin die Pellkartoffeln abzukochen, wieder vor mir das Gleiche. Er klebte vor Dreck. Ich besah mir die

Geschirrschränke, das sah nicht viel besser aus. So allmählich registrierte ich auch das restliche Chaos. Da sank ich erst mal heulend zusammen. Ich war kräftemäßig nicht in der Lage, dem nun folgenden Tränenfluss Einhalt zu gebieten. Ich setzte mich an den Esstisch, trank ein Glas Wasser und rauchte eine Zigarette. Das hatte ich mir anders vorgestellt. Ich hatte mich wahnsinnig auf meine Rückkehr gefreut.

Ich hatte damit gerechnet, trotz Frau Putzi, eine ziemlich unsaubere und unordentliche Bude vorzufinden, dafür war ich gewappnet, kannte ich doch meine Männer, aber auf ein solches Chaos war ich nicht vorbereitet. Komm Petra, beruhige dich, versuche ich mich selbst zu trösten. Vergeude jetzt mit Heulen nicht das allerletzte bisschen Kraft, das noch in dir steckt. Du bist gesund, du hast in Hamburg so viel gelernt, alles was deine Schwester dort monatelang durchgemacht hat, ist nicht annähernd mit dem zu vergleichen, was du hier vorfindest. In ein paar Tagen hast du dieses alles wieder in Schuss, "auf Reihe" wie der Hamburger sagt. Natürlich ist die Enttäuschung groß, denn du kommst nicht gestählt, topfit und braun gebrannt von zwei Monaten Wellnesskur voller Tatendrang nach Hause. Nein, du hast zwei Monate lang einer dir sehr nahe stehenden Person Sterbebegleitung in einer qualvollen Zeit geleistet, hast ein großes Haus geschmissen, hast sechs Personen vitaminreich und lecker bekocht, denn Neli hatte ihren Mann und ihre drei kleinen Kinder aus den USA nachfliegen lassen, hast nebenbei noch Gäste und Freunde im Haus bewirtet, organisiert, wie die demnächst anstehende Haushaltsauflösung durchzuführen sei, von dem ganzen Formalitätenkrempel des Todesfalls mal ganz abgesehen, hast nicht in Hamburg auf dem Sofa gelegen, Beine hoch, Nägel lackiert und Champagner und Trüffel in dich hineingetan, nein, du hast gerackert wie ein Sklave, wie Neli mich scherzhaft zeitweilig nannte. Nun verpulver hier mal nicht heulend deine letzte Reserve, sondern reiß dich zusammen. Sie haben dir bestimmt nicht mit Absicht einen solchen Saustall hinterlassen. Aber Frau Putzi und Hadji kriegen trotzdem eine reingewürgt von mir, wenn ich mich wieder gefasst habe.

Ich will gerade aufstehen, wische mir die letzten Tränen fort und will loslegen, da kommt Ingo. Sieht meine Verzweiflung und fragt: „Was ist passiert?" Da zeige ich ihm Stück für Stück die vielen Auslöser meines Kummers. Da erst nimmt er die von mir beanstandeten Dinge selber wahr und sagt: „Und ich dachte, wir hätten das alles ziemlich pico hinterlassen." Wie mag das dann wohl vorher ausgesehen haben? Wie haben die hier zwei Monate lang gehaust? Eines ist mir in diesem Moment allerdings klar: Wäre Rahim noch hier, hätte ich den Laden anders vorgefunden, denn sauber und ordentlich war er schon. Er machte, was man ihm auftrug, wenn auch mit schlechter Laune und endlosem Zeitaufwand, aber verlassen konnte ich mich ein Jahr vor seinem Auszug in diesem Punkt auf ihn, das sah man auch an seiner neuen Wohnung, die war nämlich picobello. Aber egal, ich sagte Ingo nur, ich würde ihm keinen Vorwurf machen, bis auf dass er Hadji nicht besser angehalten hatte, wenigstens den Weihnachtsputz zu entfernen, aber für den Schweinkram und die Sauerei in der Küche und dem restlichen Haus, dafür würde ich Hadji und für die Vasen Frau Putzi zur Verantwortung ziehen. Hadji darauf angesprochen, erwiderte nur: „Ich bin eben nicht gut im Abwaschen und Putzen." Damit hatte er das letzte Wort und der Kasus war für ihn erledigt.

Nach einer Woche intensiven Putzens, Schrubbens, Saugens, Waschens, Wischens, Lüftens hatte ich die 300 qm wieder auf Vordermann.

Kapitel 17

Am 01. März 2001 ziehe ich in den Gästetrakt um. Das alte Kinderzimmer von Rahim, das inzwischen häufig als eines von den weiteren drei Gästezimmern auch als solches genutzt wurde, wird mein Schlafzimmer. Diese neue Entwicklung vermitteln wir Hadji, der seit geraumer Zeit weiß, dass und warum ich mich mit diesem Gedanken trage, in einem sachlichen Gespräch realistisch, objektiv und emotionslos. Ich bin nach wie vor bereit, weiterhin für ihn zu kochen, zu waschen, Ansprechpartnerin zu sein, eben seine Mama. Und Papa bleibt weiterhin sein Papa. Hat er das Bedürfnis, mit uns beiden gemeinsam einen Drink zu nehmen, etwas zu besprechen, kein Problem. Das ginge hier wie drüben nach wie vor. Und es würden weiterhin die Trottschen Regeln des Zusammenlebens gelten – auch wenn es ab jetzt eine gewisse räumliche Trennung zwischen Ingo und mir gäbe – nämlich die, andere Familienmitglieder über An- und Abwesenheiten etc. auf dem Laufenden zu halten und zu unterrichten per Zettelchen wie eh und je, wenn mangels Anwesenheit keine persönliche An- und Absprache möglich sei. Ansonsten würde sich für ihn bis auf ein paar ungewohnte Äußerlichkeiten, an die sich alle Beteiligten schnell gewöhnen würden, im Innenverhältnis nichts ändern.

Ich kochte weiterhin für ihn. Er aß es aber nicht. Am dritten Tag meines Umzuges hörte er auf, mich zu grüßen, geschweige gute Nacht zu sagen. Er grüßte mich auch nicht, begegneten wir uns auf der Straße, wenn ich von der

Gassirunde kam und er aus seinem Betrieb. Er grüßte mich nicht, wenn wir uns auf dem Golfplatz trafen und schon gar nicht, wie es bei den wenigen Minifahrern in dieser Gegend üblich ist, wenn wir uns auf der Straße entgegenfuhren. Bei einem Teil des Umzuges packte er mit an, wenn auch widerwillig, denn es gab gewisse Dinge, die ich wirklich nicht allein, auch nicht mit Ingo, schleppen konnte, da mussten schon zwei kräftige Männer ran. Ingo übernahm nun stillschweigend meine Funktion: Einkaufen, kochen, putzen, waschen, denn das lehnte ich fürderhin aufgrund Hadjis Benehmen mir gegenüber ab. Selbstverständlich erhielt ich keinerlei Mitteilungen weder verbal noch schriftlich, ob wann und wie lange sich der junge Mann außerhalb des Hauses aufzuhalten gedachte. Dies erfuhr ich dann von Ingo auf Rückfragen meinerseits. Zum Beispiel die Teilnahme eines Fortbildungskurses im Rahmen der Ausbildung über mehrere Tage außerhalb mit Übernachtung. Seitdem leben wir wie Fremde in einer großen Stadt. Keiner kennt keinen, keiner weiß etwas vom anderen und Rücksicht wird schon gar nicht mehr genommen.

Hadji nennt mich nun auch noch Petra, so ein entsprechender Anlass eine Anrede unumgänglich macht, und unterstreicht damit den Entfremdungsprozess. Das hätte er doch schon vor neun Jahren haben können. Inzwischen hat sich Hadji Rahims Schleichen angewöhnt. Mache ich jedoch Mittagsschlaf oder liege bereits oder noch im Bett, werden Türen geknallt und die Treppe rauf- und runtergepoltert, dass das ganze Haus was davon hat. Schlimm ist diese Entwicklung und für mich traurig und schmerzhaft zugleich. Sogar in einem Mietshaus gehen die Parteien anders miteinander um. Selbst zu den Mietern in der unteren Wohnung besteht ein anderes Verhältnis. Wir unterrichten uns über längere Abwesenheiten, damit die anderen sich keine Sorgen zu machen brauchen oder bei ungewohnten Geräuschen hellhörig werden. Nicht so hier, zwischen Mutter und Sohn.

Es hat auch keinen Sinn, ihn darauf anzusprechen, denn als wir im April eine gemeinsame Baumfällaktion im Garten durchführten und ich Hadji ansprach, er säße in der falschen Birke, genau die von den geplanten sieben solle stehen bleiben, er möge da bitte wieder runterkommen, musste ich mir anhören: „Du hast mir gar nichts zu sagen, ich mache nur noch was Papa sagt."

Nach der Baumfällaktion lud ich beide, Vater und Sohn, zu mir zum Petra-Pizza-Essen ein. Davon hatte ich Ingo vormittags in Kenntnis gesetzt. 19.30 Uhr sehe ich die beiden zufällig mit dem Auto fortfahren; wohl zum Essen. Da saß ich nun mit meinem Blech Pizza. Ingo ist über diese Entwicklung unseres Verhältnisses auch nicht glücklich, kann da aber nichts machen. Im Gegenteil, er vertritt die Einstellung, ich sollte jetzt vielleicht mal Vorleistungen erbringen. Da frage ich mich, was ich denn eigentlich die letzten neun Jahre gemacht und erbracht habe. Meines Erachtens läuft ihm die Situation mehr und mehr aus dem Ruder. Rein zufällig werde ich Zeuge, wie Hadji nach Hause kommt und seinen Vater recht ungehalten fragt, ob das Essen noch nicht fertig sei. Da antwortet Ingo entschuldigend, die Spaghetti seien gleich so weit, er könne schon mal eine probieren. Hadji probiert, schleudert sie zurück in den Topf und sagt entnervt: „Die sind noch ganz hart." Da meint Ingo beschwichtigend: „Die können nicht mehr länger als fünf Minuten brauchen." Ich stehe da wie angewurzelt statt zu gehen und verfolge den Disput. Da rastet Hadji aus: „Ich kann hier nicht ewig warten, bis die Spaghetti fertig sind, ich bin zum Golf verabredet." Er sagt dies in einem Ton, dass ich mir das Einmischen nicht verkneifen kann: „Sag mal Hadji, glaubst du, dass das der richtige Ton ist, den du hier deinem Vater gegenüber anschlägst, der alles aber auch alles für dich macht?" Da fällt mir Ingo ins Wort und sagt: „Halt dich da bitte raus, Petra."

Also, was soll's? Ich sage seit dem nichts mehr, verfolge lediglich schweigend die Entwicklung Hadjis, der selbstverständlich keine Straßenschuhe vor dem Betreten des Hauses mehr auszieht. Möglicherweise lässt sich Hadjis Verhalten mir gegenüber mit postpubertären Erscheinungen erklären, vielleicht gehört es auch zum Abnabelungsprozess. Ferner habe ich das Gefühl, dass er mit der neuen Situation nicht ganz fertig wird und verunsichert ist. Aber mit inzwischen zwanzig Jahren sollte er gelernt haben, sich auch seinen Eltern gegenüber etwas respektvoller zu verhalten und nicht nur rumzupöbeln, wenn er seinen Gefühlen nicht anders Ausdruck zu verleihen vermag. Außerdem sollte er langsam begriffen haben, dass auch Mütter und somit das weibliche Geschlecht ebenfalls über ein Seelenleben verfügen und daher auch über ein Gefühlsleben. Ich hoffe und wünsche, Hadji geht seinen Weg. Nicht nur in charakterlicher sondern auch in materieller Hinsicht, denn nach wie vor gibt er seinen gesamten Lohn, der in der Zwischenzeit noch erheblich gestiegen ist, nur für seinen Eigenbedarf aus. Leider schickt er auch immer noch nichts an seine afghanische Familie und hier bei uns braucht er keinen Cent abzugeben. Allerdings hat er wohl kürzlich einen kleinen Bausparvertrag abgeschlossen. Wenigstens das nach fast zwei Jahren.

Ich habe jedoch meine Zweifel. Bislang lag ich mit meinen Einschätzungen nie so ganz verkehrt, denn auch Menschenkenntnis ist eine Begabung, der ich überwiegend meine beruflichen und persönlichen Erfolge in Hamburg vor und später während meiner Ehe zu verdanken habe. Leider ist auch das Thema Rahim noch lange nicht erledigt. Was Hadji anbelangt, hoffe ich nur, dass Ingo nicht eines Tages eine große Enttäuschung erfährt.

Natürlich bin ich mir im Klaren darüber, dass ich als liebende Mutter, als Erwachsene, Erfahrenere, Vernünftigere stets die Gebende bin. Aber ich denke, ab einem gewissen

Alter können die jungen Männer auch mal spüren, dass auch ihre Mutter mal eine Auszeit braucht, um ihren leeren Akku wieder aufzufüllen. Dass dies überwiegende Einbahnstraßengehabe keine Dauerlösung ist. Natürlich stimmt es, dass mit etwas mehr Gelassenheit meinerseits einiges möglicherweise anders, sprich friedlicher verlaufen wäre. Aber das ist doch auch eine Frage des Temperamentes, und davon habe ich mehr als genug. Schon deshalb könnte Hadji tatsächlich aus meinem Bauch sein, schon deshalb passen wir zwei so hervorragend zusammen. Das muss doch ständig krachen. Weiß ich doch. Bloß auch ich bin nur ein Mensch. Kein Übermensch, wie es manchmal in den letzten neun Jahren, die wirklich kein Spaziergang waren, glaube ich, von mir erwartet wurde. Auch ich mache Fehler – und lerne daraus – anderenfalls hätten wir es wohl kaum so weit gebracht. Denn eines steht fest: Probleme hin, Probleme her, ich bin stolz auf meine Jungs!

Da ich in den letzten Monaten viel Kraft getankt habe, werde ich wohl für die Zukunft in der Lage sein, den relativ großen Jungen gegenüber etwas mehr Gelassenheit an den Tag zu legen, ihnen weiterhin Brücken zu bauen. Vielleicht werde ich eines Tages sogar (hoffentlich erst in zehn Jahren) für ihre Kinder eine komische, drollige, eben richtige Bilderbuch-Oma sein.

Mitte März meldet sich Rahim bei mir telefonisch. Ich denke, ich bin im falschen Film, als ich in einwandfreiem Deutsch von ihm die Frage gestellt bekomme: „Mama, gilt dein Angebot noch, mir ein bisschen von deinen Kochkünsten zu vermitteln?“ „Klar, gern Herr Schnick-Schnack.“ Dieser Spitzname rührte aus der Anfangszeit, als die Jungen noch recht klein waren. Aufgrund der auffallend langsamen Bewegungen Rahims, war mir Schnecke als Kosename für ihn in den Sinn gekommen. Ich fand das nicht nur passend sondern niedlich. Da er das aber möglicherweise diskriminierend gefunden hätte, machte ich daraus Schnackel. Somit wussten wir zwei zwar was gemeint war, aber andere konnten ihm daraus keinen Strick drehen, oder ihn damit aufziehen. Rahim beschwerte sich auch nie über diesen Kosenamen. Mit zunehmendem Alter nun, wurde aus Schnackel: Herr Schnick-Schnack. Wir verabreden den darauf folgenden Sonnabend, um vorher alles einzukaufen, was wir für unseren Kochkurs benötigen. In der Nähe seiner Wohnung liegt ein Einkaufszentrum, in dem wir nicht nur die Zutaten für Nudeln mit Lore-Tomaten-Soße – das war sein erster Wunsch und Nudelauflauf von den Resten für den nächsten Tag – erstehen, sondern Mama kauft natürlich gleich noch Vorräte für die nächsten vier Wochen, die leckerer sind als das, was er bisher an billigem Fastfood gekauft hat. Die Einkäufe, ein großer voller Korb und zwei prallgefüllte Tüten, schleppt Rahim unaufgefordert.

Während des Kochens haben wir richtig Spaß, und Rahim zeigt sich durchaus anstellig. Beim Essen erzählt er freiwillig von seiner Ausbildung. Nach wie vor gefällt es ihm und für Mädels sei immer noch keine Zeit. Aber Urlaub habe er eingereicht. Papa wollte mit Hadji und ihm im Juli eine Woche nach London, aber zwei Mal im Jahr könne er keinen Urlaub beantragen. Deshalb verzichte er lieber auf London, weil Mohammad ihn eingeladen hätte, mit ihm nach Islamabad zu fliegen. Mohammad würde dann bei seinem Vater bleiben und Hakim würde Rahim dort abholen und mit ihm für drei Wochen nach Kabul gehen. Die Hälfte der Flugkosten würde Mohammad übernehmen, die andere Hälfte müsse er zurückzahlen, wenn er mit seiner Ausbildung fertig sei und selber Geld verdiene. Gebucht sei mit der PIA von Frankfurt nach Islamabad am 21. September 2001. Das ist ja toll, da wird sich seine Familie aber riesig freuen. Wir wollen uns vorher noch mal treffen, dann gebe ich ihm ein Schreiben für Moshegome mit, in dem ich berichten werde, dass Rahim anscheinend dabei ist, seinen Frieden mit sich und Deutschland zu machen.

In der Woche nach dem Kochkurs haben Ingo und ich einen Termin in der Berufsschule mit Hadjis Klassenlehrer. Die Zwischenprüfung war nicht so toll gelaufen. Im praktischen Bereich sei so weit alles recht ordentlich. Da hatte ich ebenfalls positives Feedback vom Betrieb, auch was Hadjis Verhalten anbelangt, nämlich höflich, fleißig, pünktlich, praktisch sehr begabt, gewissenhaft, kollegial und zuverlässig, eben der beste Azubi, den sie seit langem hatten. Aber mit seinen miserablen theoretischen Kenntnissen würde er im nächsten Jahr, wenn sich nichts Gravierendes änderte, durchfliegen. Größtes Problem, er könne keine Bauzeichnungen lesen. Schlecht für einen angehenden Tischler. Vor allem würde sein Betrieb, Begabung hin, Begabung her, ihn nicht übernehmen, fielen die theoretischen Leistungen nicht entsprechend aus. Er müsse sich schon auf den Hosenboden setzen und etwas büffeln, dann könne er das Ruder noch rumreißen. Ingo bespricht das mit ihm. Ich bleibe diesem Gespräch fern, da ich keinen Einfluss mehr habe.

Im Mai bin ich zwecks Hausauflösung noch einmal für ein paar Tage in Hamburg mit Neli und Familie und bringe einige Erinnerungsstücke meiner Schwester mit nach Hause, sowie ein paar Küchengeräte für Rahims Haushalt. Im Juni habe ich im Rahmen einer Seniorenmesse in Freiburg meine erste Lesung des Buches "die Arche Olaf". Im Juli verbringt Ingo eine Woche mit Hadji in London. Die erste Septemberwoche machen die beiden Golfurlaub in Irland und haben wohl viel Spaß. Und ich erlange langsam Stück für Stück meine alte Fröhlichkeit zurück. Nachts schlafe ich auch wieder wesentlich besser, was zwangsläufig Kraft und Auftrieb gibt.

Inzwischen schreiben wir den 11. September 2001, den Tag des grauenhaften, unfassbaren Terroranschlages auf das World-Trade-Center und das Pentagon in den USA. Zehn Tage später soll Rahims Flug nach Islamabad gehen. Ich rufe ihn am 12. September an und frage, wie er das mit seiner Reise halten will und dass ich ihm empfehle oder sogar besser dringend rate, nicht zu fliegen, da er sich in ein Gebiet begäbe, in welchem er auf dem Pulverfass säße, da es dort ab sofort jeder Zeit auf unübersehbare Zeit zu Krieg oder zumindest kriegsähnlichen Auseinandersetzungen kommen könnte. Rahim war über die entsetzlichen Vorfälle in New York und Washington gut informiert, hatte sich auch bereits Gedanken gemacht und ein Telefonat für den kommenden Sonntag mit Hakim verabredet. Der würde vor Ort in Kabul die bevorstehende Gefahr am besten einschätzen können. Also telefonierten wir Sonntagabend wieder. Da erzählt mir Rahim von dem Gespräch mit seinem Bruder, der berichtet hätte, in Kabul sei alles in Ordnung, er solle mal kommen. Ich kann die Blauäugigkeit seines Bruders nicht fassen, sage das auch Rahim und gebe ihm meine und Ingos Befürchtungen zu bedenken. Die negiert er und verlässt sich lieber auf die Meinung seines Bruders, was bedeutet, dass er am kommenden Freitag fliegt. Da beschließt die PIA, dass alle Flüge für den 21.09.2001 nach Islamabad abgesagt werden. Rahim kann unter diesen Umständen nicht fliegen.

Noch vor dem geplanten Abflug am Freitag spreche ich mit Rahims Ausbilder, der mir große Komplimente über ein solch gelungenes Kind macht. Der beste Stift, den sie seit langem haben. Sollte er fliegen, was auch der Betrieb im Gespräch mit ihm zu verhindern versucht hatte und nicht rechtzeitig nach drei Wochen zurückkommen können, tja, dann müsse man mal sehen. Dies Problem hat sich nun Gott sei Dank nicht gestellt.

Ein paar Tage später – nämlich nach dem 07. Oktober, dem Angriff Amerikas auf Afghanistan – ruft Rahim mich noch mal an. Tenor des Gespräches: Er sei froh, nicht geflogen zu sein. Er würde das Geschehen bei NTV und WDR verfolgen. Er sei froh, in Deutschland zu sein. Er hätte nie geglaubt, was wir ihm früher über Afghanistan erzählt hatten. Jetzt würde er es täglich in den Nachrichten sehen. Das Elend, die Armut, die Not, das zerbombte Kabul, die Kriegs- und Minenopfer auch vergangener Jahre. All dies sei bisher an ihm vorbeigegangen. Jetzt verstünde er so langsam, worum es ginge im Leben und auf der Welt. Dennoch plane er, sobald Ruhe in Afghanistan eingetreten sei, nach wie vor, seine Familie in Kabul zu besuchen. Na bitte mein Kind denke ich, hoffentlich bleibt es bei dieser Erkenntnis und hoffentlich internalisierst du das auch für die Zukunft.

Hadji zu der USA-Afghanistan-Situation befragt, äußert sich völlig unreflektiert: „Alles Scheiße, die sind alle bescheuert." Dies erfahre ich von Ingo.

Es ist die Zeit der Steinpilze, die in diesem Jahr zuhauf auch in unserem Wald wachsen und von mir fleißig gesammelt und verarbeitet werden. Nachts ereilen mich wieder Alpträume folgender Art: Ich bin in Kabul bei Rahims Eltern, die kurz vor dem Verhungern sind. Da entdecke ich Steinpilze in Kabul. Die muss ich sammeln, das ist die Lösung, damit bekomme ich die Familie und vor allem Moshegome, die mir in dieser Zeit am meisten am Herzen liegt, satt. Ich weiß aber gleichzeitig, dass sich unter jedem Steinpilz eine Mine befindet, die sofort loskracht, sowie ich mit dem Pilz in Berührung komme und mir die Hand zerfetzt. Pflücke ich die Pilze aber nicht, verhungert die Familie. Klatschnass wache ich aus diesen Träumen auf. Es vergeht kein Tag und keine Nacht, in der ich während dieser Zeit nicht an Moshegome und ihre Familie denke.

Das jüngste Gespräch, wir stehen kurz vor dem ersten Advent, mit Hadjis Berufsschullehrer ergab, dass es momentan so aussähe, als würde er die Kurve kriegen. Er bräuchte aber ständig Druck, sowohl von den Lehrern als auch von den Eltern. Tja Ingo, da bist nun wohl du gefragt.

Am 4. Advent rufe ich Rahim an und erfahre die neuesten Informationen aus Kabul nach dem Einmarsch der Nordallianz. Vor zwei Wochen hat Rahim mit seinem Bruder Hakim in Kabul telefoniert. Die Familie vor Ort ist wohl auf, hat alles unbeschadet überstanden. Da bin ich erleichtert, ärgere mich aber darüber, dass er mir diese positive Nachricht nicht aus eigenem Antrieb mitgeteilt hat, wusste er doch von meinen Alpträumen hinsichtlich seiner afghanischen Familie. Na ja ...

Im Nachhinein, mit meinen neunjährigen Erfahrungen und daraus resultierenden Erkenntnissen von heute möchte ich nicht unerwähnt lassen, dass die OHA eine durchaus anerkennens-, bemerkens- und unterstützenswerte Arbeit leistet. Wir waren damals wohl ein wenig überspannt in der Angst und Sorge um das Wohlergehen der Jungen, weshalb wir mehrmals überreagierten. Dennoch meine ich nach wie vor, man hätte mit uns auch anders umgehen können. Es bleibt aber festzuhalten, dass die OHA immer noch Wertvolles mit unermüdlichem Engagement leistet.

Ob nun das, was die Trotts vor neun Jahren eingefädelt, durchgeführt, gelebt, aber noch nicht beendet haben richtig war, werden wir wohl erst in circa zwanzig Jahren erfahren. Wenn Hadji und Rahim ihre eigenen Familien haben, vor uns stehen und sagen: Ja, wir sind zumindest zufrieden. Dann war die damalige Entscheidung die richtige. Sollte es hingegen anders aussehen, tja dann müssen wir alle auch damit fertig werden.

Meine Eltern haben mir den Namen Petra gegeben und sich bestimmt einiges dabei gedacht. Daran sollte ich mich erinnern, wenn ich mal wieder nicht weiß, wie alles weitergehen soll. Aber manchmal, wenn ich das in Minuten und Stunden der Schwäche vergesse, komme ich mir vor wie Pandora: why – because.

Anmerkung des Verlegers:

Petra: griech., eine Frau stark wie ein Fels

Pandora: griech. Mythologie: das erste Weib auf Erden, das Zeus aus Zorn über den Feuerraub des Prometheus zum Unheil der Menschen von den Göttern schaffen ließ. Zeus gab ihr ein Gefäß, die Büchse der Pandora, in der unter verschiedenen Gaben auch Übel eingeschlossen waren, und schickte Pandora dem Epimetheus. Als Pandora die Büchse öffnete, flogen auch die Übel heraus, nur die Hoffnung blieb darin, als Pandora den Deckel wieder schloss.

Namenserläuterungen

Abdullah	Leiblicher Vater von Rahim
al Massari, Dr.	Vater von Bassam
Ali	Kurier der OHA vor Ort (Khan)
Amin Wali	Informant von Irene Obermeier
Asludin	Kleiner afg. Bruder von Rahim
Bassam	Mitarbeiter der OHA, Sohn von Dr. al Massari
Brech	Richterin AG Münster
Charly	Freund von Petra
Christiane	Beste Freundin von Petra
Clemens	Neffe von Ingo
David	Wunderheiler
Ecknitz, Dr.	Freund von Petra
Eva	Liebl
Faruk	Leiblicher Vater von Hadji
Fatima	Adoptivtochter der Liebls
Felix	Kleiner Sohn von Charly
Friederike	Tochter von Christiane, Patentochter von Petra
Gerda	Schwester von Ingo
Glanz, Dr.	Psychiater von Rahim
Guth, Dr.	Chirurg von Hadji
Hadji	Adoptivsohn der Trotts
Hakim	Großer afg. Bruder von Rahim
Heidi	Petras Schwester
Ingo	Deutscher Vater von Hadji und Rahim

Irene	Frau Obermeier
Jürgen	Ingos Schwager
Katera	Dolmetschendes Kind in Peshawar
Khan	Ali und Navid
Klaun	Mitarbeiter der OHA
Klaus	Rudolff
Kurt	Liebl
Liebl	Deutsche Eltern von Fatima
Marianne	Rudolff
Mohammad	Rudolff
Moshegome	Leibliche Mutter von Rahim
Nasrullah/Nasru	Dolmetscher in Peshawar
Navid	Mitarbeiter der GfA (Khan)
Neli	Petras Nichte
Obermeier	Mitarbeiterin der OHA
OHA	Organisation Humaner Aerzte
Oskar	Ingos Bruder
Papa Ramon	Trotts Guide in Peshawar
Perkthold	Schafzüchter in Biberwier (Österreich)
Petra	Deutsche Mutter von Hadji und Rahim
Rahim	Adoptivsohn der Trotts
Rudolff	Deutsche Eltern von Mahammad, Bekannte von Trotts
Rupert	Sohn von Charly
Schah Machmud	Mitarbeiter der OHA in Peshawar und Kabul

Schweizer, Dr.	Arzt der OHA
Siegmar	Sohn von Udo (Ecknitz), Patensohn von Petra
Susann	Cousine von Petra
Udo	Dr. Ecknitz
Wolf	Dr. Schweizer
Zainu	Indische Freundin der Trotts

Die Autorin

Petra Rebecca Trott, geb. Thiem, wurde am 07.01.1953 in Magdeburg als Tochter eines Schauspielerehepaares geboren. Aufgewachsen ist sie in Hamburg. Dort studierte sie Jura und machte Karriere in der Wirtschaft im Bereich der Erwachsenenbildung. 1989 verschlug sie die Liebe, die ein Jahr später zur Ehe führte, nach Wolfsburg. Leider blieb die Ehe kinderlos. Ihre Neigung zu schreiben, versuchte sie in einer Mäusegeschichte für Kinder über fünf Bände zu verwirklichen, als noch vor Abschluss des ersten Bandes ihr Leben durch zwei schwer kriegsverletzte, afghanische Jungen einen völlig anderen als geplanten Verlauf nahm. Nach dem Terroranschlag vom 11. September 2001 auf die USA, fand sie die Muße, die ersten neun Jahre mit den afghanischen Jungen in anschaulicher, spannender, einfühlsamer, teils dramatischer Weise hier niederzuschreiben.

Petra R. Trott 1994 in Peshawar